MvS

Alexandre Jardin

Die Insel der Linkshänder

Roman

Deutsch von Eliane Hagedorn
und Barbara Reitz

Marion von Schröder

Titel der französischen Originalausgabe: L'Ile des Gauchers.
Originalverlag: Editions Gallimard, Paris.
Übersetzt von: Eliane Hagedorn und Barbara Reitz
(Kollektiv Druck-Reif).

Die Deutsche Bibliothek – CIP-Einheitsaufnahme

Jardin, Alexandre:
Die Insel der Linkshänder : Roman / Alexandre Jardin. Dt. von
Eliane Hagedorn und Barbara Reitz. – Düsseldorf :
Marion von Schröder, 1996
ISBN 3-547-75061-X

Veröffentlicht im Marion von Schröder Verlag.

Lektorat: Olaf Roth. Gesetzt aus der Sabon, Linotype. Satz: Josefine Urban – KompetenzCenter, Düsseldorf. Papier: Papierfabrik Schleipen GmbH, Bad Dürkheim. Druck und Bindearbeiten: Ebner Ulm. Printed in Germany. ISBN 3-547-75061-X.

Für Robinson,
der dort empfangen wurde

Die Liebe war immer schon das wichtigste Thema im Leben von Lord Jeremy Stork gewesen. Mit seinen achtunddreißig Jahren aber erzürnte es diesen englischen Aristokraten, daß er die Leidenschaft für seine Frau nicht in wahre Liebe hatte verwandeln können. Er zählte nicht zu jenen nachlässigen Gatten, die das Eheleben bewußt in Langeweile versanden lassen, nein, ganz gewiß nicht. Im Laufe ihrer sieben Ehejahre hatte sich Stork um Emilys Herz mit dem gleichen Feuereifer bemüht, den er auf alles verwandte. Er hatte sogar ein paar gewagte Spiele ersonnen, in der Hoffnung, ihre Beziehung in eine Liaison *à la française* zu verwandeln. Nun aber wurde Jeremy klar, wie falsch es gewesen war, die Glut ihrer anfänglichen Leidenschaft immer wieder anfachen zu wollen, und wie widersinnig sein Kampf gegen die Gewohnheit war. In seinem krampfhaften Bemühen, der Liebhaber seiner eigenen Frau zu bleiben, hatte er es nicht verstanden, ihr Ehemann zu werden.

Die Jahre hatten die Gefühle, die Emily ihm entgegenbrachte, nicht zu beeinträchtigen vermocht; allerdings – und das war fortan Storks große Sorge – konnte er ein ständig wachsendes Gefühl der Unzufriedenheit in ihrem Verhalten beobachten. Jeremy liebte sie heftig, ohne sie jedoch wirklich zu kennen. Sie hatten alle möglichen Arten des Sinnenrausches ausgekostet, doch das Herz vermag sich nicht ausschließlich mit solchen kurzen Ekstasen zu begnügen. Emilys Herz ermüdete bei diesen müßigen Inszenierungen, diesen Manövern und Kriegslisten, die sie am Ende nur schmerzlich berührten. Trotz seines guten Willens hatte Jeremy seiner Frau lediglich jene blinden und letztlich egoistischen Gefühle entgegengebracht, die nicht zu ergründen versuchen, was und wer der andere ist, jenen köstlichen Sinnestaumel, der das Liebesspiel mehr liebt als den Gegenstand der Begierde.

Rein zufällig war Stork unlängst auf einen Brief seiner Frau gestoßen, der an ihre Freundin Lady Wenthworth gerichtet war; darin war von ihrem Kummer die Rede, ihrem Kummer darüber, so unbeholfen von einem Mann umworben zu werden, den sie gern aufrichtiger lieben würde. Wie Schuppen fiel es ihm da von den Augen! Jeremy kannte seine Emily gar nicht, kannte ihre heimlichen Sehnsüchte, ihren uneingestandenen heimlichen Groll nicht, all die innersten Regungen, die das Wesen eines Menschen ausmachen. Er hatte weder die Bereitschaft noch den Mut gezeigt, sie wirklich von Grund auf zu erforschen.

Lord Stork wußte so gut wie nichts von der schwierigen Kunst, zwei Seelen in Einklang zu bringen. Die Tage, die er an Emilys Seite in ihrem Schloß im Gloucestershire zubrachte, hatten wenig mit echter Zweisamkeit gemein. Er verstand es nicht, sich ihr zu widmen, fühlte sich außerstande, sich völlig hinzugeben. Immer hatte er allzu langes Beisammensein, stete Verfügbarkeit gemieden, als ob... – aber wovor hatte er eigentlich Angst? Jeremy fehlte jedes Gespür für das Eheleben, und das erfüllte ihn plötzlich mit Bedauern. War er in Gefühlsdingen nicht ein Anfänger, ein Versager? Shelty Manor, das extravagante, im Kolonialstil errichtete Anwesen, beherbergte eine Liebe, die sich lautlos verflüchtigte, weil sie jene kleinen Dinge des Alltags, aus denen das Leben besteht und die es – manchmal – so schön machen, nicht zu teilen vermochte. In diesem Winter des Jahres 1932 also wünschte Stork, endlich den Weg von der

Leidenschaft zur aufrichtigsten Form der Liebe zu finden. Doch er stand sich selbst im Weg, weil ihn die eine lebenswichtige Frage immer und immer wieder quälte. *Wie stellt man es an, wirklich zu lieben?*

Die Antworten auf diese Frage, die die meisten seiner Zeitgenossen bereithielten, erschütterten, ja empörten ihn. Die Patienten, die er auf seine Art in seiner seltsamen Klinik in Kensington behandelte, wollten sich nur mit den Geheimnissen des Herzens befassen, nachdem sie ausgiebig die Reize ihrer *Hobbies* genossen hatten, und auch nur an jenen Tagen, an denen sie sich der Verpflichtung entzogen, ihren *Club* aufzusuchen. Die Würze eines Abenteuers schien ihren Appetit anzuregen, doch lieben, wirklich lieben, aus seinem Leben das Abenteuer der Liebe zu einer Frau zu machen – wer dachte schon in seiner kleinen Welt daran?

Lord Stork wollte lernen, Emily so zu sehen, wie sie wirklich war, und sie ohne Kunstgriffe glücklich zu machen. Er war bereit, alle, wirklich all ihre Wünsche, selbst die unausgesprochenen, die verwegensten, zu erfüllen. Die schönen und die abscheulichen, wenn es denn solche gab. Alle! Ach, sie endlich nicht mehr enttäuschen zu müssen! Dieser neue Traum versetzte ihn in eine Erregung, die sein seliger Vater nur hätte mißbilligen können, er, der stets auf Distanz bedacht war, auf jenen Abstand, ohne den sich ein englischer Gentleman nicht mehr vom Rest der Menschheit unterschied. Wenn es ihm gelänge, seinen Traum von Zärtlichkeit zu realisieren, so bekäme sein außergewöhnliches Schicksal endlich einen Sinn, sagte sich Jeremy plötzlich; und vielleicht konnte er so diese großartige Frau behalten, die seit sieben Jahren seinen Namen trug.

Jeremy war bereit, seine Gewohnheiten abzulegen, sein Schicksal in andere Bahnen zu lenken, um sich in einen wahrhaften Ehemann zu verwandeln. Doch er fühlte sich hilflos, und diese Erkenntnis verfinsterte seinen Blick,

machte ihm das Leben schwer. Wie konnte er seinen Alltag so einrichten, daß seine Liebe zu Emily darin an erster Stelle stünde? Die englische Gesellschaft jener Zeit schrieb andere Ziele im Leben vor; der Liebe war nur ein Klappsitz zugewiesen. Alles stellte sich ihr entgegen. Mußte man mit dieser Welt womöglich brechen?
Diese Fragen zermürbten ihn um so mehr, seitdem Harold, sein Schimpanse und Freund, sein Bruder fast, gestorben war. Welch schwerer Schlag in seinem Leben! Schon zwei Tage wachte Stork bei dem großen behaarten Körper in der elisabethanischen Kapelle von Shelty Manor – dort, wo die jüngsten Zweige seines Stammbaums beerdigt waren –, als er sich plötzlich seines Kummers überdrüssig fühlte und ihm klar wurde, daß er rasch handeln mußte, damit nicht auch er starb, ohne sich die Zeit genommen zu haben, seine Frau zu lieben. Er war geboren, um Emily glücklich zu machen, und nicht, um sich zu quälen und den ewigen Liebhaber zu spielen.
Harold hatte sich auf ihrem Krocketplatz, direkt unter den Fenstern des Schlosses, das Leben genommen, indem er sich den Lauf eines Revolvers ins Maul geschoben hatte. Der große Affe hatte einen gedehnten, verzweifelten Schrei ausgestoßen, bevor er auf den Abzug drückte. Dieses Verhalten hatte Jeremy, Emily und ihre drei Kinder zutiefst getroffen. Harolds Schrei würde noch lange in ihrer Erinnerung widerhallen. Schimpansen bringen sich nicht um; Harold aber hatte ein merkwürdiges Vorleben. Je mehr er die Menschen nachgeäfft hatte, desto größer war seine Ernüchterung geworden. Harold, der letzte Zeuge von Jeremys erstaunlicher Kindheit.
Storks Großvater trug den Titel Lord Philby und hörte auf den hübschen Vornamen Waldo. Das außergewöhnliche Leben dieses Waldo inspirierte jenen Autor, der zu Beginn dieses Jahrhunderts die Figur des Tarzan erfand; doch im

Gegensatz zu E. R. Burroughs' Gestalt akklimatisierte sich der Affenmensch äußerst gut in unseren Breiten, schlüpfte problemlos in die Rolle des geistreichen Mannes von Welt, bezog eine Wohnung in Mayfair und wurde sogar zum Stadtgespräch der Londoner Prominenz, als er 1898 beschloß, den *Imperial Zoo* der Hauptstadt aufzukaufen. Lord Philby ließ die Tiere frei im Park seines Familienschlosses im Gloucestershire leben und setzte boshafterweise Menschen in die Käfige seines Zoos. Als Kind des Dschungels reizte es ihn, die englischen Sitten zu verhöhnen. Der Käfig, der die größten Menschenmengen anzog, war derjenige, in dem ein Mann und eine Frau zum Zusammenleben verurteilt waren. Die Besucherscharen des *Imperial Zoo* wurden nicht müde, über die Tragik dieser Situation zu lachen; die Kinder, die in Begleitung ihrer *nurses* kamen, warfen ihnen Erdnüsse zu, manchmal auch aufmunternde Blicke.

Storks Eltern starben sehr jung beim Absturz eines Heißluftballons im Pandschab und überließen Lord Philby die Erziehung des kleinen, erst drei Jahre alten Jeremy. Bis zum achten Lebensjahr fand das Waisenkind Trost bei den Raubtieren und Giraffen. Dann, im Sommer 1902, starb Waldo an verschiedenen Altersgebresten, und zum allgemeinen Erstaunen siechten nun auch alle Tiere dahin. Wochenlang warteten sie auf ihr Ende. Der Park war übersät von ausgehungerten Straußenvögeln, von abgezehrten Elefantenjungen, von ausgemergelten Gazellen. England, das gerade im Transvaal gegen die Buren Krieg führte, zeigte wenig Interesse für dieses Tierdrama; das ist zweifellos der Grund dafür, daß allgemein so wenig vom Ende des echten Tarzan bekannt ist, auch wenn die *Times* vom 2. Juli 1902 darüber berichtete.

Für den jungen Jeremy war dieser kollektive Todeskampf eine Zeit des Grauens. Park und Schloß waren erfüllt vom

Gestank der verwesenden Kadaver. In einem gewaltigen und alptraumhaften Suizid folgte seine Tierfamilie dem legendären Großvater ins Grab. Allein zurückgelassen, fand Jeremy nur Trost bei einem kleinen Affen, den er Harold taufte. Vom ursprünglichen Tierbestand des *Imperial Zoo* war Harold der einzige Überlebende.
Niedergeschmettert von diesem finsteren Schauspiel, flüchtete sich Jeremy ein halbes Jahr lang in absolutes Schweigen. Ein Redestreik! Worte waren zu schwach, seinen grausamen Seelenqualen Ausdruck zu verleihen. Mit Hilfe von Gestik und Mimik kommunizierte er eine Zeitlang nur mit Harold; und als er den Mund wieder öffnete, tat er dies nur, um zu verkünden, daß er nicht der neue Lord Philby sei. Er bat Sir Callaghan, seinen Vormund, ihn fortan Lord Stork (zu deutsch Lord Storch) zu nennen. Allen Ernstes versicherte Jeremy, nicht von seinen vermeintlichen Eltern gezeugt, sondern von Störchen ausgesetzt worden zu sein. Seine Umgebung versuchte, seine Behauptungen zu widerlegen, die im England jener Zeit zu großem Aufruhr führten, da die Erbfolge von höchster Bedeutung war. Doch er beugte sich nicht und setzte seine Ansichten über seine Herkunft durch: Jeremy wurde in den Augen aller nach und nach zu *Lord Stork*. Damals erkannte er niemanden als zur Familie gehörig an, außer Harold, den er als seinen Bruder betrachtete.
Tief berührt von dieser Episode, die den Stoff zu einem Roman hergegeben hätte, veränderte sich Jeremys Persönlichkeit sehr rasch. Aus dem fröhlichen, lebhaften Jungen wurde ein kleiner Engländer ohne Wünsche, ohne Ehrgeiz, ohne Lebensfreude. Sein starker Charakter war durch den Schmerz gebrochen, verweichlicht, verdorben. Seine vielversprechenden geistigen Fähigkeiten begannen zu verkümmern. Selbst seine Züge veränderten sich und verloren ihre Anmut. Innerhalb von nur wenigen Monaten hatte sich im Körper dieses einst strahlenden Knaben ein farbloses Kind

eingenistet. Ein einziger Wesenszug aber, ein sehr unbritischer, widerstand dieser Veränderung: seine einzigartige Fähigkeit zu lieben. Daß hinter dieser gewöhnlichen Fassade ein außergewöhnliches Herz schlug, ein Herz, das aus Liebe zur größten Maßlosigkeit, zur gewaltigsten Feuersbrunst fähig war, ließ sich kaum erahnen. Sonst aber waren – mit neun wie mit siebzehn Jahren – seine Worte geistlos, seine Urteilskraft bescheiden, seine Intelligenz mittelmäßig.

Und genau mit siebzehn Jahren lernte er Emily Pendleton kennen, und zwar auf einer *garden party*, die Lord Callaghan in den Gärten des Erzbischofs von Canterbury zugunsten der anglikanischen Kirche veranstaltete. In Scharen waren die *clergymen* aus ganz Kent herbeigekommen; sie wurden begleitet von ihren Gattinnen und ihren zahlreichen Sprößlingen, die sich unter die Schüler des King's College, gleich neben der Kathedrale, mischten. Letztere stachen durch ihre schwarzen Beinkleider, ihre Schwalbenschwänze und perlweißen Kragen, vor allem aber durch die ihnen eigene, ans Lächerliche grenzende körperliche Steifheit hervor. An jenem Tag plusterte sich einer von ihnen ganz besonders auf und schwadronierte in lateinischer Sprache, in der Hoffnung, so die junge Emily zu beeindrucken. Die blieb indes ungerührt, schien ohnehin nicht bei der Sache. Dieser anglikanischen Veranstaltung beizuwohnen war ihr eine Last, doch die Pastorentochter hätte sich ihr nicht entziehen können, ohne ihren geliebten Vater zu betrüben.

Die achtzehnjährige Emily war von der Natur mit körperlichen Reizen ausgestattet, die keinen Mann gleichgültig lassen konnten; doch die Reize ihres Charakters waren noch weit verblüffender. Sie besaß einen unbändigen Freiheitsdrang, war widerspenstig und von heftigsten Gefühlen beherrscht. Alles in ihr war in Aufruhr. Sie wollte leben! Und auch lieben! Das aber wußte sie selbst noch nicht.

Schon damals lenkte ihre große Ehrlichkeit das Interesse derer auf sie, die an aufrichtigen und leidenschaftlichen Beziehungen Gefallen fanden. Man konnte bei ihr weder einen Hang zu Intrigen feststellen noch eine Neigung, anderen zu schaden oder Kompromisse einzugehen. Niemals! Kein Vorurteil, keine Engstirnigkeit trübte ihre Sicht, und ihr beherztes Urteilsvermögen war verblüffend. Mit Vergnügen deckte sie jedes angepaßte Verhalten, jede vorgefaßte Idee auf und umschrieb diese mit Versen, die urkomisch, nie aber verletzend waren.
Was bei ihr jedoch am meisten anrührte – und was Stork so reizte –, war dieses Brüske, dieses Spröde, das von der Ablehnung ihrer offenkundigen Weiblichkeit zeugte, von der Mühe, sich die Schönheit ihrer Beine, ihrer aparten Gesichtszüge einzugestehen. Emily wußte nicht, daß sie hübsch war, daß ihr üppiges Haar die Blicke anzog. Sie gehörte zu jenen Frauen, denen nicht bewußt ist, daß sie, wenn sie wollten, unendlich schön sein konnten. Eine Schönheit, die zugleich gemein und engelsgleich ist und die Männer zur Raserei treibt. Hinter ihrem etwas rauhen Äußeren verströmte Emily Pendleton also eine ganz eigene Weiblichkeit, wobei sie gleichzeitig alle sogenannten *weiblichen* Attribute ablehnte. Sie erschien in schlichter Kleidung, die ihr das Aussehen einer englischen Pionierin gab, so wie man sie in den achtziger Jahren des letzten Jahrhunderts in Ostafrika oder Australien antraf.
Emilys Mutter dagegen war ganz auf Äußerlichkeiten bedacht. Heuchelei und Natürlichkeit waren für sie gleichbedeutend. Sie liebte Schmeicheleien, hatte tausend Vorurteile und verfügte über die katzenhafte Geschmeidigkeit, die nötig war, um sich Zugang zur kleinen Welt von Kensington zu verschaffen. Sie duldete nicht, daß ihre Tochter Gefühle zeigte, ausgenommen solche, die dazu angetan waren, sie in die mondäne Gesellschaft einzugliedern. Es gab keine Überein-

stimmung zwischen diesen beiden Frauen, keinen Weg, ihre Charaktere einander zu nähern. Von jeher empfing Emily nichts als Haß von dieser Mutter, die nicht müde wurde, ihren Elan zu bremsen und ihre Ernsthaftigkeit zu bespötteln, sie kurzerhand als *kindisch* abzutun.
Dieses verletzte Vögelchen von unendlicher Würde und seltener Aufrichtigkeit entdeckte der junge Lord Stork auf jener *garden party* von Lord Callaghan. Ihre Augen begegneten sich zufällig; die seinen ließen sie nicht mehr los. Emily indes sah ihn nicht, sie blickte gleichsam durch ihn hindurch; Jeremy schien einfach zu grau, sein Gesicht zu farblos, um wahrgenommen zu werden. Ein schlechtgekleidetes Nichts! Miss Pendleton konnte nicht ahnen, welch einzigartiger Instinkt sich hinter diesen gewöhnlichen Zügen verbarg. Stork spürte eine sonderbare Zuneigung zu ihr, er war plötzlich von Mitgefühl überwältigt für dieses Mädchen, das so unverstanden schien; und dieser starke, unüberhörbare Ruf brachte ihn fast aus dem Gleichgewicht. Jeremy liebte sie augenblicklich, spürte sofort, welche Qualitäten sie in sich vereinte. Alles an ihrer außergewöhnlichen Schönheit sagte ihm, daß ihr Wesen ganz seinen Wünschen entsprach: unbeugsam, feurig, aufsässig. Dieses plötzliche Gefühl beruhte weder auf einer wahren Kenntnis ihrer Person noch auf der Tatsache, daß sein Liebesleben völlig brachlag; es war vielmehr eine Art unumstößlicher Gewißheit – tragisch, verschwommen und zugleich deutlich –, *seine Frau* gefunden zu haben. Leider aber wußte Stork so gar nicht, wie man es anstellt, jemandem zu gefallen. Unter dem Eindruck dieser übergroßen Gefühlswallungen war er nur noch von einer Frage besessen: Wie konnte er die Zuneigung dieser Pastorentochter gewinnen?
Im unklaren darüber, mit welchen Mitteln er sich begehrenswert machen könnte, und noch immer unter dem Ein-

fluß seiner starken Empfindungen, hielt er es für das wirkungsvollste, ihr ganz einfach sein Herz zu öffnen.

»Miss Pendleton«, posaunte der plumpe junge Mann heraus, »ich liebe Sie leidenschaftlich.«

»Wie bitte?« fragte sie, aus ihren Tagträumen erwachend.

»Und ich bin bereit, Sie zu lieben, bis daß der Tod uns scheidet. Wollen Sie meine Frau werden?«

Verdutzt blickte sich Emily um; doch hinter ihr war niemand.

»Meinen Sie mich?« fragte sie in jenem liebenswürdigen Ton, den man einem Kind gegenüber anschlägt.

Das ungefällige Gesicht des jungen Mannes erstarrte in einem schmerzhaften Ausdruck, der seinen Zügen den letzten Rest an Charme nahm. Seine Haut glänzte von säuerlichem Schweiß, und er verharrte mit halb geöffnetem Mund ein paar lange Sekunden in dieser Haltung, tief gekränkt, als Verehrer nicht ernst genommen zu werden. Auf nicht eben vorteilhafte Weise hing ein dünner Speichelfaden von seiner wulstigen Oberlippe herab. Seine hervortretenden Augen waren weit aufgerissen.

Verwirrt angesichts dieses unbewegten Leguans, der ihr gegenüberstand, lächelte Emily kurz und suchte dann das Weite. Bald darauf verließ sie eilig diese Gesellschaft, die weder ihr Herz noch ihre Neugier befriedigte, ohne zu ahnen, welch grausames Drama sich soeben vor ihren schönen Augen abgespielt hatte.

Acht Tage später kam Stork auf eine verrückte romantische Idee, welche die unheilvolle Wirkung seines Verhaltens wiedergutmachen sollte; eine Woche später, denn seine Gedanken arbeiteten langsam. Miss Pendleton hatte sich nach Österreich begeben; sie weilte in Salzburg bei begüterten Verwandten. Jeremys Absicht, die er unverzüglich in die Tat umsetzte, bestand darin, Emily nachzureisen – mit dem Fahrrad statt mit der Eisenbahn. Damit wollte er unter

Beweis stellen, welche Art von Bewerber er war. Nur die Maßlosigkeit einer Geste, so sagte er sich, würde jene anrühren können, die er bereits *meine Emily* nannte.
Angetrieben von der Kraft seiner jungen Gefühle, legte er die eintausenddreihundertachtundsechzig Kilometer, die London von Salzburg trennen, in dreizehn Tagen und sieben Stunden auf seinem Zweirad zurück. Beim Überqueren der Alpen hatte er das Gefühl, daß sein Heldenmut endlich seiner Leidenschaft angemessen war. Je mehr er in die Pedale trat, desto sicherer war er, daß Emily, tief bewegt ob seiner Mühen, ihn überschwenglich begrüßen würde. Wer sonst war zu einer solchen Reise fähig, um ihre Gunst zu gewinnen?
In Salzburg angelangt, waren Lord Storks Züge auf eine Weise von Erschöpfung gezeichnet, die seiner gewohnten Physiognomie nicht eben zum Vorteil gereichte. Als er bei Emilys Verwandten an der Tür einer jener Salzburger Villen läutete, deren Zutritt den Armen untersagt ist, öffnete ein Kammerdiener und erblickte eine zerlumpte, schlechtrasierte Gestalt, die er am liebsten sofort hinauskomplimentiert hätte. Dabei trug Jeremy seine am wenigsten in Mitleidenschaft gezogenen Kleider, beigefarbene Handschuhe und eine Krawatte von erlesenem Geschmack; seinem Straßenanzug aber war die Reise auf dem Gepäckträger nicht eben gut bekommen. Nachdem Jeremy der Dienerschaft sein Anliegen vorgetragen hatte, führte man ihn zu Miss Pendleton, die freilich gebührenden Abstand hielt, so unerträglich war der Gestank, den er verströmte. Mit katholischer Herablassung, einer Mischung aus Mitleid und Gönnerhaftigkeit, die ihn gänzlich niederschmetterte, ließen ihn Emilys Salzburger Verwandte spüren, daß sie einer höheren Kaste angehörten.
Berührt von der wahnsinnigen Liebe dieses abstoßenden jungen Mannes, zwang sich Emily, Storks Herz, so gut es ging, zu schonen; doch ihre mütterliche Fürsorge und ihr

mitleidiges Gebaren waren ihm unerträglich. Keinen auch noch so flüchtigen Augenblick lang zeigte sie jenes erstaunte Entzücken, das er so sehr erhofft hatte. Nichts in ihren Blikken, ihren Gesten verhieß die geringste Verwirrung. Niedergeschlagen machte sich der lächerliche Verliebte noch am selben Abend auf den Rückweg nach London. Seine Traurigkeit lastete wie Blei auf seinen Gliedern bis hinein in seine Zehenspitzen, so daß er größte Mühe hatte, in die Pedale zu treten. Der Unglückselige war nur dem Feuer einer Phantasie gefolgt, die von der Erfahrung noch nicht in die richtigen Bahnen gelenkt worden war. Wie eine Seifenblase war sein Traum geplatzt!

Die Heimfahrt auf seinem Veloziped schien ihm lang, unendlich lang. Da seine Taschen fast leer waren, blieb ihm nicht einmal genug Geld für eine Eisenbahnfahrkarte. In seinem Unglück aber, gequält von tiefster Verzweiflung, schmiedete er auf seinem Zweirad einen der herrlichsten Pläne, den ein Mann jemals für die schönen Augen einer Frau ersonnen hat. Er beschloß, seinen schwächlichen Charakter und seine mittelmäßige Intelligenz auf das Niveau seiner Leidenschaft anzuheben. Welch einzigartiges Vorhaben! Sofort erfüllte es ihn mit Hoffnung und Energie! Lord Stork schwor sich, erst dann wieder vor Emily zu treten, wenn er ein völlig anderer war, wenn er sich von Grund auf geändert, wenn er seinen Charakter gebrochen hatte, um ihn neu zu formen – aus Liebe zu ihr.

Und genau das tat er – vierzehn Jahre lang.

Diese Ausdauer der Leidenschaft mag erstaunen, aber, ich wiederhole, das einzig Außergewöhnliche an diesem Mann war die beispiellose Kraft seiner Gefühle. Vierzehn Jahre lang legte er die sumpfigen Regionen seines Geistes trocken, korrigierte er sein Wesen mit großem Eifer, formte es nach seinem Willen, schärfte sein Urteilsvermögen, schulte seine Fertigkeiten, merzte verachtenswerte Züge aus, um diejenigen zu kultivieren, die den Keim der Größe in sich bargen. Diese Korrekturen waren nicht oberflächlich, sondern reichten weit in die Tiefe, so daß er schließlich in sich die Spur des Sonnenwesens wiederfand, das er vor dem Tod seines Großvaters Lord Philby gewesen war.

Die ersten sieben Jahre seines Exils brachte er in Neuguinea zu, bei einem primitiven Stamm, dem die Bedeutung des Wortes *Liebe* fremd war. Die Poloken des östlichen Neuguinea waren die einzigen menschlichen Wesen – außer vielleicht den Iks aus Ostafrika –, die besessen danach strebten, die Raubtiere an Grausamkeit zu übertreffen. Heute gibt es diese Stämme nicht mehr, sie wurden von einem Grippevirus ausgerottet. Damals aber bevölkerten jene schreckenerregenden Menschen noch Papuas Wälder. Nachdenken war in ihren Augen ein Verbrechen; auch Lieben war nicht gestattet. Jede Beschäftigung, die nicht bestialischer Natur war, wurde geahndet. Neugeborene wurden an der Brust gezähmter Affenweibchen großgezogen und schon mit zweieinhalb Jahren gezwungen, für sich selbst zu sorgen. Die Poloken waren auf sonderbare Weise stolz darauf, aus dem Menschen eine echte Gefahr für den Menschen gemacht zu haben. Nicht selten konnte man eine ausgehungerte Mutter beobachten, die sich ein Festessen aus dem Körper eines ihrer eigenen Kinder machte. Die Kleinen wußten, daß sie nichts als eine lebende Vorratskammer für ihre Kannibaleneltern darstellten. In ihrem Sadismus vermochten sie sich an nichts anderem als am Leiden ihrer Mitmenschen zu ergötzen.

Völlig abgeschnitten von der Zivilisation und nichts ahnend von den Kanonenkugeln, die auf die Ebenen der Champagne niederprasselten, vergaß sich Lord Stork in dieser grausamen Gesellschaft, in dieser Welt, die alles Denken mit Argwohn betrachtete; er legte seine erworbenen Reflexe ab, entfernte alle Spuren seiner britischen Erziehung, knüpfte

wieder an die Gesten jenes Kindes an, das unter den Tieren des *Imperial Zoo* aufgewachsen war. Er war vielleicht niemals glücklicher, niemals mehr er selbst gewesen als nackt in diesem feindlichen Dschungel, an der Wurzel seiner Instinkte.
Anschließend widmete sich Jeremy sieben Jahre lang ausschließlich der Lektüre. Von 1918 an zog er sich in eine der größten, wenn auch wenig bekannten Privatbibliotheken Europas, unweit von Zürich, zurück. Stork hatte sich von dem schon greisen Besitzer, dem berühmten Botaniker Otto von Blick, einem Freund seines Großvaters, dort einschließen lassen. Der betagte Deutsch-Schweizer hatte zugestimmt, sich diesem Experiment des Enkels von Philby zu widmen. Seit dem achtzehnten Jahrhundert sammelte die Familie von Blick in ihrem extravaganten Schloß alle großen Werke, die in den wichtigen europäischen Sprachen erschienen waren – natürlich im Original. Das Schloß der Blicks erhob sich, fern von Zeit und Raum, inmitten der Almwiesen des Kantons Zürich. Mit seiner Rokokoarchitektur wirkte es, als habe ein Illusionist eine barocke Kathedrale mitten ins Gebirge gesetzt. Die riesige und geheimnisvolle Bibliothek erstreckte sich, so weit das Auge reichte, über Meilen von Regalen hin.
Nach der Läuterung in Neuguinea vergrub sich Lord Stork hier sieben Jahre lang in die europäische Literatur. Seßhaft geworden, unternahm er in Gedanken alle denkbaren Reisen. In seiner Abgeschiedenheit durchlebte er alle Leidenschaften, die das Herz der Menschen bewegen, allen Kummer und Schmerz, der sie quält, und tauchte in die Abgründe ihrer Innenwelten hinab. Er erlernte fünf Sprachen, fand Gefallen an Dutzenden von Schriftstellern, verliebte sich in Romanfiguren, stritt und versöhnte sich mit ihnen, speiste oft mit Don Juan, knüpfte enge Bande zu Dostojewski, betrog Emily Pendleton mit den Heldinnen Stendhals. Irritiert von der Gewandtheit Pirandellos, mied er lange Monate

die Säle, in denen der italienische Meister herrschte. Niemals war er in London auf solch lebendige Menschen gestoßen, nie hatte er mit einer solchen Intensität gelebt. Jeden Morgen erhob sich Stork in einer neuen Gemütsverfassung. Hatte er eine Verabredung mit dem jungen Stefan Zweig oder mit Henry James? Mit welcher Schriftstellerin war er am Vorabend zu Bett gegangen? All diese großen Schatten, die das Schloß bevölkerten, führten in seinem Hirn Gespräche. Dort trafen die Helden Balzacs auf die des Spaniers Clarín.

Sieben Jahre intensiver Lektüre eröffneten ihm die Geheimnisse seines eigenen Herzens, pflanzten ihm all jene Keime ein, aus denen die großen Charaktere erwachsen. Am Ende seiner langen statischen Reise hatten seine Gemütsaufwallungen etwas von Shakespeare, seine Heiterkeit etwas von Goldoni, sein Streben, das noch immer auf Emily gerichtet war, etwas von Musset. Seine ungeheure Willenskraft war die eines Choderlos de Laclos. Seine Lebenserfahrung verdankte er zu großen Teilen Colette. Das kleine Volk der Literaten hatte seinem Geist dieses Mehr an Seele hinzugefügt, das ihm einst so gefehlt hatte. Nie aber hatte es ein menschliches Wesen gegeben, das auf natürlichere Weise nachzuahmen wußte.

Der Mann, der 1925 nach London zurückkehrte, war unwiderstehlich. Mit einunddreißig Jahren war Jeremy Stork nicht schön zu nennen, seine Fremdartigkeit aber hatte etwas Interessantes, etwas Anziehendes; sie weckte in anderen den Wunsch, ihm zu gefallen. Der neue Lord Stork war voller Leidenschaft; alles bewegte ihn, brachte ihn beinahe aus der Fassung, obwohl er doch ein reservierter Jüngling gewesen war, weniger aus Schüchternheit als vielmehr, um seine innere Leere zu verbergen. Sein langweiliger Überernst war einer ausgesprochenen Leichtigkeit, einer fröhlichen Schalkhaftigkeit, fast einer Verspieltheit, gewichen. Doch als echter Engländer wußte er seine neue ungestüme Natur

im Zaum zu halten. Die Macht, die er über seine Persönlichkeit gewonnen hatte, war verblüffend. Seine betörende Eloquenz voller Geistesblitze und amüsanter Einfälle war frappierend. Treffsicherheit und Niveau seiner Ansichten machte die frühere Engstirnigkeit vergessen. Eine ungeheure Sensibilität klang durch all seine Worte hindurch. Sein Charakter war stärker und anpassungsfähiger zugleich geworden. Lord Stork hatte es fertiggebracht, sein ganzes Wesen an die Tiefe seiner Liebe zu Emily anzupassen. Gereift durch die außergewöhnlichen Strapazen, fühlte er sich endlich gewappnet, das Herz der Miss Pendleton zu betören.
Aber hatte sie auf ihn gewartet?
Kaum in London eingetroffen, gelang es ihm durch eine List, bei Emily eingeladen zu werden, die inzwischen mit einem gewissen Clifford Cobbet, einem Ballettänzer am Covent Garden, verheiratet war. Das Paar, das einen eher künstlerhaften Lebenswandel führte, hatte bereits Nachwuchs in die Welt gesetzt; zwei Kinder, Laura und Peter, belebten seit sieben und acht Jahren ihr behagliches Heim. Als sie die Eingangstür ihres kleinen Backsteinhauses am Hay's Mews öffnete, erblickte Emily einen selbstsicheren Gentleman, ganz im Stil der Bond Street gekleidet, elegant, freilich ohne einen Anflug von Dandytum. Sofort, und doch ohne zu wissen, warum, spürte sie, daß dieses scheinbare Angepaßtsein nicht dem wirklichen Wesen des Mannes entsprach, der ihr von einer ihrer Freundinnen vorgestellt wurde. Gleich darauf, als ihr Blick auf Storks eindrucksvoller Gestalt verweilte, verstand Emily ihre erste Regung besser. Er stellte sich unter falschem Namen vor, und sie erkannte die markanten und ausdrucksstarken Züge, die das Leben in Jeremys Physiognomie gemeißelt hatte, nicht wieder.
Das erfreute Stork, und er hütete sich, Emilys Gedächtnis aufzufrischen. Sie hatte sich ihrerseits kaum verändert und

war noch immer diese junge, ungeheuer aufrichtige Frau, ihrer Ausstrahlung nicht bewußt und dabei doch mit jener zurückhaltenden Weiblichkeit behaftet, die allen Kunstgriffen mißtraut, dazu von einer gewissen Sprödigkeit, die heftige, unkontrollierbare Gefühle in ihm auslöste. Neben ihr, die so aufgeweckt war, so viel vom Leben verlangte, wirkten ihre Gäste steif und linkisch. Emily Cobbet war Emily Pendleton geblieben, eine Frau, die instinktiv spürte, was die anderen empfanden, in jedem Augenblick, in jeder ihrer Gesten hellwach, so integer, unnachgiebig, verspielt, nie bereit, sich auf einen Kompromiß mit dem Schicksal einzulassen, sich ihr Wesen verderben zu lassen, indem sie sich dem kriecherischen Spiel der Gesellschaft anpaßte. Das Leben hatte ihr einen schwierigen Beruf zugedacht, den sie auf ganz besondere Art erfüllte; als Malerin besaß sie die Gabe, in ihren Porträts die geheimsten Wahrheiten ihrer Modelle ans Licht zu bringen. Wer sich auf einem von ihr gemalten Bild betrachtete, sah sich demaskiert, entblößt. Sie malte das wahre, unter den äußeren Vorspiegelungen verborgene Gesicht der Menschen.
Stork fand augenblicklich das verwirrende und doch beschwingende Glücksgefühl wieder, das seine Liebe zu Emily ihm schenkte; und das machte ihm Mut und beflügelte ihn. Er näherte sich ihrem Herzen, indem er zunächst ihren Geist ansprach. Die Unterhaltung drehte sich um die allgemeine Torheit, jene, die sich in das Wesen jedes Menschen einschleicht. Die Übereinstimmung ihrer Ansichten weckte in ihr ein Interesse, das sich sehr schnell in Sympathie verwandelte. Emily lauschte ihm gebannt und betrachtete ihn mit einem Vergnügen, wie sie es schon lange nicht mehr verspürt hatte; die Heftigkeit dieser Empfindung belebte sie, ließ Gefühle in ihr aufkommen, die bald die Form echter Zuneigung annahmen. Jeremy begann zu ahnen, was diese fast liebkosenden Blicke verhießen, diese

immer lebhafter werdenden Gesten und vor allem diese Stimme, die immer deutlicher zeigte, wie sehr sie innerlich aufgewühlt war. Ganz offensichtlich bestand zwischen ihnen eine Art Seelenverwandtschaft. Emily fand in ihm ein einzigartiges Wesen, frei von allen Vorurteilen, dazu einen Frohsinn, eine Wärme, die ihre Phantasie beflügelten. Dieser aus dem Nichts aufgetauchte Mann war der liberalste Mensch, dem sie je begegnet war.

Lord Stork war fest entschlossen, noch am selben Abend den entscheidenden Schlag zu führen. Die Nervosität, die er an Emily beobachtete, gebot ihm, die Gunst des Augenblicks zu nutzen. Er war überzeugt, ihr nicht zu mißfallen, ihrer Liebe indes konnte er noch nicht sicher sein. Jeremy wollte auf keinen Fall das Risiko eingehen, daß sie sich in den folgenden Tagen an seine Anwesenheit gewöhnte, ohne in Verwirrung zu geraten; ein Zustand, der im nachhinein nur schwer zu korrigieren ist.

Nach Mitternacht, als der beunruhigte Clifford schon Anstalten machte, das Diner zu beschließen, verlängerte Stork gnadenlos seine Qualen. Er erklärte, daß er kürzlich einem Mann begegnet sei, der eines Tages beschlossen habe, sich von Kopf bis Fuß zu verändern, um eine Frau für sich zu erobern.

»Das hat ihn vierzehn Jahre seines Lebens gekostet. Ohne zu wissen, ob er sein Ziel erreichen würde, hat er all diese Zeit darauf verwendet, ihrer würdig zu werden ...«

Und er erzählte von den vierzehn Jahren seiner inneren Odyssee, wobei er freilich nicht verriet, daß von ihm selbst die Rede war. Die Gäste lauschten ihm gebannt und stellten hin und wieder Fragen. Manche witterten eine Lüge, ein Märchen, bis plötzlich jemand ausrief:

»*Damn!* Wer immer Ihnen das anvertraut hat, hat Sie zum besten gehalten – wenn Sie meine Meinung hören wollen!«

»Das würde mich sehr wundern«, entgegnete Jeremy, »denn dieser Mann bin ich.«
Schweigen machte sich in der Runde breit. Storks Tonfall, der voll beißender Ironie war, hatte jedem klargemacht, daß diese extravagante Geschichte nicht erfunden war. Sein ganzes Wesen zeugte vom Wahrheitsgehalt seiner Worte; nichts an ihm widerlegte ihn. Verunsichert starrten ihn die Gäste an: Welches Spiel spielte dieser sonderbare Erzähler mit ihnen? Welche Manipulationen steckten dahinter?
»Darf man erfahren, was Sie veranlaßt hat, eine derart verrückte und auch gefährliche Entscheidung zu treffen?« fragte eine Tänzerin, die sich gern in der Rolle der Angebeteten gesehen hätte.
»Vor vierzehn Jahren habe ich Europa mit dem Zweirad durchquert, um jene Frau in Salzburg aufzusuchen ...«
Bei diesen Worten erkannte Emily plötzlich den von der Natur so stiefmütterlich behandelten jungen Mann von einst hinter den Zügen dieses Fremden. Sie wurde von einer nie gekannten Erregung erfaßt, von einer heftigen, mit Gewissensbissen gepaarten Herzensregung und dem plötzlichen unüberlegten Verlangen, diesem Mann zu gehören, der so zu lieben wußte. Während Lord Stork mit seiner Geschichte fortfuhr, fühlte sich Emily gegen ihren Willen von einer Woge der Gefühle fortgetragen. Sie war selbst erstaunt über ihre Reaktion, hätte sie doch nie geglaubt, eines solchen Aufruhrs der Sinne überhaupt fähig zu sein.
Als Jeremy seine Erläuterungen abgeschlossen hatte, wandte er sich Clifford zu und sagte in ruhigem Tone:
»Ich bin nach London zurückgekehrt, um Ihnen Ihre Frau fortzunehmen. Und, glauben Sie mir, ich bin zu allem bereit, um mein Ziel zu erreichen.«
Clifford war so vor den Kopf gestoßen, daß er nicht wußte, wie er reagieren sollte. Da ergriff Emily mit der ihr eigenen Offenheit das Wort:

»Es ist wahr, Lord Stork, daß Sie mich heute abend mehr verwirrt haben, als ich mir wünschen würde.«
Clifford glaubte sich verloren; die Gesichtszüge des Tänzers verzerrten sich vor den Augen der entsetzten Gäste. Niemand wußte, welche Haltung er einnehmen sollte. Selbst in dieser kleinen Welt der Künstler und Bohemiens mußten die Turbulenzen der Gefühle gedämpft bleiben, von höflichen Euphemismen maskiert, verborgen unter einem Mindestmaß an Schicklichkeit. Man war schließlich in London! Doch Emily, die jedes Wort genau abwägte, fuhr mit beeindruckender Ehrlichkeit fort:
»Ich gebe zu, Sie haben mich betört. Und doch werde ich Ihnen nicht angehören, auch wenn mein Körper sich danach verzehrt. Meine Pflichten und meine Freuden sind auf ein und dieselbe Person gerichtet, meinen Gatten. Ich spreche hier nicht von den gewöhnlichen Pflichten der Ehefrau, sondern von der einzigen, die mir wichtig ist: der Ehrlichkeit sich selbst gegenüber. Ich wäre außerstande, mit einer Lüge zu Clifford zurückzukehren, nachdem ich mich mit Ihnen in einem Hotel vergnügt hätte. Wenn es Freuden gibt, die beim Ehebruch größer sind als in der Ehe, so will ich sie gar nicht kennenlernen. Ohne Treue, vor allem Treue gegen mich selbst, kann ich nicht leben, und ich liebe meinen Mann.«
Mit diesen Worten wandte sie sich ihrem Gatten zu und fuhr fort:
»So bin ich nun einmal, Cliff. Ich hoffe, du nimmst mich, wie ich bin, mit meiner Verletzlichkeit und mit all meinen Schwächen. Ich habe es vorgezogen, unseren Freunden gegenüber offen zu sein, damit sie ihre gute Meinung von dir behalten. Denn ich glaube, jeder der hier Anwesenden hat bemerkt, daß mir Jeremy nicht unsympathisch ist.«
»Lord Stork«, ließ sich Clifford vernehmen, »ich verlange von Ihnen, daß Sie Emily niemals wiedersehen. Geben Sie mir Ihr Ehrenwort?«

»Ja«, entgegnete Jeremy, »vorausgesetzt, sie ist bereit, auf zwei Bedingungen einzugehen. Erstens: Ich sehe Emily erst an dem Tag wieder, an dem sie mich darum bittet. Und zweitens: Ich möchte ihr schreiben dürfen.«
»Würde ich Ihre Bedingungen ablehnen, dann sähe es so aus, als fürchtete ich mich vor Ihnen«, entgegnete Emily, verwirrt durch sein selbstsicheres Auftreten. »Ich gehe also darauf ein. Aber es versteht sich von selbst, daß ich Cliff all Ihre Briefe zeige.«
Stork hatte gewonnen!
Diese erste Forderung sollte bezwecken, daß Emily weitere nicht ablehnen würde; und Stork hielt mit diesen Briefen das Instrument in Händen, das ihn zum Herrn über ihre Träume und schließlich über ihre ganze Person machen würde. Dieser geistige Sohn der Bibliothek von Blick war von einschmeichelnder Gewandtheit und im schriftlichen Ausdruck noch geschickter als im mündlichen.
An den folgenden Tagen war Emily noch verträumter als gewöhnlich. Sie versuchte, sich mit Härte und Sachlichkeit zu wappnen, um das Bild dieses Jeremy Stork, der in ihr das Verlangen weckte, schön zu sein, aus ihren Gedanken zu vertreiben. Schon bald aber wandelte sich ihre Ruhe in ein inneres Chaos; denn Stork war klug genug, nicht überstürzt zur Feder zu greifen. Zwei Wochen nach dem Diner noch immer kein Brief von ihm! Emily war den extremsten Wechselbädern der Gefühle ausgesetzt, sie schwankte zwischen Erregung und totaler Niedergeschlagenheit. Alles war ihr zuwider; selbst am Malen fand sie keinen Gefallen mehr. Sie war nicht wiederzuerkennen. Cliffords Beunruhigung wuchs mit jedem Tag; wie sollte er gegen ein Phantom ankämpfen? Stumm umhüllte Stork sie mit seinen Gedanken, war es ihm doch untersagt, ihr seine Gegenwart aufzudrängen.
Dann trafen die heißersehnten Briefe ein, in denen Emily eine Denkart wiederfand, die sich so ganz mit der ihren

deckte. Die Lektüre seiner Zeilen versetzte sie in ein Entzükken, das in ihr Herz drang, wie sehr sie sich auch dagegen sträubte. Ihre Antworten waren knapp; sie zwang sich, ihn darum zu bitten, sie nicht mehr mit Gefühlen zu konfrontieren, die sie nicht billigen wollte. Emily haßte sich dafür, unehrlich gegenüber Clifford zu sein, der jeden Abend ein paar Tränen mehr vergoß. Erschrocken über die Heftigkeit, mit der sie sich in ihren Briefen verteidigte, beschloß sie, dieser Korrespondenz, an der sie allzu großen Gefallen fand, ein Ende zu machen.

Lord Stork wußte, daß sie auf dem Weg war, sich zu ergeben. Ihr Schweigen verhieß, daß sie besiegt war. Es würde nicht lange dauern, bis sie einsah, daß sie sich nicht mehr verweigern, daß sie nur noch den Zeitpunkt hinauszögern konnte.

Zehn Tage später verlor Emily, die eine leidenschaftliche Frau war, jede Kontrolle über sich. Wie eine Schlange, die ihre Haut abstreift, legte sie ihre Reserviertheit ab und vergewaltigte Stork bei Einbruch der Nacht im Hyde Park, an einem japanischen Kirschbaum, der gerade in voller Büte stand; Stork brauchte sein Clifford gegebenes Wort also nicht zu brechen. Sein jahrelang aufgestauter Drang entlud sich indes allzu rasch. In ihrem wahnsinnigen Verlangen aber hielt sie ihn, noch nicht ganz erschlafft, in sich zurück und gelangte mit außergewöhnlicher Besessenheit zu jener Ekstase, nach der sich ihr Körper schon immer gesehnt hatte. In der Hitze des Gefechts, das den geneigten Baumstamm zur Stütze hatte, lösten sich die Blütenblätter und umwirbelten die Liebenden wie ein Schneegestöber. Jeremy wurde von einer Woge leuchtenden und auch heiteren Glücks davongetragen, das ihn vollkommen erschöpfte, aber auch mit einem seltsamen Stolz darüber erfüllte, daß er sie trotz seiner Voreiligkeit zum Höhepunkt hatte führen können. Befriedigt strich sie ihre zerknitterten Röcke glatt, hob ihren

Hut auf und nahm Jeremy wortlos bei der Hand. In der Ferne, auf den Reitwegen, galoppierten Pferde durch den Nebel des menschenleeren Hyde Park.

Clifford zeigte sich von da an so unausstehlich – vor allem seinen Kindern Laura und Peter gegenüber –, daß keiner ihm eine Träne nachweinte. Nicht lange nach ihrer Scheidung wurde Emily Lady Stork; die Verlobungszeit war kurz.

Waren sie glücklich?

Sieben Jahre später vermochten weder Emily noch Jeremy die Frage mit *Ja* zu beantworten. Gewiß, sie hatten Glücksmomente gekannt – ein drittes Kind, das sie Ernest nannten, war auf die Welt gekommen –, hatten dem Alltagstrott einige berauschende Augenblicke abgerungen. Doch es war ihnen nicht gelungen, ihre Leidenschaft in wahre Liebe zu verwandeln. Wie sehr sich Jeremy auch gegen das Verblassen des Verlangens auflehnte, die Glut der ersten Umarmungen war nach und nach erloschen, ohne daß etwas Erregendes an ihre Stelle getreten wäre. Durch Mißverständnisse und Querelen hatte ihre Beziehung an Wesenhaftigkeit verloren. Ganz gleich, was fortan geschah, es geschah nie wirklich zwischen ihnen, war nie etwas, das sie verband, auch wenn beide nichts sehnlicher wünschten, als sich zu lieben. Es fiel ihnen immer schwerer, hinter den Turbulenzen des Ehelebens den anderen wirklich zu sehen. *Ich liebe dich, aber du bist unerreichbar!* hätten sie sich gern zugerufen.

War die Zeit daran schuld?

Stork war lange davon überzeugt gewesen; er hatte sich sogar gezwungen, mit unglaublichen Mitteln gegen dieses Scheitern anzukämpfen. Doch jetzt spürte er, daß der sogenannte *Verschleiß* nur eine Lüge war, ein Alibi, um Feigheit und Versagen der Ehemänner zu rechtfertigen. Denn die Unfähigkeit der Männer – und damit auch die seine –, Gefühle in Worte und Taten zu kleiden, einen Alltag zu

schaffen, der sich den Bedürfnissen der Liebe unterordnet, war der Kern allen Übels. Wodurch entstand diese tragische Kluft zwischen dem, was ein Paar gewöhnlich durchlebt, und dem köstlichen Taumel, nach dem ein jeder sich sehnt? Denn wer wollte nicht gern ständig die Freuden einer wahren Liebe, den Tumult der Sinne genießen und in einem Aufruhr der Sinne schwelgen, genährt durch die Pflege des Gärtners, der tagein, tagaus darauf bedacht ist, seine Gefühle zu kultivieren, sie immer von neuem zu veredeln?
Jeder versteht in etwa die Rolle des Geliebten zu spielen; die Literatur ist reich an Beispielen. Wie aber praktiziert man die Kunst, ein guter Ehemann zu sein? Die europäischen Bücher sind merkwürdig stumm, wenn es um diese Frage geht; alles dreht sich um die Welt der Jugend, und selten sind die Werke, die sich mit der Welt der Erwachsenen befassen.
Diese Fragen gärten in Jeremys Kopf. In seiner Umgebung in Kensington schien ein jeder zu glauben, die Tatsache, Gefühle zu empfinden, sei schon ausreichend, und, mein Gott, wenn diese sich abnutzten, war dem Schicksal, den Jahren, die vergingen, die Schuld anzulasten. Diese Einstellung hielt sich hartnäckig, war fast unausrottbar; in Europa hatte sie sich seit langem durchgesetzt. Sie wurde an unsere Kinder weitergegeben, sozusagen ohne unser Wissen. Die Literatur wimmelte von Liebesgeschichten, die dahinsiechten, und nahmen so eine Wendung, die jeder als natürlich empfand.
Während seiner siebenjährigen Lektüre in der Bibliothek von Blick war Stork auf kein einziges Werk der großen Literatur gestoßen, das eine glückliche Liebe zum Thema gehabt hätte. Mit einer geradezu morbiden Selbstgefälligkeit machten es sich die Männer der Feder zur Aufgabe, in aller Ausführlichkeit die Zersetzung der Gefühle zu beschreiben, es sei denn, es ging um das Thema »Eroberung«; einmütig mied man die Vorstellung eines dauerhaf-

ten Glücks zwischen Mann und Frau. Der europäische Konformismus in der Literatur zeigte sich in dieser Besessenheit für das Scheitern der Liebe. Unendlich viele ernüchterte Schriftsteller pinselten an dem Gemälde der Paare herum, die sich nichts mehr zu sagen haben. Dies gipfelte darin, den Leser spüren zu lassen, daß der Ruin der Gefühle keine Wahl darstellt, sondern die natürliche, unausweichliche Folge einer jeden Verbindung. Ach, wie erhaben ist doch die Tragik ... und wie elegant dazu!

Einmal war Stork auf einen kleinen atypischen Roman mit dem Titel *Das Zebra* gestoßen; es war die Geschichte eines außergewöhnlichen Ehemanns, der sich nach fünfzehn Ehejahren an die Wiedereroberung seiner Frau macht. Der Autor, ein französischer Schreiberling, der im Alter von dreiundzwanzig Jahren gestorben war, lehnte sich auf gegen die zwingende Notwendigkeit des Nachlassens der Leidenschaft; doch seine unbeholfene Prosa vermochte nicht, dem Roman den für dieses Thema nötigen Atem einzuhauchen. Und sein Held war nur ein spätpubertärer Knabe, besessen von der Idee, seine Leidenschaft am Leben zu erhalten, ohne den Versuch zu unternehmen, sie in echte Liebe zu verwandeln. Zweifellos war der Autor zu jung, um sich auf dieses Terrain zu wagen.

Mit achtunddreißig Jahren beschloß Lord Stork, aus seinem Leben die Geschichte glücklicher Menschen zu machen und in sich selbst den zerstörerischen Glauben seiner Zivilisation, diese schädlichen Gedankenstrahlen, zu tilgen. Sein Ehrgeiz war nicht, der Liebhaber seiner Frau zu bleiben, sondern alle Mühe und Kunst darauf zu verwenden, ihr Ehemann zu werden. Er träumte nicht mehr davon, Emily zu beglücken, indem er sie durch romantische Possen bestrickte. Solche Spielereien zerstreuten sie wohl, ihr Herz erreichten sie nicht. Waren sie, Emily und Stork, nicht geboren, andere Träume, andere Ziele zu verwirklichen? Alle! Selbst die geheimsten! Ach, sich auf das Abenteuer einzulassen, einander glücklich zu machen! Das war der Sinn ihres gemeinsamen Schicksals.

Während er im Halbdunkel der Kapelle von Shelty Manor neben der sterblichen Hülle seines Schimpansen wachte, ahnte Lord Stork noch nicht, daß er kurz davor stand, die wesentliche Entdeckung zu machen, die sein geregeltes Leben auf den Kopf stellen würde.

Irgendwo auf dieser Erde hatte ein erstaunliches kleines Volk für ihn die Antwort auf diese wesentliche Frage gegeben: *Wie stellt man es an, wirklich zu lieben?*

Spätnachts weilte Lord Stork allein in der Bibliothek der Londoner *Royal Geographical Society,* deren Vorsitz er innehatte. Über ein altes Pult gebeugt, blätterte er fieberhaft in einem Stapel vergilbter Dokumente. Was er soeben entdeckt hatte, ließ sein Herz höher schlagen. Alles, was er seit Jahren suchte, lag hier in diesen stockfleckigen Papieren vor ihm, welche die verstorbene Lady Brakesbury, eine Jungfer von hundertundzwei Jahren, dem Institut hinterlassen hatte.

Die Jungfernschaft dieser betagten Dame hatte knapp einem Jahrhundert akrobatischer Finessen widerstanden, was um so erstaunlicher war, als behauptet wurde, ihre sinnliche Gier sei bis zu ihrem fünfundachtzigsten Lebensjahr schier unstillbar gewesen. Doch sie versicherte, die nach allen Regeln der Kunst ausgeführte Onanie bewahre vor den üblichen Schäden des Alterns. Lady Brakesbury hatte noch eine andere Eigenheit, die uns hier sehr viel mehr interessiert: Sie hegte eine Vorliebe für die französische Metropole und ihre literarischen Größen und hatte über längere Zeit Verbindlichkeiten mit dem Pariser Schriftsteller Jules Renard unterhalten, die gelegentlich sogar zum Verlust ihres Gebisses führten. Nun, der Vater des Autors von *Poil de Carotte,* der große Seefahrer Kapitän Renard, hatte, kurz bevor er das Zeitliche segnete, seinem undankbaren Sohn seine Tagebücher vermacht. Dieses Tagebuch war das hervorragendste Werk unter den alten Dokumenten, die Lord Stork so in Auf-

regung versetzten. Als Zeichen der Dankbarkeit hatte Jules Renard das Dossier wiederum seiner alten Freundin vermacht, und so war es Lord Stork in die Hände gefallen. Wie der Zufall so spielt!
Laut Kapitän Renard befand sich auf der südlichen Halbkugel, zwischen den Breitengraden 22°15 und 22°17 und einem Längengrad, den es noch zu verschweigen gilt, jedenfalls irgendwo in Ozeanien, auf dem offenen Meer vor Neukaledonien, eine außergewöhnliche Insel. Der erste Besucher von Hélène, so lautet ihr Name, war der Spanier Mendaña de Neira, der Entdecker der Salomoninseln, dann geriet sie zwei Jahrhunderte lang in Vergessenheit und wurde 1768 durch den Franzosen Bougainville wiederentdeckt. Doch die Insel Hélène – auf der kein menschliches Wesen lebte – wurde erst 1874 in den Annalen Europas verzeichnet, und zwar durch Auguste Renard; übrigens war er es, der das Fleckchen Erde nach seiner Frau benannte. Trotz der relativ präzisen Angaben von Mendaña de Neira hatte der große Cook das südliche Eiland nicht gefunden, so geschützt war es durch widrige Winde und starke Meeresströmungen.
Kapitän Renard verdankte die Wiederentdeckung der Insel einem Schiffbruch. Nachdem sein Schoner einem gewaltigen Wirbelsturm zum Opfer gefallen und untergegangen war, fand er sich am 2. Februar 1874 als einziger Überlebender auf einem der Strände dieser Insel wieder. Mit den Stämmen der Säulenpinie – eines großen, in Ozeanien beheimateten Nadelbaums, der aus der Ferne einer Basaltsäule gleicht – zimmerte er sich mutig ein Floß. Dann ließ er sich von den Passatwinden, die in diesen Breiten vorherrschen, bis nach Neukaledonien treiben. Elf Jahre lang verheimlichte er die Existenz der Insel. Dieses Fleckchen Erde im Pazifik war sein Geheimnis, sein inneres Refugium, wo er in seinen Träumen eine neue

Gesellschaft gründete, eine Gesellschaft, so wie sie ihm vorschwebte.
Zehn Jahre später verließ Kapitän Renard im Streit die Pariser *Société de Géographie.* Zola und andere Geistesgrößen jener Zeit unterstützten ihn nach besten Kräften. Wie viele Kolonialoffiziere hatte sich Renard senior dieser Gesellschaft angeschlossen, um in ihr seine Vorstellung von Geographie umzusetzen, die damals gleichbedeutend mit Erforschung war. Zunächst bestürzt, dann empört darüber, mit ansehen zu müssen, wie andere Zivilisationen beim Kontakt mit der unseren zugrunde gingen, ersann er den Plan, eine Gegengesellschaft ins Leben zu rufen, die sich von der vergiftenden Kolonialpolitik absetzte. Er wollte sein Können in den Dienst einer Kolonisierung stellen, die keinesfalls die Laster der Weißen nach Übersee bringen sollte, ihr mangelndes Talent zum Glücklichsein, all die zermarternden Schuldgefühle, die falschen Werte, die er als Keim jenes krankhaften Wahnsinns ansah, in dem wir noch immer gefangen sind. Auguste Renard hoffte, anderswo die Mängel unserer Welt korrigieren zu können, die neuen Gesellschaften, die in Ozeanien und Afrika gegründet wurden, von der ungeheuren Aggression der Europäer zu befreien, die, von ständigem Machthunger geplagt, immer gieriger wurden und nicht fähig waren, im Alltag jene Liebe zu praktizieren, von der das Evangelium spricht.
Renard war schon immer über die Mittelmäßigkeit der Beziehungen zwischen Mann und Frau in unseren Breiten verblüfft gewesen. Es ist allgemein bekannt, daß das Liebesleben in Europa nur von zweitrangiger Bedeutung ist, so beschäftigt sind wir mit Aufgaben, die uns unabdingbar erscheinen und die uns schaden. In Renards Augen konnte eine Gesellschaft sich nur im Gleichklang mit einem anspruchsvollen Liebesleben entwickeln. Für ihn war der

Begriff Leben gleichbedeutend mit dem Abenteuer, eine Frau oder einen Mann zu lieben. Ganz offensichtlich war unsere Kultur nicht auf dieses Ziel ausgerichtet.

Kapitän Renard träumte davon, eine Kolonie zu gründen, in der die Beziehungen zwischen Mann und Frau die Grundlage der Gesellschaftsordnung sein sollten, das Hauptinteresse, auf das alle Gemeinschaftsregeln ausgerichtet sein würden. Unser Utopist, ein begeisterter Leser von Fourier und Proudhon, wollte eine Gesellschaft erschaffen, in der die Sorge um die Liebe und die Suche nach Zärtlichkeit Aggressionen, persönlichen Vorteil, Konkurrenzdenken und Besitzstreben, kurz, die treibenden Kräfte unserer Zivilisation ersetzen würden.

Renard war als Linkshänder in eine Welt von Rechtshändern geboren worden; nie hatte er sich wohl gefühlt in diesem Universum, in dem nichts für ihn geschaffen war, in dem ihm alles falsch ausgerichtet schien, die Türklinken ebenso wie die großen Hoffnungen. Seine Kameraden träumten von glänzenden, ehrenvollen Karrieren; er selbst hatte nichts anderes im Sinn, als Hélène, seine Frau, zu lieben und sich vor den Plänen der Karrieristen zu hüten. Seine Pariser Umgebung verhöhnte sein Streben nach Glück und spottete über seine naiven Ideen. Er selbst hatte nie Gefallen daran finden können, sich in Chaos und Sumpf zu suhlen, ja, sogar eine gewisse Ästhetik daran zu finden. Er glaubte an die Schönheit einer grenzenlosen Liebe inmitten eines Umfelds republikanischer Offiziere, wo es zum guten Ton gehörte, über solche Kindereien zu lachen. Immer hatte er sich fehl am Platz, sich in seiner Haut unwohl gefühlt. Manchmal glaubte er, als Kind durch einen Spiegel getreten zu sein. In seinem Wahn war er auf den Gedanken gekommen, daß eine Welt von Linkshändern vielleicht ein Universum sei, in dem die Dinge richtig abliefen, daß allein eine Kolonie von Linkshändern in der Lage sei, den Grundstein

zu einer Zivilisation zu legen, in der die Liebe im Mittelpunkt des Lebens stünde.
Schon im Jahr 1884 gründete Auguste Renard in Paris die *Société Géographique des Gauchers,* die Geographische Gesellschaft der Linkshänder, um all jene zusammenzuführen, die sich für seine Utopie interessierten. Groß war die Anzahl der höhnischen Pariser (Pleonasmus...); doch es fanden sich einige hundert französische Linkshänder, die, beeinträchtigt durch unsere Gesellschaft der Rechtshänder, zu seinen Anhängern wurden. Es gab auch falsche Rechtshänder, in Wirklichkeit Linkshänder, Opfer der republikanischen Schule, und echte Rechtshänder, die sich ihnen begeistert anschlossen; letztere hegten sogar den Wunsch, gegen ihre Neigung anzukämpfen, um gleichsam die andere Seite ihrer selbst zu entdecken, Renard aber bat sie, davon abzusehen. Wie alle Linkshänder wußte Auguste, welche Qual es bedeutete, gegen sein Naturell anzukämpfen; tolerant, wie er war, beschloß er, sie aufzunehmen, wie sie waren. Diese unterschiedlichen Menschen hatten eines gemein: Sie hofften, eine neue Gemeinschaft aufzubauen, in der die Beziehungen zwischen Mann und Frau eines Tages liebevoller und zärtlicher sein würden. Darum drehte sich alles im zukünftigen Linkshänder-Leben der Inselbewohner. Und, der Leser wird es schon ahnen, Renard hatte für die Gründung dieser neuartigen Kolonie die unbewohnte Insel Hélène im Sinn.
Von Le Havre aus stachen die ersten Siedler am 18. Februar 1885 in See, an Bord der *Espérance,* eines großen Klippers, den die Gesellschaft der Linkshänder einem Weinhandelshaus in Bordeaux zu einem günstigen Preis abgekauft hatte. Das Schiff, das unter dem Kommando von Kapitän Renard stand, sollte zur *Mayflower* der Linkshänder werden. Die Zwischendecks waren mit Vieh, die Kielräume mit Saatgut beladen worden. An Bord befanden sich ein Wasseringe-

nieur, ein Glasbläser, mehrere Zimmerleute, sieben Bäcker, eine ganze Gesellschaft von Linkshändern, die sich zum Ziel gemacht hatte, besser, das heißt weniger blind, zu lieben. Diese Episode ist heute nicht sehr bekannt, damals aber fand sie recht große Beachtung. Die Pariser Presse berichtete in aller Ausführlichkeit – um ihren Spott zu treiben. Die Verfasser der Leitartikel, allen voran Anatole France, unkten, dieses utopische Experiment sei, wie alle früheren Gründungen sogenannter *Phalanstères** und weiterer utopischer Gesellschaften, in Nordamerika oder anderswo, von vornherein zum Scheitern verurteilt.
Die *Espérance,* die »Hoffnung«, setzte die Segel. Sie verschwand bald am Horizont, nahm Kurs auf die Kanarischen Inseln und erreichte am 15. März den Hafen von Rio de Janeiro. Danach ward nie mehr etwas von ihr gehört. Alle Welt glaubte, der Klipper sei mitsamt seinen Passagieren im südlichen Pazifik bei Vanikoro untergegangen.
Tatsächlich jedoch hatte Renard seine Kameraden und ihre Ehefrauen wohlbehalten an ihr Ziel, irgendwo in Ozeanien, gebracht. Um ihr Schicksal zu besiegeln, hatten die Linkshänder ihr Schiff in der kleinen Bucht von Hélène Planke für Planke zerlegt. Das Holz diente zum Bau der ersten Häuser, die noch heute die Hauptstraße der Hafenstadt säumen, die sie Port-Espérance tauften. So begann eines der außergewöhnlichsten Epen der Kolonisierung, die Geschichte jener Linkshänder, die aufgebrochen waren, um sich vom Gift der Rechtshänder-Existenz zu befreien.
Sicher hören Sie, verehrter Leser, zum erstenmal von dieser Insel der Linkshänder; wundern Sie sich nicht darüber. Die

* Große fourieristische Verbände, in denen die Arbeiter im Kollektiv lebten. Einige dieser Verbände ließen sich in Manitoba nieder, andere im Indischen Ozean, am Ufer des Schwarzen Meeres, in Zypern und im südlichen Kaukasus.

Insel Hélène ist seit dem segensreichen Erlaß vom 2. Juli 1917, mit dem Georges Clémenceau im *Bureau National de Cartographie* eine Streichung veranlaßte, von allen Karten verschwunden; das heutige Kartographische Institut, das an die Stelle des BNC getreten ist, hält sich übrigens noch immer an dieses verkannte Dekret. Man vergißt allzuleicht, daß der Schüler Clémenceau ein durch seine Lehrer umerzogener Linkshänder war; seiner wahren Natur stets treu, blieb er bis an sein Lebensende ein großer Beschützer der Linkshänder.

Obwohl sie all jenen gegenüber, die sich bei ihnen niederlassen und ihre Sitten annehmen wollten, äußerst aufgeschlossen waren, hatten die Helener – so nannten sie sich selbst – stets Angst, daß ihre Eigenarten bei den westlichen und asiatischen Völkern allzu bekannt würden. Sie fürchteten einen Rechtshänder-Tourismus oder, schlimmer noch, eine Masseninvasion der letzteren, die, wenn sie sich auf der Insel niederließen, die Einzigartigkeit dieser kleinen erstaunlichen Gesellschaft aufs höchste gefährden würden. Übrigens wurde der Zugang zur Insel bewußt erschwert; weder Flug- noch Schiffahrtsunternehmen durften die Insel Hélène direkt ansteuern. So entschied das Volk der Helener bei jedem Referendum.

Kapitän Renards Abenteuer war also ein Erfolg. Diese einzigartige Gesellschaft bestand auch im Winter 1932 noch; die Dokumente, die dem Tagebuch von Auguste Renard beigefügt waren, bewiesen es. Mit den Jahren hatte sich die Kolonie im Zuge der Einwanderungswellen von – vorwiegend – Linkshändern nach und nach vergrößert, bis sie 1929 neunundddreißigtausendsiebenhundertachtundzwanzig Seelen zählte*. Trotzdem war es gelungen, ein prozen-

* Volkszählung von 1929 durch das INED (Nationales Institut für Bevölkerungsstudien).

tuales Verhältnis zwischen Links- und Rechtshändern beizubehalten, das genau umgekehrt war wie in den meisten Ländern unseres Planeten. Je mehr sich Stork in diese alten Papiere vertiefte, desto mehr wuchs seine Begeisterung; denn seit fast einem halben Jahrhundert kreisten die Gedanken dieser Erfinder einer neuen Welt um die Frage, die ihn selbst so sehr beschäftigte: *Wie stellt man es an, wirklich zu lieben?*
Ihre verblüffenden Antworten begeisterten ihn.
Die Insel Hélène war nicht nur ein Paradies für Linkshänder; sie war vor allem ein außergewöhnliches Experimentierfeld für die Kunst des Liebens. Es gab dort keinen Bereich der menschlichen Kultur, kein Tätigkeitsgebiet, das nicht von dieser Suche geprägt war: die bizarre Architektur der Gebäude, der wundersame Kalender, der den Rhythmus ihres Lebens bestimmte, die Gesamtheit der bemerkenswerten und unterhaltsamen Riten, ihre Feste, die verblüffende Kindererziehung, die Wahl des Wirtschaftssystems, ihre Art, Französisch zu sprechen, sich gegenüberzutreten, sich zum Hahnrei zu machen, den Beschluß, technischen Fortschritt zu übernehmen oder abzulehnen, und weiß Gott was noch. Alles fügte sich zu einem erstaunlichen Lebensstil, der nichts mit dem Gesellschaftssystem gemein hatte, wie wir es in Europa kennen.
In diesem gegen die schädlichen Glaubenseinflüsse der Rechtshänder geschützten Universum galt die Liebesfähigkeit als Erfolgskriterium. Alle Facetten und alle Fallstricke des menschlichen Herzens zu erforschen war das große, das einzige Anliegen dieses kleinen Völkchens der Linkshänder; alles gipfelte in der Ausübung dieser Leidenschaft, ohne daß dabei irgend etwas endgültig festgelegt worden wäre. Wenn man den von Lady Brakesbury hinterlassenen Dokumenten Glauben schenken durfte, so war dieses südliche Eiland der Ort auf der Welt, an dem es die zärtlichsten Bande zwischen Mann und Frau gab.

Die Bezeichnung, die die Linkshänder damals für all die verwendeten, die jenseits des Horizonts lebten – der Rest der Menschheit –, sagt übrigens alles: Sie nannten sie die »Schlecht-Geliebten«. Jenseits des gewaltigen Pazifischen Ozeans befand sich in ihren Augen die Welt ohne Zauber, die reizlose Welt der Rechtshänder, in der Menschen lebten, die den langsamen Verfall ihrer Liebe zu erleiden hatten.

Als auch die letzte Zeile gelesen war, dachte Lord Stork an den Tod Harolds, seines großen Affen, der die sinnlose Welt der Menschen, verpestet vom Argwohn und den Vorurteilen, die jeder dem anderen entgegenbringen zu dürfen glaubte, nicht hatte ertragen können; und plötzlich begriff er die unermeßliche Verzweiflung seines Schimpansen. Das Rechtshänder-Dasein, das er, Stork, seit dem Verlassen der Bibliothek von Blick geführt hatte, erschien ihm nichtig, absurd. Sein Beruf, der mondäne Umgang, der mit seiner Position als englischer Aristokrat einherging, tausend künstliche Beschäftigungen, die sein Liebesleben in den Hintergrund gedrängt hatten, all das hatte ihn von den einzig wesentlichen Fragen abgelenkt – denjenigen nach den Krankheiten, welche selbst die leidenschaftlichste Liebe zerstören. Indem er sich auf die Welt der Schlecht-Geliebten einließ, war er in einen Alltagssumpf geraten, der durchsetzt war von diesen sogenannten unerläßlichen Beschäftigungen, ohne sich je Gedanken zu machen, das Wesentliche vom Unwesentlichen zu trennen.

Nun, mit beinahe vierzig Jahren, war es höchste Zeit, sich der Liebe zu widmen. War die einzige Realität nicht die der Gefühle? War alles andere nicht eine Scheinexistenz? Er mußte aufhören mit seinen unsinnigen Aktivitäten, einen Schlußstrich ziehen unter die Unverträglichkeit, die er zwischen sich und dem Europa der Industrienationen sah, mußte die Flucht ergreifen vor der unermeßlichen Ernüchterung der Rechtshänder, das tote Wasser seiner Gegenwart verlassen, sich einschiffen und Kurs nehmen auf ein Gebiet, das von weit bewußteren Menschen bevölkert war, Kurs auf diese poetische Insel, die er für seine wahre Heimat hielt. Stork fühlte sich in diesem England, das geschüttelt wurde von der großen Krise der dreißiger Jahre, seines wahren Lebens beraubt, allein gelassen inmitten dieser Gesellschaft, die keine hehren Ziele hatte. Er wollte seinem Schicksal eine andere Richtung geben, seine Leidenschaft für Emily auf dieser Insel in eine ungeheure Liebe verwandeln, der er sich ganz widmen würde, um seine Frau wirklich kennenzulernen.

Stork hatte immer geglaubt, die Anfangsphase der Verführung sei das Köstlichste an einer Beziehung; heute aber war er sich des großen Irrtums dieser Jugendillusion bewußt. Die Liebe war weit erhabener als der begrenzte Rausch einer Leidenschaft. Er träumte davon, sich hinzugeben, Emily zuzuhören, ihr zu verzeihen, sie zu verstehen und endlich zu entdecken, was es heißt, in echter Zweisamkeit zu leben und nicht nur nebeneinander. Ist es nicht das Geheimnis des eigenen Glücks, Glück zu schenken? Mit der Reise zur Insel der Linkshänder verband Jeremy das Ziel, seine Frau zu erkunden, diese Schlecht-Geliebte, die er nur so unzulänglich mit seiner Zärtlichkeit hatte umgeben können. Er wollte diejenige, die er liebte, nicht mehr ständig enttäuschen, wollte nicht in dieser Rolle des kraftlosen Gatten verharren, der all ihren Träumen widersprach und ein verachtenswürdiges Bild von sich selbst abgab.

Jeremy Stork hoffte, ihre Liebe einer Kur unterziehen zu können, sich auf der Insel von all den Fesseln zu befreien, die heimlich ihre Ehe zu erdrosseln drohten, von diesen üblen Mechanismen, die die Liebe töten und, ohne daß man es will, zum Ehebruch führen. Diese Fesseln und Fußangeln schienen ihm noch gefährlicher zu sein als die sogenannte

Gewöhnung, die angeblich auf die sich mehrenden Jahre ehelicher Eintönigkeit zurückzuführen ist.
Stork dachte dabei vor allem an den ewigen hoffnungslosen Kreislauf, der ihre Ehe zu zerstören drohte. War Emily denn tief enttäuscht? Sogleich tat Jeremy so, als würde er den Ernst der Lage nicht erkennen, so sehr fürchtete er, vom Leiden des anderen belastet zu werden – war das, was ihm sein eigenes Leben auferlegte, schließlich nicht schon genug? Emily war also allein in ihrer Not, betrogen um die Hoffnung, ihre Trauer mit dem Mann zu teilen, den sie über alles lieben wollte; diese Wunde verschlimmerte ihre ursprüngliche Enttäuschung und erschütterte ihren Glauben an die Ehe. Und nicht selten hatte Emily am Ende fast das Gefühl, wahnsinnig zu sein, da sie Gefühle empfand, die Jeremy leugnete. In solchen Augenblicken hätte sie am liebsten laut geschrien; sie wurde streitsüchtig, kritisierte ihn mit einer von tiefer Verbitterung eingeflüsterten Schärfe, mit einer Heftigkeit, die ihr selbst gar nicht bewußt war. Auf diese Weise – und wie er glaubte, zu Unrecht – angegriffen, bediente sich Jeremy wiederum der Waffe der Ironie. Und so hörte er auf, sich mit Emilys Augen selbst zu lieben, und lehnte sich wie ein Besessener auf, tobte und wetterte und kämpfte dagegen an, sich einem gemeinen Kerl gleichgesetzt zu sehen. Die seiner Eigenliebe zugefügte Verletzung war um so schmerzhafter, als es ihm schon immer schwergefallen war, sich selbst zu schätzen, und der Blick dieser geliebten Frau das einzige war, was in seinen Augen wirklich zählte. Ohne Vorwarnung hatte sich die unsichtbare Falle um sie geschlossen; ihr ausgeklügelter Mechanismus hatte sie einander immer mehr entfremdet.
Dabei hätten sich die beiden leidenschaftlich lieben müssen – Tag für Tag. Doch sie konnten nicht einfach über die Fußangeln hinwegsehen, die sich hinter jedem Schweigen verbargen, stets bereit, ihre Träume zu zerstören. Die Links-

händer hingegen schienen es sich zur Aufgabe gemacht zu haben, das Leben zu zweit von diesen Fallstricken zu befreien, hatten amüsante Praktiken ersonnen, um die explosive Seite der Zweisamkeit zu entschärfen oder zu umgehen.
Und außerdem war Stork begierig, seine Frau körperlich zu lieben, nicht einmal, sondern immer wieder, sie zu nehmen, von vorn, von hinten, bis ihr die Sinne vergingen, sie ihre ganze Lust hinausschreien zu hören, in Dur, in Moll und in allen Tonlagen, die solcher sinnlichen Höhenflüge würdig waren. Wie lange hatten sie diese Ekstasen nicht mehr erlebt? Obwohl beide doch versessen waren auf solch glühende Umarmungen! Im Leben der Rechtshänder blieb für diese Art von Zeitvertreib nur wenig Zeit, und schon gar nicht bei Tageslicht. Bei den Storks entschädigte man sich, so gut man konnte, mit den mageren sonntäglichen Wonnen, meist allzu hastig, leider... Diese wöchentlichen Pflichten wurden oft hingepfuscht, so sehr lastete der Druck der zurückliegenden Tage auf diesen Wochenendliebenden. Traurige Reste einer Leidenschaft! Auch wenn die Lust noch nicht ganz gestorben war, so hatte der Drang ihrer Körper, sich zu vereinen, doch merklich nachgelassen. Auf der Insel der Linkshänder würde die Lust wieder belebt werden. Und mit welchem Eifer sie übereinander herfallen würden, diese alten Eheleute! Allein der Gedanke daran weckte Storks Verlangen! Mein Gott, wie selten und unzulänglich die Schlecht-Geliebten doch ihre Körper vereinten! Und wie sehr malträtierte das Leben neben dem LEBEN unsere Sinne!
Dieses Abenteuer würde Emily reizen, dessen war sich Jeremy fast sicher. Schließlich konnte er seit einem halben Jahr beobachten, wie unbehaglich sich seine Frau in diesem Rechtshänder-Dasein fühlte, das sie immer mehr von den Wonnen trennte, nach denen es sie so verlangte. Emily beschwerte sich über seine Unbeteiligtheit, warf sich gleich-

zeitig vor, die Rolle der ewigen Nörglerin zu spielen, griff Jeremy trotzdem aufs neue an und beschuldigte ihn, daß sein Beruf die wenige Zeit beanspruche, ohne die die Liebe erstickt, da sie nicht körperlich ausgelebt wird. Ihre Beziehung wurde von tausend Nichtigkeiten abgelenkt, war zu sehr den Spannungen des äußeren Lebens unterworfen, von den Erfordernissen des Rechtshänder-Lebens vergiftet. Eines Tages hatte Emily in einem Wutanfall sogar ihr Radiogerät aus dem Fenster geworfen, um endlich Schluß zu machen mit dieser heimtückischen Zerstreuung, die ihr verzerrte Bilder von der Welt vorgaukelte, ihr Gefühle ins Herz einzuschleusen suchte, die nicht die ihren waren. Die kärglichen Reste an Aufmerksamkeit, die Jeremy und sie sich – zwischen zwei *unerläßlichen* Beschäftigungen – noch schenkten, reichten nicht mehr aus, um Emily glücklich zu machen.

»Wir sind einander nicht mehr wert«, hatte sie eines Abends in einem für sie ungewöhnlich ernsten Tone gesagt.

Emily litt unter diesem Alltagstrott, der ihrer Liebe nicht würdig war, und sie wiederholte es seit bald einem halben Jahr mit der Heftigkeit einer Liebenden, die sich in ihren Hoffnungen betrogen fühlt. Die Ratlosigkeit von Stork, der nicht richtig wußte, wie er ihr Leben neu entwerfen sollte, nahm ihr schließlich allen Mut. Emily war außerstande, Kompromisse einzugehen; ihr Herz war für solche Unvollkommenheiten einfach nicht gemacht. Mehrmals hatte sie erklärt, sie weigere sich, zur Tristesse dieses enttäuschenden Lebens beizutragen, indem sie Stork nicht mehr liebe. Lieber wolle sie auf ihr Eheleben verzichten, bevor sich ihre Gefühle veränderten. Indem sie dies aussprach, wußte Emily, daß ihr ihre eigene Aufrichtigkeit zum Verhängnis werden könnte. Man löst sich leicht von dem, der einen mit Vorwürfen überhäuft, einem die eigenen Schwächen in aller Offenheit schildert. Aber sie liebte ihn! Und mit welcher

Inbrunst! Sie war viel zu verrückt nach Jeremy, um ihre Gefühle in dieser Ehe, die nur noch von Erinnerungen lebte, dahindümpeln zu lassen.

Allein in der Bibliothek der *Royal Geographical Society*, glaubte Lord Stork triumphierend, DIE Lösung in Händen zu halten, die ihn in den Augen Emilys vielleicht wieder würdig machen würde. Er war bereit, Linkshänder zu werden für seine Frau, die es von Natur aus war; er war fest entschlossen, durch den Spiegel dieser Insel zu treten, um in diese verkehrte Realität einzudringen, in der alles richtig herum war. Ja, endlich die Realität wechseln ... endlich leben! Durch und für seine geliebte Frau!

Dämmerlicht drang durch die Fenster des großen Saals; er hatte die ganze Nacht gelesen, sein Vorhaben geplant. Stork schlug das schwere Dossier zu, betrachtete einen Augenblick die riesigen Gorillastandbilder, die den Raum schmückten, und fragte sich plötzlich, ob er nicht geträumt habe. Existierte sie wirklich, die Insel Hélène? War sie nicht nur ein Hirngespinst, im Kopf eines versponnenen Schriftstellers entstanden? Hatte sich die Gesellschaft der Linkshänder wirklich bis zu diesem Tag des Jahres 1932 erhalten? War es tatsächlich eine Welt, in der es nur galt, die Gefahren und Wonnen der Liebe zu erforschen? Was würde er dort vorfinden? Bittere Enttäuschungen? Und würde er dieses winzige Fleckchen roter Erde im gewaltigen Pazifischen Ozean überhaupt finden?

All diese Fragen überfielen ihn plötzlich, und als er, sein Dossier unterm Arm, die große Bibliothek verließ, überkam ihn Unruhe. Er hatte all seine Hoffnungen auf dieses südliche Eiland konzentriert. Jetzt durfte es nicht so kommen, daß die Insel von Kapitän Renard nicht so existierte, wie er sie sich schon in Gedanken ausmalte – zwischen den Breitengraden 22°15 und 22°17 und einem Längengrad, der weiterhin verschwiegen bleiben soll.

Auf der verschneiten Straße, die nach Shelty Manor führte, fröstelte Lord Jeremy Stork in seinem Automobil, einem gewaltigen Hotchkiss-Cabriolet, das er sieben Jahre zuvor nach seinen Maßen hatte anfertigen lassen. Seine langen Beine hatten reichlich Platz darin, das Lenkrad war speziell für seine Hände konzipiert und geschnitzt, ebenso der aus Java-Mahagoni gefertigte Knauf des Schaltknüppels. Als begüterter Gentleman hatte Jeremy stets größten Wert darauf gelegt, in einer Umgebung »nach Maß« zu leben. Die Vorstellung, Unterhosen zu tragen, die für ein anderes Hinterteil als das seine geschneidert waren, wäre ihm unerträglich gewesen; die seinen – mit Biberfell gefüttert – bereiteten ihm, wenn er sie morgens überstreifte, ein unsägliches Wohlbehagen. Bei ihm war alles, oder fast alles, nach Maß hergestellt: sein Schildpattkamm, der sich der Wölbung seines Schädels anpaßte; seine Zahncreme, die mit dem Aroma des besten Cognacs verfeinert war; seine erstaunlichen Thermometer, die er gelegentlich rektal einführte; seine Präservative aus Lyoner Seide, von einem bemerkenswerten Londoner Schneider mit Liebe genäht, und weiß Gott was sonst noch. Selbst die Tür zu seinem Arbeitszimmer war *für ihn* gefertigt: Sie war in der Form seiner Körpergestalt gezimmert, so daß er der einzige war, der bequem hindurchtreten konnte. Exzentrisch und elitär, wie er war, fand er es normal, daß die Welt sich ihm anpaßte, nicht umgekehrt.

»Peter«, pflegte er zu seinem Adoptivsohn zu sagen, »verleugne nie, was du bist.«
Ein für die Massen gefertigtes Produkt zu erwerben – während seine Einkünfte ihn doch vor einer solchen Schmach bewahrten –, erschien ihm der Anfang aller Entwürdigung. Sein Eintreten für die »Fertigung nach Maß« war in seinen Augen ein Akt des Widerstandes gegen die trostlose Vereinheitlichung, der unsere Gesellschaft anheimgefallen ist. Übrigens hatte er immer darüber gewacht, daß seine Sprößlinge von den Dingen des Lebens Vorstellungen »nach Maß« hatten. Nichts schien ihm verachtenswerter als das ›Konfektionsdenken‹, das im Hirn der sogenannten guten Schüler schimmelte.
Jeremy ging sogar so weit, daß er von ihm geschätzte Romane neu inszenierte, als wären es unfertige Filme. Zwar respektierte er das Genie der großen Schriftsteller und hätte niemals gewagt, auch nur eine einzige Zeile aus ihren Texten zu streichen; mit Schere und Leim bewaffnet aber nahm er sich das Recht heraus, Romane »nach Maß« daraus zu schneidern, indem er die Reihenfolge der Absätze oder Kapitel nach Belieben veränderte. Die Regale seiner Privatbibliothek waren voll solcher mit Leidenschaft neu zusammengestellten Werke.
An besagtem Morgen fröstelte es Lord Stork in seinem Automobil. Er hatte sich nie entschließen können, es mit einem Verdeck auszustatten. Er meinte, ein Liebhaber sei es sich schuldig, mit wehendem Haar zu fahren, bei jeder Witterung. Sich dem Regen und den Härten des Winters zu beugen, schien ihm erbärmlich und paßte nicht zu der hohen Meinung, die er von der Rolle des *lover* hatte. Sein Automobil – von sportlichem Zuschnitt – war zugegebenermaßen wenig bequem, vor allem im hinteren Teil, doch jedesmal, wenn er am Steuer saß, überkam ihn die unbändige Lust, Emily auf dem Rücksitz zu nehmen.

Aufgemuntert durch die polare Kälte, die seine Lippen spröde machte, faßte er den Entschluß, sich unverzüglich der Verwandlung zu unterziehen, die ihn vom Rechts- zum Linkshänder machen würde; und als erstes beschloß er, seinen Namen zu übersetzen. Von diesem Morgen an würde er nicht mehr Lord Stork, sondern »Lord Cigogne« heißen; schließlich war Französisch die Sprache der Insel Hélène! Stork hatte versucht, ein Liebhaber zu bleiben; Cigogne dagegen hatte den Ehrgeiz, ein meisterlicher Ehemann zu sein. Er würde sich bemühen, das ganze Geschick der Helener in sein neues Verhalten einzubeziehen. Doch Jeremy spürte, daß es kein Kinderspiel sein würde, den Rechtshänder in sich auszumerzen. Seine Ungeschicklichkeit als Gatte würde sein Verhalten noch lange beeinträchtigen.
Cigogne stand nicht vor seiner ersten Metamorphose; durch die vierzehn Jahre, in denen er seinen Charakter umgeformt hatte, war die Willenskraft dieses Mannes gestählt worden, der sich, ich wiederhole es, immer schon durch eine außerordentliche Liebesfähigkeit ausgezeichnet hatte.
Während er sein Automobil durch den englischen Winter lenkte, grübelte Lord Cigogne, wie er Emily die gemeinsame Reise nach Ozeanien ankündigen sollte. Um ihre Zustimmung machte er sich keine Gedanken; ihr Dasein mißfiel ihr zu sehr. Doch er wollte dieser Ankündigung eine glanzvolle Note verleihen, wollte etwas Überraschendes inszenieren, um Emily ein wenig von dem Enthusiasmus zu vermitteln, der ihn erfüllte. Dann aber fiel ihm ein, daß er es sich schuldig war, auf diese Spielchen, auf all das Gekünstelte zu verzichten, das seine früheren Handlungen bestimmt hatte. Schlichtheit, nichts als Schlichtheit! wiederholte er sich mehrmals. Vorbei die Zeit der Pirouetten, mit denen er ihrer kränkelnden Leidenschaft wieder auf die Beine hatte helfen wollen! Aus und vorbei! Zum Teufel mit all den Spielereien und Manipulationen! Von Liebe sollte die Rede sein, von

einem echten Liebesroman, kraftvoll und wirklich. Schluß mit der künstlichen Würze von einst! Ehrlich und unverblümt würde er zu Emily mit all ihren Enttäuschungen sprechen. Was er seiner Frau zu sagen hatte, bedurfte nicht der Krücken einer theatralischen Inszenierung. Diesmal sollte die schlichte Wirklichkeit genügen; sie besäße ausreichend Kraft, um Emily anzurühren, nicht zuviel und nicht zuwenig, um bis zu ihrem Herzen vorzudringen, ihr vielleicht eine Träne abzuringen, ein Aufschluchzen – Emily, die schon bald glücklich, schon bald verstanden sein würde.

Das Automobil von Lord Cigogne glitt durch den großen verschneiten Park und hielt vor der verwitterten Fassade von Shelty Manor, diesem erstaunlichen Bauwerk, das mit seinen fünf Kuppeln aus getöntem Glas an den Palast eines indischen Maharadschas erinnerte und sich fremdartig ausnahm in dieser koketten Gloucestershire-Landschaft. Jeremy sprang aus dem Wagen und kletterte durch eines der geöffneten Fenster in die Küche.

»Emily! Emily!« rief er laut, heiter, überglücklich.

Eine Tür öffnete sich.

Auf der Schwelle erschien Algernon, ihr Kammerdiener, in seiner Butleruniform, die Miene noch sorgenvoller als gewöhnlich. In seine gestreifte Weste gezwängt, das Doppelkinn aus dem Kragen der weißen Hemdbrust quellend, verharrte er einen Augenblick reglos in der Haltung des halb erzürnten, halb verzweifelten Engländers, der bemüht ist, jenes verabscheuungswürdige Etwas zu verbergen, das man Gefühl nennt.

»Sir«, ließ er sich schließlich vernehmen, »uns bleibt nichts mehr zu tun, als uns zu betrinken. Wir wurden von Madame verlassen.«

»Verlassen ...«, stammelte Jeremy verdutzt.

»Bitte glauben Sie mir, Sir, daß ich mir alle Mühe gegeben habe, Madame umzustimmen, doch vergebens. Sie hat uns nach allen Regeln der Kunst im Stich gelassen, wenn Sie mir diesen Ausdruck gestatten. Und den Papagei hat sie auch mitgenommen!«

»Und die Kinder?«

»Die auch.«

»Wann genau sind sie aufgebrochen?«

»Vor einer halben Stunde ... Zum Bahnhof ... Warum?«

Cigogne stürzte in sein Automobil; Algernon bestand darauf, am Steuer zu sitzen.

»Angesichts des Ernstes der Lage erlaube ich mir die Feststellung, Sir, daß Sie ein miserabler Autofahrer sind. Seit Jahren schon verkneife ich mir diese Bemerkung, doch ich kann nicht zulassen, daß Sie Ihr Leben aufs Spiel setzen. Die Straßen sind vereist!«

Mit diesen Worten hüllte sich Algernon in einen Pelz seiner Herrin – einen fünfzehn Kilo schweren Dachsmantel, den sie von einer äußerst korpulenten und stets frierenden Tante geerbt hatte –, setzte seine kleine Nickelbrille auf und lenkte den Hotchkiss, die Stirn fast an die Windschutzscheibe gepreßt, zum kleinen Bahnhof von Cheltenham. Er hatte früher einmal Fahrstunden bei Rolls-Royce genommen, die der *crème de la crème* unter der Dienerschaft vorbehalten waren. Doch ihre Eile war umsonst. Schlotternd vor Kälte, betraten sie zehn Minuten später den Bahnsteig. Emily und die Kinder waren fort, davongetragen von einer allzu pünktlichen Dampfeisenbahn.

»Sir!« rief Algernon, eingemummt in seinen Dachsmantel, aus. »Ihr Großvater, Lord Philby, hatte folgende Devise: *My wife and only my wife*. Beweisen Sie uns, daß sein Blut auch in Ihren Adern pulsiert!«

Unverzüglich machten sich Algernon, der Dachs und Lord Cigogne wieder auf den Weg, in der Hoffnung, den Zug einzuholen – und den wahren Sinn des Lebens, der ihnen nun abhanden gekommen war. In seiner Rolle als Beifahrer studierte Jeremy die Karten von Gloucestershire, zündete Zigarren an, schenkte ungeniert einen Whiskey nach dem anderen aus, um der Eiseskälte zu trotzen. Sie pinkelten in eine leere Milchflasche, um keine Zeit zu vergeuden. Die vereiste Straße erschien ihnen nach einer Weile gefahrlos, wohl eine Folge der konsumierten Alkoholmengen. Die Nadel des Kilometermessers bewegte sich in Regionen, die jeder Vorsicht spotteten. Diejenige ihres Angstmessers war gänzlich außer Betrieb, und so erreichten sie die Londoner Vorstadt und schließlich die Waterloo Station in einem Zustand äußerster Heiterkeit – und sogar eine halbe Stunde zu früh! Eben rechtzeitig, um ihre Gedanken mit einem heißen Tee zu klären.

»Und wenn sie nun nicht zurückkommen will?« fragte Cigogne, an die Theke eines Pubs gelehnt, in dem es von rußgeschwärzten Eisenbahnangestellten wimmelte.

»For Heaven's sake!« entgegnete sein Butler leicht beschwipst. »Wenn sie uns für immer verläßt, so werde ich Sie, Sir, auf keinen Fall verlassen! Und wir holen sie uns zurück!«

Als sie mit ihren drei Kindern, dem Papagei Arthur, mehreren Koffern und Reisetaschen dem Zug entstieg, war Emily augenblicklich von einer Schar uniformierter Träger umringt, die um ihre ausladenden Röcke schwirrten. Plötzlich erblickte sie zu ihrem Erstaunen – und zu ihrer Verwirrung – Jeremy, eingehüllt in den Dachsmantel von Tante Jane, am Ende des Bahnsteigs. Er rauchte eine seiner sehr persönlichen Zigarren, die in Bolivien aus Eukalyptusblättern speziell für ihn gerollt wurden. Die Miene, die er eigens für Emily zur Schau trug, war energischer, eigenwilliger als sonst. Mit einer instinktiven Geste zog Emily die Kinder an sich; wollte er sie ihr nehmen? Hinter ihrem Hutschleier gewahrte er jenen Ausdruck der Verwirrung, der Nervosität, der das Zeichen von Liebe ist, von schmerzhafter, enttäuschter Liebe. Es war nicht die Gleichgültige, die ihn verlassen wollte, sondern die tief verletzte Geliebte, die nicht warten wollte, bis ihre Gefühle durch seine Unfähigkeit, sie richtig zu lieben, völlig abgestumpft wären. Wohl ein dutzendmal hatte sie ihm ihre Verzweiflung anvertraut. Die feste Entschlossenheit, die sich auf Emilys Zügen abzeichnete, verriet Jeremy, daß es nicht leicht sein würde, sie zu erweichen. Doch er fühlte sich stark genug, sie zu überzeugen, jetzt, da die Insel der Linkshänder sie erwartete, irgendwo auf der südlichen Halbkugel, in einer anderen Realität.

Algernon stand hinter Jeremy, unter einem schwarzen Regenschirm, inmitten einer lärmenden Menge, in der sich die Akzente des Cockney mit denen des erlesensten Englisch vermischten. Sein derbes schottisches Gesicht war leuchtend rot, seine Augen huschten unstet hin und her; sein ganzer Gesichtsausdruck verriet Unruhe, wie sehr er auch bemüht war, seine Gefühle zu verbergen. Seitdem er sie kannte, empfand er in Emilys Nähe eine seltsame Verwirrung, alle Symptome eines inneren Feuers; doch er wagte nicht, auf das zu achten, was seine Sinne ihm zuraunten. Algernon war bestrebt, diese unterdrückte Leidenschaft zu ignorieren, ihr andere, weniger bedrohlich klingende Namen zu geben. Mit Emily unter einem Dach zu leben, genügte ihm schon; sie mit seiner Aufmerksamkeit zu umgeben war genug, um sein verwirrtes Herz höher schlagen zu lassen. Der Eifer, mit dem er sich der Erledigung seiner Aufgaben widmete, war seine Art, ihr die Liebe zuzuflüstern, deren Erwiderung er selbst in seinen kühnsten Träumen nicht zu hoffen wagte. Algernon empfand eine aufrichtige Abneigung dagegen, geliebt zu werden; niemals hätte er eine Frau schätzen können, deren körperliches Verlangen – in seinen Augen sowieso etwas Lächerliches – ihm gegolten hätte, eine Lady, die soviel Geschmacklosigkeit besessen hätte, sich in die Abhängigkeit einer so lächerlichen Person wie der seinen zu begeben. Er verehrte Emily, weil sie so liebenswürdig war, ihn nicht zu lieben; also bekümmerte ihn diese ihre Flucht mehr, als er dulden konnte.

»Was machst du denn hier, *daddy?*« fragte Peter.

Lord Cigogne trat näher, blickte Emily fest in die Augen und sprach: »Ich will eure Mutter ans Ende der Welt führen, um sie zu lieben, ihr ein neues Leben zu bieten, das wie eine lange Hochzeitsreise sein wird!«

»Und wir?« fragte Laura.

»Ihr kommt mit!« erwiderte Jeremy lächelnd.

»Wann?« wollte Ernest mit seinen fünf Jahren wissen.

»Sofort!« rief Cigogne und bückte sich nach den Taschen der Kinder.

»Was sagst du da?« fragte Emily verwirrt.

»Emily, wir wollen nicht warten, bis wir alt sind, um uns bis zum Wahnsinn zu lieben! Ich entführe dich, wir lösen uns von dieser absurden Gesellschaft, von der Verdrossenheit dieses krisengeschüttelten Landes, von der Tyrannei unseres mondänen Lebens, von diesem ernüchternden Dasein, das jeden daran hindert, sich selbst und dem anderen zu gehören. *Bloody hell,* man hat doch wohl das Recht, glücklich zu sein! Ein Leben zu führen, das einen Sinn hat! Emily, wir brechen mit dieser Welt und gehen fort, um einander zu lieben. Hier richtet sich alles gegen uns, das siehst du doch.«

Emily war so perplex, so gerührt, daß sie zunächst kein Wort herausbrachte.

»Aber … meine Galerie, das Haus, mein Vater …«, stammelte sie schließlich.

»Wir lassen alles zurück – unsere Geschichte, unsere Kindheit, die Bürde unserer Familien, unsere Beschäftigungen. Nicht mich mußt du verlassen, sondern dies kranke Leben, das uns entzweit. Laß uns England den Rücken zukehren, Liebes.«

»Aber ...«, hauchte sie und versuchte, ihre Verwirrung zu verbergen. »Wohin willst du denn gehen, um all dem zu entkommen?«

»Dorthin, wo Mann und Frau zärtlichere Bande knüpfen, *darling*, dorthin, wo die Frau endlich verstanden wird und wo ich mich um nichts anderes kümmern werde, als mich deiner würdig zu erweisen.«

»Und wo soll das sein?« fragte sie mit ironischem Unterton.

»Du wirst schon sehen ... Es ist ein Universum wie für dich geschaffen, eine Welt, in der alles verkehrt und doch richtig herum ist, eine Gesellschaft der Linkshänder!«

Algernon hatte sich bereits der Koffer bemächtigt; der kleine Trupp würde der tristen Realität der Schlecht-Geliebten entfliehen, um jenes Land zu suchen, das von träumerischen Wegbereitern ersonnen war, von Schriftstellern, die auf diesem jungfräulichen Eiland ein Kapitel der Geschichte der Linkshänder geschrieben hatten.

Alles kletterte ins Automobil; Koffer und Taschen wurden mehr schlecht als recht verstaut. Algernon setzte sich wieder ans Steuer und schlug die Richtung von Southampton ein, von wo aus zu Beginn des Jahrhunderts die großen Ozeandampfer ausliefen.

Sie machten dennoch einen Abstecher nach Shelty Manor, um die wenigen Dinge einzusammeln, die sie für dieses Abenteuer benötigten: ihre kostbar bespannten Tennisschläger; die Golfschläger von Lord Cigogne, aus indischem Sandelholz gefertigt; einige Werke in lateinischer Sprache; eine britische Flagge aus Leinenstoff; die gestreiften Westen und steifen Hemden von Algernon; Spielkarten für eine Partie Whist; Tee mit Speckaroma; den Kompaß, der die Richtung von Big Ben anzeigte, und, natürlich, ein paar gute alte Kricketschläger. Als er das letzte Mal in diesem Schloß herumstöberte, das er stets so sorgsam gepflegt hatte, stieß

Algernon in der großen Eingangshalle auf die Rüstung des ersten Lord Philby, desjenigen, der ruhmbedeckt bei Azincourt sein Leben gelassen hatte, und er versuchte, Jeremy zu bewegen, die Rüstung mitzunehmen.

»Ist sie nicht ein wenig sperrig?« fragte Cigogne skeptisch.

Gekränkt entgegnete Algernon, wenn die sterbliche Hülle des ersten Lord Philby 1415 nach England überführt worden sei, wären es sich die Nachfahren doch wohl schuldig, seine Rüstung mit auf die Reise zu nehmen. Und mit jener Arroganz, die man nur bei gewissen Insulanern antrifft, die Generationen von gefülltem Schafspansen entsprungen sind, fügte er hinzu:

»Und wie, bitte schön, wollen Sie Ihre zukünftigen Erbgüter in Besitz nehmen, wenn Sie nicht ein wenig von Ihrer Vergangenheit mitnehmen?«

Das Argument traf ins Schwarze. Lord Cigogne fand sich damit ab, daß die Rüstung seines illustren Ahnen am Heck seines Hotchkiss befestigt wurde. Beim Verlassen von Shelty Manor ließ Jeremy den Stummel seiner Eukalyptuszigarre auf den Parkettboden fallen. Algernon rügte ihn und forderte ihn auf, Filzpantoffeln überzustreifen.

»Ich bitte Sie, Algernon, wir reisen ab – für immer!«

»Sir, ich bringe dieses Parkett seit 1897 auf Hochglanz. Das war über fünfunddreißig Jahre mein Lebensinhalt! Es ist mein Werk! Und muß ich darüber hinaus noch erwähnen, daß eine solche Nachlässigkeit eine verheerende Wirkung auf Ihre Kinder hat? Lord Philby, Ihr Großvater, der schließlich dem Urwald entsprungen war, hätte sich eine solche Entgleisung niemals gestattet.«

Cigogne fügte sich, hob seinen Zigarrenstummel auf und durchquerte die große Eingangshalle ein letztes Mal, nachdem er die kamelhaargefütterten Filzpantoffeln übergestreift hatte.

Bevor er die Eingangstür hinter sich schloß, rief Algernon Peter und Ernest herbei, damit sie ein letztes Mal *sein* glänzendes Parkett würdigen konnten.
»*Gentlemen!*« ließ er sich mit feierlicher Stimme vernehmen. »Ruhigen Gewissens und ohne das geringste Staubkörnchen zurückzulassen, nehme ich Abschied von Shelty Manor. Es hat keinen Sinn, und gerade deshalb ist es schön.«
Mit diesen Worten zog der gute alte Mann mit der gestreiften Weste die Tür hinter sich zu, drehte den Schlüssel um und reichte ihn Lord Cigogne, der ihn, ohne zu zögern, in einen der Schloßgräben warf.
»Auf denn zum schönen neuen Leben! Emily, ich führe dich ans Ende der Welt!«
Sie ließen das Wesentliche ihres Besitzes, die ganze Bürde früherer Generationen, zurück. Die riesigen Schränke des Schlosses quollen über von Wäsche, spanischer Spitze, kostbarem Geschirr; an den Wänden hingen noch unzählige Gemälde. Sie brachen auf, als führen sie für eine Woche oder zwei nach Cornwall in die Sommerfrische. Eigenartigerweise empfand Cigogne echte Freude und Erleichterung darüber, dieses Universum nach Maß zu verlassen; diese Thermometer mit ungewöhnlichem Durchmesser; dieses Schlaf- und Arbeitszimmer aus Mahagoni; seine fellgefütterten Unterhosen; seine Katzenfallen; seine Farbtöpfe zum Retuschieren von Fotografien; die Elixiere, die er seinen finstersten Bekannten heimlich vorsetzte; seine mit Moskitonetzen versehenen Regenschirme; seine Schildpattbrillen, die ihn an Tagen, da es ihn nach mehr Abstand zwischen sich und der Welt verlangte, noch kurzsichtiger machten, als er ohnehin schon war; die riesigen Löffel, mit denen man schnellstmöglich große Mengen verschlingen konnte; das Toilettenpapier aus Rohseide, das seinen Anus vor jeder Irritation bewahren sollte; die maßgefertigten Pfropfen, die

er sich gelegentlich in die Nasenöffnungen steckte, um die üblen Gerüche seiner Umgebung abzuwehren; seine kostbaren Waschhandschuhe aus bolivianischem Alpaka; seine diversen aus Straußenblasen gefertigten Wärmflaschen, die Professor Whilemus von der Johannesburger Universität speziell für seine Verdauungsprobleme ersonnen hatte; die außergewöhnliche Saugvorrichtung zum Durchspülen seiner Nasenhöhlen und all die maßgefertigten Gerätschaften, derer er nicht mehr bedurfte, jetzt, da sein Leben auf ein neues Ziel ausgerichtet sein würde: ein Ehemann zu werden!

Seinen Erwartungen zum Trotz bedauerte er es nicht, sich von seiner Privatbibliothek zu trennen, von den hundert und mehr Romanen, die er im Laufe seiner Abstecher in die Welt der von ihm geschätzten Literatur selbst umgestaltet hatte. Seine *Madame Bovary* oder seine *Brüder Karamasow* hätten ihn nur zu einer Geisteshaltung zurückgeführt, die nicht mehr die seine war.

»Jeremy«, fragte Emily, als sie in ihrem Automobil Platz genommen hatte. »Bist du sicher, daß wir nicht vorher das Schloß verkaufen sollten?«

»Alles, was nicht ausschließlich mit dir zu tun hat, interessiert mich nicht mehr, Liebes. Auf zur Insel der Linkshänder!«

Ohne ein Lächeln ließ Algernon den Motor an; er war mit von der Partie, auch wenn dieser Aufbruch *à la française* nicht nach seinem Geschmack war. Solche gefühlsmäßigen Ausschweifungen widerstrebten ihm. Er ahnte, daß die von einem Haufen schamloser Turteltauben bevölkerte Insel Hélène nicht seinen Gefallen finden würde. Waren diese Linkshänder nicht von Gefühlen der Zügellosigkeit geleitet? Breiteten sie ihre niederen Triebe nicht in unerträglichem Überschwang aus? Algernon fürchtete schon, daß ihm der bloße Anblick Abscheu einflößen könnte; doch er liebte

Emily, und sein Schicksal war eng an das seines Herrn Lord Cigogne gebunden, der seit sieben Jahren an Algernons Stelle die Komödie des Lebens spielte, dieses riskante Stück, auf das er selbst nie sich einzulassen gewagt hatte. Algernon haßte Emotionen; seine Leidenschaft galt nur der Mäßigung, den *scones* mit Butter und Konfitüre und der britischen Flagge. Begierig auf Anspielungen, auf Halbtöne, hatte er eine Schwäche für Kriminalromane, die aus der Feder betagter schöngeistiger Engländerinnen stammten; der Gedanke an einen Liebesroman verursachte bei ihm einen Anflug von Übelkeit. Für ihn war der Franzose Chateaubriand, trotz seines Genies, der Inbegriff des abstoßenden Schriftstellers.

Auf dem Weg zu dieser Zukunft, in der es nichts außer ihrer Beziehung geben würde, dachte Emily, daß sie verrückt war, sich wieder mit Cigogne einzulassen. Dieser Teufel hatte nie seine tausendmal wiederholten Vorhaben in die Tat umgesetzt. Diesmal aber schien er entschlossener denn je, mit allen Gewohnheiten zu brechen, die er in England angenommen hatte, begierig, das Leben ihrer Liebe anzupassen und nicht umgekehrt. Hatte er nicht, indem er sie so entführte, um ihretwegen sein einzigartiges Sanatorium aufgegeben, dieses Unternehmen, das sechs Jahre lang der bevorzugte Gegenstand seines Denkens und Forschens gewesen war? Emily konnte es noch immer nicht fassen. Und während sie dahinfuhren, verscheuchte Cigognes Begeisterung ihre letzten Vorbehalte.

»Du wirst sehen, dort unten ist alles anders!«

Er wurde nicht müde zu wiederholen, daß Lieben die Hauptbeschäftigung der Linkshänder, ihr dringlichstes Anliegen sei. Ein einziges Volk auf der Welt hatte diesen Plan zum Hauptthema gewählt, und er, Cigogne, hatte es ausfindig gemacht. Wenn man ihm so zuhörte, konnte man meinen, alles, was nicht mit Herzensangelegenheiten zu tun hatte, würde dort vernachlässigt, herabgemindert, einfach beiseite gelassen werden. Die Habgier? Ohne Bedauern abgelegt! Die Listen des Strebertums? Innerhalb der Gemeinschaft ungültig! Das beschwerliche Bemühen um wirtschaftliche Effizienz? Abgeschafft! Alles hinweggefegt! Nur amouröser Ehrgeiz war von Bedeutung. Die Kultur der Inselbewohner war allein auf dieses ganz und gar nicht unangenehme Ziel ausgerichtet.

Er verstummte einen Augenblick, um einfach zu genießen, daß Emily da war, hier an seiner Seite.

»*My love*«, fuhr er mit einer Freude fort, die seine Züge glättete, »in diesem Land werden wir leben. Dort, wo die Männer und Frauen an ihrer Leidenschaft arbeiten, um sie in Liebe zu verwandeln, in echte Liebe, nichts Gefälschtes! Der große Taumel in Reichweite! Schluß mit dem Sichbescheiden! Mit der Mittelmäßigkeit des Beinahe! Her mit den gehaltenen Versprechen! Den Wundern, die endlich Wirklichkeit geworden sind! Es lebe die lebbare Liebe!«

Emily betrachtete ihn – sprachlos ob der Naivität dieses fast vierzigjährigen Mannes und zugleich entzückt über einen solchen Elan, der all seine sonstige Zurückhaltung vergessen machte.

In Southampton gingen die Familie Cigogne, ihr Hausdiener Algernon und der Papagei Arthur an Bord der *Colbert*. Das Handelsschiff aus Bordeaux lief den englischen Hafen an, bevor es Kurs auf Feuerland nahm; anschließend würde es den Südpazifik ansteuern, um an den Küsten Australiens vor Anker zu gehen, wo ein Großteil seiner Ladung verkauft werden sollte. Der Kielraum war gefüllt mit den erlesensten Bordeauxweinen und den besten schottischen Whiskysorten. Von den mahagonigetäfelten Kajüten für wohlhabende Fahrgäste waren noch vier frei; sie mieteten alle vier.

Auf Emilys Wunsch hin bezog Jeremy im Schiffsbug Quartier, gleich unterhalb des Ruderhauses; sie selbst richtete sich mit ihren Kindern und dem Butler im Heck ein. Und so lebten sie über zwei Monate auf demselben Schiff, stets darauf bedacht, sich aus dem Weg zu gehen. Emily hielt diese lange Pause für notwendig, um ihre Ressentiments auszulöschen oder wenigstens abklingen zu lassen und jene Distanz wiederherzustellen, die manchmal das Feuer der Liebe neu zu entfachen vermag.

Emily wollte von ihrem Mann nicht als Gefahr betrachtet werden, ihm nicht unentwegt gemeinsame Stunden abverlangen und nicht immer wieder die Rolle der Intimität fordernden Frau spielen müssen. Genug, sie hatte genug von diesen entwürdigenden Szenen, von dieser Spirale gegenseitiger Verärgerung, die ihre Liebe ruinierte.

Schon nach sechs Wochen auf dem Ozean war ihr Groll verflogen. Dieser Mann, der sie so verletzt hatte, indem er es stets vermieden hatte, *mit ihr* zusammenzusein, ihre Gefühle nachzuempfinden, dieser Wahnsinnige, der nicht in der Lage war, sich der echten Verbundenheit eines gemeinsamen Lebens hinzugeben, er fehlte ihr längst wieder, vor allem seine Vitalität. Jetzt, getrennt von ihm, hatte sie wieder Sehnsucht, ihm nahe zu sein. Er erschien ihr plötzlich in einem Licht, das Mitgefühl in ihr weckte, eine Art Rührung, die sie nun überkam, wenn sie an das Unvermögen dachte, in dem er sich gefangen fühlte, das Unvermögen, eine *wirkliche* Beziehung mit ihr einzugehen. Seine plötzliche Entschlossenheit, die Barrieren zwischen ihnen niederzureißen, koste es, was es wolle, bewegte sie tief.

Er wiederum griff – wenige Dutzend Meter von ihr entfernt – zur Feder und offenbarte sich ohne Zensur, was nicht mehr geschehen war seit… ja, seit wann eigentlich? Mit lebhaften Worten, die aus den Tiefen seiner Auflehnung gegen dieses lähmende Kensingtoner Rechtshänderdasein entsprang, gab er in seinen Briefen zu, wie sehr er es bedauere, Emily so ungeschickt zu lieben. Cigogne gestand ihr sein Vertrauen in die Zivilisation der Linkshänder, denen er nacheifern wollte.

Seine Briefe, die Peter, Laura und Ernest ihrer Mutter allmorgendlich überbrachten, waren zum ersten Mal echte Botschaften der Liebe, nicht nur leidenschaftliche Ergüsse. Die Schreibfeder in der Hand, entdeckte er die Wonne, sich in die Gefühle des anderen hineingleiten zu lassen. Er entsann sich an Momente ihres Lebens, in denen er nicht *präsent* gewesen war, außerstande, die Empfindungen seiner Emily zu teilen oder zu erahnen. Das Schreiben half ihm, ihre Geschichte mit offenen Augen und Ohren neu zu überdenken und sich zu eigen zu machen, nachdem die Jahre, oder vielmehr das, was seine eigene Mittelmäßigkeit daraus gemacht hatte, ihn unmerklich seines Ehedaseins beraubt hatten. Während sich die Seiten füllten, rätselte er über die obskuren Regungen seines Geistes, die sein Verhalten lenkten, als fürchtete er ein dauerhaftes enges Zusammensein mit seiner Frau, das er in Wahrheit doch so sehnlich herbeiwünschte.

Tief gerührt von dieser ungewohnten Neigung, empfand Emily Freude und Erleichterung, der Absurdität ihres Lebens in England entkommen zu sein. Niemals hätte sie Jeremy eines solchen Ausbruchs, einer solchen Wandlung für fähig gehalten. Sie, die Direktheit und Aufrichtigkeit über alles stellte, konnte die Unaufrichtigkeit des gesellschaftlichen Lebens nicht mehr ertragen, wollte sich aus den Fesseln eines Alltags befreien, in dem die Liebe den letzten Platz einnahm, weit hinter den sogenannten Pflichten, die ihre Zweisamkeit überschatteten. Und dann war sie auch froh, dieses krisengeschüttelte Europa hinter sich zu lassen, in dem alle möglichen Feindseligkeiten gärten. Im Winter 1932 brauchte man nur auf die Straße zu treten, die Zeitung aufzuschlagen oder das Radio einzuschalten, um das Unbehagen eines Kontinents zu spüren, in dem jeder entgegen seinen wahren Neigungen lebte.

Am Abend des Neujahrstages 1933, in der lauen Luft eines chilenischen Hafens, gab der Kapitän der *Colbert* einen Empfang an Bord, um das neue Jahr zu feiern und einen ortsansässigen Weinhändler zu bewirten. Emily stand allein auf der Schiffsbrücke und lauschte verträumt den Klängen eines Tangos, die der Wind übers Wasser zu ihr herübertrug, als plötzlich Cigogne neben ihr stand. Ohne ein Wort schloß er sie in die Arme, wiegte ihren Körper im weichen Rhythmus der Musik, dem sie sich ganz natürlich hingab. Diese stummen Augenblicke vollkommener Harmonie erfüllten Emily mit einer unbeschreiblichen Glückseligkeit. Wann hatte sie eine solche Nähe, frei von allen Spannungen des

täglichen Ehelebens, zum letzten Mal verspürt? Während sie noch in ihrem Gefühl schwelgte, wurde ihr plötzlich klar, daß Jeremy sie beim Tanz mit der linken Hand führte! Zum ersten Mal war er der Eigenart seiner Frau gefolgt; daher diese Harmonie der Körper, dieser Eindruck, in der Bewegung mit dem anderen zu verschmelzen. Ein bedeutungsvoller Blick von Emily, begleitet von einem flüchtigen Lächeln, zeigte Jeremy, daß sie seine Empfindung teilte. Sogleich küßte er ihre Hand und zog sich zurück. Diese Begegnung war ihr einziger Kontakt während der gesamten Überfahrt; sie kündigte – das wenigstens hofften sie – das Jahr der Genesung ihrer Liebe an.
Neunundsechzig Tage nach ihrer Einschiffung in Southampton und achtzehntausend Kilometer vom englischen Winter entfernt gingen sie in Neukaledonien von Bord. In Nouméa, damals noch ein Marktflecken mit bescheidenen Holzhütten, die sich um eine türkisblaue Lagune schmiegten, richtete sich die Immigrantenfamilie in einer reizenden kleinen Pension ein. Unter einem feuerroten Flamboyant feierten sie Ernests ersten ausgefallenen Milchzahn. Am nächsten Morgen fand er ein kleines Geschenk unter seinem Kopfkissen und war sehr überrascht, daß ihn das Mäuschen, so weit von ihrem Schloß in Gloucestershire entfernt, wiedergefunden hatte.
Die Straßen von Nouméa wimmelten von Schülern, deren große Ferien im Dezember begannen. Die frischgebackenen Abiturienten des Lycée Lapérouse – 1933 das einzige französische Gymnasium in diesem Teil Ozeaniens – feierten ihre Abschlußprüfung. Diese letzte Etappe im Universum der Rechtshänder schien den Reisenden wie ein Vorgeschmack auf jene verkehrte Welt, in der sie leben wollten. Im Badezimmer der Pension machten Peter, Laura und Ernest die faszinierende Entdeckung, daß das Wasser in der alten gußeisernen Wanne in einem Strudel gegen den Uhrzeigersinn im

Abfluß verschwand, genau andersherum, als sie es von England her gewohnt waren. Sie befanden sich also auf der südlichen Halbkugel, dort, wo alles andersherum funktioniert, die Naturelemente und auch das Denken. Sie waren schon beinahe auf der anderen Seite des Spiegels!
Lord Cigogne kümmerte sich unverzüglich um die Instandsetzung des alten Heißluftballons, den er beim Aufenthalt in Sydney im Hinterzimmer eines aus Liverpool stammenden Händlers aufgestöbert hatte. Jeremy war zwar ein schlechter Seefahrer, dafür aber ein guter Luftschiffer, und so sah er keine andere Möglichkeit, als über den Luftweg zur Insel Hélène zu gelangen. Keine Luft- oder Schiffahrtslinie steuerte diese Insel an. Von seinem Vater hatte Cigogne die Vorliebe für Riesenballons, mit denen unter Ausnutzung der Winde gewaltige Strecken zurückgelegt werden können. Der Unfalltod seiner Eltern beim Tiefflug über dem Pandschab hatte diese ererbte Leidenschaft nicht zu beeinträchtigen vermocht. Seine Kenntnisse von den Luftströmen, die das Klima unseres Planeten bestimmen, grenzten an die eines Gelehrten; es gab keinen Wind, den er nicht hätte benennen, keinen Sturm, dessen Stärke er nicht hätte bestimmen können. Cigogne war sich durchaus der Gefahren einer Überfahrt während dieser taifungeplagten Jahreszeit bewußt. Emily erklärte ihm, daß es weit gefährlicher sei, auf ein Leben für die Liebe zu verzichten und sich von Vernunft, Vorsicht und Vorhersehbarkeit einengen zu lassen.
Schon am nächsten Morgen war der Ballon instand gesetzt. Er wurde auf ein Flugfeld in der Bucht von Magenta befördert und mit Wasserstoff gefüllt. Makellos, in Hemdbrust und gestreifter Weste, verstaute Algernon mit der ihm eigenen Sorgfalt die vielen Koffer und Truhen in der Gondel. Weder die Rüstung von Lord Cigognes Vorfahr noch Arthur, der Papagei, wurden vergessen. Die Kinder, jedes für den Fall einer Wassernotlandung mit einer Schwimmweste

ausgestattet, kletterten an Bord. Ernest, der seinen Lieblingsteddybären an die schmächtige Brust gepreßt hielt, erfand einen Abzählvers. Jeder war bestrebt, kleine Aufgaben zu übernehmen und dabei die linke Hand bevorzugt zu gebrauchen, um sich allmählich die Gewandtheit von Beidhändern anzueignen; nur Emily und Laura, beide geborene Linkshänderinnen, taten sich leicht.

Im Schatten der Säulenpinien saßen ein paar bereits angeheiterte Kanaken; sie schienen sich zu fragen, wohin diese englische Familie mitten in der Jahreszeit der Wirbelstürme mit ihrem merkwürdigen Gepäck reisen wollte. Ganz besonders faszinierte sie die glänzende Rüstung des ersten Lord Philby, die sehr viel Platz in der Gondel einnahm. Aus Angst, man könnte sie fünf Jahrhunderte nach Azincourt auf französischem Territorium zurücklassen, hatte Algernon sie als erstes verstaut.

Es kam die Stunde des großen Aufbruchs in die neue Welt, nach der sie sich alle so sehnten – mit Ausnahme von Algernon natürlich; der fluchte im stillen über dieses riskante Unterfangen, das er als albern und völlig unverständlich abtat. In seinen Augen wurde man geboren, um seinen Rasen zu pflegen, Tee mit einem Schuß Milch zu trinken, Bridge oder eine Partie Kricket mit seinen Freunden zu spielen, aber gewiß nicht, um eine Frau zu lieben! Dieser Gedanke war ihm niemals gekommen und erschien ihm skurril, suspekt, um nicht zu sagen subversiv.

In der Gondel war alles bereit, die Gemüter waren erhitzt, die Herzen tief bewegt, die Gurkensandwiches mit Butter bestrichen, die Thermosflaschen mit Tee gefüllt (mit einem Schuß Milch, versteht sich). Die Schädel der Kleinen und auch der Großen waren in eigentümliche Lederhelme gezwängt. Arthur, der Papagei, plapperte immer wieder denselben Satz: *God save the king!* Einen Windstoß nutzend, der durch die Gräser des Flugfeldes fuhr, griff Cigogne nach einem Messer, um die Leinen zu kappen, die sie noch mit der Welt der Rechtshänder verbanden, als Algernon plötzlich seinen Arm zurückhielt und rief:

»Sir, gibt es dort einen schottischen Club? Oder wenigstens einen Club für die Bediensteten?«

Seine von Panik erfüllte Stimme verriet die innere Verzweiflung. Zwischen den langen Koteletten glühten seine Wangen feuerrot.

»*Oh my God*«, stöhnte Jeremy. »Algernon, wir brechen in eine neue Welt auf! Vergessen Sie die verdammten Clubs!«

»Werden Sie mir denn wenigstens gestatten, jeden Sonntag meinen Kilt zu tragen?«

»Ja, Algernon, und sogar Ihre schottischen Hemden unter der Hemdbrust, wenn's denn sein muß!«

Beruhigt ließ sich Algernon wieder an seinem Platz nieder. Dabei fragte er sich, wie Lord Cigogne hatte ahnen können, daß er mit diesem letzten Zugeständnis seine geheimsten Wünsche erfüllt hatte. Niemals hätte er eine solche Bitte an ihn zu richten gewagt. Jedem das Seine...

Lord Cigogne nahm erneut das Messer in die Hand und reichte es Emily. Gebührte es nicht ihr, sie alle von den letzten Fesseln zu befreien, die sie noch mit dem Universum der Schlecht-Geliebten verbanden? Gerührt von dieser Aufmerksamkeit, griff sie nach der Schnittwaffe. Während sie das Seil durchtrennte, heftete sie den Blick auf Jeremy, der deutlich spürte, was sie bewegte, diese Heiterkeit, vermischt mit Dankbarkeit und übergroßer Erleichterung – ein Glücksgefühl, das in dem Maße wuchs wie der Abstand zu jener Zivilisation, die so gar nicht für die Liebe gemacht war...

...bis sie plötzlich durch lautes Gelächter wieder auf den Boden der Tatsachen zurückgeholt wurde. Der völlig überladene Heißluftballon hatte sich keinen *inch* vom Boden

gelöst! Emily war nur in ihrer Phantasie aufgestiegen. Die auf dem Flugfeld versammelten Kanaken entblößten ihre Zähne um die Wette. Ihr Lachen steckte auch die Melanesier an, die das Geschehen aus der Ferne beobachteten.
In seinem Stolz verletzt, schlug Algernon vor, sich so schnell als möglich von ein paar Paketen zu befreien. Man opferte die feine Leibwäsche, die Golfausrüstung und Jeremys Stollenschuhe. Doch das reichte nicht.
»Vielleicht müssen wir die Rüstung zurücklassen«, meinte Emily.
»Auf französischem Boden?!« protestierte Algernon, heftig erzürnt.
Durch diesen Einwand, dem nichts entgegenzusetzen war, wurde die Rüstung gerettet.
Um mit gutem Beispiel voranzugehen, warf Peter seine Zinnsoldatensammlung auf die Erde. Laura beschloß, ihren Koffer mit Kinderbüchern im Gras zu lassen. Beide waren so begierig, dieses Land zu erreichen, in dem ihre Eltern sich aufrichtig lieben würden, diese Insel, die sie vor den Qualen einer neuerlichen Scheidung bewahren würde. Nur Ernest behielt vorsichtshalber seine Teddybärsammlung. Gerührt vom Eifer ihrer Ältesten, trennte sich Emily leichten Herzens von den allzu gewichtigen Erinnerungen an ihre Vergangenheit. Sie löste die Lederkoffer mit all jenen Dingen darin, die in der Zukunft ohne Wert und Bedeutung sein würden, aus ihrer Vertäuung, die große Weidentruhe mit dem Prager Porzellan und dem Familiensilber. Nie hatte es ihr solche Freude bereitet, sich von ihrem Hab und Gut zu trennen, von den Überresten ihres früheren Lebens.
Allmählich hob der Ballon vom Boden ab. Das Wichtigste hatten sie behalten: die Kleider, die Emily schmücken sollten, die Rüstung des Ahnen Philby, die Westen und Hemdbrüste Algernons, den Union Jack aus Leinen, die sieben Smokings von Jeremy, die mit besten Darmsaiten bespann-

ten Tennisschläger und die Lebensmittelvorräte für die Reise sowie einige Koffer. Doch der Ballon wollte noch immer nicht endgültig aufsteigen, so als ob er nach einem noch radikaleren Ballastabwurf verlangte.
Als sie schon in etwa zehn Metern Höhe die Lagune überflogen, faßte Emily den Entschluß, sich der schwersten Kiste zu entledigen, der mit den Briefen, die sie sich im Laufe ihrer sieben Ehejahre geschrieben hatten. Cigogne wollte sie schon zurückhalten, doch zum Glück besann er sich. Der Heißluftballon mußte unbedingt höher steigen, wenn sie die Insel Hélène erreichen wollten.
Beherzt warf Emily die Kiste über Bord; es mußte sein. Im Fall öffnete sich der Deckel, und die Liebesbriefe flatterten wie Schmetterlinge aus Papier über dem Wasser. Die alte Art und Weise, einander zu lieben, wurde in alle Winde zerstreut. All ihre zu Papier gebrachten Enttäuschungen, ihr heimlicher Groll, die allzu flüchtigen Glücksmomente, die häufigen Mißverständnisse, ihre unzureichende Hingabe, all das fiel plötzlich von ihnen ab. Erleichtert stieg der Ballon gen Himmel. Der Passat trug ihn davon.
In ihrer Gondel sahen Cigogne und Emily, wie die Welt der Rechtshänder sich entfernte, dieses Universum, das falsch herum lebte, ohne es zu wissen. Bald war Neukaledonien nur noch ein winziger Punkt am Horizont.

Drei Tage lang wurde der Heißluftballon von Passatwinden in Richtung des südlichen Eilands getrieben, das jenseits der Grenzen der bekannten Welt gelegen war. Nachts überprüfte Lord Cigogne den Kurs, indem er ihre Position anhand der Sterne bestimmte. Alle zwei Stunden notierte er die Windgeschwindigkeit und studierte eifrig die Bibel der Luftschiffer – *The Winds of the World* – in einer aktualisierten Fassung, die er sich in der *Royal Geographical Society of Sydney* besorgt hatte, um seine Messungen mit den *Windtafeln* in diesem hervorragenden Werk zu vergleichen. Als erfahrener Meteorologe konsultierte er sein Barometer, prüfte Wolken und Himmel, um die Entfernung zu errechnen, die sie noch von der Insel Hélène trennte. In der Zwischenzeit ließ Algernon die Kinder die lateinischen Deklinationen aufsagen und rügte sie bei dem geringsten Fehler; für ihn gehörte Latein unweigerlich zur Erziehung eines jungen Briten, ebenso wie die Kunst, einen Golfschläger zu halten oder eine Teekanne anzuwärmen, bevor man sie mit kochendem Wasser füllt.

Mit einem Gefühl, das an Glückseligkeit grenzte, ließ sich die Linkshänderin Emily inmitten der Wolken von Ozeanien dahintreiben, ohne Jeremys Kompetenz als perfekter Ballonführer auch nur eine Sekunde lang in Frage zu stellen. Der Entschluß, sie von ihrem englischen Leben zu befreien, um seine Frau in dieser »verkehrten« Gesellschaft, die ihr so sehr entsprach, neu zu entdecken, rührte sie noch immer sehr. Gleichzeitig wurde sie nicht müde, sich die Frage zu stellen, wie diese kleine Welt von Menschen, die sich der Idee eines erreichbaren Glücks verschrieben hatten, wohl beschaffen sein mochte, dieses mythische Eiland, das auf keiner Karte verzeichnet war, zu weit entfernt von Europa, wo man nur an die Mühen glaubte, an die Schönheit der Verzweiflung, an die Unausweichlichkeit des Leidens und des Scheiterns der Liebe.

Emily war angewidert von diesen Werten, die die englische Rechtshänder-Gesellschaft unterminierten. Die Tatsache, daß dort ein jeder bei dem bloßen Gedanken an das Glück verächtlich die Nase rümpfte, besagte im Grunde schon alles. In dieser elitären Welt gehörte es zum guten Ton, daß es einem schlechtging, man sah in Ernsthaftigkeit nur Künstelei, in Aufrichtigkeit nur Lächerlichkeit. Bei den großen Diners in der Stadt war Sprechen gleichbedeutend mit Lästern oder (im günstigsten Fall) mit Kritisieren. Sein Gift geistreich zu versprühen, wurde zur Kunst erhoben, Urteilen zu einer traurigen Pflicht und zum Beweis eines lebendigen und wachen Verstandes. Von Zärtlichkeit war selbstverständlich nie die Rede. War Sanftheit nicht an sich schon lächerlich? *Oh my God,* wie fühlen wir uns wohl dabei, in unserem eleganten inneren Elend zu versumpfen! Emily war es leid gewesen, mit diesen Rechtshändern *à la mode* zu verkehren, die gewisse (ausgefallene) Dinge nur schätzten, um ihre Zugehörigkeit zu diesem oder jenem illustren Kreis hervorzuheben. Das Herz hatte nur wenig zu melden bei den flüchtigen literarischen und politischen Schwärmereien dieser Cliquen. Urteilen, urteilen und nochmals urteilen schien das einzige Heilmittel gegen ihre trübe Selbsteinschätzung. Welch finsterer Ersatz, der bei diesen Diners eine verderbliche Atmosphäre entstehen ließ und London darüber hinaus in ein Klima tauchte, dem es an Frische und Einfachheit fehlte. Von dieser brutalen

Gewalt fühlte sich Emily endlich befreit. Ein aufrichtiges Land erwartete sie!
In dem von Lady Brakesbury hinterlassenen Dossier befand sich ein handschriftlicher Satz, der Emily besonders beeindruckt hatte: *In Europa gestehen sich die Menschen ihre Liebe; hier wird sie gelebt.* Wie setzten diese Linkshänder ihre Zuneigung Tag für Tag in die Tat um? Offensichtlich waren diese Gestalter ihres eigenen Lebens Meister in der Kunst, ihre Gefühle zu zeigen, statt sie in Worte zu fassen. Sie betrachteten sich als Wesen einer Fiktion, einer Fiktion freilich, die realer war als die graue Realität der Schlecht-Geliebten. Diese Fanatiker des Alltags schienen das Talent zu besitzen, ein Leben für ihren Partner zu ersinnen, das diesen Erfordernissen entsprach. Welche Sitten aber waren geeignet, Leidenschaft in wahre Liebe zu verwandeln? Emily konnte es kaum erwarten, diese neue Luft zu atmen! Und sich von der *Pikoemücke* stechen zu lassen.
In den Dokumenten von Lady Brakesbury stand geschrieben, daß die Pikoemücke ein im Archipel rings um die Insel Hélène beheimatetes Insekt war. Wer immer von dieser Mücke gestochen wurde, war für immer von dem Virus, das sie übertrug, infiziert. Dieses Virus – Pikoe* – schlummerte wie dasjenige der Malariamücke im Blut und führte nur dann zu heftigen Fieberanfällen, wenn der Betroffene zu lügen begann. Fast alle Linkshänder waren infiziert; und so mied ein jeder Inselbewohner die Lüge. Dank der Pikoemücke hatten die Helener eine Gesellschaft gegründet, die *aufrichtiger* war als alle anderen.
Nach drei Tagen beschloß Jeremy, auf einem winzigen, von einem gastfreundlichen Völkchen bewohnten Eiland unweit der Fidschiinseln Station zu machen, um günstigere

* 1923 von Célestin Michelet, einem linkshändigen Schüler von Pasteur, entdeckt.

Winde abzuwarten. Das Schicksal war ihnen hold, und schon nach fünf Tagen drehten die warmen Luftströme genau in die gewünschte Richtung. Sie mußten diesen unverhofften Glücksfall nutzen, und so brachen sie, mit Wasser- und Lebensmittelvorräten versehen, auf. Auf der Weiterfahrt grübelte Lord Cigogne über seinen zukünftigen Beruf nach. Zuvor hatte er eine spezielle Medizin praktiziert, mit der er sich in der Londoner Ärzteschaft nicht nur Freunde gemacht hatte. Seit seiner siebenjährigen Odyssee durch die Bibliothek von Blick glaubte er an die Macht der großen Autoren. In seinen Augen war ein Kapitel von D. H. Lawrence wirkungsvoller als Klistierspritze, Wismutsalz und Penicillin zusammengenommen, ob es Fleming nun gefiel oder nicht.

Lord Cigogne heilte alles – einschließlich der eingebildeten Krankheiten – mit Hilfe von Romanen oder diversen Texten, die er seinen Patienten verschrieb: zwei Seiten aus einem gewissen Stück von Oscar Wilde, morgens, mittags und abends verabreicht, gegen krankhafte Humorlosigkeit; eine Kur mit Chatterton gegen allzu kindlichen Optimismus; eine Diät auf der Basis von Werken Rabelais' zur Linderung von Depressionen. Cigognes Theorie zufolge waren Verse von Shakespeare ein unfehlbares Mittel gegen das Stottern, die Prosa Victor Hugos gegen asthmatische Beschwerden und kleine Dosen des Provençalen Mistral ausgezeichnet für den Teint. Der Franzose Marcel Proust sei, so behauptete er, nur in extremen Fällen zu empfehlen; sozusagen eine Droge, die bei längerer Behandlung zu Wahnvorstellungen führen könne. Übersetzungen seien bei allen Leiden zu vermeiden, da derart entstellte Texte einen Großteil ihrer Heilkraft verlören...

Als aufgeklärter Praktiker hatte Lord Cigogne ebenso viele Seelen wie Romane auskultiert – auch Bücher litten, vor allem daran, nicht gelesen zu werden; und er machte sich anheischig, viele Leiden zu lindern: Impotenz, Schwermut, vorzeitige Ejakulation, Hysterie, Schlaflosigkeit ... Doch er behandelte auch schwerwiegendere Krankheiten, wie Rassismus oder Dummheit; letztere bedurfte einer ausgedehnten Sonderbehandlung im Sanatorium. Sein Ärztehandbuch *Heilen durch Lesen* war in England zum Bestseller geworden.

Cigogne hatte in London, einen Steinwurf vom Trafalgar Square entfernt, ein einzigartiges Sanatorium eröffnet. Es war in einem viktorianischen Bau mit weißen Marmorsäulen untergebracht und beherbergte mehr als hundertfünfzigtausend Werke in der Originalsprache, eine ganze literarische Pharmakopöe, die man nach strikter ärztlicher Verordnung zu sich nahm. Die Kurgäste, die in Morgenmäntel aus Schottentuch gekleidet waren, lasen täglich mehrere Stunden in den geräumigen Marmorgalerien, auf Nachtliegestühlen ausgestreckt, damit sie ihre Blase leeren konnten, ohne ihre Lektüre zu unterbrechen; die Bücher standen in Regalen aus kostbaren Edelhölzern. Die einzigen Geräusche, die man in dieser Stille vernahm, waren das Umblättern der Seiten oder der diskrete Seufzer eines betagten Lords, der sich erleichterte. Inzwischen aber hielt Cigogne diese elitäre Medizin für veraltet. Er wollte auf der Insel Hélène eine liberalere Medizin praktizieren.

Eines nebligen Morgens, als Algernon eben Tee in die Porzellantassen schenkte, die dem Ballastabwurf nicht zum Opfer gefallen waren, wagte er das auszusprechen, was seit zwei Tagen alle beschäftigte.

»*My lord,* ich fürchte, Ihre Vorliebe für Hirngespinste wird uns zum Verhängnis ... Diese Insel hat nur in den Träumen der verstorbenen Lady Brakesbury existiert. *Bloody hell*, öffnen Sie endlich die Augen!«

»Aber ich hab' sie doch geöffnet!«

Plötzlich war die piepsige Stimme von Ernest zu hören, der aufgeregt rief:

»Land! Land! Land!«
Die Augen knapp über dem Rand des Korbes, den kleinen Finger in der Nase, hatte er soeben in einem Nebelloch ihre Zukunft erblickt, dieses kleine Fleckchen Erde, auf dem seine Eltern lernen wollten, sich wirklich zu lieben. Die Winde, die für diese Breiten so typisch waren und die Hitze erträglich machten, rissen die Wolkendecke auf. Jeder hielt inne und schaute hinab auf die Hauptinsel, die sich in Form einer Bohne im Ozean erhob.
Aus der Ferne hatte man den Eindruck, als wäre die Insel der Linkshänder unbewohnt, und die Weiden schienen, wenn sie auch auf den windseitigen Steilhängen lagen, saftig und fruchtbar. Man konnte mehrere Täler erkennen mit kleinen Wasserläufen, die an verschiedenen Stellen weiße Kaskaden bildeten, bevor sie sich ins Meer ergossen. Der Norden war mit einer üppigen Vegetation überzogen, mit seltenen Arten von Schraubenpalmen, mit wilden Papayas, mit Kaurifichten und vor allem mit hohen Säulenpinien. Die Küste endete in schroffen blutroten Felsen, die sich scharf vom leuchtenden Blau und von den verschiedenen Grünschattierungen des Pazifiks abhoben. Wie die meisten Inseln Ozeaniens war auch Hélène von einem Korallenriff umgeben, einem architektonischen Wunderwerk bizarrer Meerestiere, an dem sich schäumend die Wellen brachen. Zwischen diesem natürlichen Deich, in dem es nur wenige Durchlässe gab, und der Insel erstreckte sich, friedlich schimmernd, die fast kreisförmige Lagune, von den Helenern als Reede genutzt. In der Ferne lag der Archipel verstreut, eine Vielzahl von Atollen mit üppiger Vegetation und kurzlebigen Sandbänken, die von Schildkröten bevölkert wurden. Man hätte meinen können, eine unterirdische Sonne erleuchtete diese klaren Wasser, in denen alle denkbaren Nuancen von Blau ineinander spielten. Welch atemberaubendes Schauspiel – der Meeresgrund aus fast weißem Korallensand, der die

Sonnenstrahlen reflektierte und die Farben dieses Lichtfeuers noch verstärkte, berauschend und in ihrer Intensität fast verletzend für das Auge.

Beim Anblick des sie umgebenden Lichtmeers kam ihnen das winterliche Europa, das sie hinter sich gelassen hatten, plötzlich wie ein feuchter, finsterer Innenhof vor, wie eine den Schlecht-Geliebten auferlegte Strafe. Emily dachte zurück an die Tristesse der regenreichen Midlands ihrer Kindheit, an diese abweisende und fahle, von Kohleminen ausgehöhlte Landschaft, an die Dörfer mit den kleinen schäbigen Backsteinhäusern, diese trostlosen englischen Bergarbeitersiedlungen, erfüllt vom Schwefelgestank der Zechen, dachte an den von turmhohen Kohlehalden versperrten Horizont, an jenes von rußiger Luft erfüllte Universum, in dem jede Farbe ausgelöscht und das gleichsam in Trauer gehüllt war, an diese eine Welt, die für das Unglück geschaffen schien ... Das, was Emily jetzt von ihrem Ballon aus erblickte, schien ihr wie eine kaum erfüllbare Glücksverheißung, die ihr die Tränen in die Augen trieb. Gewiß, Emily hatte auch ein anderes, ein harmonischeres England gekannt, das der Dünen von Sussex und der schottischen Heidelandschaft; doch die Schönheit, die sich jetzt vor ihr ausbreitete, besaß eine ganz andere Anmut und vermittelte ihr das Gefühl von *Ferne*.

Wer diese südlichen Lande nicht kennt, dem ist auch dieses vollkommene Glücksempfinden fremd, das im Fernsein liegt; man ist dort fern von der ungeheuren Feindseligkeit der förmlichen Städter – einer Feindseligkeit, die ihnen kaum bewußt ist, weil sie viel zu sehr damit beschäftigt sind, sich gegenseitig abzuschätzen und auszunützen –, fern von den künstlichen Leidenschaften, die das Opium der großen europäischen Hauptstädte sind, von der berechnenden Eitelkeit, fern von der unsichtbaren – und so liebevollen! – Tyrannei, die Eltern auf ihre Sprößlinge ausüben. Welche

Erleichterung, außer Reichweite der mehr oder weniger deutlich ausgesprochenen Erwartungen derer zu sein, die *nur unser Bestes wollen* – denn sie sind die Schlimmsten! –, fern von der ungeheuerlichen Ordnung des *Arbeitsmarktes,* fern von dieser trunkenen Gesellschaft, die dem Glück Vorbedingungen stellt und die uns pausenlos von der Vertrautheit ablenkt, die wir mit uns selbst haben könnten. Welche Wonne, die ganze Welt zwischen sich und jene absurden Werte zu setzen, die von der Schule, von der Presse und von Bauchrednern aller Couleur suggeriert werden und denen wir am Ende Glauben schenken!

In ihrem Ballon fühlte sich Emily geschützt durch die enorme Entfernung, die sie von England trennte, sicher vor den Schmerzen der Vergangenheit, den bissigen Bemerkungen ihrer Mutter. Und dieses Gefühl des Wohlbehagens verschönte in ihren Augen noch die Realität, die sie überflogen. Zum ersten Mal hatte Emily den Eindruck, wirklich offen zu sein für die Schönheit, die sie umgab, und daran teilzuhaben. Sie ließ sich einhüllen vom Wind und gab sich der Sonne hin.

In ihren flüchtigen Notizen hatte Lady Brakesbury folgendes für die Insel der Linkshänder typische Phänomen erwähnt: Die meisten Einwanderer gaben vor, ein ähnliches Gefühl der Befreiung empfunden zu haben, als sie sich weit von ihrer Kindheit, von ihren Eltern entfernt hier niederließen; vielleicht rührten daher ihre friedlichen Gesichtszüge, die sie fast schön machten.

Der Ballon erreichte die nördliche Spitze der Insel und schwebte dann über die dichte und unendlich farbenprächtige Vegetation hinweg, mit der die feuchte, leicht geschwungene Ostküste überzogen war. Etwas weiter, am Fuß eines düsteren Berges, der den Hauptgebirgszug überragte, erstreckte sich bis zum Strand hinunter ein Palmenhain. Der Ballon verlor an Höhe, und die Kinder konnten beobachten,

wie eine Schar von dreißig oder vierzig kleinen gelblichen Haien durch eine schäumende Rinne glitten; sie jagten bei Ebbe im seichten Wasser der Lagune. Die Rückenflossen der Haie ragten aus der Wasseroberfläche. Von Menschen aber war weit und breit keine Spur! Wo mochten diese Linkshänder sein? Einen Augenblick lang glaubte Cigogne, einer Fata Morgana nachgejagt zu sein. War die Insel nur Lady Brakesburys Phantasie entsprungen?
Während Jeremy noch über diese Frage nachgrübelte, wurde der Ballon von einer plötzlichen Windböe in die Höhe getragen, weit über die dichtbewaldete Bergkette, so daß allen der Atem stockte. Ein sonderbares geologisches Phänomen hatte den Berg seines Zentrums beraubt; er war hohl und wie eine riesige Arena geformt, über der sie eine Weile schwebten, bevor sie langsam an Höhe verloren. Am Grund dieses gewaltigen Einbruchs entdeckte die kleine Einwanderergruppe eine Lagune, die durch eine enge Schlucht, einen roten Cañon von höchstens fünfzehn Metern Breite, mit dem Meer verbunden war. Am grasbewachsenen Gestade dieses kleinen ozeanischen Sees erstreckte sich eines der denkbar schönsten Kolonialstädtchen, ein Seebad mit hübschen, geschmackvollen Holzhäusern, eingebettet in eine saftige, üppige Vegetation, die nichts mit der zaghaften, schlummernden Natur Europas zu tun hat. Mitten in der Stadt konnte sich das Auge des Passanten an wilden Bananenstauden ergötzen, an Baumfarnen, an blutroten Flamboyants und an Bayanbäumen mit ihren tiefhängenden, wurzelschlagenden Ästen. Die Luft war hier milder, weniger feucht wie an einer windigen Küste. Das Ufer säumte eine schattige, mit prächtigen Kokospalmen bestandene Promenade. Die Häuser waren von Gärten umgeben, ähnlich gepflegt wie jene, die man auf den Kanakeninseln bewundern kann. Der vorbildliche Zustand der Rasenflächen beruhigte Algernon; Menschen, die ihr Gras mit solcher

Sorgfalt mähten, konnten keine Wilden sein, auch wenn sie keine Clubs für ihr Hauspersonal eingerichtet hatten.
Hier also, mehr als zwanzigtausend Kilometer von Paris entfernt, verborgen vor der Neugier der Rechtshänder, sicher geschützt vor den Wirbelstürmen, hatte sich das kleine Volk der Linkshänder niedergelassen, um dort eine glückliche Zivilisation zu begründen, frei von Schuld und verderbten Überzeugungen, welche die unsere untergraben. Hier, am Ufer dieser versteckten Lagune, entwickelten sich die zärtlichsten und verrücktesten Bande zwischen Mann und Frau, hier war die Zweierbeziehung nicht länger eine Hölle. Und hier, ja, hier, wollten sich Lord Cigogne und Emily endlich auf das Abenteuer der wahren Liebe einlassen, bis daß der Tod sie scheide.
Sanft schwebte der Heißluftballon an diesem Morgen des 2. März 1933 auf Port-Espérance zu.

Auf dem Marktplatz von Port-Espérance – der Place du Capitaine-Renard – waren Linkshänder im Sonntagsstaat der einfachen Leute versammelt. Die Männer trugen helle Anzüge, dazu Cowboyhüte, wie man sie aus Queensland kennt. Die Frauen ergingen sich unter leinenen Sonnenschirmen; ihre Augen wurden von Blumenhüten beschattet. Mit ihren langen, weiten Röcken und den flatternden bunten Bändern wirkten sie von weitem wie Heldinnen aus dem Wilden Westen. Auch die Kinder trugen Hüte. Man hätte sie alle für Australieneinwanderer um 1880 halten können, nur befand man sich hier in den Tropen, in einer Vegetation, die der polynesischen ähnelte, im Herzen einer Kolonialstadt des Südpazifik, auf einem sandigen Platz. Diese Franzosen, die sich am anderen Ende der Welt zusammengefunden hatten, strahlten jene Offenheit und Lebendigkeit aus, wie man sie nur bei abenteuerlustigen Pioniervölkern antrifft. Verschiedene Männer trugen Winchesters an ihren Pferdesätteln, Gewehre, mit denen sie malaiische Piraten in die Flucht schlugen, die sich gelegentlich bis an die Küsten von Hélène vorwagten. Die Decken der zierlichen Veranden, die den Platz umgaben, waren mit aufziehbaren Ventilatoren ausgestattet, deren Propeller aus Sandelholz sich linksherum drehten; auch die Eingangstüren der Häuser öffneten sich nach links.

Trotz der Brise, die durch die Verbindung zum Meer nach Port-Espérance hereinwehte, war die Luft zum Ersticken.

Am Himmel, der in diesen Breiten so launisch ist, zogen Gewitterwolken auf. Alle Versammelten – auch die Frauen – hatten soeben gewählt und warteten ungeduldig auf die Auszählung des historischen Referendums, das über ihr Linkshänder-Schicksal entscheiden sollte, als plötzlich eine aufgeregte Stimme rief:

»Ein Ballon! Ein Ballon!«

Das kleine Völkchen hob die Augen. Lächeln breitete sich auf ihren Gesichtern aus. Die Buben schwenkten ihre Kappen mit der linken Hand. In diesem Augenblick trat der Bürgermeister, der elegante Monsieur Jacob, aus dem Hauptgebäude der *Compagnie Minière* und hielt mit bebender Stimme und in einem altertümlichen, gewählten Französisch eine spontane Rede, die in die Annalen der Insel eingehen sollte.

»Verehrte linkshändige Mitbürger! Wir haben alle möglichen Prüfungen und Opfer auf uns genommen, um unsere südliche Kolonie zu gründen. Oft waren wir selbst unser größter Feind, waren zögerlich und erfüllt von der Angst, endgültig mit der Welt der Rechtshänder zu brechen. Ich wage jedoch zu behaupten, daß sich unser kleines rebellisches Volk heute als sein beständigster Verbündeter erwiesen hat, beharrlich in seinen Prinzipien, unbeugsam in seinem Willen, eine Gesellschaft zu gründen, die den Träumen des Kapitän Renard würdig ist, dieses großen Mannes, der uns antrieb, unsere Häuser an den Ufern dieser Lagune zu errichten! Das Ergebnis des Referendums lautet folgendermaßen: 18735 dafür, 2824 dagegen! Die Mine wird GESCHLOSSEN! Es lebe die Insel der Linkshänder! Es leben unsere Frauen! Gott segne uns! Und ihr, die neuen Einwanderer, die ihr vom Himmel kommt, seid uns willkommen!«

Die Menge brach in Jubel aus. Alles applaudierte. Die Pferde scharrten nervös mit den Hufen. Man umarmte sich.

Noch nie hatte die Schließung einer Mine einen solchen Freudentaumel ausgelöst, schon gar nicht mitten in der Krise der dreißiger Jahre!
In ihrer Gondel, die unendlich langsam dem Platz entgegenschwebte – die Kalmen hielten sie fast unbewegt in der Luft –, betrachteten Lord Cigogne, Emily und Algernon die jubelnde Menge, die ihnen diesen unerwarteten Empfang bereitete. Emily hatte an solchen Ausbrüchen echter Freude und Heiterkeit, diesen Impulsen der Aufrichtigkeit, schon immer Gefallen gefunden. Algernon dagegen war aufs höchste besorgt, daß diese Gefühlsbesessenen zu einem solchen Mangel an Zurückhaltung fähig waren. Jeremy wiederum stellte bei den Worten des Bürgermeisters begeistert fest, daß die Angaben von Lady Brakesbury richtig waren; die Linkshänder der Insel Hélène drückten sich in einem klaren, gewählten Stil aus, wie er im Paris des achtzehnten Jahrhunderts gepflegt wurde, in einer Sprache, die sich dazu anbot, alle Feinheiten der Herzensregungen zu beschreiben. Zu jener Zeit war Französisch die in dieser Hinsicht nuancenreichste Sprache. Laut Lady Brakesbury pflegten die Linkshänder von Port-Espérance die Kunst, Worte, die verborgen in Romanen schlummerten, neu zu beleben, verlorene Wendungen wieder ans Tageslicht zu fördern, wußten sie doch, daß der Tod eines Wortes auch den des entsprechenden Gefühls bedeutet, daß der Verfall einer Sprache auch die Fähigkeit, von Liebe zu sprechen, beeinträchtigt und somit auch eine gewisse Art des Fühlens und diesen Rausch der Sinne und der Seele, der zu seiner Entfaltung der Feinheiten eines reichen Vokabulars bedarf. Diese großen Liebhaber und Geliebten hatten eine Passion für Worte, die seltene Empfindungen zuließen, für dieses Sesam, das die Gefühle öffnet, das unmerklich vom einfachen *ich liebe – ich liebe nicht* abweicht. Denn schließlich ist *lieben* nicht gleichbedeutend mit *schätzen,* ebensowenig mit *vernarrt sein.* Es

gibt Frauen, die man *vergöttert,* ohne sie zu *lieben,* die man sogar hassen kann … Auf all diese Subtilitäten waren die Linkshänder versessen.
Mit einer Handbewegung brachte Monsieur Jacob die Hochrufe zum Verstummen, um in seiner Rede fortzufahren und das Ergebnis der Volksabstimmung zu erläutern. Dabei erfuhren die Cigognes und Algernon, daß die Insel Hélène ein riesiger Nickelklumpen war. Im Laufe der letzten vierzig Jahre hatte die Ausbeutung des Minerals bereits ein Drittel des Eilands verschlungen und gleichzeitig für einen gewissen Wohlstand der Einwohner von Port-Espérance gesorgt. Der Abbau habe sich beschleunigt, hob Monsieur Jacob hervor, und beim derzeitigen Tempo sei Hélène bis zum Jahre 1954 gänzlich verschwunden. Manche Helener hatten sich schon damit abgefunden und führten an, daß die Kolonie bis dahin reich genug sei, um irgendwo auf diesem Planeten eine andere Insel zu kaufen. Das war bereits um 1900 der Plan der direkten Nachfolger von Kapitän Renard gewesen. Doch inzwischen hatten die Europäer auch von den kleinsten unbewohnten Territorien Besitz ergriffen; ihre Kolonialreiche hatten die Rechtshänder-Vormundschaft auf den gesamten Globus ausgedehnt. Nur das persönliche Eingreifen Clemenceaus hatte die Insel Hélène vor der Vereinnahmung durch den französischen Jakobinerstaat bewahrt. Das Referendum sollte über die Zukunft des Nickelabbaus in den roten Inselfelsen entscheiden.
Durch ihren Beschluß, die Mine zu schließen, hatten sich die Linkshänder von Port-Espérance für die Fortführung ihrer Kultur entschieden; das Herz sollte Vorrang vor den Verführungen des Reichtums haben. Die Liebe hatte den Sieg über das Geld davongetragen. Daher diese Heiterkeit, dieses Gefühl der Befreiung und des Stolzes, auch wenn sich alle des hohen Preises bewußt waren, den sie dafür zu zahlen hatten. Aber sie wollten ihr Territorium erhalten!

»Verehrte Linkshänder-Mitbürger«, fuhr der Bürgermeister in seiner Rede fort. »Passen wir unsere Ansprüche unserem Vermögen an – nicht umgekehrt. Durch den Überfluß, in dem wir leben, wäre uns die Idee der Wahrhaftigkeit fast schon abhanden gekommen. Kehren wir also zum Geist der Gesellschaft der Linkshänder zurück! Zu den wohltuenden Gebräuchen dieser Pioniere! Der Geschäftssinn drohte von uns Besitz zu ergreifen; er führt zu hohlem Ehrgeiz, zu einem allzu hektischen und leeren Leben. Wahrhaftiges Glück hat nie etwas mit der Anhäufung von Gütern zu tun! Wir sind reich, weil wir hier ein sinnvolles Leben führen dürfen! Unser Ehrgeiz besteht darin, die Liebe zu erforschen, ALLE unsere Neigungen auszuleben, selbst die widersprüchlichsten, in starken Beziehungen, die keine Grenzen kennen, jawohl, keine Grenzen! Wir wollen rund um die Uhr Ehemänner, Liebhaber und Geliebte sein, keine Menschen des Geldes! Es lebe die Ausschweifung, es lebe die Treue! Es lebe die Insel der Linkshänder! Es leben unsere Frauen!«

Diese unerwartete politische Rede löste erneute Hochrufe aus, eine begeisterte Stimmung, die sich in tosendem, lange nachhallendem Applaus entlud. Man jubelte, man umarmte sich. Lederhüte flogen in die Luft, als plötzlich der Heißluftballon auf der Place du Capitaine-Renard landete. Im Triumphzug schritt man den Neuankömmlingen entgegen, half ihnen aus der Gondel und führte sie zu einem Café, auf dessen Terrasse zu den Rhythmen einer Jazzband getanzt wurde. Zu Algernons Entsetzen nahm ihn eine üppige und äußerst heitere Linkshänderin bei der Hand, um ihn zum Tanzen aufzufordern, ein Versuch, bei dem seine Hemdbrust in Unordnung geriet.

Der düstere Gewitterhimmel öffnete unvermittelt seine Schleusen und entlud sich in einem heftigen, schäumenden Tropenregen, was den Elan der Inselbewohner allerdings nicht zu bremsen vermochte. Innerhalb weniger Minuten hatte sich Port-Espérance in eine Riesenpfütze verwandelt; doch man tanzte weiter, man umarmte sich, man feierte den Sieg über die Versuchung der alles beherrschenden Banknoten. Ein jeder schien einen Sieg zu feiern: über sich selbst und für seine Liebe und die seiner Kinder, der schon geborenen und der zukünftigen.

Und genau in diesem Augenblick erblickte Jeremy unter seinem schwarzen Regenschirm, den Algernon ihm gereicht hatte, den Mann, der sein Vorbild und später sein Freund werden sollte, den kuriosen Sir Lawrence White. Lawrence war der einzige Engländer auf der Insel. Jeremy musterte ihn mit einer Mischung aus Erstaunen und Verlegenheit, denn er war nackt, ja, splitternackt unter seinem schwarzen Schirm, den er mit der linken Hand hielt, während er so würdevoll auf sie zuschritt, als wäre er bekleidet. Dieses Bild kam Jeremy um so unwirklicher vor, als es niemanden zu verwundern schien, daß dieser Mann nackt war.

»*Gentlemen!*« ließ sich Sir Lawrence White mit einem sehr britischen Akzent vernehmen. »Sie sind Engländer, nicht wahr?«

»Ich habe in der Tat das King's College in Canterbury besucht und habe es im Leben zu etwas gebracht... Aber woran, zum Teufel, haben Sie das erkannt?«

»Am Schirm... Wir sind die einzigen!«

Sir Lawrence White hatte sich gleich bei seiner Ankunft auf der Insel im Jahre 1912 den Spitznamen Lord Splitternackt eingehandelt. Im Alter von fünfzehn Jahren hatte sich der junge Lawrence geweigert, noch länger die Westen, Stehkragen und Jacketts zu tragen, in die Lady White, seine Mutter, ihn zwängen wollte. Er erklärte, diese Art der Kleidung sei gewiß elegant, ihm aber entspreche sie nicht. Lady White beharrte auf ihrem Standpunkt, woraufhin der starrköpfige Lawrence beschloß, den Rest seiner Tage nackt zu verbringen und einen körperlichen wie geistigen Nudismus zu betreiben. Er wollte sich in seiner ganzen Wahrheit zeigen, auch wenn sie nicht gerade schön war. Und seither lebte er nach dem Prinzip, weder seine Gedanken noch seine Gefühle zu verbergen, obwohl er sie weiterhin in typisch englische Schamhaftigkeit hüllte.

Nachdem sein Auftreten im prüden England des beginnenden zwanzigsten Jahrhunderts wachsende Empörung, oft sogar Feindseligkeit auslöste, sah sich Sir Lawrence gezwungen, mit Europa zu brechen. Da er als Linkshänder geboren war, reiste er nach Hélène, um sich dort niederzulassen, und weil viele Helener unter den Schikanen der republikanischen Rechtshänder-Schulen gelitten hatten, erkannten sie die Aufrichtigkeit dieses nackten Mannes, der nur er selbst sein wollte, friedlich, aber konsequent. Und so taufte man ihn Lord Splitternackt, ein Titel, der ihn amüsierte. Im Laufe der Jahre entwickelte sich dieser eingefleischte Junggeselle zu einer der Hauptfiguren auf der Insel.

Jeder der Neuankömmlinge angelte sich einen feuchten Koffer aus der Gondel, spannte seinen Schirm auf und folgte Sir Lawrence, der, ganz im Sinne der ozeanischen Gastfreundschaft, bereit war, sie unter seinem Dach zu beherbergen, bis eine andere Lösung gefunden war. Hotels gab es in Port-Espérance nur für Liebende, die turteln wollten; Familien waren in diesen charmanten Unterkünften unerwünscht. Um sie herum tanzte das ausgelassene Volk, bog und verrenkte sich zu den amerikanischen Rhythmen. Auch Greise waren darunter, Kinder, Linkshänder, Rechtshänder, Frankophile und andere.

Was Emily besonders beeindruckte, war die Schönheit der Menschen in diesem tropischen Teil von Frankreich. Gewiß, ihre Züge waren nicht feiner als die der Pariser, aber der Ausdruck ihrer Gesichter, ihrer Blicke verriet die sonnengleiche Harmonie jener Geschöpfe, die mit Genuß lieben und im Gegenzug geliebt werden, als schaffte die Tatsache, *gut geliebt* zu werden, die einfache Lebensfreude. Eine friedliche Großzügigkeit. Und eine Schalkhaftigkeit! Eine quasi angeborene Heiterkeit, die weder durch die Umwelt noch biologisch bedingt war. Die Linkshänder schienen diese Leichtigkeit, die nie frivol war, im Blut zu haben, dazu die Freude am Lächeln. Nicht nur mit den Lippen, auch mit dem Herzen! Hier sah Emily nicht die eingefallenen, bleichen, leicht verängstigten Gesichter, denen man in der Londoner Untergrundbahn begegnete, Gesichter der Schlecht-Geliebten, die gezeichnet waren von den Spannungen des Rechtshänder-Lebens, die, wenn überhaupt, nur flüchtig lächelten, ein wenig verlegen darüber, diesen kurzen Kontakt zugelassen zu haben.

Die Leute erwiderten ihren Blick und grüßten sie manchmal. Kräftig gebaute Frauen schienen sich hier ihrer Körperfülle nicht zu schämen; mit Schlichtheit trugen sie ihre rundliche Taille zur Schau, die in London jede Rechtshänder-Frau zur Verzweiflung getrieben hätte.

Emily wunderte sich auch über die ungeheure Faszination, die von den Männern ausging; jeder strahlte auf seine Art eine sensible Männlichkeit aus, eine Virilität beherrschter Potenz, als hätten sie alle die Vorstellung akzeptiert, daß die Frauen sie als begehrenswerte Wesen betrachteten. Nicht wegen ihres feinsinnigen Charmes! Nein, wegen ihres Körpers und der Fertigkeit, ihnen Lust zu verschaffen! Das äußerte sich in einer etwas ungewöhnlichen Art, die in Europa mehr den Frauen eigen war, einer Pflege ihrer ganzen Person. Sie hatten einen Sinn für jene unterschwellige, respektvolle Zweideutigkeit, welche die Atmosphäre elektrisiert, indem sie diskret die Sinne anspricht. Kurz, diese Linkshänder waren wahrhaftige Ehemänner, geschickte Liebhaber, die mit derselben Begeisterung zügellosen Spielen frönten wie der Kunst, in ihrer etwas antiquierten Sprache den Hof zu machen. Sie hatten nichts gemein mit diesen schmerbäuchigen, nach säuerlichem Schweiß riechenden *gentlemen* der besten Londoner Gesellschaft, den Freunden von Windhundrennen, die es ganz natürlich fanden, daß sich ihre Frauen herausputzten, während sie, die Männer, über jene jungen Kavaliere spotteten, die gelegentlich die Lust verspürten, in den Augen der Frauen begehrenswert zu erscheinen.

Lord Cigogne begeisterte die von Sinneslust erfüllte Atmosphäre, die in diesen ausgelassenen Straßen herrschte, der Eindruck der Offenheit, den diese Erfinder einer neuen Welt machten. In London beeilte sich jeder, das auszuführen, was er für seine Pflicht hielt, fast schlafwandlerisch, als bestünde der Sinn des Lebens darin, sich seiner Aufgaben möglichst rasch zu entledigen. Die englischen Rechtshänder schienen sich in einem fast unwirklichen Leben zu entwickeln, das an den Menschen vorbeiglitt, die wiederum ganz von ihren Gewohnheiten beherrscht waren, gebrochen von einer Erziehung, die sie ihren Gefühlen entfremdete. Dagegen schienen die Helener auf sonderbare Weise wahrhaftig, in einer sensiblen Welt verankert, auch wenn diese aus einer Utopie geborene Stadt den Eindruck eines Traums auf Jeremy machte. Hier waren die Menschen bestrebt, aus ihren jeweiligen Tätigkeiten das größtmögliche Vergnügen zu ziehen, ganz gleich, ob diese bedeutend oder von geringem Interesse waren. Diese Fanatiker des Alltags waren immer mit Herz und Seele bei der Sache. Die Händlerin, die an der Ecke Avenue Musset/Rue Valmont Sandwiches verkaufte, bereitete diese mit ungeheurer Sorgfalt zu, und sie schien sich aus diesem Grund selbst noch mehr zu lieben.

Es gab keine Automobile auf den Straßen, nur Pferdekutschen, Planwagen, wie man sie vom südafrikanischen Transvaal her kannte, und Reiter, die sich – natürlich – links hielten. Sir Lawrence erklärte Jeremy, daß den Linkshändern nur insoweit an technischen Errungenschaften gelegen sei, als diese einem erfüllten Liebesleben förderlich waren. Warum dem Wahn des Industriezeitalters verfallen? Die Bewohner von Port-Espérance wunderten sich sogar, daß die europäischen Rechtshänder den sogenannten Fortschritt gedankenlos annahmen und sich blindlings dem Diktat der Ingenieure unterwarfen. Bei einer der letzten Volksabstimmungen hatte man berechtigterweise gegen das Automobil gestimmt. Die Frauen hatten befunden, daß ein Mann zu Pferde attraktiver und begehrenswerter sei als einer, der hinter dem Lenkrad seines Motorvehikels kauere; dieses Argument hatte das Ergebnis erheblich beeinflußt. Ein weiteres waren die hohen Kauf- und Unterhaltskosten für diese Automobile, die sie gezwungen hätten, ihr angenehmes Leben aufzugeben. Die wirtschaftliche Entwicklung, die mit dem Erwerb von Automobilen einherging, ließ sich mit den Reizen ihres Insellebens nicht vereinbaren. Die Linkshänder weigerten sich, einen Großteil ihrer Zeit der Arbeit zu opfern, statt ihn den Liebeskünsten zu widmen. Sollten sie für den Kauf eines Automobils einen so hohen Preis zahlen? Wozu? Niemals!

Auch gegen die Einführung des Telefons hatte man mit großer Mehrheit votiert, war doch fast allen klar gewesen, daß dieser Apparat das Ende ihrer Verliebtenkorrespondenz bedeutet hätte und darüber hinaus einer Vorstellung von der Zweierbeziehung, die nur aus einem regelmäßigen Briefwechsel entstehen kann. In Port-Espérance wurden die Ehepaare nach den ersten Monaten der Zärtlichkeit nicht müde, einander zu schreiben. Fast alle Häuser der Stadt besaßen zwei Briefkästen, einen für die Ehefrau, einen für den Ehemann. Gleichzeitig war fast jeder Haushalt mit einer amerikanischen Waschmaschine ausgestattet, die mit Windkraft betrieben wurde; das ferne Frankreich wußte damals noch kaum etwas von elektrischen Haushaltsgeräten. Die Helener taten alles, um die Frauen von lästigen Pflichten zu befreien, die sie von ihrem Liebesleben abhielten.

In den Geschäften entlang der Hauptstraße wurde nicht jener Überfluß feilgeboten, an den unsere britischen Freunde gewohnt waren; in den wenigen Vitrinen lag nur aus, was für eine einfache Lebensweise erforderlich war. Der Akt des Kaufens bereitete den Linkshändern nur ein mäßiges Vergnügen, gleichsam gemindert durch den Liebesrausch, in dem sie schwelgten. Unmerklich hatten sich diese Pioniere von der modernen Gesellschaft entfernt, von ihrer schädlichen Logik uneingeschränkter Ablenkung und Zerstreuung. Unsere Insulaner wollten unter keinen Umständen von der Realität, die ihnen so behagte, abgelenkt werden.

Diese Leute waren keine schläfrigen Konservativen, verliebt in die Behaglichkeit immergleicher Empfindungen, sondern unersättliche Forscher in Liebesdingen, Draufgänger, die bereit waren, ihr Schicksal den verschiedensten Gefahren auszusetzen. So ließ zum Beispiel kein Helener einen Tag verstreichen, ohne sich Freizügigkeiten hinzugeben, die den Liebesturnieren im Frankreich des 18. Jahrhunderts würdig waren. Sie wollten jeden Rausch kennenlernen, den das Herz und die Haut auskosten können, jeden! Im Vergleich dazu schien der Konsumrausch geradezu fad.

Sir Lawrence White blieb vor seinem kleinen weißen Haus, das mit seinen zwei Schiebefenstern und dem Wintergarten – *so charming!* – sehr britisch anmutete, stehen. Die Fassade war zur Sonne, also nach Norden hin ausgerichtet, wie es auf der südlichen Halbkugel üblich ist. Doch die Frontseite hatte nur eine einzige Tür, ein untrügliches Zeichen dafür, daß er Junggeselle war. Die meisten von Paaren bewohnten Häuser in Port-Espérance waren mit zwei Eingangstüren ausgestattet, damit jeder diskret durch die seine gehen und die kleinliche Kontrolle des Ehelebens vermeiden konnte, wie sie bei den Rechtshändern üblich ist: *Wohin gehst du? Wann kommst du heim?* Die zweite Tür von Sir Lawrence befand sich auf der Rückseite des Hauses, damit niemand in der Nachbarschaft beobachten konnte, wer die Frauen waren, die er manchmal zwischen den Mahlzeiten oder nach dem *five o'clock tea* beglückte.

Die Architekur von Port-Espérance war geprägt von den einfallsreichen Beschäftigungen dieses kleinen Volkes. Sie spiegelte ihre Schimären wider und hatte sich im Laufe unterschiedlicher Moden entwickelt. In ihrer freizügigsten Phase – den zwanziger Jahren – waren Holzgebäude im Art-déco-Stil entstanden, die von mehreren Paaren bewohnt wurden, mit wabenähnlich angeordneten Zimmern und einem zentralen Gemeinschaftsraum. Doch von diesen Häusern existierten nur noch sehr wenige. Die meisten waren einer Feuersbrunst zum Opfer gefallen, von einem Ehemann gelegt, der es leid gewesen war, die Zärtlichkeit seiner Frau mit anderen teilen zu müssen. Es hatte sogar Gebäude mit Verbindungsgängen gegeben, damit die jungen Leute leichter zueinanderfinden und doch bei ihren Eltern wohnen bleiben konnten. Die Häuser wurden je nach dem Stand des Abenteuers, das die Paare durchlebten, umgestaltet, das heißt nach den Anforderungen des Alltags, der auf dieser Insel mit all seinen Tücken und Wirren ausgelebt wurde.

Was Sir Lawrence über das Innere dieser Gebäude erzählte, fand Jeremys Gefallen: Die Linkshänder gingen von der Idee aus, die Räume auf eine Weise anzuordnen, die dem Reifen der Liebe förderlich oder zumindest dazu angetan war, die einer Zweierbeziehung innewohnenden Gefahren zu meiden. Am meisten aber war Cigogne von der Tatsache beeindruckt, daß die Innenarchitektur jeweils »nach Maß« gefertigt war. Da jedes Paar andere Probleme zu bewältigen hatte, schien es den Helenern ganz selbstverständlich, daß jedes Haus einzigartig war. Und so wäre kein Helener auf die Idee gekommen, sich in einer Bleibe niederzulassen, die für einen anderen errichtet worden war.

In diesem Land entwarfen die Männer die Häuser für *eine* Frau, glaubten sie doch, ihrer Liebe besser mit ihren Händen als mit Worten Ausdruck zu verleihen. Natürlich mußte die Innenarchitektur ständig den Wandlungen der Beziehung angepaßt werden können. Mit der Zeit trugen diese Gebäude die Narben der Liebesgeschichte, die sie beherbergt hatten; man konnte ihnen die jeweiligen Krisen- und Versöhnungsphasen ablesen. Die gelungensten Häuser waren diejenigen, die den geheimen Erwartungen der Frauen am besten entsprachen, ohne daß diese sie jemals hätten aussprechen müssen. Die Frauen, denen dieses Glück zuteil wurde, waren die sogenannten *Gut-Geliebten.* Wenn eine Frau starb, so wollte es der Brauch, daß ihr Haus angezündet wurde; eine besondere Art der Liebe ging in Rauch auf – vom Wind für immer fortgetragen.

Als sich die Tür zu Lord Splitternackts Haus öffnete, stellten Cigogne und Emily erstaunt fest, daß das Innere nur auf die Liebe ausgerichtet war. Alles war so arrangiert, daß die Mätressen von Sir Lawrence sich einzigartig und wie in einem Traum fühlten. Die einfache, aber gepflegte Einrichtung vermittelte den Eindruck, als befände man sich in einer Schmuckschatulle aus Edelholz, an einem Ort, an dem sich die ozeanische Natur mit dem Hausinterieur vermischte. Ein riesiger tropischer Baum – ein Würgebanyan – erhob sich in der Mitte des einzigen Raums und schien das ganze Haus zu stützen, das sich wie eine Art Luxushütte in seine Äste schmiegte. Eine Treppe aus Kokosholz führte zum Giebel, an dem Hängebetten angebracht waren. Die sehr englisch wirkende Fassade verriet nichts von dem phantasievol-

len Innern, das Emily fast den Atem nahm. Es gab nirgends Trennwände, um den Lebensraum des einzelnen abzugrenzen, da Lord Splitternackt ja allein hier wohnte.
Laura, Peter und Ernest kletterten sofort die Zweige hinauf, und es wurden Hängematten für sie angebracht. Algernon dachte bei sich, daß man diesem nackten Verrückten eines zugute halten mußte: daß sein Parkettboden tadellos gewachst war und die Fenster mit Vorhängen versehen waren. Mit diesem tröstlichen Gedanken machte er sich daran, Tee zuzubereiten.
»Wenn Sie ein wahrer Linkshänder werden wollen«, erklärte Sir Lawrence, »dann müssen Sie Ihr eigenes Haus bauen, Mylord.«
»Ich selbst?« entgegnete Cigogne verdutzt.
»Natürlich! Eigenhändig.«
»O weh! Das kann aber lange dauern...«
»Gewiß. Doch was könnten Sie Schöneres tun, als Ihrer Frau auf diese Art zu beweisen, daß Sie sie verstanden haben?«
»Aber hat er mich denn schon verstanden?« fragte Emily mit einem Anflug von Spott in der Stimme.
»Wissen Sie«, fuhr Lord Splitternackt fort, »wir Helener glauben an Liebesbeweise und wollen, daß das Sinnvolle Bestand hat.«
In diesem Augenblick hatte Cigogne das sonderbare Gefühl, die Zeit der Rechtshänder zu verlassen, um in die der Linkshänder einzutauchen, die zwar auch in Tage, Stunden und Minuten unterteilt, aber trotzdem von anderer Dauer war. Lang erschienen den Helenern nur solche Aktivitäten, die bedeutungslos waren oder im Widerspruch zu ihrem Wertesystem standen. Sie konnten der Eroberung einer Frau Jahre widmen oder Monate damit zubringen, Rosen zu züchten und zu kreuzen, um die zu erhalten, die sie dem Mädchen schenken wollen, das ihr Herz und ihre Sinne faszinierte;

doch kein Linkshänder wäre bereit gewesen, der Reinigung seiner Kalesche mehr als fünf Minuten zu widmen.

Lord Cigogne stellte seine Teetasse ab, blickte Emily lächelnd an und sagte zärtlich:

»*Darling*, ich will versuchen, dir *dein Haus* zu bauen.«

Lord Cigogne wußte nichts von den Prinzipien, die der Architektur der Liebe zugrunde liegen. Daß sich damit ein Bauwerk errichten ließe, wäre ihm nie in den Sinn gekommen. Eine Zeitlang war er versucht, sich anzusehen, wie es die anderen Helener angestellt hatten. Doch als er schließlich eingesehen hatte, daß er *Emilys Haus* und nicht das einer anderen erbauen müsse, beschloß er, sich der Entdeckung seiner Frau zu widmen, ehe er den Grundstein legte. Eine Vorbereitungsaktion sozusagen, wenn auch leider etwas verspätet.

Sir Lawrence hatte ihnen eine Hütte als vorübergehende Unterkunft angeboten. Lord Cigogne hatte das Angebot sofort angenommen, denn die Nähe seiner Familie zu diesem nackten Mann wollte ihm gar nicht behagen. Diese provisorische Bleibe war natürlich recht rustikal, doch Algernon hatte es verstanden, sie in ein *sweet home* zu verwandeln, indem er Gardinen vor den winzigen Fenstern aufgehängt, rohe Möbel zusammengezimmert und die Rüstung des in Azincourt verstorbenen Ahnherrn gegenüber der Eingangstür aufgestellt hatte. Auf einer Kokospalme gleich neben der Hütte hatte er die britische Fahne gehißt, und nun wollte er sich einen Rasenmäher beschaffen, um die Grasfläche in einen wahren englischen Rasen zu verwandeln. Die zivilisatorische Präsenz Englands begann sich bis in die halbverfallene Hütte hinein auszubreiten.

Beschämt mußte sich Lord Cigogne eingestehen, daß es ihm

in sieben Ehejahren nicht gelungen war, Emilys Herz zu erkunden, ja daß sie im Grunde genommen fast wie eine Fremde für ihn war. Wie die meisten Ehemänner wußte er nichts von den unausgesprochenen Erwartungen seiner Frau, nichts von dem, was sich hinter ihrem Schweigen verbarg. Als Engländer hatte es Cigogne nie verstanden, sich emphatischen Augenblicken hinzugeben oder sich in den Momenten zärtlichen Einklangs zu verlieren, den einzigen, die es möglich machen, in die Gefühle des anderen einzutauchen. Dabei war er verrückt nach seiner Frau, verrückt nach ihr, ja, verrückt nach seiner Emily Pendleton, der unbeugsamen Pastorentochter, die er als das edelste Wesen ansah, das auf dieser Welt wandelte; doch er wußte, er hatte kein großes Geschick zur Liebe, ganz so, als wäre er eines solchen Gefühls nicht würdig.

Eines Tages erfuhren Jeremy und Emily von der Insel des Schweigens, einem kleinen Eiland im helenischen Archipel. Auf diesem wundersamen Fleckchen Erde hatten viele Paare unter den Linkshändern zusammengefunden. In ihren Augen war die Kunst des Zueinanderfindens ein so entscheidendes Ereignis, daß größte Umsicht angebracht war. Im Jahr 1908 hatte eine der Töchter von Kapitän Renard, Jeanne Merluchon – Jules Renards Schwester –, die Idee gehabt, auf der Insel des Schweigens eine besondere Kolonie zu gründen. Jeanne, die von Geburt an stumm war, hatte bemerkt, daß es stumme Paare im allgemeinen weniger schwer hatten als gewöhnliche Paare. Ihr Gebrechen schien sie davor zu bewahren, sich in den Fußangeln des Geschwätzes, jenen oft illusorischen Verlockungen des Geistes, zu verfangen, die das Herz in die Irre führen. Die Stummen schlossen rascher und aufrichtiger Bekanntschaft, von Mensch zu Mensch, ganz so, als würde das Schweigen schon beim ersten Kontakt jene Parasiten vertreiben, die uns daran hindern, wirklich zu spüren, wer der andere ist.

Wir alle wissen, daß die Worte oft weiter gehen, als wir es wollen – oder eben nicht weit genug.
Jeanne und ihr Gemahl Aristide Merluchon hatten in einem sandigen Kokospalmenhain ein schönes Hotel aus rotem Pandangholz gebaut, das sich im Norden der Insel des Schweigens an einen Felsen schmiegte. Auf diesem winzigen ozeanischen Fleckchen Erde durfte nicht gesprochen werden. Schweigen, um besser zu sehen, was man zu sehen verlernt hatte, so lautete die Maxime der Inselbewohner. Seit fünfundzwanzig Jahren herrschte hier Schweigen, und Männer und Frauen fanden zu einer einzigartigen Vertrautheit. Die Insel, die von den Passatwinden erfrischt wurde, lag ungefähr fünfzehn Meilen südlich von Port-Espérance. Die Linkshänder kamen hierher, um besser zueinanderzufinden, und die Paare kehrten später immer wieder zurück, um – ohne Worte – über ihre Liebe zu sprechen und sich einander zu öffnen; hier lernten die Liebespaare wieder, sich an der Schönheit ihres Partners zu erfreuen.
Emily und Jeremy beschlossen, ihre Liebe einer Kur des Schweigens zu unterziehen. Sie vertrauten die Kinder Algernon an, der versprach, sie jeden Tag in die Schule von Port-Espérance zu bringen, wenngleich er den eigenwilligen Unterricht dort mißbilligte. Im Laufe der Zeit verwunderte sich Cigogne immer mehr über seine Flexibilität und die Leichtigkeit, mit der er sich auf dieses neue Leben einließ, das einem langsameren Rhythmus folgte und einen vollständigen Bruch mit der Hektik der Engländer bedeutete. Seit er in das Universum der Linkshänder eingetaucht war, schien es ihm, als habe er die andere Seite seiner selbst erreicht. Die vordergründigen Dringlichkeiten des Londoner Lebens waren plötzlich von ihm abgefallen, und er fühlte sich befreit von dem drängenden Bedürfnis, sich durch Arbeit zu berauschen, und war offen für die wesentlichen Dinge. Er schien seine frühere starre Haltung plötzlich

gegen Sensibilität eingetauscht zu haben. Emily erkannte ihn kaum wieder. Nie hatte er so frei seinem Verlangen und seinen Gefühlen nachgegeben, nie war er ihr so nah gewesen.

In ihrer Unwissenheit nahmen Emily und Lord Cigogne die Risiken auf sich, die mit einer Reise ins Land des Schweigens verbunden waren. Nicht selten wurde das ausgedehnte Schweigen vielsagend und brachte die Armseligkeit einer Beziehung, die Macht der Gewohnheit zwischen zwei Menschen, ans Licht. So manches grauenvolle Schweigen besagte nichts anderes, und dann endete der Aufenthalt auf dieser bezaubernden Insel unwiderruflich mit einer Trennung. Das Schweigen läßt keine Lüge zu, es zwingt zur Offenbarung der Herzen. Es kam aber auch vor, daß man dort eine neue Verbindung einging, daß eine entscheidende Begegnung den Geschmack an den Freuden außerhalb der Beziehung neu belebte, und Paare, die sich auf die Suche nach einer neuentdeckten Zärtlichkeit begeben hatten, wurden dadurch noch mehr auf die Probe gestellt. Gewisse unwiderstehliche Blikke konnten bei einem gemeinsamen Essen Aufmerksamkeit erwecken und wie eine Harpune wirken in diesem Klima, wo jeder seine Zurückhaltung aufgab, denn auf der Insel des Schweigens fürchtete man den Müßiggang nicht. Untätigkeit und Entspannung wurden dort zur Kunst erhoben. Um hier zu leben, benötigte man keine Banknoten, die Aufrichtigkeit war das einzige Kapital und das Verlangen zu lieben das einzige Gepäck.

In seiner Leichtfertigkeit fürchtete Jeremy die Gefahren der Insel des Schweigens nicht, an Emilys Seite hatte er nie vor irgend etwas Angst gehabt. Mit ihr fühlte er sich gegen Schicksalsschläge gewappnet. Diese Frau, die keine Grenzen kannte, konnte ihn bis an die Abgründe des Entsetzens führen. Doch die Vorschriften, die auf der Insel der Linkshänder galten, verblüfften ihn; er fürchtete vor allem die

Leere der langen, der Untätigkeit geweihten Tage. Was bedeutete es, frei von allen künstlichen Bedürfnissen zu leben, die den Menschen von sich selbst ablenkten? Wie sollte er die Entspannung genießen, wenn ihn keine Sorge vor der Langeweile retten würde? Sir Lawrence jedoch zeigte keinerlei Verständnis: Sie mußten sich an die eigenartigen Gebräuche der Linkshänder halten, wenn sie aus deren Wissenschaft der sogenannten *Entminung* der Paare Nutzen ziehen wollten. Auf der Insel des Schweigens befand sich der Schlüssel zum Verständnis des anderen, dort wurden die Türen der Wahrnehmung, die sich nirgendwo anders öffneten, einen Spaltbreit aufgestoßen.

Sie überließen ihre Kinder also Algernons Obhut und schifften sich an einem regnerischen Donnerstagmorgen auf der *Vérité* – der Wahrheit – ein, einem Dampfschiff mit geringer Tonnage, das zwischen den Inseln des helenischen Archipels verkehrte. Sir Lawrence begleitete sie, nackt unter seinem schwarzen Regenschirm, bis zu dem hölzernen Anlegesteg.

»Lady and gentleman, good luck!« rief er ihnen lächelnd nach, als die *Vérité* ablegte.

Cigogne und Emily wußten zu diesem Zeitpunkt noch nicht, welches Wechselbad der Gefühle sie erwartete. Diese Reise sollte mehr sein als der Versuch, sich in einer neuen Umgebung lieben zu lernen. Das Schweigen, dieser große Regulator der Beziehungen, sollte ihnen nichts ersparen.

Als der Tag sich neigte, tauchte im opal schimmernden Dämmerlicht plötzlich die Insel des Schweigens auf. Es war wie ein Traum von einer polynesischen Vegetation: Pandange; Tausende von Kokospalmen, gebeugt von den Passatstürmen; Haine von Mangrovenbäumen, deren Luftwurzeln an der sandigen Küste ihren weitverzweigten Tango tanzten. Die Grautöne des Himmels trieben dicht über dem Ozean, dunkle Wolken glitten durch die feuchte Luft auf die tropische Nacht zu, die den Horizont verschlang. Den Farben blieb noch ein wenig von der Sonnenkraft, die sie jeden Tag peinigte. Vor ihnen lag die unendliche Schönheit der Koralleninseln des Südpazifik, für die Augen eines Engländers, die an die wohlangelegten Gärten der zivilisierten europäischen Natur gewöhnt sind, verwirrend, ja beinahe beunruhigend.

Cigogne und Emily wechselten plötzlich einen ängstlichen Blick, der einer gleichzeitig empfundenen tragischen Vorahnung entsprang. Worauf hatten sie sich da eingelassen? Jeremy drückte mehrmals fest ihre Hand, als sie plötzlich durch einen anhaltenden, dumpfen Lärm abgelenkt wurden, der ihre Gefährten mit Entsetzen erfüllte. Man näherte sich dem Korallenriff, an dem die Dünung des offenen Meers sich schäumend brach und aufspritzte. Wenig später glitt die *Vérité* in eine brodelnde Passage zwischen den Felswänden und ließ den gefährlichen Deich der Löcherkorallen in ihrem Kielwasser zurück. Die Gesichter entspannten sich. In der Lagune war die Navigation gefahrloser. Alle schwiegen. Der Gürtel des Korallenriffs war die Grenze, an der man in die Welt der Scheinstummen eintrat. Es war ein ganz besonderes Schweigen, das schon seit so langer Zeit andauerte. Über fünfundzwanzig Jahre hinweg hatte hier kein Mensch mehr ein einziges Wort gesprochen. Die letzten Worte hatten genug Zeit gehabt zu verklingen, ihre einstige Bedeutung zu verlieren; diese von Worten gereinigte Atmosphäre regte eher zum Fühlen als zum Denken an.

Das Hotel von Jeanne Merluchon bestand aus mehreren kleinen Häuschen aus rotem Holz. Die Türen öffneten sich natürlich nach links. Um den heftigen Regenfällen der Region standzuhalten, waren die Dächer tief herabgezogen, dadurch entstand eine breite, offene Veranda, auf der man sich häufiger aufhielt als im Inneren des Hauses. Diese Veranden verfügten über bewegliche Scharniere, die an den Außenmauern angebracht waren, und wurden von ebenfalls beweglichen Pfeilern gestützt, die man im Fall eines Wirbelsturms entfernen konnte, um das Dach der Veranda an den Mauern herunterzuklappen. Dann wurden die Bungalows zu hermetisch verschlossenen Kästen, die den Angriffen der Stürme trotzten.

Man wies Lord Cigogne und seiner Frau ein Zimmer zu; verwirrt angesichts dieser schallgedämpften Welt, in der sie keine Anhaltspunkte mehr hatten, richteten sie sich darin ein. Nun nahm eine kaum wahrnehmbare Verschlechterung ihrer ehelichen Beziehung ihren Anfang.

Cigogne versuchte es mit Spazierengehen, doch er sah nicht, welchen Gewinn er aus dem Nichtstun ziehen könnte. Was konnte ihm dieser schweigsame Müßiggang einbringen? Keine Sorge rettete ihn vor der Langeweile, und er hatte größte Mühe, neue Bedürfnisse oder Mißhelligkeiten, die ihn hätten zerstreuen können, zu finden. Hatte er Durst?

Sogleich brachte man ihm eine Erfrischung. Wünschte er irgend etwas? Sobald er sich ohne Worte verständlich machen konnte, wurden seine Wünsche auf der Stelle befriedigt. Er spürte, daß er, der an harte Arbeit gewöhnt war, langsam zum Kretin wurde, der nicht wußte, was er mit seiner Vitalität anfangen sollte.

Emily hatte mehr Sinn für den Müßiggang, doch ihr Schweigen blieb stumm; das einzige, was sie beide verband, schien Feindseligkeit zu sein, ihr Unmut über Nichtigkeiten schlug rasch in Verärgerung um, und ihr Alltagsleben verwandelte sich in ein Dasein ohne Gemeinsamkeiten, auch wenn sie noch dasselbe Bett teilten. Alles mündete in ein tragisches Nichts. Sie hatten sich wirklich nichts mehr zu sagen. Die Regeln, die auf der Insel des Schweigens herrschten, hatten diese bedauerliche Feststellung lediglich schneller an den Tag gebracht. In Wirklichkeit war ihre jetzige Unfähigkeit, einander zu verstehen, nicht schlimmer als in England. Sie war nur durch die Umstände deutlicher geworden.

Emily nahm es Lord Cigogne übel, sie nicht mehr richtig zu sehen, sie zu dieser unheilvollen Reise gedrängt zu haben; und dann steigerte sie ihren Zorn noch, indem sie sich vorwarf, ihm gefolgt zu sein. Sie hatte mit Schuldgefühlen zu kämpfen. Jeremy sah, daß sie sich mehr und mehr in sich selbst und in völliges, gleichgültiges Schweigen zurückzog. Ihr glanzloser Blick wich ihm ständig aus. Sie beachtete nur noch die Formen des Anstands und wahrte beharrlich ihre verbitterte Distanz. Wenn Cigognes Augen sie manchmal – auf eine Art, die Emily plötzlich einfältig vorkam – fragend um eine Erklärung für ihr Verhalten zu bitten schienen, machte sie dies noch ungehaltener.

Jeremy war bald überdrüssig und wütend, solchermaßen ignoriert zu werden; er fand, daß seine Anstrengungen, eine neue Verbundenheit zwischen ihnen zu schaffen, schlecht

belohnt wurden. Nun zog auch er sich zurück und brach jeglichen Kontakt zu der empfindsamen Wirklichkeit ab.
Eines Nachts blieb Emily ihrem gemeinsamen Zimmer fern, sie hatte sich in ein anderes Häuschen verkrochen. Dies war ein Hilferuf, ein stummer, versteht sich. Ein wortlos dargestellter Schmerz! Cigogne hörte ihn nicht, was Emily zutiefst verletzte. Von nun an teilten sie in dem großen Speisesaal nicht mehr denselben Tisch und nahmen ihre Mahlzeiten getrennt ein. Sie wagten es nicht einmal mehr, sich anzusehen. Jeremy begriff nicht, wie sie, allein durch ihr Schweigen, auf einen solchen Abweg hatten geraten können. Doch er spürte, daß diese Situation ein exaktes Abbild ihrer Ehe war, die durch ihren mangelnden Austausch zerstört war. War ihre Liebe nicht schon erschöpft gewesen, bevor sie die Reise zur Insel der Linkshänder angetreten hatten?
Als sie eines Abends zum Essen in dem holzgetäfelten, von einer nächtlichen Brise durchwehten Speisesaal saßen, spürte Emily, wie der durchdringende Blick eines jungen Mannes auf ihr ruhte, der allein an seinem Tisch saß. Wenn er den Kellnern zulächelte, hatte sein Gesicht eine gewisse Anmut, die mehr war als nur Schönheit; sie schien eine ungeheure Lebensfreude widerzuspiegeln, wenngleich seine Augen von einem Ausdruck schmerzlicher Trauer getrübt waren. Alles an ihm verriet seine glühenden Gefühle. Bald empfand Emily fast Angst vor der Intensität dieses Blicks, der ihr die innersten Gefühle des Mannes mitteilte. Dieser tiefe Blick war für sie wie eine neue Stimme in ihrem zerrütteten Leben, der sie sich nicht entziehen konnte. Die Verzweiflung des jungen Mannes, der vermutlich tief in seinem Innern einsam war, kam ihr wie ein Echo ihrer eigenen Empfindungen vor. Vorsichtig wich Emily seinem Blick aus.
Am nächsten Morgen, als sie sich neben den anderen Scheinstummen auf dem Rasen des Kokospalmenhains mit einem Buch in einem Liegestuhl einrichtete, spürte Emily

erneut diesen Blick und mußte zugeben, daß es nicht unangenehm war, sich betrachten zu lassen. Aus der Ferne ehrte er sie mit einer beständigen Aufmerksamkeit, freilich respektvoll, damit sich seine Kühnheit nicht gegen ihn richten könnte, und doch eindeutig genug, so daß sie sich zunächst geschmeichelt fühlte. Da er äußerst geschickt zwischen Kühnheit und Rückzug pendelte, entspann sich eine besondere, stumme Konversation. Er betrachtete sie, ließ seine Augen fasziniert über ihren Körper gleiten, den er unter ihrem leichten Kleid zu erahnen schien, und senkte sie schließlich, um dadurch Emilys Blick erneut auf sich zu lenken. So entstand ein geheimes Einvernehmen, das ihnen die Möglichkeit gab, einander besser zu beobachten, indem jeder immer wieder den Blick abwandte, bis sich ihre Augen schließlich für einen kurzen verwirrenden Moment trafen. Dieser junge Mann, für den der Altersunterschied zwischen ihnen offenbar nicht von Bedeutung war, schien ihr plötzlich charmanter, als sie sich in dem Augenblick, da sie sich auf das Spiel einließ, hatte eingestehen wollen.

Doch dann besann sie sich und setzte plötzlich eine kühle Miene auf. Der Kavalier, der diese Veränderung sofort bemerkte, hatte genug Taktgefühl, sich ebenso schüchtern zu geben wie sie selbst, um ihr so über die Verlegenheit hinwegzuhelfen. Dieser Rückzug bewirkte sogleich, daß sich Emily eine erneute Aufnahme dieses Augendialogs erhoffte. So gewöhnten sich ihre Augen unmerklich daran, einander zu kreuzen, hielten immer kühner aneinander fest, und jedesmal las sie in den seinen jene Einsamkeit, die in ihr ein unerklärliches Mitgefühl erweckte. Emily selbst fühlte sich in gewisser Weise derart unverstanden, daß diese Emphase wesentlich zu ihrer Verwirrung beitrug.

Doch der junge Mann vermied es, ihr auch nur einen Schritt entgegenzukommen; er spürte, daß allein die Einhaltung dieser Distanz es ihm ermöglichte, tiefer in Emilys Phantasie vorzudringen. Feinfühlig spürte er, daß dieser heimliche Dialog sie von einem unbestimmten Gefühl der Unerfülltheit befreite. Sein Vorgehen war meisterhaft. Seine Augen schenkten Emily immer offenkundiger eine Zärtlichkeit, die sie mehr und mehr verwirrte, und er wußte das Gefühl, das er auslöste, kunstvoll zu steuern. In dem unüberwindlichen Verlangen, die Leere seiner Einsamkeit zu füllen, spürte Emily seine Erregung.

Einen Augenblick lang hatte sie den Wunsch, diese aufkeimende Vertrautheit abzubrechen, doch sein erstes Lächeln, was sage ich, die erste Andeutung eines Lächelns, brachte sie in einer unfreiwilligen Herzensregung zurück zu ihm. Das einzige, was sie ihrem Gesicht abzuverlangen vermochte, war, dieses Lächeln nicht zu erwidern und einen abwesenden Gesichtsausdruck anzunehmen. Indem sie sich plötzlich den Anschein gab, an etwas anderes zu denken, zwang sie sich, ihre Verwirrung zu kaschieren, und es gelang ihr, eine Kälte zu zeigen, die ihn dazu veranlaßte, sich sogleich wieder in die Schar der Gleichgültigen einzureihen; dann grüßte sie ihn zurückhaltend und mit einer Höflichkeit, die von geringer Vertrautheit zeugte. Jetzt regierte wieder die Vorsicht.

Nachdem er gegangen war, blieben Emilys Gefühle lange Zeit in heftigem Aufruhr. Plötzlich hatte sie einen Einfall, der sowohl ihrem Bedürfnis nach Ehrlichkeit sich selbst und Jeremy gegenüber entsprach als auch ihrem Verlangen, das wortlose Gespräch mit dem jungen Mann wiederaufzunehmen. Der Plan, den sie erdacht hatte, war einfach: Sie wollte Jeremy aus der Reserve locken, indem sie sich der Eifersucht als Auslöser bediente. In ihrer Ratlosigkeit war sie nicht in der Lage, Mittel und Wege zu finden, um ihre Beziehung wiederaufleben zu lassen; und in der ihr ungewohnten Verwirrung war sie unaufrichtig genug, um sich einzureden, daß sie ihre geheime Verbindung mit dem jungen Mann weiterentwickeln und dabei doch Herrin über ihr Verhalten bleiben könnte. Um sich selbst davon zu überzeugen, wiederholte sie sich, daß die Neigung, die dieser junge Mann ihr entgegenbrachte, nichts als ein oberflächliches Verlangen war, aus dem Müßiggang entstanden, sozusagen eine Frucht der Gelegenheit. Genau, das war es, er suchte bei ihr nichts als eine Zerstreuung, derer er aufgrund seiner Einsamkeit bedurfte. Schließlich würde sie nicht freiwillig wegen eines koketten Augenzwinkerns ihre Ehe aufgeben oder das, was noch davon übriggeblieben war. Doch die Heftigkeit dieses inneren Dialogs machte sie stutzig.

Am nächsten Morgen lief beim Frühstück ein Kellner zwischen den Tischen auf und ab und läutete eine Glocke, um die Aufmerksamkeit der Gäste auf das Schild zu lenken, das er in der anderen Hand hielt; darauf stand geschrieben, daß der Komponist Hadrien Debussy – der Enkel Claude Debussys – am selben Nachmittag um fünfzehn Uhr ein Konzert geben würde. Der junge Mann warf Emily einen lebhaften Blick zu, um sie zu ermuntern, das Schild zu betrachten, dann lächelte er ihr mit einem Ausdruck des Einverständnisses zu. Diese Art, ein Rendezvous mit ihr zu vereinbaren, entging Lord Cigogne nicht, denn Emily war darauf bedacht gewesen, dem jungen Mann mit einem strahlenden Lächeln zu antworten, sobald sie den Blick ihres Ehemannes auf sich spürte.

Das Ergebnis ließ nicht auf sich warten.

Um fünfzehn Uhr fand sich Lord Cigogne zu dem Konzert ein und fixierte seine Frau mit verhaltener Wut. Emily war erstaunt, den jungen Mann nicht unter der zahlreichen Zuhörerschaft zu entdecken, die sich in dem großen Baum versammelt hatte. Das Konzert wurde in einer riesigen Kaurifichte von vierzig Meter Höhe gegeben, deren Nadelwerk eine Kuppel bildete. Das Klavier hatte man auf eine Plattform zwanzig Meter über dem Boden gehievt, und eine elegante, in Spitzen und helles Leinen gekleidete Gesellschaft hatte sich, begleitet von exotischen Vögeln, rundherum auf den Zweigen niedergelassen. Die Männer trugen Canotiers und rauchten, die Damen bewegten ihre Fächer, ließen die Sonnenschirme kreisen und zeigten ihre entblößten Schultern. Es war, als würde die Gesellschaft rüder Pioniere auf dieser Insel wieder Gefallen an ihrem französischen Ursprung finden, als habe sie Renoirs Pinsel in diese große Kaurifichte gebannt.

Der Musiker Hadrien Debussy kletterte in einem untadeligen Frack in den Baum, und zu ihrer großen Verwunderung erkannte Emily in ihm ihren jungen Mann! Lächelnd überreichte er ihr im Vorbeigehen einen kleinen Korb mit ihren Lieblingsfrüchten, reifen Papayas. Woher wußte er das? Hatte er ihr nachspioniert? Eine Assistentin verteilte Blätter, auf denen zu lesen war, daß das ursprüngliche Programm – ein Konzert mit pastoraler Musik – geändert worden war und daß Monsieur Debussy heute eine neue Komposition vortragen würde, die er in der letzten Nacht geschaffen hatte, inspiriert von einer *Frau*.

Emily hatte größte Mühe, ihre heftigen Gefühle zu unterdrücken, sich ihre Verwirrung nicht anmerken zu lassen. Doch als echte Engländerin war der Zustand nur für sie selbst wahrnehmbar, das wenigstens glaubte sie: Es gelang ihr, sich hinter einem vollkommen regungslosen Gesicht zu verschanzen, so regungslos, daß der aufmerksame Cigogne daraus treffsicher seine Schlüsse zog, denn Emilys Züge waren sonst nie starr. Indem sie die Symptome ihrer Leidenschaft zu verbergen versuchte, hatte sie sich verraten. Lord Cigogne seinerseits bemühte sich um einen abgeklärten Gesichtsausdruck, versuchte ein leichtes Lächeln, während er doch innerlich vor Zorn darüber kochte, daß er von einem scheinheiligen Musiker ausgestochen worden war. Auf einer Insel, auf der sich jeder zu absolutem Schweigen

zwang, würde Debussy die Eloquenz seiner Musik nutzen, um seine Werbung zu vollenden. Seine Noten würden seine Worte, seine Verse sein!
Und genau das geschah.
Um Emilys Herz zu erreichen, legte der junge Mann seine Hände auf die Tasten des Klaviers. Die Musik, die der junge Debussy für sie komponiert hatte, verfehlte ihre Wirkung nicht; bald hatte er Emily, noch ehe sie es merkte, in seiner Gewalt. Ihre Augen sprachen miteinander: Die Hadriens beherrschten nur eine Sprache, die der glühenden Liebe. Emily wehrte sich, so gut sie konnte, fasziniert von diesem eigenartigen Verlangen und außerstande, sich der erstaunlichen Wirkung, die es auf ihre Sinne hatte, zu entziehen. Vor lauter Verwirrung vermochte sie kaum einen klaren Gedanken zu fassen, und gegen ihren Willen bot sie ihm Gelegenheit, daß sich ihre Blicke treffen konnten, während die seinen nur darauf warteten, diese Gelegenheit zu nutzen. Das Verlangen, sich ihm zu nähern, wich schnell dem, ihn besser kennenzulernen. Seine Musik gewährte ihr Zugang zu der inneren Welt dieses Mannes.
Lord Cigogne entging nicht ein Wort dieser stummen Konversation, und plötzlich, als er fast schon im Begriff war, Emily zu verlieren, enthüllte ihm die Musik seines Rivalen die grundlegende Doppeldeutigkeit im Wesen seiner Frau. Während er die Regungen auf Emilys Gesicht beobachtete, die in einem Zustand extremer Anspannung der Musik lauschte, stellte er fest, daß sie von den lyrischen Passagen ebenso hingerissen war wie von den kraftvollen und dramatischen. Sie schien die beiden antagonistischen Gesichter der Männlichkeit gleichermaßen zu schätzen: das eine wurde den unendlichen Facetten ihrer vielschichtigen Empfindungen gerecht, das andere ermöglichte es ihr durch die Direktheit mitreißender Energie, sich nicht in den Wirren ihres widersprüchlichen Verlangens zu verlieren. Und diese bei-

den Aspekte der Männlichkeit verhieß dieser Linkshänder ihr mit seiner Musik. Er, Cigogne, dagegen war dieser doppelten Erwartung nie gerecht geworden.

Zum ersten Mal vermochte Jeremy seine zwiespältigen Wünsche als Liebhaber hintanzustellen. Plötzlich kam ihm Emilys Widersprüchlichkeit in vollem Ausmaß zu Bewußtsein. Bis jetzt hatte er alles, was er an ihr beobachtete, verwundert an seinem eigenen Charakter gemessen. Doch jetzt, vom Rhythmus der Musik gewiegt, zwang er sich, in ihre Empfindungen einzutauchen, jene faszinierende Janusköpfigkeit zu begreifen, die ihm als wesentlicher Charakterzug seiner Frau erschien. Stand sie der normalen Weiblichkeit feindselig gegenüber? Gewiß! Doch zugleich hatte sie eine Leidenschaft für das wunderbar Feminine in ihr selbst, und manchmal überkam sie das brennende Verlangen, ihre hübschen Brüste zur Schau zu stellen oder sich in den Hüften zu wiegen, um die Blicke der Männer auf sich zu lenken. Einerseits war sie von dem Wunsch nach Aufrichtigkeit besessen, durch den sie sich von ihrer Mutter unterschied, andererseits von dem Verlangen, dem unbewußten Appell ihrer Sinne nachzugeben und die Freiheit zu genießen, die allein die Lüge gewähren kann. Wollte sie von ihrem Mann wirklich gänzlich erforscht, bis ins Innerste erkannt werden? Würde sie gleich wieder wünschen, in die verschwommenen Sphären ihres Geheimnisses zurückzukehren? Sie bestand ganz aus Nuancen, Zweifeln und Widersprüchen. Zum ersten Mal unterlag Cigogne nicht mehr der Versuchung, sie zu vereinfachen, er liebte ihre subtile, paradoxe Welt. Doch war es nicht schon zu spät?

Obgleich überzeugt von seiner Niederlage, war Jeremy doch geistesgegenwärtig genug, um Debussys Verhalten zu studieren, um von diesem linkshändigen Musiker zu lernen, wie er, Jeremy, Emily lieben müßte. Unter Aufbietung aller

Willenskraft widerstand er seinem Schmerz und zwang sich, äußerlich entspannt und vergnügt – da er als Engländer nicht zeigen wollte, wie tief verletzt er war –, seinen gesunden Menschenverstand einzusetzen. Lord Cigogne hatte vierzehn Jahre lang gekämpft, um seinen Charakter seiner Leidenschaft anzupassen, er hatte sich für Emily ein Gesicht geschaffen, und nie würde er auf diese Frau verzichten, nach der er verrückt war, nie würde er sich von einem Rivalen, so geschickt er auch sein mochte, ausstechen lassen. Nie!
Eines verwunderte Lord Cigogne: Seit Hadrien Debussy seine Verführungskünste bei Emily erprobte, hütete er sich davor, ihr seinen Rhythmus aufzuzwingen. Er respektierte das Auf und Ab von Emilys Gefühlen, er tastete sich langsam vor, ohne die Dinge zu überstürzen, und ließ ihrem Verlangen Zeit, sich zu entwickeln. Jeremy hingegen hatte sie immer nur im Sturm und mit lautstarken Absichtserklärungen erobern können. Als er acht Jahre zuvor nach London zurückgekehrt war, um sie ihrem Ehemann, dem Tänzer Clifford Cobbet, zu entreißen, hatte er dies auf spektakuläre Weise getan, ohne sich auch nur eine Sekunde lang um Emily oder ihre Herzensstimmung zu kümmern. Doch was ihn vor allem faszinierte war, daß Debussy sich gleichsam Emilys Rhythmus anpaßte und ganz offensichtlich auch noch daran Freude fand; sein Verhalten war von keinerlei Taktik bestimmt. Niemals war es Jeremy in den Sinn gekommen, daß man Freude daran haben könnte, auf seinen eigenen Rhythmus zu verzichten; das war wohl eine der Lehren, die er aus seiner inneren Verunsicherung ziehen konnte.
Es wunderte ihn auch, daß dieser Linkshänder offenbar über eine enorme Energie verfügte, die ihn für verschiedene Dinge zugleich aufnahmefähig machte, während er selbst, wie die meisten Männer, seine ganze Energie auf das eine Ziel konzentrierte, das gerade der bevorzugte Gegenstand seines Intellekts war, und wenn man ihn zufällig von seinem

Bestreben abzulenken versuchte – von seiner Arbeit zum Beispiel –, wurde er zornig, so als hätte sich alle Welt verschworen, um ihn – speziell ihn – anzugreifen. Natürlich hatte Emily mit der Zeit das Gefühl bekommen, ihn zu stören; sie war es leid gewesen, als Eindringling angesehen zu werden, und das hatte sie ihm auch gesagt. Debussy hingegen fühlte sich durch sie nicht eingeengt, obgleich er dabei war, eine Oper zu komponieren. Er hatte sogar Zeit gefunden, eine Sonate für Emily zu schreiben, die er jetzt gefühlvoll vortrug und mit der er ihr vor Cigognes Augen eine Liebeserklärung machte.

Abgesehen von der Ironie der Situation, schien Jeremy dieser letzte Punkt der wichtigste. Statt Verse zu Papier zu bringen oder seine Leidenschaft in Prosa zu erklären, war es Hadrien Debussy gelungen, seine Gefühle durch Symbole auszudrücken. Diese Musik, der Korb mit den reifen Papayas: er vermochte seine Gefühle durch Gesten auszudrücken, durch Töne, durch köstliche Früchte. Es war nicht nötig, sich vierzehn Jahre lang in Papua oder in der Schweiz umzuerziehen, Berge zu versetzen oder gegen Drachen zu kämpfen, um Emilys Gunst zu erlangen; die Sprache der Symbole reichte aus. Diese einfache Feststellung verblüffte Cigogne, er verstand nichts vom Alphabet der feinsinnigen Aufmerksamkeiten, die den anderen spüren lassen, wie einzigartig und bewundernswert er ist, der Geschenke und rührenden Opfer, der beiläufigen Gesten, des Schweigens, das unser Herz anrührt.

Für Lord Cigogne war die Zeit gekommen, sich einer anderen, einer linkshändigeren Lebensform zuzuwenden, sich selbst zu erobern, statt zu versuchen, die Welt seiner Natur zu unterwerfen, eine andere Männlichkeit in sich zu entdekken, die Arme zu öffnen, um sich hinzugeben, statt sie zu schließen, um sich des Lebens, des Geldes und des Alltags der anderen zu bemächtigen. Wenn er diesen Debussy schlagen wollte, mußte er mit den Waffen des Linkshänders kämpfen; er mußte aufhören, seine Energie in einer unnötigen Auseinandersetzung mit der Welt zu verschwenden, und sie statt dessen wieder für sich selbst nutzen. Seinem Temperament entsprechend, stürmte er voller Entschlossenheit auf diesen neuen Weg zu.

Jeden Morgen hinterließ Hadrien Debussy einen blauen Brief auf einer Bank am Ende der Holzmole, die in das klare Wasser der Lagune hinausführte. Dort nahm Emily allmorgendlich Platz, um vor diesem durch das Korallenriff befriedeten Meer, das so beruhigend auf sie wirkte, den kostbaren Augenblick des Sonnenaufgangs zu genießen. Auf dieser Bank malte sie gerne oder spürte einfach, daß sie lebte, weitab von dem emotionalen Tumult, den die Menschen untereinander entfachen. Mit dem Pinsel in der Hand genoß sie das Glück der Vertrautheit mit der Feinfühligkeit der erwachenden Welt. Vogelschreie erfüllten die morgendliche Stille, und sie ließ sich vom lauen Wind des südlichen Sommers liebkosen. Manchmal standen Riesenrochen vor dem Anleger im Wasser, ganz so, als wollten sie Emily begrüßen. Debussy mußte dieses morgendliche Ritual beobachtet haben und schien der Ansicht, den geeigneten Moment gefunden zu haben, um in schriftlicher Form über Emily zu sprechen. Diese Aufmerksamkeit, die sie sehr wohl durchschaut hatte, rührte sie jedesmal zutiefst. Doch ihr Widerstand war noch nicht gebrochen.

Sicher, Hadrien und sie waren sich über ihre Gefühle einig, ihre Augen hatten sich einander in stummer Übereinstimmung anvertraut. Doch sie hoffte, die Kontrolle über ihr Verhalten zu behalten, da sie ja die über ihre Sinne bereits verloren hatte; sie wollte ihr Leid nicht noch durch Gewissensqualen vergrößern, denn in ihrem Innern tobte noch

immer ein heftiger Kampf zwischen ihrem Körper und ihrem Wunsch nach Aufrichtigkeit. Emily hatte sich nicht zum Bruch mit dem Mann entschlossen, den ihre Kinder als Vater ansahen, und sie wollte auch nicht eines Tages als reuige Sünderin zu ihm zurückkehren, während Peter, Laura und Ernest in ihr eine Heilige sahen. Doch Debussys Prosa verfehlte ihre Wirkung nicht, und Emily sah sich nicht mehr in der Lage, diesen Zustand zunehmender Verwirrung und Angst zu beenden. Manchmal, wenn sie durch den sandigen Kokospalmenhain der Insel spazierte, gestand sie sich ein, daß sie ihre Ruhe nur finden würde, wenn sie ihrer Neigung zu Hadrien einmal nachgeben würde. Dann wieder gelang es ihr auch, den Eindruck, den er auf sie machte, zu verdrängen; doch eine unerbittliche Macht ließ ihn immer wieder von neuem entstehen. Ihre Widerstandskraft erlahmte, und sie spürte, daß sie bald nachgeben würde.
In einem letzten Willenskampf machte Emily Cigogne Vorwürfe. Warum setzte er sie, indem er ihren Geist empfänglich machte und ihre Sinne unbefriedigt ließ, solchen Qualen aus? Die Tatsache, daß er keinerlei Reaktion zeigte, während sie kämpfte, trieb sie zur Verzweiflung, sie sah nicht, daß Jeremy nichts von diesem Kampf wußte. Er glaubte, sie bereits verloren zu haben, deshalb hatte er es nicht eilig zu handeln, um sie zurückzuerobern. Cigogne war so sehr mit seiner erneuten Wandlung beschäftigt, daß er gar nicht auf die Idee kam, dies könnten die letzten Stunden sein, ehe das Nichtwiedergutzumachende eintrat, denn Emily hatte sich noch nie leichtfertig hingegeben.
Eines Tages, als sie einander begegneten, sah Emily Lord Cigogne mit panischer Angst an; ihre Augen schrien ihm entgegen, daß sie Hilfe brauchte. Doch er verstand nichts und spürte nichts, sondern warf ihr lediglich einen kurzen, abwesenden Blick zu, der Debussys langwierige Arbeit voll-

endete. Aufgebracht sah Emily, wie er davonging, ohne sich auch nur einmal umzudrehen. In ihrem Zorn traf sie die Entscheidung, nicht weiterzukämpfen, selbst wenn sie eines Tages die Verantwortung für die Folgen dieser Schwäche übernehmen müßte. Im Schatten eines Banyanbaums, unter dem er komponierte, hatte Hadrien alles verfolgt.

In einem blauen Brief traf er eine Verabredung mit Emily, und die Worte des jungen Mannes überzeugten sie sofort. Als Emily sich zu der Verabredung begab, hatte sie die Absicht, endlich ihrem Verlangen nachzugeben. Sie hegte die Hoffnung, daß sie danach imstande sein würde, Hadrien zu verlassen. Damit nicht alle Welt ihren Seitensprung bemerkte, stahl sie sich heimlich aus ihrem Bungalow. Zuvor hatte Emily ihren Ehering abgestreift und auf dem Nachtkästchen zurückgelassen. Ehebrecher haben manchmal eigenartige Einfälle …

Sie verbrachte einen ganzen Tag mit Debussy, ohne daß die beiden ein Wort gewechselt hätten. Sie trafen sich am Ufer einer mit Säulenpinien bestandenen, tief ins Land ragenden Bucht. An dieser Stelle erhoben sich in der Lagune eine Vielzahl von Gesteinsblöcken, die dunkle Inseln bildeten. Und wieder hatte Emily das Gefühl, daß über den Wassern des Pazifiks eine andere Sonne erstrahlte. Sie warf ihm einen aufmunternden und zugleich schüchternen Blick zu, der seine Kühnheit anstacheln sollte. Hadrien zeigte sich zunächst zuvorkommend, dann, als er ihr in die Piroge half, mit der sie die Bucht überqueren wollten, immer zärtlicher. An Bord gab sie sich der Wollust hin, betrachtet zu werden. Hadriens Blick war jetzt weniger glühend, dafür inniger. Sein Lächeln verriet die Gewißheit, bald für langes Warten entschädigt zu werden, und er schien unmittelbar vor der Belohnung noch einmal das Vergnügen zu genießen, die Distanz aufrechtzuerhalten, die den Zustand des Verlangens ausdehnt. Dieser Mann entfachte in ihr eine wilde Glut, gepaart mit Mitleid,

schien er sich doch nicht von seinem Gefühl der Einsamkeit befreien zu können.
Sie legten am Ende der Bucht an und schlugen den Weg über einen dschungelartig überwucherten Hügel ein. Ihr vorsichtiger Gang gab Hadrien Gelegenheit, ihr die Hand zu reichen. Sie verzögerte ihre Schritte, um so sein Verlangen noch zu steigern. Jedesmal zog sie ihre Hand zurück, um sie ihm dann erneut zu reichen. Jetzt, da ihre Blicke frei waren und beide dieselbe Begierde nach dem anderen verspürten, zwangen sie sich, das Ende dieser ersten Berührung hinauszuzögern. Das wortlose Einverständnis war eine zusätzliche Sinneslust. Durch ein Gespräch hätten sie nie eine solche Übereinstimmung, solch ein heimliches Einvernehmen und diese körperliche Nähe – dabei hatten sie sich kaum berührt – empfunden. Ohne den Klang der Stimme des anderen gehört zu haben, schien es ihnen, sein wahres Wesen – jenseits verlogener Worte und der Mißverständnisse, die aus einem Gespräch entstehen – zu kennen. Durch die Beredsamkeit ihrer Gesten und Mimik kamen sie einander näher. Der eine spürte, was der andere empfand, sie teilten Erstaunen und unbändiges Gelächter, vergaßen gemeinsam ihre Einsamkeit. Ein einziger Satz hätte genügt, um sie aus dem Hier und Jetzt, das nichts von Vorher oder Nachher, diesen Zeiten der Angst, wußte, zu vertreiben.
Sie trafen auf einen Fluß, der klares, seichtes Meerwasser führte; sie folgten ihm, bis sie ein natürliches Becken mit weißem Korallensand erreichten. Dieser kleine Salzsee war von einem kräftigen Blau, das im strahlenden Sonnenlicht flimmerte; er bildete eine Art Wasserlichtung, die sich im Herzen der Insel des Schweigens gebildet hatte und von alterslosen Bäumen umstanden war: tausendjährige Flamboyants, deren feuerrote Blüten sich im transparenten Wasser dieser Binnenlagune spiegelten. Verblüfft blieb Emily stehen und erschauderte.

Befriedigt über das Entzücken, das er auf ihrem Gesicht las, kletterte Hadrien auf einen Flamboyant, dessen Äste über die Lagune hingen. Er reichte ihr die linke Hand, und sie folgte ihm. Die beiden Linkshänder streckten sich auf einem dicken Ast aus. Emily gab sich ganz dem Vergnügen hin, begehrt zu werden, sie befand sich in einem Zustand traumhafter Langsamkeit, und ihr übergroßes Verlangen machte sie schutzlos. In ihrem Inneren, in der Tiefe ihres Leibes, erwachte eine andere Frau, jetzt fühlte sie sich lebendig und fluide. Langsam erforschte er ihren Körper, bis er schließlich mit einer Erleichterung, die wie einem Frieden gleichkam, in sie eindrang. In Emily stieg eine Woge der Lust auf, und als sie sich ausbreitete, klammerte sie sich an seine Schultern, um diesen ersten Sinnesrausch noch mehr genießen zu können. Der Baum zitterte wie einst der Kirschbaum im Hyde Park, und sie trieben langsam, in einem roten Blütenregen, auf den Höhepunkt zu. Der junge Mann schenkte ihrem Leib, ihrer Weiblichkeit, die sie an seine Haut geschmiegt auslebte, viel Zärtlichkeit, doch er übersah auch nicht das Tier in ihr. Es war ihm gleichgültig, ob sie Lady Cigogne oder irgend jemand anders war. Bisweilen pfiff er leise die Melodie der Sonate, die er für sie komponiert hatte, und in Emilys Erinnerung hallten die Klavierklänge wider, die sie anläßlich des Baumkonzerts vernommen hatte.
Ihre Kleider trieben unter ihnen auf der von roten Blüten bedeckten Wasseroberfläche, während sich der luftige, wilde Austausch ihrer Körper in ihrem Spiegelbild fortsetzte. Die Lust, die er in ihr erweckte, war unerschöpflich, und die Vorstellung, nicht erneut in ihren Genuß zu kommen, machte sie wahnsinnig; doch welche Zukunft war ihnen, die nie ein einziges Verb im Futur konjugiert hatten, vorbehalten?

Eines Morgens beobachtete Lord Cigogne, wie Hadrien Debussy einen blauen Umschlag auf Emilys Bank legte. Er nahm ihn unbemerkt an sich, öffnete ihn im Schatten eines Baumfarns und erlebte voller Schmerz, daß seine Befürchtungen nur zu berechtigt waren. In dem Brief war von Umarmungen in einem Flamboyant die Rede, von einem Blütenregen … von jenen außerehelichen Befriedigungen, die bei Ehemännern Mordgelüste und einen schwindelerregenden Kummer erwecken, für den es kein Heilmittel gibt.

In seiner Wut heckte Lord Cigogne einen genialen Plan aus, der darauf abzielte, seinen Gegner aus dem Bett seiner Ehefrau zu vertreiben. Er hatte gerade erneut die militärischen Abhandlungen von Clausewitz gelesen und war, noch ganz unter dem Einfluß dieses Artilleristen, entschlossen, nur einen einzigen, jedoch tödlichen Schuß abzufeuern. Cigognes Strategie bestand darin, sich ein letztes Mal grundlegend zu verändern und sich einen anderen Typus von Männlichkeit einzuverleiben; doch der Krieg, den er ohne Schwächen führen wollte, sollte kurz und voller zerstörerischen Findigkeiten sein.

Er hatte bemerkt, daß Debussys Briefe auf der Maschine geschrieben waren und daß die ersten sechs Buchstaben der Tastatur, QWERTZ, keinen gleichmäßigen Anschlag hatten. Wenn er also einen gefälschten Brief schreiben und die Annahme, er sei von dem linkshändigen Musiker verfaßt worden, aufrechterhalten wollte, mußte er ihn auf derselben Schreibmaschine, nämlich auf der von Debussy, tippen.

Eines Nachmittags waren Emily und Debussy klammheimlich verschwunden, doch Cigogne hatte ihr Spiel durchschaut. Er ergriff sogleich die Gelegenheit beim Schopf und stieg durch das Fenster in Debussys Zimmer ein. Unverzüglich machte er sich daran, auf der Remington den Brief zu schreiben, der Hadrien in Emilys Augen in ein schlechtes Licht rücken sollte, während dieser damit beschäftigt war, sie zu lieben. Diese Ironie der Umstände gefiel Jeremy und linderte für eine Weile seinen Kummer. Als er fertig war, nahm er einen von Hadriens blauen Umschlägen und verließ eilig den Ort, ohne irgendeine Spur zu hinterlassen.

Dieser geschickt abgefaßte Brief, der Emily zufällig in die Hände geraten sollte, war an einen angeblichen Freund Debussys gerichtet und beschrieb in allen Einzelheiten, wie es Hadrien aufgrund einer äußerst lukrativen Wette gelungen war, die Gunst einer romantischen Engländerin zu erringen, die glaubte, er hege ernsthafte Gefühle für sie. Cigogne ließ Hadrien mit zynisch-kalten Worten beschreiben, daß sein Verführungsunterfangen reine Berechnung war und lediglich sein Ehrgeiz, zu gewinnen, sowie das perverse Vergnügen, eine Ehefrau zu erobern, die er für uneinnehmbar gehalten hatte, ihn dazu antrieben. Die wenig schmeichelhafte Beschreibung, die er von Emily gab, war von abgrundtiefer Schändlichkeit. In seiner bitteren Eifersucht hatte Cigogne jegliches Maß verloren, er begehrte Emily und ertrug es nicht, daß dieser Tonleiterdilettant den Körper seiner Frau liebkoste. Hatte er nicht seit jenem Tag des Jahres 1911, als in den Gärten des Erzbischofs von Canterbury die Anmut in sein Leben getreten war, jeglichen Versuch unternommen, sie zu lieben? Jeremy konnte sich nicht damit abfinden, sie zu verlieren – nur weil die Lösungen, die ihm einfielen, nicht sehr moralisch waren. Zu jeder Hinterlist, zu jeder Schurkerei war er bereit, um wieder Herr der Lage zu werden und sich seinen Platz in Emilys Herz zurückzuerobern. Wer je so sehr geliebt hat, daß der Gebrauch dieses Verbs gerechtfertigt ist, wird ein solches Vorgehen nicht verurteilen.

Emily fand den falschen, vermeintlich vertauschten Brief am nächsten Morgen auf ihrer Bank. Sie war ohnehin schon mißgestimmt, denn seit ihrer Eskapade mit dem jungen Musiker konnte sie ihren Ehering nicht wiederfinden. Dieser Verlust betrübte sie so sehr, als habe sie damit die letzte Bindung zu Ernests Vater verloren.

Beim Frühstück mußte Cigogne warten, bis Debussy eintrat, um auf Emilys Gesicht die Wirkung seiner Kriegslist abzulesen. Das Schweigen in den Augen seiner Frau, als sie kurz Hadriens Blick kreuzten, zeigte ihm schnell, daß ihre Liebschaft kurz vor der Auflösung stand; Debussys Augensprache zeugte zwar weiterhin von aufrichtiger Zärtlichkeit und schien flehentlich um eine Erklärung für die Kälte zu bitten, die sie ihm plötzlich entgegenbrachte – sie gewährte ihm nämlich nicht einmal die Gunst eines Augenzwinkerns. Beherrscht von kalter Wut, zwang sie sich, ihn zu übersehen. Ihr Haß war um so größer, als sie sich in ihrer Glückseligkeit am Abend zuvor nicht gewaschen hatte, um den Geruch des Liebhabers auf ihrer Haut zu bewahren; doch jetzt fühlte sie sich dadurch beschmutzt, daß sie die Spuren dieses Mannes, der – wie sie glaubte – mit ihr gespielt hatte, auf ihrem Körper trug. Lord Cigogne jubilierte, seine Rechnung war aufgegangen.

Den ganzen Tag über gab der unglückliche Debussy Emily Gelegenheit, sich ihm zu nähern; sobald sie die Augen hob, traf sie auf die seinen, doch sie war darauf bedacht, ihm zu entfliehen. Das Gebot des Schweigens, das ihm zuvor so

nützlich gewesen war, bedrückte Hadrien jetzt; es hinderte ihn daran, den Grund für Emilys Verhalten herauszufinden, und machte ihn halb wahnsinnig.
Am Abend wollte Debussy, der am Ende seiner Kräfte war, die Gelegenheit eines Abendessens mit anschließendem Tanz nutzen, um der Verfolgungsjagd ein Ende zu bereiten. Das Linkshänder-Publikum war geschmackvoll gekleidet, man zeigte seinen Wunsch zu gefallen durch vorteilhafte Garderobe. Eine Jazzband erfüllte den Raum mit rhythmischen Klängen. Hadrien erhob sich, um Emily zum Tanzen aufzufordern; diese geriet jedoch in Panik und schien äußerst nervös. Lord Cigogne, der den Fortgang aus den Augenwinkeln überwachte, war sogleich zur Stelle, um Emily aus ihrer Verwirrung zu befreien. Mit einem anrührenden Lächeln forderte er sie zum Tanzen auf, und sie nahm an. Debussy blieb allein und verunsichert zurück.
Während einer schwungvollen Drehung machte Cigogne den Musikern ein Zeichen, und sie begannen auf der Stelle ein Stück zu spielen, das Emily gut kannte. Es war *Easy to love me baby*, eine Melodie von Sidney Barnett, nach der sie getanzt hatten, als er sie acht Jahre zuvor in einem Jazzkeller an der Gilden Street, wo die Londoner zu jener Zeit Bekanntschaft mit dem amerikanischen Jazz machten, um ihre Hand gebeten hatte. Von der Musik betäubt, wurde sie für einen Augenblick wieder Emily Cobbet, jene Frau, die damals den Kopf wegen des Mannes, der sie in seinen Armen hielt, verloren hatte. Im Tanz sprachen ihre Körper auf wundervolle Weise miteinander, das Schweigen ließ ihre alten Vorbehalte verstummen, die Last der Bitterkeit fiel von ihr ab; es gab nur noch das Glücksgefühl des Augenblicks, das Hier und Jetzt, und diesen Tanz, der an alte Zeiten erinnert und sie erneut miteinander verband.
Emily schmiegte sich an ihn, und das, was sie früher verärgert hatte, rührte sie jetzt: diese natürliche Neigung, die

Jeremy dazu trieb, Herzensangelegenheiten zu vereinfachen, statt ihr in die Wirren ihrer zwiespältigen Gefühle und in das innere Labyrinth zu folgen, das zu betreten er sich sträubte. Ausnahmsweise genoß sie seine einfache Beständigkeit, die ihr an diesem Tag Sicherheit gab und in ihrer emotionalen Qual Zuflucht bot.

Was sie endgültig vereinte, war die List, die Cigogne erdacht hatte: Er streifte Emily plötzlich den *Ehering*, den sie verloren geglaubt hatte, über den linken Ringfinger. Wo hatte er ihn gefunden? An das Gebot des Schweigens gebunden, ließ sie es geschehen, ohne ihn befragen zu können, und genoß das Glück, mit soviel Zartgefühl zurückerobert zu werden. Diese Sprache der Symbole war neu für Jeremy, und er war glücklich über ihre Wirkungskraft, die er aus Emilys Gesicht ablesen konnte.

Zum ersten Mal liebte sie Jeremy wegen seiner Andersartigkeit, anstatt sich darüber zu ärgern. Emily liebte plötzlich nicht nur seine Art, die Dinge zu vereinfachen, sondern sie war auch empfänglich für die große Einsamkeit dieses Mannes, der sie anbetete, empfänglich für seine Scheu, sich anzuvertrauen – jedes Eingeständnis kam für ihn einem Verlust seiner Männlichkeit gleich. All das las sie in seinen Augen, es rührte sie plötzlich und rief in ihr mit Verlangen gepaartes Mitgefühl hervor, Ergriffenheit, die mit wahrer Liebe einhergeht.

Während sie weitertanzten, erweckte das Schweigen in ihnen das Bedürfnis, miteinander zu sprechen. Sie hatten vielleicht nie zuvor ein solches Verlangen empfunden, die Nuancen ihrer Gefühle, ihre freudigen Hoffnungen miteinander zu teilen, statt nur die Schattenseiten ihrer Ehe unter die Lupe zu nehmen. Die Insel des Schweigens hatte ihre Aufgabe erfüllt, sie konnten jetzt, mit ihrer Lust, sich auszutauschen, die sie so schnell nicht verlassen sollte, in die Welt der Sprechenden zurückkehren.

Die *Vérité* brachte sie wieder auf die Insel der Linkshänder. Alle Paare an Bord plapperten nach Herzenslust und munter drauflos. Doch Emily und Cigogne hüteten sich, von Hadrien Debussy zu sprechen. Er war so klug, keine Erklärung zu verlangen, und auch in der Zukunft mieden sie dieses Reizthema und unnötige Debatten, die die Eigenliebe verletzen und schließlich die Zärtlichkeit vertreiben. Das Schweigen befreite Cigogne nicht von der qualvollen Erinnerung; doch wieviel wichtiger war ihm das Glück und der Vorzug, auf dieser Insel Emily in ihrer Andersartigkeit liebengelernt zu haben! Dieser Gewinn lohnte durchaus das Opfer seines Stolzes. Was bedeutete es schon, daß man ihn zum Hahnrei gemacht hatte, in Anbetracht dieses wunderbaren und so entscheidenden Fortschritts?
Lord Cigogne fühlte sich jetzt bereit, Emilys Haus zu bauen, ein Haus, das ihrer Widersprüchlichkeit Rechnung tragen sollte, ein Bau *nach Maß*, der seiner Frau helfen würde, die verschwommenen Halbtöne ihres Charakters auszuleben.

Kann ein Haus wirklich die Liebe wachsen lassen?«

»*I'm afraid not!*« entgegnete Lord Splitternackt. »Aber es ist doch schön, daran zu glauben, nicht wahr? Ist die Insel der Linkshänder nicht auf Hoffnungen errichtet? Wir glauben hier an die Tugend der Schimären!«

Diese zweideutige Antwort verblüffte Cigogne. Als sie nach Port-Espérance zurückgekehrt waren, begannen Jeremy und Emily von dem Haus zu träumen, das sie nicht nur vor dem Taifun, sondern auch vor den Tücken der Zweisamkeit schützen sollte. Ungeschickt zeichneten sie Pläne, die ihrem Glück förderlich sein sollten, warfen sie wieder in den Papierkorb, verhandelten über eine Tür, stritten über Schlösser, die man anbringen sollte. Wohl zehnmal begann dieses Spiel unter den belustigten Blicken von Peter, Laura und Ernest von neuem.

Während der Abwesenheit ihrer Eltern hatten die Kinder die Linkshänder-Schule und ihre Besonderheiten kennengelernt. Es war natürlich eine gemischte Schule – ein System, das im prüden England jener Tage völlig undenkbar und in Algernons Augen geradezu anstößig war. Ziel dieser Schule war es, die Kinder zu künftigen Liebespartnern zu erziehen, die ihre gesamte Energie auf den Aufbau ihres Liebeslebens zu konzentrieren wüßten. Dabei hütete man sich jedoch davor, ihnen jemals einschlägige Wahrheiten aufzuzwingen. In Port-Espérance bildete sich niemand ein, den Schlüssel zur wahren Liebeskunst zu besitzen. Die

Linkshänder hielten sich eher für unersättliche Forscher als für dogmatische Gelehrte. Sie waren viel zu begierig, die verschiedenen Arten der Liebe kennenzulernen, als daß sie an einer einzigen hätten festhalten wollen.
Der Geschichtsunterricht in den Schulen der Insel beschränkte sich auf die Beziehungen zwischen Mann und Frau, der Rest – der, unter uns gesagt, nur von sekundärem Interesse ist – füllte weder die schwarzen Wandtafeln noch die Köpfe der Schüler. Auf der Insel Hélène zeichneten sich die – fiktiven oder realen – Berühmtheiten durch ihre Liebesfähigkeit aus, jeder seiner ganz persönlichen Leidenschaft entsprechend. Chateaubriand wurde in den Geschichtsbüchern mehr Raum zugebilligt als Napoleon, der auf den Rang eines ungeschickten Statisten verwiesen war. Musset beherrschte seine Epoche und stellte die Schar der zeitgenössischen Politiker in den Schatten. Das 18. Jahrhundert war für die Helener geprägt vom Denken M. de Valmonts, und dem Kampf um das Frauenwahlrecht zu Beginn unseres Jahrhunderts wurde mehr Gewicht beigemessen als dem Ersten Weltkrieg und den unerfreulichen Auseinandersetzungen zwischen Frankreich und Deutschland. So war der Verlauf der Geschichte in diesem abgelegenen Archipel, wo die Schüler das Schreiben nur lernten, um zartfühlende Briefe zu verfassen oder die unzähligen Nuancen zu erkunden, die sich hinderlich oder stimulierend auf ihre Gefühle auswirken konnten. Die einzig wahre Geographie war die des menschlichen Herzens und des eigenen Ichs. Hier lernte man das Tanzen, Singen und alle Eigenschaften, die dem Gefühlsleben zuträglich sind. Die große Frage, die Lehrer wie Schüler beschäftigte, lautete nicht: *Wie erringt man die Liebe des anderen?* – eine Frage, die nur die Welt der Rechtshänder zu beherrschen schien –, sondern: *Wie liebt man?*
Ihrem jeweiligen Alter entsprechend, waren Ernest, Laura

und Peter bereits auf die verschlungenen Wege des menschlichen Herzens, den Taumel der Liebe, der sie erwartete, vorbereitet worden. So kam es, daß Laura mit ihren fünfzehn Jahren eines Tages zu ihrem Vater sagte:
»*Daddy*, das ist doch ganz einfach, entwirf ein Haus, in dem ihr freier und doch zusammenleben könnt – wirklich zusammen.«
Lord Cigogne sah Laura verblüfft an; was sie da gesagt hatte, war zugleich banal und unglaublich zutreffend. Es schien ihm unfaßbar, ein so grundlegendes Prinzip der Liebesarchitektur übersehen zu haben: *Mehr Zweisamkeit und mehr Eigenständigkeit,* das entsprach voll und ganz Emilys widersprüchlichem Charakter. Er griff sogleich zu Stift und Papier und entwarf Emilys Haus fast in einem Zug; ein Haus, in dem der materielle Aspekt des Lebens zu zweit nie mehr Gewicht haben sollte als der emotionale, damit keiner von beiden das Gefühl haben würde, in eine *Falle* getappt zu sein und seine Freiheit verloren zu haben.
Die Fassade des Baus aus neuseeländischem Teakholz hatte zwei Türen, die jeweils Zugang zu einer Haushälfte gewährten; im Erdgeschoß gab es zwei komplette, voneinander getrennte Wohnungen. Dort würde jeder seine Zeit in wahrer Ruhe und Unabhängigkeit verbringen können. Emily könnte sich abends auf ihrer Seite ungeniert das Gesicht eincremen, Jeremy hingegen könnte sich ohne Streitereien, die die Entwicklung der Liebe beeinträchtigen, entspannen. Keiner könnte jene versteckte Kontrolle ausüben, die das Leben zu zweit hinter der Fassade größter Zärtlichkeit so oft zur Hölle macht. Wollten sie Ehepaar spielen, so würden sie sich nur in den ersten Stock begeben müssen, um sich im gemeinschaftlichen Teil des Hauses vergnügen zu können, wo neben den Zimmern der Kinder, die sich im ganzen Haus frei bewegen durften, ein großer Beischlafraum lag. Natürlich war man übereingekommen, daß weder Jeremy noch

Emily die Wohnung des anderen ohne ausdrückliche Einladung betreten durften.
Selbstverständlich ließ die Konzeption des Hauses spätere Veränderungen zu, für den unwahrscheinlichen Fall, daß Emily und Cigogne enger zusammenzuleben wünschten. Vielleicht würden sie ja eines Tages davon träumen, ihre Venen und Gedärme zusammenschließen zu lassen, um bis hin zur Verdauung alles gemeinsam genießen zu können. Doch solange dieser große Augenblick der Vereinigung noch nicht gekommen war, würde das Haus der Cigognes so bleiben wie geplant.
Emily war begeistert von diesem Entwurf, der ihren gegensätzlichsten Wünschen Rechnung trug. Der Rohbau wurde mit Sir Lawrences Unterstützung unverzüglich in einer Bucht am Südufer der Insel in Angriff genommen. Dieser bergige Teil des Eilands erinnerte an gewissen Nebeltagen an Schottland. Die Schönheit der fast keltisch anmutenden Landschaft ging ihnen so nahe, daß sie sich über die Sicherheitsvorkehrungen der Linkshänder hinwegsetzten, die sich lieber in der weiten Ebene um Port-Espérance ansiedelten, wo sie gegen den scharfen Taifun und die gelegentlichen Überfälle malaiischer Piraten – der letzte ging auf das Jahr 1927 zurück – geschützt waren. Algernon wurde mit einer alten Winchester ausgestattet, und Ernest bekam eine aus der Luftwurzel eines Mangrovenbaums geschnitzte Steinschleuder.
Voller Staunen verfolgten Emily und Lord Cigogne die Entstehung dieses eigenartigen Hauses. Für das englische Paar hatte das neue Leben, das sie sich am Ufer einer Lagune in der südlichen Hemisphäre eigenhändig aufbauten, einen unwirklichen Beigeschmack, der sie in beständiges Erstaunen versetzte. In dieser weiten, mit Säulenpinien bestandenen Bucht waren sie so unendlich weit von ihrem vertrauten Gloucestershire, den Sitten der Londoner *High-Society* und

den bestickten Westen der Bond Street entfernt! Emily kannte nur Häuser im viktorianischen Stil, Anwesen aus Ziegelstein, die Leuten von Stand gehörten, wie etwa das verabscheuungswürdige zinnenbewehrte Schloß von Mrs. Bailey, ihrer Tante, Wragchester Hall, das sich in den Midlands erhob. Ihr Haus hier am Ende der Welt hatte nichts typisch Britisches. Sie hatte das Gefühl, jenem Leben entkommen zu sein, das ihnen in Europa vorbestimmt war. Indem sie ihr Haus entwarfen und selbst mauerten, erschufen sie ihr eigenes Schicksal. Das weckte neue Lebenskraft, jene belebende Dynamik, die sie bei den anderen Helenern, diesen Pionieren, die sich beständig neu für ihr Leben entschieden, beobachtet hatte.

Sobald das Parkett verlegt war, begann Algernon, es sorgfältig zu wachsen, und obwohl das Haus noch lange nicht fertig und ständigem Baustaub ausgesetzt war, zwang er alle, Filzpantoffeln zu tragen. Das war natürlich absurd, doch diese zivilisatorische Forderung trug der Empfindsamkeit des *Butlers* Rechnung. Algernon bestand darauf, daß in diesem Anwesen ein englischer Geist herrschte, selbst wenn sich der Ventilator hier in die andere Richtung drehte. In Anbetracht der Lage ihres neuen Hauses, weitab von Kensington, hatte er sich damit abgefunden, daß das Personal nur aus seiner Person bestand, dafür aber verlangte er von seiner Herrschaft die Beibehaltung britischer Sitten. Seine Devise lautete: *Linkshänder ja, aber englischer Linkshänder!* Also flatterte der Union Jack über Emily Hall – diesen Namen hatte Lord Cigogne dem neuen Herrenhaus gegeben –, und manchmal ließ Algernon morgens die Kinder (und den Papagei) *God save the king* singen, während er die Fahne an dem Mast hißte, der zugleich zum Aufhängen der Wäsche diente. Dies war für ihn ein erhebender Augenblick, einer der Momente, in denen sich sein Blut in Tee mit einem Schuß Milch verwandelte. Auf der Leine, die zwischen diesem Mast und dem Haus gespannt war, flatterten neben seiner gestärkten Hemdbrust und den Sockenhaltern seine weißen Handschuhe im Wind. Dank dieser Wäscheleine erfuhren die Cigognes im übrigen eines Tages, daß Algernon Unterhosen mit Schottenkaro trug, doch aus Taktgefühl sprach man nie darüber.

Während dieser Wochen, in denen der Rohbau errichtet wurde, fühlte sich Cigogne eigenartig frei. Die Gewißheit, bald ein halbes Haus zu besitzen, in dem er außer Reichweite seiner Frau sein würde, besänftigte die dumpfe, unbestimmte Befürchtung, daß sie all seine Energie aufsaugen könnte. Stets hatte er vermieden, längere Zeit mit Emily zusammenzusein, und je mehr er versucht hatte, ihr zu entkommen, um so mehr hatte sie sich bemüht, ihm ein ernstes Gespräch abzuringen, das jedesmal mit einem Schwall verbitterter Vorwürfe begann. Dieser Teufelskreis nahm Cigogne jegliche Lust, über ihre Beziehung zu sprechen. Doch jetzt war alles anders. Da er bald über eine Rückzugsmöglichkeit verfügen würde, verzichtete Jeremy darauf, seine Lebensauffassung durchzusetzen, und paßte sich mit einer Befriedigung, die ihn selbst erstaunte, der von Emily an. Jetzt konnte er *mit ihr zusammen* stundenlang über die Farbe des Überzugs für die Klobrille debattieren; Cigogne hatte den Kontakt des kalten Bakelits mit der empfindlichen Haut seiner Oberschenkel nie ertragen können. Er fand aufrichtiges Vergnügen an diesen häuslichen Überlegungen, die ihm früher zunächst gleichgültig und dann zuwider gewesen waren. Er wußte wohl, daß diese Unentschlossenheit, die er sogar gern hinauszögerte, nur einen Vorwand darstellte, um *mit ihr zusammenzusein.* Zusätzliche Zeit zu zweit!

Überrascht stellte Lord Cigogne mit einem Mal fest, daß er wie die Linkshänder eine unglaubliche Passion für das Alltägliche hegte. Er, der die kleinen Dinge des Lebens immer als Probleme angesehen hatte, derer es sich rasch zu entledigen galt, bemerkte plötzlich, daß er die Gabe besaß, diese Belanglosigkeiten zu Glücksmomenten zu erheben: Tee zubereiten, Blumen schneiden, nach geheimem Einverständnis suchen. All dem widmete er sich mit der Besessenheit und der Eigenart, die typisch für ihn waren. Denn im Grunde genommen blieb Lord Cigogne von der Notwendigkeit eines *Lebens nach Maß* überzeugt. Er fürchtete, daß der Konformismus im Handeln unmerklich einen wesentlich unangenehmeren Konformismus im Denken nach sich ziehen könnte. Dieser durch und durch aristokratische Mensch zwang sich, bei jeder seiner Handlungen sich selbst treu zu bleiben, und hielt daran fest, seine Gebräuche selbst festzulegen.

Hatte Lord Cigogne beispielsweise vor, eine Blume für Emily zu pflücken, so erklärte er, er gehe *auf die Jagd nach einer Blume.* Diese neue Zeremonie – die er auch auf seine linkshändige Nachkommenschaft übertragen wollte – begann zunächst damit, daß er die rote Jacke anlegte, die er früher auf seinem Herrensitz in Gloucestershire bei der Fuchsjagd trug. Dann zog er seine Reitstiefel an, die aus feinstem Leder – genauer gesagt aus dem Hinterteil eines Gorillas – gefertigt waren, und hievte sich mit Hilfe seines Kammerdieners auf hohe Stelzen, um die schönste Blume in der Umgebung aufzuspüren. Lord Cigogne bestand jedesmal darauf, daß sein *Butler* ihn mit seinem Horn auf dieser Blumenjagd begleitete. Als englischer *Hunter* ausstaffiert, folgte Algernon also seinem Herrn, der auf seinen Stelzen der Beute nachspürte, durch dichtes Gestrüpp und blies inbrünstig das traditionelle *Halali* der Fuchsjagd. Algernon war stolz darauf, an einem Ritual teilzuhaben, das ihn an das gute alte England erinnerte. Da die improvisierte Equipage keine Hundemeute hatte – was zugegebenermaßen auch zu nichts nütze gewesen wäre –, diente das Horn vor allem dazu, den Eifer des aus seinen beiden Söhnen bestehenden Gefolges anzufeuern, dessen Aufgabe es war, das tropische Unterholz und das Dickicht der Blaufarne zu durchstreifen. Laura, in der eine leichte Eifersucht auf ihre Mutter zu keimen begann, weigerte sich standhaft, an diesem neuen Ritual teilzunehmen.

Sobald Cigogne seine Beute, Emilys Blume, ausgemacht hatte, wurde das *Halali* geblasen. Ernest und Peter eilten sofort herbei. Mit derselben Würde, mit der er einst von seinem englischen Vollbluthengst absaß, stieg er jetzt von seinen Stelzen, um sich der von der Meute gestellten Blume zu nähern. Mit zitternder Hand überreichte ihm Algernon eine Schere, damit er seines Amtes walten und eine empfindliche Nachthyazinthe oder einen Riesenlöwenzahn erlegen konnte. Schnipp, der Stil war ab! Die Blume fiel in ein besticktes Tuch, das strahlend weiß und feucht von dem Kammerdiener bereitgehalten wurde; das Genossenmachen konnte beginnen. Voll kindlichem Eifer schickten sich Peter und Ernest an, die Blumen rundherum zu pflücken, um sie ihrer Mutter zu bringen. So verlief die Blumenjagd des Lord Cigogne. Doch welche äußerst britischen Extravaganzen Jeremy sich auch leisten mochte, wichtig war allein, daß er eine neue Zärtlichkeit in all seine Bemühungen legte, daß er die Kunst der symbolischen Gestensprache kultivierte, in dem Bewußtsein, daß diese Vertrautheit auch an dem Tag nicht seine Freiheit beschneiden würde, an dem er sich wieder einem Beruf widmen würde, was – ohne jeden Übereifer – doch einen größeren Aufwand an Energie verlangen würde.

Eines Morgens ging Emily ans Fenster ihres Hauses, das noch kein Dach hatte und an eine Filmkulisse im Freien erinnerte, und was sie da sah, verwirrte sie, ohne daß sie hätte sagen können, woran sie diese Entdeckung erinnerte.

Doch plötzlich begriff sie, daß sie diesen Blick bereits in Schottland gemalt hatte. Über Nacht hatte Cigogne Bäume gepflanzt und sie so angeordnet, daß zwanzigtausend Kilometer von Glasgow entfernt dasselbe Bild entstand, das sie Tausende von Malen vom Fenster ihres Kinderzimmers aus gesehen hatte, in dem Ferienhaus ihrer Großeltern, tief in den Highlands, wo die kleine Emily Pendleton wundervolle Sommermonate verlebt hatte. Jeremy hatte ihr einen Anblick *nach Maß* geboten. Im Laufe der Zeit würden die Bäume immer größer werden und ihre Kindheit in Schottland wiederaufleben lassen. Dieses Geschenk rührte sie zu Tränen.

Um ihm zu danken, wählte Emily ein weißes Leinenkleid, das er sehr liebte, und kämmte ihr Haar zu einer Frisur, mit der er sie gerne sah. Als sie ihm beim Frühstück gegenübersaß, erzählte sie, daß eine ihrer Freundinnen ihrem Mann eines Tages für ein Geschenk hatte danken wollen, indem sie sich für ihn schönmachte und das Kleid anzog, in dem er sie am liebsten sah. Mehr sagte sie nicht, doch Cigogne begriff sofort, daß Emily sein Geschenk entdeckt hatte und wie empfänglich sie dafür war. Ihre Blicke bestätigten, daß sie sich verstanden hatten; und in einem köstlichen Schweigen genossen sie das Vergnügen gegenseitiger Nähe, die Inbrunst der heftigen Liebe, die sie plötzlich füreinander empfanden, während sie nach außen hin, vor den Kindern und vor Algernon, völlig gelassen wirkten. Diese britische Zurückhaltung steigerte ihre innere Spannung noch mehr. Sie waren im Begriff, sich zu wahren Linkshändern zu entwickeln.

Lord Cigogne spürte, daß er zu Emily zurückfand, in einem Alltag, der sie nicht heimtückisch voneinander entfernte, sondern sie durch tausend geteilte Empfindungen wieder miteinander verband. Das Leben, das er in England mit ihr geführt hatte, schien ihm wie ein böser, von der

Gefühlswelt abgetrennter Traum. Doch Emily und Jeremy hatten noch nicht den Höhepunkt des Verlangens erfahren, den Taumel der Sinne, den die Helenen in ihrem erstaunlichen Jahreslauf anstrebten.

Das Osterfest rückte näher, und die Linkshänder bereiteten sich auf ihre besondere Fastenzeit vor. Und mit welchem Eifer! Vierzig Tage lang war jegliche Art sexueller Betätigung untersagt. Die Paare hielten sich an diese Regel, nicht etwa aus übertriebener Tugend, sondern weil sie den Akt, den sie nur zu sehr genossen, wieder aufwerten wollten. Dieser Brauch hatte zum Ziel, das durch die Gewohnheit nachlassende Verlangen jedes Jahr von neuem zu entfachen.

Die Linkshänder frönten dem Kult der Sinneslüste. Alles war erlaubt: Zurückhaltung ebenso wie Überrumpelung und Phantasterei! Und auch diejenigen Begierden, die nicht körperlicher Natur waren. Ach, die Würze gewisser Träume... Das Verbot jeglicher Umarmung war für die Helener eine gute Gelegenheit, andere Wege der Sinnlichkeit zu erforschen, die sonst eher vernachlässigt wurden. Da ihnen der Sex vorenthalten wurde, verschafften sie sich auf tausend andere, mehr oder weniger statthafte Arten erotische Befriedigung... Vom ersten Tag an herrschte in Port-Espérance eine besondere Spannung, da sich die Franzosen des Jahres 1933 plötzlich offener zeigten als gewöhnlich. Diese Fastenzeit schien sie zu enthemmen, da sie ihnen die Ängste nahm, die sexuelle Intimität oft nach sich zieht. Sobald sie von dieser Last befreit waren, gaben sie sich rückhaltlos und mit bezaubernder Ungeniertheit dem Vergnügen hin, sich umwerben zu lassen.

Am ersten Tag der Linkshänder-Fastenzeit hielt sich Lord Cigogne in der Stadt auf. Er begab sich in seinem Tilbury zu seiner Praxis, die er seit kurzem in einem an der Hauptstraße, der Avenue Musset, gelegenen Haus im Kolonialstil eingerichtet hatte. In den eleganten Cafés konnte man Männer und Frauen beobachten, die sich ungezwungener als sonst miteinander unterhielten; man hätte meinen können, es herrsche ein von einem besonderen Ereignis ausgelöstes Fieber. Die Enthaltsamkeit kündigte das Wiederaufleben einer geheimnisvollen, weniger auf die reine Lustbefriedigung konzentrierten Sinnlichkeit an. Man berührte sich flüchtig, lachte und sah sich an. Das kleine Völkchen – hier kannte fast jeder jeden – schien sich von neuem zu entdecken. Die Frauen zeigten sich in herrlichen Kleidern, die Taille und Dekolleté betonten; jeder flirtete mit jedem, berauschte sich an galanten Scherzen, die ohne Folgen blieben. Es entstanden kleine Romanzen, man trank, man scherzte, man verliebte sich und trennte sich wieder. Die Ehefrauen vergaßen, daß sie verheiratet waren, ohne daß man ihnen deshalb den geringsten Vorwurf machte, denn all das war ja nur ein Spiel, ohne jegliche weiteren Verpflichtungen.

Da er zu früh zu einem Termin gekommen war, nahm Lord Cigogne auf der Terrasse des Café Colette an der Ecke der Rue Julien Sorel noch eine Erfrischung zu sich. Eine junge Frau warf ihm einen diskreten Blick zu und ließ ihr gelbes Taschentuch fallen. Diese Knie! Sie schienen nur gemacht, um Verlangen zu erwecken. Allein die Vorstellung, welche Beine sich unter dem nicht allzu schamhaften Rock versteckten, beflügelte die Phantasie der Männer. Cigogne hatte es jedoch gar nicht eilig, das gelbe Seidentüchlein aufzuheben. Eine Weile verstrich. Er unterdrückte ein Lächeln, sie beobachtete sein Gesicht, den Kopf neckisch zur Seite gelegt. Ein wohlplazierter Schönheitsfleck über der Oberlippe machte die schelmische Schönheit dieses frischen, jungen Mädchens noch reizvoller. Sie ließ ihren Schal fallen, und dann tauschten sie, mit jener Unbeschwertheit, die Jeremy seit Jahren vergessen hatte, einen kurzen Blick, brachen in schallendes Gelächter aus und wurden sogleich von einer wundervollen Verlegenheit befallen. Sie bückte sich, hob ihr Taschentuch und ihren Schal auf, und sagte mit bezaubernder Unverfrorenheit zu Jeremy:

»Sehen Sie den Schal im Schaufenster gegenüber? Ich an Ihrer Stelle würde ihn dem jungen Mädchen schenken, das gerade zu ihnen spricht und dem Sie absolut nicht mißfallen ... oder ich würde ihr zu Ehren einige Verse dichten?«

»*Well* ...«, sagte er und errötete leicht.

Sie lächelte, nahm ihm mit einem schnellen Griff den Geldbeutel ab und verschwand im Handumdrehen in besagtem Geschäft. Da er sich nicht lächerlich machen und unter »Haltet-den-Dieb«-Rufen hinter der Schönheit herlaufen wollte, blieb er lediglich fassungslos sitzen. Wie konnte sich ein junges Mädchen so dreist verhalten! Ein betagter Kellner, der die Szene beobachtet hatte, kam zu Cigogne und brummte:

»Das ist die Fastenzeit, dann sind sie vierzig Tage lang nicht zu halten ...«

So lernte Jeremy die Fastenzeit der Linkshänder und die damit verbundenen Galanterien kennen. Vierzig Tage lang hatten die Frauen das Recht, die Männer zu verführen, ohne daß letztere das Recht hatten, aufs Ganze zu gehen; doch an Ostern erklärte jeder die in der Fastenzeit getauschten Blikke und Worte für null und nichtig. Zumindest bemühte man sich darum ...

Dieser ungezwungene Umgang äußerte sich in einem frivolen und zweideutigen Verhalten, wie es nur im Schutz des Verbots jeder körperlichen Vereinigung gedeihen kann. All dies faszinierte Cigogne und versetzte ihn in die zwanglose Welt der französischen Salons des 18. Jahrhunderts, nicht

die der Libertinage, sondern die, in denen die Liebe als Spiel, wie etwa das Krocket, galt. Diese berauschende Atmosphäre, die viel unbeschwerter war als sein Leben mit Emily, gab ihm das Gefühl, eine nie gekannte Jugend zu durchleben.
Die kesse junge Dame verließ das Geschäft und legte im Vorbeigehen das noch gefüllte Portemonnaie auf seinen Tisch; sie hatte nur soviel Geld genommen, wie sie benötigt hatte, um den hübschen Schal zu kaufen, den sie jetzt um ihr Haar gebunden hatte.
»Danke«, sagte sie und entschädigte ihn mit einem strahlenden Lächeln.
Dann fügte sie hinzu:
»Ich heiße Charlotte!«
Und sie verschwand leichtfüßig um die Straßenecke; ihre schmetterlingshafte Art, die ihr die Freiheit gab, allen Launen nachzugeben, beschäftigte Cigognes Phantasie noch lange. Jeremy fühlte sich wie in einem Traum, ihre zierliche Gestalt tauchte vor seinen Augen auf und schürte sein Verlangen. Das war genau das, was er brauchte, um sich jetzt, in diesem Augenblick, glücklich zu fühlen. Er war von einem wunderbaren Gefühl erfüllt, das frei von all den Komplikationen einer festen Beziehung war. Charlotte... ihr Name versetzte ihn in einen rauschhaften Zustand.
Cigogne behandelte rasch seine wenigen Patienten, verordnete ihnen die Lektüre diverser Autoren, die in hohen Dosen genossen giftig, in homöopathischer Dosierung jedoch äußerst wirksam waren, um so einen Geist, der an übermäßiger Manieriertheit litt, oder schlimme Fälle von Blindheit gegenüber der Realität zu heilen. Dann kehrte er umgehend nach Emily Hall zurück, beflügelt von dem Wunsch, zwischen seiner Frau und sich jene Leichtigkeit – die Frucht des köstlichen Verbots – entstehen zu lassen, die er in der Stadt erfahren hatte.

Unterwegs, auf dem roten Sandweg, der im Schatten eines tropischen Lärchenwaldes an der Lagune entlangführte, beglückwünschte er sich zu seinem Mut, in diese südlichen Gefilde ausgewandert zu sein, wo er alle Facetten der Liebe kennenlernen durfte. Das frivole Spiel, in das er sich im Café Colette hatte verwickeln lassen, war neu für ihn. In der englischen Gesellschaft wagten es die Frauen kaum, wirklich zu gefallen; um die Aufmerksamkeit auf sich zu ziehen, legten sie jene Zurückhaltung an den Tag, die sie vor Tadel schützte, jene Schüchternheit, die der Furcht enstprang, alles geben zu müssen, wenn sie allzu erfolgreich wären. Zwischen Männern und Frauen gab es etwas Gefährliches, das die Freuden des Werbens einschränkte und in die finsteren Grenzen des viktorianischen Anstands verwies. Eigenartigerweise stimulierte das Verbot, Emily zu berühren, Cigognes Sinne, und er trieb den Hengst an, der seinen Tilbury zog.
Hinter einer Wegbiegung, oberhalb des weißen, sandigen Ufers der Bucht, tauchte Emily Hall auf, auf einem grünen Hügel am Ende der Welt, ein kleines Stückchen Schottland, das eigens für sie in die Unendlichkeit des südlichen Pazifiks gestellt zu sein schien. Die hölzerne Fassade als wesentliches Element in der Struktur des Hauptgebäudes war jetzt fertiggestellt. Algernon hatte schon *festoon-blinds* aufgehängt, jene gerafften englischen Vorhänge, die die *bow-windows* des Erdgeschosses schmückten und sehr *cosy* waren. Er hatte auch in dem kleinen Salon von Cigognes Wohnung die Rüstung des ersten Lord Philby aufgestellt und darauf bestanden, daß zu beiden Seiten der zwei Eingangstüren weiße Säulen errichtet wurden, die von einem kleinen Frontgiebel überragt wurden, so daß das Haus ein wenig an die Architektur von Georgia erinnerte. Leider hatte Algernon in der Stadt keinen Schreiner gefunden, der in der Lage gewesen wäre, ihnen Hebefenster zu bauen, und so hatten

sie sich mit klassischen Fenstern begnügen müssen. Wenn man der von Mangrovenbäumen gesäumten Lagune den Rücken zuwandte, hätte man wirklich glauben können, im Sommer vor einem in den Highlands verlorenen Anwesen zu stehen. An diesem Tag war die Illusion durch die Fahne, die im warmen Passatwind flatterte, perfekt.

In der Mitte der Bucht entdeckte Lord Cigogne Sir Lawrence, der hüllenlos auf der Brücke seiner Segeljacht aus Mahagoniholz stand. Seine Steifheit und Haltung verrieten die englische Herkunft; auch wenn kein Accessoire eine solche Zuordnung ermöglichte, war er doch der Sproß dieser aristokratischen Dynastie der Teetrinker, die von sich selbst und ihren Gebräuchen fasziniert war.

Eigenartigerweise schockierte seine Nacktheit Cigogne nicht mehr, auf der Insel der Linkshänder war alles so anders. Von weitem grüßten sie sich würdevoll mit einem Zeichen der (linken) Hand. Sein Schiff segelte auf dem lauen Wasser der Lagune; ganz offensichtlich hatte er den Bewohnern von Emily Hall einen Besuch abgestattet und verschwand jetzt auf demselben Weg, auf dem er gekommen war. Als Lord Cigogne bei seiner Ankunft auf Emily zuging, um sie zu begrüßen, streckte sie ihm übermütig und zugleich verlegen die linke Hand entgegen. Er zögerte einen Augenblick, um die dargebotene Handinnenfläche respektvoll zu küssen, doch Emily schüttelte statt dessen kräftig seine Hand, ehe sie bemerkte:

»Sir Lawrence hat mich über die Fastenzeit aufgeklärt, *Darling*, du wirst vierzig Tage lang auf meine Gunst verzichten müssen!«

Mit diesen Worten wandte sie sich ab und kehrte mit einem Wiegen der Hüften, das er nie bei ihr wahrgenommen hatte, ins Haus zurück. Jeremy blieb verdutzt zurück. Emily warf ihm einen letzten flüchtigen Blick und ein schalkhaftes Lächeln zu, dann war sie verschwunden.

Den ganzen Tag über erforschte sie voller Freude diese leicht provokanten Verhaltensweisen, die auf die vermeintliche Mißbilligung ihrer Mutter, Mrs. Pendleton, gestoßen wären. Emily fand in rührenden Gesten zu jenem Verhalten, das die Sinne der Männer mehr ansprach als ihren Verstand, zu jener vielversprechend zur Schau gestellten Weiblichkeit, die sie ihrem Körper immer verweigert hatte – und dies gelang ihr mit einer Leichtigkeit, die sie selbst erstaunte. Daß es sich um ein Spiel, ja beinahe um einen Scherz in einem Klima lockerer Vergnüglichkeit handelte, die nicht von der Perspektive einer bevorstehenden Vereinigung belastet war, half ihr, die übliche Zurückhaltung abzulegen; die Sicherheit, sich später nicht hingeben zu müssen, nahm ihr die letzten Hemmungen. Auch die zwanzigtausend Kilometer, die sie von ihrer Mutter trennten, spielten dabei eine Rolle. Weit von Mrs. Pendleton entfernt, gab sich Emily einer Frivolität hin, die ihr in London unmöglich erschienen war. An den Ufern der Themse gehörten solche verführerischen Spiele der Scheinwelt ihrer Mutter an; der rote Lippenstift schien ihr eine weitere Lüge aus dem Repertoire all derjenigen, die Mrs. Pendletons Leben ausmachten. Befreit spielte Emily endlich mit der Weiblichkeit, die sie in ihrem Körper pulsieren fühlte, sie versuchte sie zu bändigen und überließ sich ihr voller Freude.
Die Kinder bemerkten nichts, außer vielleicht Laura, die mit ihren fünfzehn Jahren spürte, daß ihre Mutter sich in einer eigenartigen Gemütsverfassung befand. Die kleine Familie war weiterhin mit der Einrichtung von Emily Hall beschäftigt. Emilys veränderte Geisteshaltung drückte sich nur in tiefen Blicken, leichten Berührungen und neckischen Anspielungen aus, die Lord Cigogne jedesmal in eine ihm unbekannte Verwirrung stürzten. Die Freiheit, die sich Emily plötzlich zugestand, verblüffte ihn nach wie vor; in England hatte er nie eine solche Keßheit an ihr beobachtet.

Einen Augenblick lang beunruhigte ihn zwar trotz aller Begeisterung das plötzliche Erwachen dieser unterdrückten Weiblichkeit – denn was würde nach der linkshändigen Fastenzeit geschehen? Was würde später aus dieser aufreizenden Emily werden, die geneigt war, die Wirkungen ihrer Macht über die Männer zu genießen? Der seit dem Zwischenfall mit Debussy auf der Insel des Schweigens eifersüchtige und nervöse Ehemann durchlebte noch einmal seine Ängste, doch genoß er zugleich diese neue Verhaltensweise, die sein Verlangen anfachte. Hätte sich eine Geliebte derart benommen, so hätte es ihm nicht mißfallen, doch daß seine eigene Frau sich solche Freiheiten herausnahm, beunruhigte ihn.

»Ich schäme mich ein wenig dafür ...«, murmelte er auf der Terrasse von Emily Hall.

Emily stand hinter ihm auf der durchbrochenen Veranda aus wetterfestem Holz, die zur Lagune hinausging, und sah auf die Abendsonne, die den Horizont streifte. Sie hatte seine Beichte angehört, dieses einfache Geständnis ohne jede Geschwollenheit, das sie mehr berührte, als sie es zeigen wollte. Früher hätte Lord Cigogne es sich nie gestattet, so frei über seine Befürchtungen zu sprechen. Der Mann, dessen Geburt sie auf dieser Insel beiwohnte, verwirrte sie; sie war entzückt angesichts seiner neuen Männlichkeit, die sich zur Sensibilität zu bekennen vermochte. Die Momente, in denen er ihr so viel Vertrauen entgegenbrachte, daß er sich gehen ließ und sich in einer wenig schmeichelhaften Aufrichtigkeit zeigte, machten ihn in ihren Augen nicht etwa schwächer, sondern stärker. Sie begehrte ihn um so mehr, je weniger er falsche Erhabenheit vortäuschte.

»Ich hätte gerne die Kraft gehabt, dir dabei zu helfen, schon früher so zu werden, wie du dich heute gezeigt hast ... Ja ich hätte gerne diesen Teil deiner Persönlichkeit erweckt ...«

»Jeremy«, fuhr Emily fort, »deine Ausführungen machen deine Ungeschicklichkeit vergessen, und nach diesem Geständnis begehre ich dich mehr als ...«
Sie schwieg und strich sogleich über Cigognes Hand. Er näherte sich ihr, ihren Lippen, und spürte, daß sie bereit war, sich an ihn zu schmiegen und in seinen Armen, die er nicht um sie zu schließen wagte, dahinzuschmelzen. Sie dürstete nach Liebkosungen, wollte die Zärtlichkeit, die zu schenken er bereit war, in ihrem ganzen Körper spüren. Sie war von dem Wunsch erfüllt, sich ihm hinzugeben. In der Tiefe ihres Leibes sehnte sich Emily mit aller Kraft danach. Sie spürte, daß in dieser Vereinigung etwas in ihrem Inneren sterben würde, damit eine andere Frau geboren werden konnte, eine Frau, die weniger gehemmt und bereit wäre, sich mit dieser verflixten Weiblichkeit auszusöhnen, einer Weiblichkeit, die ihre Mutter in gewisser Weise früher ganz für sich in Anspruch genommen hatte, so als befürchtete sie, daß ihre Tochter sie eines Tages in grenzenloser Rivalität gegen sie verwenden könnte. So verharrten sie regungslos, beide von dem Verlangen beherrscht, sich der letzten Vertrautheit hinzugeben; doch Lord Cigogne besaß genug Geistesgegenwart, dem Drang seiner Gelüste nicht nachzugeben.
Sie mußten noch vierzig Tage warten, aber wurde nicht eben dadurch das Leben zu dem Abenteuer, eine Frau zu lieben? Sie hatten schließlich nicht der Welt der Rechtshänder den Rücken gekehrt, um das oberflächliche Leben jener Touristen zu führen, die sich von einer pikanten Sommerfrische einlullen lassen. Für die Liebe dieser Eheleute lohnte es sich, die wenigen Qualen auf sich zu nehmen, die ihnen der auf der Insel der Linkshänder gültige Kalender auferlegte.

Am selben Abend erschien Emily in einem raffinierten langen Kleid zum Abendessen, das gerade noch soviel Haut versteckte, daß Jeremy sofort den Wunsch hatte, sie gänzlich zu entkleiden. Sie war bezaubernd, geschminkt wie nie zuvor, oder besser gesagt, wie sie es früher nicht gewagt hätte. Lange Zeit gegen jeglichen optischen Täuschungseffekt, hatte Emily Laura um Hilfe bitten müssen, die von ihren linkshändigen Freundinnen in die Geheimnisse der Mascara eingeweiht worden war.

Das Essen wurde von Algernon serviert, der vom Anblick seiner Herrin derart beeindruckt war, daß er leicht ins Stolpern geriet und beinahe die Terrine mit der Schildkrötensuppe verschüttet hätte. Der Tisch war in der von Petroleumlampen erhellten Veranda gedeckt. Wie gewöhnlich trugen Lord Cigogne und seine Söhne – selbst der kleine Ernest! – dunkle Beinkleider und einen schwarzen Schwalbenschwanz mit perlweißem Kragen. Bei Tisch sprach man Latein, um in diesen südlichen Gefilden einen Rest der Zivilisation zu erhalten, die englischen Familien so teuer war. Bei den Cigognes fand man zwar Geschmack an rebellischem Gedankentum, an Reisen zur Selbsterforschung, sei es nach Papua oder anderswohin, man hätte auch gern eine Revolution angezettelt; doch bestand man darauf, daß gewisse Formen eingehalten wurden, selbst im tiefsten Ozeanien. Die einzige Konzession, zu der Algernon bereit gewesen war, stellte der Austausch von Messer und Gabel

dar, da sich alle redlich bemühten, echte Linkshänder zu werden, ausgenommen Algernon selbst, versteht sich.
Während des Essens war Lord Cigogne vom Anblick seiner Frau so verwirrt, daß er in einem derart kläglichen Latein herumstotterte, daß sogar die Kinder ihren *daddy* dreimal korrigierten. Emily tat so, als würde sie nichts von dem Aufruhr bemerken, den ihre Kleidung auslöste, doch innerlich frohlockte sie. Ihre koketten Blicke und doppeldeutigen Anspielungen waren für Jeremy eine Verheißung der Sinnesfreude; zwischen dem farcierten Schafspansen und dem Guavenpudding provozierte sie ihn wohl ein dutzendmal. Nie hatte er es erlebt, daß sich eine Frau ihm gegenüber, hinter harmlosen Äußerungen getarnt, so kühn zeigte. Wenn sie – auf latein – von der Fortpflanzung der Blumen, vor allem der Rosen, sprach, sagten ihre Augen, daß es um ihre Erwartungen ging, um die Art, wie sie genommen werden wollte. Ihre Anspielungen waren so eindeutig, als wolle sie ihm klarmachen, daß sie sich keine vierzig Tage mehr gedulden könne.
Lord Cigogne sprach in seinen Antworten ausschließlich von Stempeln, Blütenblättern und Pollen und bat sie, ebenfalls in dieser verschlüsselten Sprache, ihn nicht zu sehr auf die Probe zu stellen. Seine Sinne seien seinen Trieben unterworfen, die er jedoch nicht immer zu beherrschen vermöge, vor allem spätnachts, in jenen endlosen Stunden, in denen sich die Dämmerung des Geistes bemächtigt und den Willen schwächt. Ernest hatte größte Mühe, diesem eigenartigen Botanikkurs in lateinischer Sprache zu folgen.
»*Eror vegetatus est*«, beschloß Cigogne mit einem weiteren Fehler die Unterhaltung.
Als es Zeit zum Schlafengehen war, wurden die Kinder ins Bett geschickt, und auch Cigogne schloß sich bald in seine Gemächer ein. Nach einem Abend wie diesem schien es ihm unerträglich, neben seiner Frau zu schlafen, ohne sie anzu-

rühren. Das Grausamste an der Sache war nicht, daß die letzte kleine Zuckung verboten war, sondern auch die Zärtlichkeiten, aus denen das eigentliche Vergnügen an der Sache besteht. Es gehörte zu den Regeln der linkshändigen Fastenzeit, daß jeder Hautkontakt vermieden werden mußte. Oh, sicher, Lord Cigogne hätte sich über diese Vorschrift hinwegsetzen können, doch er war schließlich nicht um die halbe Welt gereist, um die Regeln der Linkshänder zu brechen! Außerdem wäre es des Vertrauens, das Emily ihm entgegengebracht hatte, unwürdig gewesen, auch nur eine Hand – die andere würde hinter dem Rücken bleiben – auf ihren Körper zu legen; schließlich hatte Emily ihre Zurückhaltung nur abgelegt und sich einen solchen Auftritt gestattet, da sie wußte, daß sie vor ihm sicher sein konnte. Gewiß spielte bei ihrem Verhalten auch uneingestandene Spannung eine Rolle, die Neugier herauszufinden, wie weit sie Jeremys Verlangen anfachen konnte, ohne daß er ihm unterläge; doch es wäre kein *fair play* gewesen, die Zweideutigkeit dieses Spiels auszunutzen, dessen Regeln er einmal akzeptiert hatte.

Lord Cigogne legte sich unverzüglich schlafen, in der Hoffnung, daß es in dieser ersten Nacht der Abstinenz zu keinen unangenehmen Vorfällen kommen würde, als er plötzlich von der anderen Seite der Trennwand ein Stöhnen vernahm. Dieser Laut kam aus Emilys Zimmer, das genau neben dem von Cigogne lag, denn ihre jeweiligen Wohnungen waren von der hölzernen Trennwand ausgehend symmetrisch angeordnet. Er lauschte und kam allmählich zu der Überzeugung, daß Emily dabei war, sich selbst Vergnügen zu bereiten. Verlangte die an diesem Abend angestaute Spannung nicht nach einsamer Befriedigung? Jetzt geriet auch sein Blut in Wallung, und er spürte, wie sein Geschlecht unter seiner linken Hand erwachte; doch plötzlich kam ihm in den Sinn, daß dies vielleicht nur eine Taktik war, um ihn aus der Reserve zu locken. Er faßte sich und gewann langsam wieder die Beherrschung über sein Geschlecht, bis er hörte, wie Emily hinter der Trennwand lautstark die Treppe zu ihrem gemeinsamen Zimmer hinaufpolterte, das genau über dem seinen lag. Die Einladung war eindeutig, denn hätte sie unbemerkt bleiben wollen, wäre ein Türenschlagen nicht unbedingt nötig gewesen. Standhaft verkroch sich Cigogne unter seiner Decke, doch plötzlich lag er am Boden! Sein Bett war in fünf Teile auseinandergebrochen. Jeremy erhob sich und untersuchte das Möbelstück, die Schrauben waren gelockert worden, und zwar eindeutig von Emily. Die Botschaft war sonnenklar.

Lord Cigogne beschloß jetzt, zu ihr zu gehen und ihr zu beweisen, daß er über mehr Standhaftigkeit verfügte als sie; selbst in ihrem gemeinsamen Bett würde er nicht nachgeben. Er würde sich den Luxus gestatten, sie zu verschmähen, um so den Appetit seiner Frau zu mäßigen, denn schließlich standen sie erst am Anfang ihrer vierzigtägigen Diät. Er ging also über seine eigene – selbstverständlich linksdrehende – Wendeltreppe hinauf, öffnete die Tür zu ihrem gemeinsamen Zimmer, das jedoch zu seiner Verwunderung leer war. Als er eintrat, hörte er Emily lachen. Sie hatte sich hinter der Tür versteckt, die sie jetzt hinter ihm schloß.

»Setz dich aufs Bett«, murmelte sie.

Cigogne gehorchte, denn sie hatte es so sanft gesagt, daß er sogleich Vertrauen faßte. Vor ihm stand keine lüsterne Eva, sondern vielmehr jene Frau, die ihn bisweilen in einen Strudel unendlicher Zärtlichkeit zu ziehen vermochte.

Emily schraubte die Flamme der Petroleumlampe höher; in ihrem warmen Schein sah er, wie Emily sich mit weichen, harmonischen Bewegungen auszog, die nichts mehr mit den früheren, ungelenken zu tun hatten. Wortlos entkleidete sie sich vollständig und zeigte ihm zum ersten Mal ihren

Körper ohne den früheren schamhaften Widerwillen, sondern mit wahrem Vergnügen. Cigogne war verwirrt von dem irrealen Schimmer ihrer Haut, von ihrer Nacktheit und der körperlichen Freiheit, die seine Emily – die so lange ihre Formen und ihren Körper nicht wahrgenommen hatte – plötzlich ausstrahlte. Fasziniert und schweigend wandte er den Blick nicht von ihr; seine Augen, die sie vor kurzem nicht mehr richtig wahrgenommen hatten, bewunderten sie nun noch mehr als in ihrer ersten Nacht, denn jetzt spürte er die Geschichte ihres Körpers, die Streifen der vergangenen Schwangerschaften, ihre unfreiwillige Anmut. Die Entdeckung eines unbekannten Körpers ist sicherlich betörend, doch es ist wesentlich berauschender, den Körper einer Frau neu zu entdecken, den man bereits zu kennen glaubt.

War es die Fastenzeit der Linkshänder, die Emily dabei half, jene simple Harmonie zwischen sich und ihrer unterdrückten Weiblichkeit zu finden? Für einen Augenblick dachte Jeremy daran, daß er seinem Gegner Hadrien Debussy Dank schuldete. Dieser verhaßte Mann hatte sie ihm geläutert zurückgegeben, durch ihn hatte sie gelernt, ihren Körper und das Wunder ihrer Schönheit zu genießen. Ein Jahr zuvor hätte sie eine solche Szene als unschicklich empfunden. In England hatte sich Emily ihm nur im Schutz der Bettdecke hingegeben oder noch umhüllt von der Täuschung ihrer Kleider, des Stoffes, der sie vor sich selbst verbarg, ganz so, als hätte sie sich davor gefürchtet, in Jeremys Augen mit ihrem wahren Bild konfrontiert zu werden.

Cigogne betrachtete sie, verblüfft angesichts dieses neuen Vertrauens, das sie in sich selbst, in ihn und ihre Beziehung setzte. Die äußere Welt verblaßte. Er war nicht mehr auf der Insel Hélène, auch nicht in diesem am Ufer der Lagune erbauten Haus, er war *bei ihr,* teilte sowohl ihre Empfin-

dungen als auch ihr Verlangen. Dann bat sie ihn, sich ebenfalls auszukleiden, weil sie seine Nacktheit bewundern wollte.
Lord Cigogne fühlte sich plötzlich unwohl, da er in einem Jahrhundert aufgewachsen war, in dem die schlichte Tatsache, seine Anatomie nicht zu verabscheuen, als offenkundiges Zeichen der Homosexualität gewertet wurde. Worauf wollte sie hinaus? Wollte sie ihn erniedrigen? Erwartete sie eine Art Striptease von ihm? Mit sanften Worten beruhigte Emily ihn, drängte ihn, ohne ihn zu brüskieren, sich auszuziehen, und half ihm dabei, seinen Körper zu betrachten. Sie zeigte ihm, daß er sich selbst begehrenswert finden müsse, damit sie ihn noch mehr begehren könne, daß er lernen müsse auszudrücken, daß es für ihn ein sinnliches Vergnügen sei, sich ihr zu zeigen. So hatte Emily während ihrer achtjährigen Ehe noch nie mit ihm gesprochen. Allein die Vorstellung, *solche Dinge* zu artikulieren, wäre der 1894 geborenen Engländerin, der Tochter eines Pastors, der selbst kein sehr klares Verhältnis zu den eigenen Trieben hatte, schon unschicklich erschienen. Zunächst fassungslos, entspannte sich Cigogne schließlich langsam; es gelang ihm, seinen breiten Rücken, seine muskulösen Beine und sein weißes Gesäß wohlwollend zu betrachten. Dabei halfen ihm Emilys Blick und auch ihre Worte, die unendlich zärtlich waren, so aufgewühlt war sie durch diesen Mann, der sich für sie entdeckte, der es wagte, seine Prüderie abzulegen und ihr seine maskuline Schönheit, die ihm erst selbst bewußt wurde, zum Geschenk machte. Bisher hatte Jeremy stets geglaubt, daß die Frauen nur aus Großzügigkeit oder aus Mitleid mit den Männern schliefen, war ihre Anatomie doch äußerst unappetitlich, jetzt aber steckte ihn Emilys Entzücken an. Er liebte sich selbst, da er mit so sinnlicher Inbrunst begehrt wurde – und dabei hatten sie sich nicht einmal berührt.

Zum ersten Mal genoß er das Vergnügen, sich wirklich begehrenswert zu fühlen, und das versetzte ihn in einen eigenartig fieberhaften Zustand, in ein sinnliches Delirium, das die beiden spätnachts dazu trieb, den Körper des anderen spielerisch zu erkunden, ohne die nackte Haut dabei zu berühren. Bei ihren akrobatischen Übungen gelang es ihnen, immer einige Zentimeter Abstand zwischen ihren Körpern zu wahren, jene Entfernung, die es ihnen verbot, ihr Verlangen in einer Vereinigung zu stillen und dadurch die Regeln zu übertreten. Verstohlen streiften sie sich bisweilen, und die Lust schien sie ersticken zu wollen, wenn sie in nicht enden wollender Erregung den Atem des anderen am Ohr spürten. Schließlich besiegte sie, ehe der Trieb es tun konnte, die Müdigkeit, und im Morgengrauen schliefen sie ein.

So zügelten sie vierzig Tage lang ihre Glut, um sie noch mehr anzufachen; voller Leidenschaft betrachteten sie sich und fragten sich, wie sie so viele Jahre ohne diesen Rausch hatten leben können. In der vordergründigen Harmlosigkeit ihres spielerischen Treibens, den schalkhaften Späßen und verdeckten Anspielungen auf die bevorstehende Sinneslust, lag eine wundervolle Spannung, eine aufgestaute Elektrizität, so daß jeder körperliche Kontakt – etwa wenn sie sich gegenseitig in den Mantel halfen und die Fingerspitzen den Nacken oder Unterarm des anderen streiften – sie erschaudern ließen und dem Alltagsleben neue Würze gaben.

Abends, wenn die Kinder schon im Bett waren und Algernon sich ins Nebengebäude zurückgezogen hatte, nahmen Lord Cigogne und Emily manchmal in den Liegestühlen auf der Veranda Platz und raunten sich genüßlich all das zu, was sie an diesem Abend nicht tun durften, sinnliche Neckereien, denen sie sich gerne hingegeben hätten, wenn sie die Fastenzeit der Linkshänder nicht daran gehindert hätte. Die auserlesenen sinnlichen Genüsse, die sie Seite an Seite ersan-

nen, zogen sie stundenlang in einem Strudel des Verlangens, ließen sie fast an ihrer Begehrlichkeit ersticken; doch hätten sie diese zärtlichen Träume in die Tat umgesetzt, wäre der Zauber sicherlich schneller verflogen.
Die Phantasien und verbalen Berührungen, die sie an jenen im Kerzenschein verbrachten Abenden entwarfen, waren intensiver als diejenigen, die sie gemeinhin beim Liebesakt austauschten. Die Worte verlangten eine Wiederholung, die bei Gesten unmöglich war. So vergrößerten sie mit ungebrochener Begeisterung ihr unzüchtiges Repertoire. Lord Cigogne erdachte Liebkosungen ausgefallenster Art, die von unglaublichem Einfallsreichtum zeugten. Emily schloß die Augen und ließ sich durch ihre köstlichen Träume in Aufruhr versetzen, ehe sie mit Worten antwortete, die besser waren als jede von anderen und für andere erdachte Pornographie.
An dem Abend, der dem einundvierzigsten Tag vorausging, schien es Lord Cigogne wenig elegant, Schlag Mitternacht abzuwarten, um dann wie eine brünstige Bestie über Emily herzufallen; ein solches Verhalten schien ihm eines linkshändigen Gentlemans unwürdig. Er hielt es für besser, sich aus dem Staub zu machen, statt den Abend in lüsterner Erwartung zu verbringen. Also wählte er diesen Abend, um einen der eigentümlichsten Bräuche auf der Insel der Linkshänder zu erproben.
Cigogne kleidete sich mit der makellosen Eleganz, die ihm noch immer eigen war, ganz in Weiß, steckte eine weiße Blume ins Knopfloch und verließ das Haus durch seinen persönlichen Eingang. Als Emily ihre Pinsel reinigte, sah sie, wie er sich in seinem Tilbury entfernte, wegen seiner weißen Kleidung wagte sie jedoch nicht, etwas zu sagen. Was hatte er in Port-Espérance vor? An einem solchen Abend! Die ganze Stadt befand sich in Aufruhr und zügelte ihre Sinne noch für wenige Stunden, bis zum Ende der Fastenzeit. Wie

konnte sie sicher sein, daß nicht die Gelüste einer verführerischen Linkshänderin seine Tugend besiegen würden? Manchmal bedurfte es nur einer reizvollen Gelegenheit, einem einladenden Entgegenkommen, um eine fremde Frucht zu kosten... Emily fröstelte vor Unruhe, sie wußte zu gut um ihre eigenen Schwächen, um sie nicht auch ihm zu unterstellen.

Als Lord Cigogne in seinem Tilbury saß, fühlte er sich unbeschwerter als sonst, wie ein Student, ein Gefühl, das er nie zuvor gekannt hatte. Die frische Brise war nach der Hitze des Tages belebend. Jeremy genoß es, in diesem Moment weder Ehemann noch Vater, noch Arzt oder irgend etwas anderes zu sein als nur *er selbst*. Durch seine weiße Kleidung befreite er sich in den Augen der Helener, und auch in seinen eigenen, von diesen zwar bezaubernden, doch auch belastenden Bindungen. Diese einfache Maßnahme ließ das Gewirr der komplizierten Beziehungen, die sich langsam wie ein unsichtbares Netz um ihn legten, von ihm abfallen. Wie jeder andere hatte Lord Cigogne im Laufe seines Lebens diverse Möglichkeiten ausgeschlagen, die das Schicksal in sich barg; Verzicht und Entscheidung hatten dazu geführt, daß er nur einen kleinen Teil dessen auslebte, was in ihm schlummerte und was die Welt ihm bot.

Die Gefährten des Kapitäns Renard, die sich dieses Dilemmas bewußt waren, hatten, um die Paare nicht in ein allzu eingeschränktes Alltagsleben zu zwängen, das Ritual ersonnen, sich *in Weiß* zu kleiden. In Port-Espérance bedeutete die weiße Kleidung, daß man für eine gewisse Zeit *für sich* zu leben und sich vorübergehend von den Verpflichtungen, die man fürs ganze Leben eingegangen war, zu befreien wünschte. Dann wurden keine Fragen mehr gestellt, und man konnte kommen und gehen, ohne irgend jemandem

Rechenschaft schuldig zu sein. Die anderen versuchten, möglichst nicht über dieses neue Verhalten zu richten. Jeder war bemüht, die Spielregeln einzuhalten, denn der gegenseitige Respekt garantierte jedem die Möglichkeit, eines Tages, wenn man es für notwendig erachtete, selbst einen solchen Ausbruchsversuch unternehmen zu können, ohne Vorwürfe seitens des Partners oder der Nachbarn befürchten zu müssen. Diese Haltung wurde um so mehr respektiert, als die Bevölkerung der Insel zahlenmäßig gering war und die Linkshänder sich deshalb sehr vor dem zerstörerischen Einfluß hüten mußten, der durch Halbwahrheiten und Gerüchte entsteht und die Atmosphäre in so vielen kleinen Provinzstädten unerträglich macht. Die Farbe Weiß symbolisierte den Zustand erneuter Jungfräulichkeit.
Dieser Brauch hatte Lord Cigogne stark beeindruckt, ja er war fast schockiert, als Sir Lawrence ihm davon erzählte. Doch dieser hatte ihm weiter erklärt, es sei zivilisierter, öffentlich zu tun, was sich bei Rechtshändern im Schatten der Lüge oder beruflicher Alibis abspielte. Wie viele englische Ehemänner entzogen sich ihrer Familie, indem sie auf Geschäftsreisen *eigene Wege* gingen? Weit von zu Hause entfernt, lebten sie die andere Seite ihrer Persönlichkeit aus; unbeobachtet befreiten sie sich von den einengenden Erwartungen ihrer Nächsten und von dem berechenbaren Charakter, den sie in der Gesellschaft zur Schau trugen. Alle Hemmungen wurden abgelegt. Man entspannte sich: eine große Befreiung der eingeengten Seele, der mühsam gegängelten Instinkte. Manchmal entstand aus dieser Euphorie eine Beziehung, doch ihr lag weniger ein sinnliches Verlangen zugrunde als vielmehr der Wunsch, neue, unerforschte Wege der Existenz zu beschreiten. Der Sex war oft nur ein Schlüssel, um im Inneren andere Schubladen zu öffnen und sich neue Freiheiten zuzugestehen.
Aber hatten nicht auch die Frauen dasselbe Bedürfnis, *für*

sich zu leben? War dieses Bestreben nicht legitim und edel? Warum mußte man das jedem eigene Bedürfnis nach Selbstfindung und Erforschung seiner Möglichkeiten durch Lügen beschmutzen? Für die Linkshänder war es keine Schande, sich weiß zu kleiden, ganz im Gegenteil. Man feierte in dieser Tatsache den Mut, über die Grenzen seiner selbst hinauszusehen, eine wunderbare Kühnheit; und wenn ein Mann oder eine Frau nie in Weiß gesehen wurden, so sorgten sich Freunde und Bekannte ihretwegen. Die *Weißen Tage,* wie man sie bezeichnete, waren Tage, an denen man versuchte, mit sich selbst in Einklang zu kommen.

Manche Linkshänder nutzten diesen Brauch aus, indem sie ihr ganzes Leben lang weiß gekleidet blieben; man brachte ihnen meist freundliches Mitgefühl entgegen. Denn die Linkshänder waren sich nie sicher, ob ihr Tadel anderen gegenüber gerechtfertigt war.

Als Cigogne sich von Emily Hall entfernte, kam ihm einer der Vorteile der Weißen Tage in den Sinn, in Sir Lawrence' Augen der wichtigste: Diese Zeit der Freiheit führte dazu, daß man dem anderen niemals Vorwürfe machte, daß man den anderen nie als Einschränkung bei der Erkundung der eigenen Natur empfand. Und daher rührte vielleicht die extreme Langlebigkeit und Intensität der Beziehungen unter den Linkshändern. Die helenischen Paare wurden selten von heimlichem Groll geplagt. Dank dieser Sitte bedeutete die Eheschließung in Port-Espérance keine lebenslange Gefangenschaft mehr. Ließen die weißen Tage zuweilen begründete Eifersucht aufkeimen, so sahen die Linkshänder darin eine wohltuende Würze, eine Gelegenheit, neue Liebesspiele zu ersinnen oder die Unzulänglichkeit und Fehler ihrer Liebe zu untersuchen.

Von einem der Fenster ihres Zimmers aus beobachtete Emily, wie Jeremy hinter den Hügeln verschwand. Sie wurde von quälenden Fragen geplagt, die sie nicht zu unterscheiden wußte von der Angst, verlassen zu werden, vom Zorn, mit ansehen zu müssen, wie der geliebte Mann, anderswo sein Glück suchte, und zugleich empfand sie Scham für dieses Mißtrauen. Plötzlich verwarf Emily alle emotionalen Bedenken und wollte ihre Stute satteln, um Cigogne in den nächtlichen Straßen von Port-Espérance nachzuspionieren! Daß er sich ihr im Schutz seines lächerlichen weißen Anzugs entzog, ohne auch nur einen Funken von Schuldbewußtsein zu empfinden, ging einfach zu weit! Machte er sich über sie lustig? Wie sollte sie diese Sitte, die den Ehebruch rechtfertigte, akzeptieren? All die hehren Worte schienen ihr plötzlich belanglos und nur deshalb von den Männern erfunden, um unbehelligt mit liederlichen Frauenzimmern zu schäkern und dies noch dazu als edel anzusehen! Außer sich stürzte Emily die Treppe hinab und lief zu ihrem Pferd, als sie plötzlich Algernons Stimme vernahm:

»Madame, wenn ich mir erlauben darf... Sie sollten jetzt nicht ausreiten, schließlich wäre es durchaus möglich, daß auch *Sie* eines Tages in Weiß auszugehen wünschen. Und wenn ich die Ausführungen von Sir Lawrence richtig erfaßt habe, ist diese Toleranz doch wohl ein Liebesbeweis?«

Durch das Eingreifen ihres Butlers verstört, blieb Emily wortlos stehen. Algernon hatte sich niemals die geringste Bemerkung zu diesem Thema erlaubt. Dieser Hemdbrustträger, den nur die Einhaltung der Regeln des englischen Hofes und die Rennergebnisse von Ascot zu beschäftigen schienen, war ihr in Herzensangelegenheiten immer unnahbar erschienen.

»Darf ich noch etwas hinzufügen?« fragte er.

»Bitte.«

»Wenn Sie nichts dagegen haben, würde ich gerne schon jetzt den Christmas Pudding für das nächste Weihnachtsfest vorbereiten. Ich ziehe ihn altbacken vor, verstehen Sie … Ich meine, das ist eine Frage des Geschmacks! Nicht wahr?«

Emily nickte ernüchtert und wandte sich ab. Schließlich hatte Algernon recht. Zu akzeptieren, daß der andere seine Freiheit nutzte, bedeutete nicht unbedingt Willfährigkeit, und vielleicht hatte diese Haltung sogar etwas Erhabenes, vielleicht würde sie in sich selbst eine neue Art der Liebe entdecken, eine Liebe, bei der es weniger darauf ankam, Zärtlichkeit zu bekommen, als zu geben. Verwirrt spürte sie, daß diese Prüfung sie erheben, einen neuen Fortschritt für sie bedeuten könnte, wenn es ihr gelänge, ihren Zorn zu bändigen. Was zählte war, daß sie Cigogne brauchte, weil sie ihn liebte und ihn nicht liebte, weil sie ihn brauchte. In dieser Frage mußte sie umdenken, sonst würde sie nie richtig lieben.

»*Mum,* bringst du mich ins Bett?« fragte Ernest und schob seine kleine Hand in die ihre.

Sie schloß ihren Jüngsten in die Arme und dachte bei sich, daß diese neue Liebe auch für die Kinder gut wäre und für alle, die die Begeisterung ihres Herzens teilten. Und plötzlich, während sie zu ihrem Anwesen zurückging, empfand Emily unendliche Erleichterung und tiefe Entspannung, weil sie ihrem Sohn und darüber hinaus ihrem Ehemann diese unbegründete Liebe entgegenbrachte, Gefühle, die an keine Bedingung geknüpft waren und den einzig wahren Genuß auf Erden bedeuteten. Bewegt spürte sie plötzlich ganz deutlich, daß es bei der Liebe nicht um die Person geht, auf die sie sich bezieht, sondern um die Fähigkeit des Herzens, im Geben Erfüllung zu finden. Und genau das empfand sie. Je mehr sie Cigogne so liebte, wie er war, und nicht so, wie sie ihn sich wünschte, um Bestätigung in ihm zu finden, desto mehr war sie von leidenschaftlicher Zärtlichkeit erfüllt, für ihn, für ihre ganze Familie und für diese tropische

Natur, die sie umgab. Emily hatte das Gefühl, durch diese Liebe mit sich selbst und der ganzen Welt im Einklang zu sein. Vielleicht war es Sinn der weißen Tage, den noch farbig Gekleideten diese Entdeckung zu eröffnen.

»*Mummy,* warum weinst du?«

»Ich hab' dich lieb, mein Schatz ...«

»Ich liebe mich auch, wenn du mich liebst, aber wo ist *daddy?*«

Lord Cigogne erreichte Port-Espérance bei Einbruch der Dunkelheit; die Straßenlaternen der Pionierstadt leuchteten eine nach der anderen auf. Auf der Avenue Musset herrschte reges Treiben, die Linkshänder machten es sich auf den Terrassen der eleganten Cafés bequem. Auf der Straße wimmelte es von Reitern, von *stockmen* aus dem Landesinneren, von Fuhrwerken und Handkarren. Es wirkte, als wäre ein Hauch von Wildem Westen, vermischt mit französischer Galanterie, versehentlich in eine Kulisse des kolonialen Ozeaniens geraten. Die Luft knisterte von erwartungsvoller Spannung, die nun nichts mehr mit der Atmosphäre der Fastenzeit gemein hatte – jener Stimmung der Leichtigkeit, der frivolen Schmeicheleien und der schalkhaften Erotik; dies waren die letzten Stunden vor der Aufhebung des Verbots. Bald würden die Körper wieder ein Fest der Sinnlichkeit feiern, sich miteinander vereinigen.
Lord Cigogne ließ seinen Tilbury in einer Seitenstraße der Avenue Musset stehen und empfand, als er inmitten von Kleidern, entblößten Damenschultern und unbesorgten Paaren über die breite Straße schlenderte, ein Gefühl der Freiheit. Es blieb nicht unbemerkt, daß Jeremy weiß gekleidet war, zwei Frauen suchten seinen Blick. Die eine senkte die Augen, aber nur, um sie mit jener Verwirrung, die zeigt, daß man wahrgenommen wird, rasch wieder heben zu können. Die andere versuchte, ihm kokett zuzulächeln, doch der Austausch war weniger eindeutig als während der

Fastenzeit. Es war nicht mehr die Zeit ungenierten Getändels, Mitternacht rückte näher.
Jeremy hatte gar nicht unbedingt die Absicht zu gefallen. Er genoß es einfach nur, sich frei von tausend Verpflichtungen zu fühlen, durch die ein Mann von achtunddreißig Jahren gebunden war, genoß diesen Zustand, in dem – wie im Alter von zwanzig Jahren – alles möglich ist, wobei die Tatsache, älter zu sein, ihn diese Illusion der Freiheit um so mehr schätzen ließ. Wenn er in Weiß gekleidet durch die Straßen bummelte, hatte er das Gefühl, sein Schicksal erneut bestimmen zu können. In diesem Aufzug konnte ein Goldsucher, ein Perlenschmuggler oder ein Frauendieb aus ihm werden.
Der Strom der Passanten führte ihn langsam zum Café Colette. Er war durstig, suchte einen Tisch aus und bestellte das, was er als Zwanzigjähriger getrunken hatte: ein großes Glas Cidre. Plötzlich entdeckte er die unbekümmerte junge Frau, die ihn vor kurzem auf der Terrasse ebendieses Cafés in eine so angeregte Stimmung versetzt hatte. Charlotte, so war ihr Name, schlenderte leichtfüßig über die Avenue, auch sie in Weiß gekleidet. Ihre fein gefertigte Korsage verhieß etwas äußerst Appetitliches, ihre Arme und Schultern waren so sehr entblößt, daß man sich wünschte, sie nackt zu sehen. Einen Augenblick lang zögerte sie, dann kam sie plötzlich auf ihn zu! Leicht beunruhigt rutschte Cigogne tiefer in seinen Sessel. Die Schönheit gewisser Frauen hatte in ihm immer ein lähmendes Unwohlsein ausgelöst.
Ohne zu fragen, nahm sie an seinem Tisch Platz und trank den Rest seines Cidres aus.
»Es ist doch wunderbar, dreist zu sein, finden Sie nicht?«
»Und wenn ich Sie wunderbar fände, weil Sie dreist sind?!«
»Das können Sie halten, wie Sie wollen«, antwortete Charlotte lächelnd.
Dann fügte sie hinzu:

»Normalerweise bin ich recht zurückhaltend. Oh, ich weiß, Sie werden mir nicht glauben! Aber es stimmt. Ich bin nur während der Fastenzeit so keck und während meiner weißen Tage, aber dann genieße ich es in vollen Zügen. Ich vergesse urplötzlich meinen schüchternen Charakter, und schwupp! – lasse ich mich gehen; das tut wirklich gut. Sie sollten es auch einmal versuchen.«

Sie war umwerfend charmant; ihr lebhaftes Gesicht hatte jenen Reiz, den man nur bei jungen Menschen findet, zu Beginn ihres Lebens, wenn ihnen noch alle Wege offenstehen. Sie erzählte von sich. Die junge Erbin eines Industrieimperiums im Norden Frankreichs hatte ihre Familie vor zwei Jahren verlassen. Die trübseligen Gesichter der Ihren deprimierten sie ebenso wie all die schönen Empfindungen, die sie an den Tag legen sollte. Man bat sie zu lächeln? Doch nur, um diesen hochwohlgeborenen, erbärmlichen Menschen zu gefallen, die ihre Trägkeit nur einmal im Jahr überwanden, und zwar um die Ausschüttung ihrer Zinsen zu kassieren. Die aufgewecktesten unter ihnen waren von der Leidenschaft für das Geld beherrscht und gaben sich dieser mit Haut und Haar hin. Dies schien die einzige Passion, zu der sie fähig waren. Die feine Gesellschaft von Lille, ihrer Heimatstadt, war so sehr der materiellen Wirklichkeit verhaftet, daß sie das Gefühl hatte, jeglichen Kontakt zum Reich der Sinne verloren zu haben, zu jener Welt, die einem Empfindungen vermittelt, nach denen ihre feurige Natur verlangte. In jenem eleganten Nichts der anderen Welt gab sie nur vor zu leben. Eines Tages neben einem ängstlichen Spießbürger, der schon keine Prostata mehr hatte, Babys zu hätscheln, schien ihr ein wenig erstrebenswertes Schicksal. Um der Langeweile zu entkommen, war sie in das Bett eines Linkshänders gehüpft, der auf die Insel Hélène auswandern wollte. Weit von der Heimat entfernt, war sie schließlich beidhändig geworden.

Ihre »Weißen Tage« seien wie große Ferien, die sie sich gönne, erklärte sie. Wenn sie ihre weißen Kleider anlege, gestehe sie sich das Recht zu, ihre Furcht zu überwinden und sich über die tausend Ängste hinwegzusetzen, die sie normalerweise zu einer langweiligen Zurückhaltung verdammten. Dann wage sie es, ihren Eingebungen zu folgen und die Unvorsichtige zu spielen. Über die Avenue Musset zu flanieren wurde zu einem Abenteuer, bot die Gelegenheit, neue Menschen kennenzulernen und darüber hinaus Welten und Fähigkeiten, die in ihr schlummerten.
So hatte sie die Bekanntschaft eines liebenswürdigen Buchhändlers gemacht, der sie gelehrt hatte, in die Welt der Romane einzutauchen, mit Leidenschaft, ungeniert und ohne Furcht, bisweilen einige langweilige Kapitel zu überspringen. Das hatte nichts mit der *Pflichtlektüre* der Jugendzeit zu tun. Charlotte hatte sich auch von einem Musikerehepaar mitreißen lassen, mit dem sie seither die Lebensfreude des amerikanischen Jazz entdeckte, jenen schnellen Rhythmus, der sie in die Lage versetzte, ihre Schüchternheit zu überwinden. Sie, die Tochter aus dem katholischen Bürgertum, in dem Musik der Lithurgie vorbehalten war, hatte sogar begonnen, Trompete zu spielen. Kurz, wenn Charlotte sich weiß kleidete, hatte sie das Gefühl, sich wieder in den Strudel des Lebens zu stürzen, den ungehemmten, unberechenbaren Teil ihrer Natur aufleben zu lassen, den quirligen Teil, der vielleicht der aufrichtigste ihrer selbst war, jenen Teil, der am wenigsten durch die strenge Erziehung in Lille verformt worden war.
Je mehr Jeremy der jungen Frau lauschte, desto mehr spürte er in seinem Inneren schlummernde Energien erwachen, eine Begeisterung, die ihn wieder zu seiner primitiven Wildheit zurückfinden ließ, zu jener angeborenen Freiheitsliebe, die ihm sein Großvater, Lord Philby, der Affenmensch, vererbt hatte. Die vermeintliche Heimlichkeit, in

der dieses Gespräch stattfand, half ihm, die starre Persönlichkeit abzulegen, die sein offizielles Leben als Ehemann, Arzt und *chairman* der *Royal Geographical Society* bestimmt hatte, seine englische Steifheit verschwand langsam. Er ertappte sich sogar bei einem herzlichen, übermütigen Lachen, und während er sich sonst in der Öffentlichkeit ständig unter Kontrolle hatte, ließ er sich jetzt gehen; er redete, ohne auf den guten Ton zu achten, der ihm normalerweise so wichtig war, und vergaß den eigenartigen Charakter, an dem er vierzehn Jahre lang gebastelt hatte. Selbst Banalitäten kamen ihm über die Lippen, was er sich ansonsten nie gestattet hätte. Lord Cigogne war stets anspruchsvoll sich selbst gegenüber und überwachte sich, ganz so, als fürchte er, das angeschlagene Bild, das er darstellte, noch mehr zu beschädigen. Doch das Vergnügen, das er aus dem Zusammensein mit dieser frivolen, leichtfertigen jungen Dame zog, bewog Jeremy dazu, schrittweise die Distanz abzubauen, die er normalerweise zu seinen Gesprächspartnern wahrte. Er hatte sich immer davor gefürchtet, von der Welt der anderen überrannt zu werden. Charlotte half ihm durch ihre ironischen Bemerkungen über sein exzessives *self-control* hinweg, unterstützte ihn dabei, diese Zwänge abzulegen, und mit ihren liebevollen Spötteleien traf sie genau ins Schwarze. In ihrer Gegenwart entdeckte er neue Züge an sich selbst, eine Aufrichtigkeit, die ihn erstaunte.

Diese Frau stürzte Cigogne in eine Verwirrung, die sonst nur seine eigene Frau hervorrief. Bisher hatte er es nie übers Herz gebracht, sie zu betrügen. Sicher, er empfand glühende Liebe zu Emily, doch Charlotte versetzte sein ganzes Wesen, die Sinne nicht zu vergessen, in Aufruhr. Es gefiel ihr, ihm zu gefallen, sie betrachtete ihn mit der charmanten Sinnesfreude, die jenen Frauen eigen ist, die verrückt nach Männern sind und es verstehen, ihnen durch eine Kleinigkeit, durch eine feine Nuance ihres Blicks, ihre Männlichkeit bewußtzumachen; die sich auf eine Art zu geben wissen, die die Sinne benebelt.

Cigogne war in einen heftigen Kampf verstrickt; einerseits fühlte er sich zu Charlotte hingezogen, andererseits fürchtete er sich davor, durch sie eine Freiheit kennenzulernen, auf die er womöglich nicht mehr verzichten wollte. Doch er ahnte bereits, daß sein Schicksal besiegelt war. Es würde ihm wohl gelingen, die Sache hinauszuzögern, doch entziehen konnte er sich ihr nicht mehr. Denn er spürte, daß die Verbindung, die sich abzeichnete, ihm neue Erfahrungen und ein inneres Hochgefühl bescheren würde, denen er nicht ausweichen durfte, wenn er nicht sein ganzes Leben lang vor sich selbst davonlaufen wollte. Jeremy hatte das unbestimmte Gefühl, daß die offizielle Seite seiner Ehe ihm den Zugang zu den geheimen Winkeln seines Wesens versperrte; nur in einem außerehelichen Abenteuer würde er in den Genuß kommen, auch die Kehrseite seines Charakters kennenzulernen. Der Ehebruch wurde plötzlich in seiner Vorstellung zu einem Initialritus, zu einem notwendigen Übergang, und Charlotte schien ihm diejenige zu sein, die ihm die Augen öffnen konnte. Diese Rolle schien sie weder zu belasten noch ihr Verlangen zu beeinträchtigen.

»Wie wäre es, wenn wir ein Mitternachtsbad nehmen würden?« fragte sie plötzlich.

Es war fünf vor zwölf, die Fastenzeit der Linkshänder näherte sich ihrem Ende.

»Ja, *all right*«, hörte er sich murmeln.

Es war nicht Lord Cigogne, der geantwortet hatte, sondern jener unbestimmte Teil, der in seinem Herzen verborgen darauf wartete, zum Leben erweckt zu werden. Sein Körper hielt nichts von Verzögerungen und zog die künftigen Gewissensbisse dem Bedauern vor, diese Gelegenheit versäumt zu haben, dieses Rendezvous mit sich selbst und

seinen Trieben. Schweigend verließen sie das Café, das sich immer mehr leerte, je näher die Mitternacht rückte. Als sie in sein Fuhrwerk stiegen, hatten ihre Gesichter sich noch immer nicht berührt; die so geschaffene Distanz brachte ihre plötzliche Beklemmung, ihre unsichere Schüchternheit zum Ausdruck. Sobald sie unter dem Verdeck des Tilbury saßen, wollte Cigogne die Taktik ein wenig beschleunigen: Er versuchte, sie zu küssen; doch sie wich zurück, und wie eine Ohrfeige trafen ihn ihre schneidenden Worte:
»Aber … was bilden Sie sich ein? Wofür halten Sie mich?«
»*I beg your pardon*«, entgegnete er und zog sich sogleich wieder in seine britische Steifheit zurück.
Charlotte brach in heftiges Gelächter aus und warf ihn, ohne sich für ihren Scherz zu entschuldigen, nach hinten zurück, um besser auf seine Knie steigen zu können. Cigogne schrie auf, das Pferd setzte sich in Bewegung und zog den Tilbury im Trab über die Avenue Musset. Es schlug Mitternacht. Erschreckt durch die Glocken des Rathauses, die mit lautem Geläut das Ende der Fastenzeit anzeigten, beschleunigte das Pferd sein Tempo und galoppierte die Straße hinauf. Jeremy hatte keine Hand mehr frei, um es zu lenken.
Der Hengst verfiel so abrupt in Galopp, daß der Wagen beinahe umgestürzt wäre. Schaum stand ihm vor dem Maul, doch er zeigte keine Schwäche und sprengte lange, lange über wundervolle Wege, die sowohl Cigogne als auch Charlotte unbekannt waren. Dann mäßigte er sein Tempo, lief im Schritt und schüttelte sich, ehe er erneut, die Nüstern im Wind, durch die endlose Nacht jagte, angetrieben von der nächtlichen Frische, berauscht von jener ungewohnten Freiheit. Ein Aufbäumen, ein Schwung des Hinterteils zeigten die versteckte Lebensfreude, die ihn plötzlich überkam, dann zügelte er sein Feuer und verfiel wieder in eine langsamere Gangart. Er fand sich erschöpft auf einer Straße wie-

der, die an der Nordküste entlangführte, schweißüberströmt von der Anstrengung, doch glücklich, diese Freiheit des Jährlings genossen zu haben.

Am nächsten Morgen erwachte Lord Cigogne in seiner Wohnung in einem Zustand zwischen euphorischer Schwärmerei und größter Beunruhigung. Was er befürchtet hatte, war eingetreten: Er fühlte sich lebendig wie nie zuvor und in einem inneren Aufruhr, der ihn plötzlich dazu trieb, sein Leben zu überdenken. Und all das verdankte er Charlotte, jener jungen Frau, die den in seinem Inneren schlummernden lebenslustigen Rebellen befreit hatte, der nun von belebender Kühnheit träumte, davon, alles abzuschütteln, was seine neue Freiheit einschränkte.

Daß er all das bei einer anderen Frau als seiner eigenen gefunden hatte, versetzte ihn in panische Angst. In sein Leben war ein bedeutsames, wundervolles Ereignis eingetreten, und zum ersten Mal konnte er seine Emily nicht daran teilhaben lassen. In seiner Naivität hätte er es gerne getan, obgleich er wußte, daß dies unmöglich war. Cigogne hatte keine Ahnung, wie er die durch den Ehebruch gewonnene Energie in seine Ehe hinüberretten konnte. Er erkannte hellsichtig und voller Verzweiflung, daß diese Neubelebung seines Wesens nur in einer außerehelichen Beziehung stattfinden konnte. Sosehr er auch Emilys Qualitäten schätzte, so war sie doch nicht mehr diejenige, die seine Vitalität zu neuem Leben erweckte. Er empfand jetzt ein unbändiges Verlangen, Charlotte erneut zu lieben, mit ihr und durch sie sein heiliges Feuer neu zu entfachen.

Lord Cigogne begab sich unverzüglich zu Sir Lawrence; er

hatte das Bedürfnis, sich mitzuteilen, seinen Fall einem aufrichtigen Menschen darzulegen. Er fand ihn an Bord seines Segelschiffs, das an einem der Kais von Port-Espérance lag. Mit der Vehemenz eines Halbwahnsinnigen, der jeglicher Selbstkontrolle entbehrt, berichtete ihm Jeremy von der glücklichen und zugleich tragischen Krise, die er durchmachte; von der Trauer, die er empfand, weil er sich von Emily entfernte; von der Leidenschaft, die plötzlich sein Leben entflammte; von jener gleichsam spirituellen Woge, die seine englische Seele erfaßt hatte.

»Ich verstehe«, sagte Lord Splitternackt nachdenklich. »Möchten Sie eine Tasse Tee mit einem Schuß Milch?«

»Ich pfeife auf den Tee! Den Schuß Milch! Und all den englischen Kram!« schrie er. »Ich glühe!«

»Sie sollten es sich überlegen, ich habe einen ausgezeichneten *Earl Grey* von *Harrods,* aber nun ja ... Sie sagen, daß diese Charlotte Ihnen mehr bietet als nur ein paar sinnliche Leckerbissen, nicht wahr?«

»Verachten Sie den Sex nicht, es gibt nichts Ehrbareres als den Sex, oh, mein Gott, wenn Sie wüßten, mit welchem Eifer sie mich ...«

»*Gentleman,* lieben Sie diese Charlotte?«

»Ich liebe das Gefühl, in sie einzudringen und von neuem Leben erfüllt zu sein, wenn ich mich wieder zurückziehe.«

»Kurz, Sie lieben nicht wirklich ihre Person; und Sie sagen, daß Sie Ihre Frau lieben, oder irre ich mich da?«

»Nein.«

»Na also, wie sagte Voltaire doch gleich? Alles steht zum besten in der besten aller Welten, nicht wahr?«

»Ganz und gar nicht!«

»Doch, doch ... Lassen Sie sich gesagt sein, daß Sie den Ehebruch in hervorragender Weise genutzt haben. Ich beglückwünsche Sie. Wie viele Rechtshänder betrügen einander, ohne etwas davon zu haben oder daraus zu lernen. Da wird die Schleimhaut ein bißchen aneinandergerieben, ein kleiner Orgasmus, und das ist alles ... Sie hingegen machen Ihre Sache hervorragend! Wie ein wahrer Linkshänder! Eine Offenbarung ist doch wohl besser als ein einfacher Koitus, nicht wahr? Genau das ist der Sinn des Ehebruchs, *eine Sauerstofftherapie für die Seele.*«

»Aber was tun die Linkshänder in so einem Fall?«

»Im allgemeinen danken sie zunächst dem Herrn, schließlich ist es eine Gnade für einen Ehemann, eine große Geliebte zu finden, eine jener Frauen, die eine Offenbarung für uns sind, und natürlich ist es das auch für ihre Gattin. Es ist doch besser, mit einem Mann zu leben, der Sauerstoff getankt hat, als mit einem Muffel, nicht wahr? Schockiere ich Sie?«

»Nein, ich meine ... ja, aber was tun sie dann?«

»Dann sprechen die Linkshänder oder Linkshänderinnen ganz einfach mit ihrer Frau oder ihrem Mann darüber, vorausgesetzt, sie lieben sich noch.«

»Ganz einfach ...«

»Ja, wir sehen keine andere Lösung, als die Wahrheit zu sagen. Die Lüge tötet die Liebe in jedem Fall, während die Wahrheit ihr manchmal neues Leben einzuhauchen vermag.«

»Und der andere nimmt das hin, ohne etwas zu sagen?«

»Wenn es richtig gemacht wird, ist der andere sogar noch verliebter, gerührt durch das Vertrauen, das mit einem solchen Geständnis einhergeht, denn dazu muß man an den anderen glauben, an die unendliche Größe und Intelligenz seiner Liebe.«

»Sie raten mir also, zu Emily zu gehen und ihr ganz einfach von meiner Nacht zu erzählen?«

»Nein, das wäre kindisch. Sie würden nur Ihre Schuldgefühle abladen, wie ein kleiner Junge, und Ihre Ängste auf sie übertragen. Das wäre Ihrer nicht würdig, nicht wahr?«

»Aber Sie sagten doch ...«

»Die Dinge richtig zu machen! Wir glauben hier zwar, daß die Wahrheit eine notwendige Voraussetzung für das Überleben der Liebe ist, doch nicht, daß es gut ist, sie ohne gewisse Vorkehrungen einzugestehen. Die Wahrheit zu sagen, die Wahrheit über das, was man ist, was man getan, was man empfunden hat, das ist für uns der höchste Liebesakt, der größte Vertrauensbeweis, es ist die Bitte an den anderen, uns in all unserer Komplexität zu lieben.«

»Und wenn diese Wahrheit verletzt?«

»Und wenn schon!« rief der splitternackte Mann aus. »Na und? Ich wiederhole: Die Lüge ist das größte Übel, weil sie uns mit Sicherheit voneinander trennt. Sie zerstört das Vertrauen. Der Schmerz hingegen kann vereinen. Und wenn er uns nicht zu vereinen mag, nun gut. Was nützt es, die Beziehung mit einer Frau zu retten, die nicht in der Lage ist, Sie so zu lieben, wie Sie sind?«

»Es tut mir leid, Sir, aber dafür kann es alle möglichen berechtigten Gründe geben! Eine Sicherheit für das Herz, die Kinder, das angenehme Alltagsleben ...«

»Die Linkshänder haben andere Ziele als die Rechtshänder!« rief er aus. »Sehen Sie, es gibt gewisse Kompromisse, die für uns nicht in Frage kommen. Und ehrlich gesagt, Jeremy, möchten Sie mit einer Frau leben, die nicht Sie, sondern ein Trugbild Ihrer selbst liebt, eine Illusion, von der Sie ganz genau wissen, daß sie falsch ist?«

»Das kann beruhigend, ja sogar angenehm sein! Wie ich in Wirklichkeit bin, gefällt mir vielleicht gar nicht so sehr ... An manchen Tagen gar nicht! Absolut nicht!«

Bei diesen Worten begann Lord Splitternackt seinen *Earl Grey* von *Harrods* zuzubereiten; für ihn gab es kein Gespräch, keinen Vorwand, der bedeutsam genug gewesen wäre, als daß er auf seinen *five o'clock tea* verzichtet hätte. Dann fuhr er fort:

»Jeremy, wenn Ihre Liebe zu Emily Ihnen nicht gestattet, in Aufrichtigkeit zusammenzuleben, wozu ist diese Liebe dann gut?«

»Ich kann mich meiner Frau nicht so zeigen, wie ich bin, sonst ...«

Cigogne zögerte einen Augenblick, erblaßte, fand keine Worte für das, was er sagen wollte.

»Was sonst?« beharrte Sir Lawrence.

»Sonst müßte ich ... müßte ich jederzeit ich selbst sein, auch in meinen Augen! Alles, was ich bin, würde zerbrechen, meine Verteidigung, meine ...«

»Jeremy, Sie können das wundervolle, grundlegende Gefühl, das Sie in den Armen dieser Charlotte empfunden haben, nicht leben, ohne es mit Ihrer Frau zu teilen, Ihre Ehe würde sonst verkümmern. Nutzen Sie diese einzigartige Gelegenheit, um sich so zu geben, wie Sie wirklich sind. Nutzen Sie sie, um ihre Beziehung mit Emily zu bereichern.«

»Aber die Wahrheit zu sagen kommt einer Vergewaltigung gleich. Welches Recht habe ich, sie Emily aufzuzwingen. Wäre es nicht besser, durch gewisse Hinweise auf diese Wahrheit anzuspielen und Emily so die Freiheit zu lassen, sie zu ignorieren, wenn sie das vorzieht?«

»Ich habe nicht gesagt, Sie sollen die Wahrheit über die Tatsachen gestehen, sondern die Wahrheit über Ihre Ängste und Ihre Träume. Glauben Sie mir, Jeremy, wenn Sie Ihrer Frau gegenüber kein Risiko eingehen wollen, werden Sie eine gewisse Intensität der Liebe nie kennenlernen, weder Sie noch Ihre Frau.«

»Haben Sie schon einmal einer Frau, die Ihnen so teuer war wie Ihr Augapfel, eiskalt gestanden, daß Sie sie betrogen haben, daß es wunderbar war, geradezu eine Offenbarung?«

»Ja, aber nicht eiskalt, sondern mit Liebe.«

»Und?«
»Und sie hat mich verlassen! Sie hat es nicht ertragen. Ich behaupte nicht, daß eine solche Übung ungefährlich wäre. Aber, mein Gott, die großen Liebesgeschichten sind nun einmal gefährlich!«
Verblüfft schwieg Jeremy eine Weile. Dankend nahm er eine Tasse Tee an.
»Mit einem Schuß Milch?« fragte Lord Splitternackt.
»*Of course*... merci.«
»*Very well*...«
»Und welche Vorsichtsmaßnahmen sind zu treffen?« fuhr Cigogne fort.
»Man darf die Wahrheit nicht irgendwo oder irgendwie sagen. Sie haben ganz recht, das käme einer Vergewaltigung gleich. Wir haben eine Insel dafür, die Insel aller Wahrheiten, Muraki heißt sie im polynesischen Dialekt. Sie liegt im Norden des Archipels. Dorthin reisen heiratswillige Paare, ehe sie ihren Entschluß der Familie mitteilen, um sich einander zu offenbaren und ihre Wahl zu überprüfen. Sie sollten die Gelegenheit nutzen und Emily noch einmal entsprechend dem helenischen Ritual heiraten!«
»Muraki... sagen Sie.«
»Wenn Sie einmal dort sind, werden Sie die Besonderheit dieser Insel entdecken.«
Lord Cigogne trank stumm seinen Tee, ohne auch nur zu bemerken, daß er sich den Mund verbrannt hatte. Sein Gesichtsausdruck verriet, von welch furchtbaren Zweifeln er geplagt wurde, alles war so verwirrend. Er hatte nicht damit gerechnet, daß Lord Splitternackt ihm einen solchen Vortrag halten würde.
»Werden Sie hinfahren?« beharrte Lord Splitternackt.
Cigogne antwortete nicht. Charlottes Bild stieg vor seinem geistigen Auge auf. Welch eine Geliebte! Mit welchem Eifer hatte sie ihn eine ganze Nacht lang in Atem gehalten! ... Er

erschauderte noch immer. Welch königliches Hinterteil! Welch ein Hals! Es gab keinen Millimeter am Körper dieser wundervollen Frau, an den er sich nicht gerne erinnerte...

Noch am selben Tag pochte Lord Cigogne an Emilys Tür.

»Emily, ich werde mich wieder verheiraten!« rief er voller Begeisterung aus, als sie öffnete. »Zumindest hoffe ich es ...«

Sie erbleichte, glaubte sich verloren; und er fügte freudestrahlend hinzu:

»Mit dir, mein Liebling! Nach dem Ritual der Linkshänder!«

Jeremy hob sie in die Luft, und Emily ließ es zu, fassungslos, ohne recht zu begreifen, wie ihr geschah. Dann stellte er sie wieder auf den Boden, sie kam zu sich, versetzte ihm eine schallende Ohrfeige und umarmte ihn ihrerseits voller Inbrunst. Sie hatte solche Angst gehabt! Jetzt gerade und schon die ganze Zeit über, seit sie gestern beobachtet hatte, wie er weiß gekleidet Emily Hall verließ.

Gleich am nächsten Tag reisten die Cigognes mit dem Schiff nach Muraki, zur Insel aller Wahrheiten, zu jener Insel, auf der sich die Zungen lösten und auf der die Linkshänder sich in *ihrer ganzen Wahrheit* zeigten.

Auf Lord Splitternackts Rat hin hatte Jeremy einige Reisetruhen mitgenommen, denn man wußte nie, wie viele Tage, Wochen oder Monate der Aufenthalt auf Muraki dauern würde. Diese nebensächliche Kleinigkeit begeisterte Lord Cigogne. In England war seine Zeit immer begrenzt gewesen, eingeschränkt von unsichtbaren Grenzen, die alberne

Notwendigkeiten setzten; die Linkshänder hingegen kannten nur eine Notwendigkeit, nämlich die, sich richtig zu lieben. Keine künstliche Dringlichkeit hatte Vorrang vor dieser Forderung, alles andere konnte warten.
Lord Cigogne hatte in der für ihn typischen Art die großen Weidentruhen mit allem möglichen Material gefüllt, das er selbst nach Maß angefertigt hatte, um sich abzulenken und seine Ängste zu beruhigen: eine ausgeklügelte windbetriebene Maschine aus Kupfer, die dazu dienen sollte, seine chronische Eifersucht zu beruhigen; eine Spermapumpe in den genauen Maßen seines Geschlechtsteils, mit der er an jenen Tagen, da seine sexuellen Gelüste stärker waren als die von Emily, wirkungsvoll seine Hoden abpumpen konnte. Er führte auch einen großen Gummiballon mit sich, der den Zweck hatte, seine linke Hand beweglich zu halten; bei jedem Fingerdruck entströmte den kleinen Löchern sein Lieblingsduft, ein Extrakt aus Emilys Fingernägeln, ihrem Schweiß und ihrem Speichel, den er heimlich mittels einer Pipette entnommen hatte, während sie unschuldig schlief. Hinzu kam ein Instrument, das seine Nasenlöcher erweiterte, um an den Abenden des Beischlafs besser ihren Geruch genießen zu können, sowie ein eigenartiges Gerät, das er zur Gymnastik des Mittelfingers benutzte, dessen außergewöhnliche Geschicklichkeit Emily bei gewissen intimen Liebkosungen sehr schätzte; mit derselben luxuriös ausgestatteten Apparatur übte er seine Zunge im Gewichtheben; der Zweck dieser Übung ist sicher unschwer zu erraten. In der Truhe befand sich auch ein weiteres Utensil, das einem falschen Gebiß ähnelte und es ihm ermöglichte, sich eine selbsthergestellte Pfeife in den Rachen zu schieben, die ihn aufweckte, sobald er zu schnarchen begann. Jeremy hatte auch zwei Hände aus Myrthenheide geschnitzt, exakte Kopien der seinen, damit seine Ehefrau diese an jenen Abenden, an denen er zu müde war, um ihre Gelüste zu befriedi-

gen, auf ihre Brüste legen konnte. Natürlich kam all dies nie zum Einsatz, doch Cigogne empfand einen eigenartigen Stolz darauf, all diese Gerätschaften dienten doch ausschließlich dazu, sich über seine eigenen Unzulänglichkeiten lustig zu machen.
Doch im Augenblick dachte Lord Cigogne vor allem an Charlotte, der er an diesem Morgen einen Besuch abgestattet hatte. Er hockte auf einer der Weidentruhen im hinteren Teil des Dampfschiffes und fragte sich, ob er gut daran getan hatte, mit ihr zu brechen. Sicher, er hatte es formvollendet getan, sanft und mit liebevoller Fürsorge, aber dennoch hatte er diese Frau verletzt, die ihm sein wahres Ich gezeigt hatte, diejenige, der er seine erneuerte Lebenskraft verdankte; und das bekümmerte ihn um so mehr, als seine Worte jene Gefühle vorweggenommen hatten, die er im Anschluß an seine Reise nach Muraki zu empfinden hoffte, wenn er sich von dem heftigen Verlangen, sie erneut zu lieben, freigemacht hatte.
Jeremy stand noch ganz im Bann dieser Frau, die seine Männlichkeit zu genießen verstand und sie durch ihre Bewunderung zugleich aufwertete. Er hatte den Wunsch, sie wiederzusehen, um sich zu versichern, daß sie wirklich existierte, daß das, was zwischen ihnen geschehen war, kein Traum war. Charlotte... es reichte aus, von ihr begehrt zu werden, um seine ursprüngliche Kraft wiederzufinden. Und er wußte, daß das – leider oder Gott sei Dank – für den Rest seines Lebens so bleiben würde. Sie würde immer eine Art Rettungsanker für ihn darstellen. Hier, von der leichten Brise des Pazifiks umweht, verabscheute er sich, weil er ihr weh getan und zugleich eine gewisse Befriedigung beim Abschied empfunden hatte. Einen Augenblick lang war er erleichtert gewesen, dieses Mädchen mit dem übergroßen Verlangen nicht zur Frau gewählt zu haben. Er mußte sich eingestehen, daß eine Ehefrau mit so glühenden Gelüsten

ihm angst gemacht hätte, eine Angst, die der Sorge entspringt, betrogen und der illusorischen Sicherheit der Liebe des anderen beraubt zu werden. Wie konnte er zu so erbärmlichen Gefühlen fähig sein? Jeremy verachtete sich selbst.

Emily stand vorn am Bug des Schiffs, ihr Haar wehte im Wind, sie trug ihr Hochzeitskleid, das sie aufbewahrt hatte und das hinreißend luftig war. Erleichtert, daß Cigogne nach dieser Nacht der Abwesenheit zu ihr zurückgekehrt war, um erneut um ihre Hand anzuhalten, ließ sie sich vom Ozean blenden, dessen lichterfüllte Grün- und Blautöne den Betrachter glücklich zu machen vermögen. Jeremy noch einmal zu heiraten... nie hätte sie geglaubt, daß dies möglich wäre; und diese eigenwillige Idee gefiel ihr ebenso wie die helenischen Hochzeitsriten. Seit sie in ihr altes Hochzeitskleid geschlüpft war, fühlte sie sich von neuer Energie durchströmt. Jeremy kam zu ihr, lehnte sich an ihre Schulter und folgte ihrem Blick.

Cigogne fragte sich, wie Emily reagieren würde, wenn er auf der Insel aller Wahrheiten zu ihr sprechen würde. Dann dachte er daran, daß er all diese Qualen, die ihm zugleich ein Vergnügen waren, nie kennengelernt hätte, wenn er bei den Schlecht-Geliebten in Europa geblieben wäre. Im krisengeschüttelten England hatte er sich ständig Sorgen gemacht um die Finanzen seines Sanatoriums und die Jahresversammlung der *Royal Geographical Society,* der es an finanziellen Zuschüssen mangelte; um seine Windhundzucht und all die Nichtigkeiten, mit denen die Presse ihn tagtäglich behelligen zu müssen glaubte und auf die er doch im übrigen keinen Einfluß hatte. Daß die Times ihn, Lord Cigogne, über die neuesten Unflätigkeiten Mussolinis informierte, wird den lächerlichen Duce kaum beeindruckt haben. Oh, sicher, er kannte den Druck des Konformismus, der die Menschen glauben macht, man müsse über alles Bescheid wissen, ganz so, als würde das dem Leben einen Sinn verleihen. Cigogne hatte immer das Gefühl gehabt, daß die Sendungen der BBC eher darauf abzielten, Empfindungen in ihm zu wecken, die seine ursprünglichen ersetzten, anstatt wirklich zu informieren. Von all dem war er jetzt befreit, sozusagen durch die Weite des Pazifiks geschützt. Gott, wie erträglich kamen ihm seine jetzigen Sorgen doch vor, verglichen mit denen, die die Köpfe der Rechtshänder belasteten!

Seit seiner Ankunft war er noch nie so froh gewesen, mit Europa gebrochen zu haben. In Port-Espérance erfuhr man das Neueste von *drüben*, doch es kam niemandem in den Sinn, sich für das zu begeistern, was die Rechtshänder gemeinhin als Nachrichten bezeichneten, ausgenommen vielleicht diejenigen, die Kunst und Literatur betrafen. Alle Linkshänder teilten die Überzeugung, daß eine Welt von Schlecht-Geliebten, die sich ihrer selbst nicht bewußt waren, die Hölle sein mußte. Führte Erbitterung nicht zwangsläufig zu Gewalt, ja legitimierte diese geradezu?

Jeder Helener wußte um die Wolken, die sich über dem zänkischen Europa zusammenbrauten, jenem Europa, das sich mehr und mehr mit Hakenkreuzen, starken Männern und dunklen Uniformen aufputzte. Doch es lag weit hinter dem Korallenriff des Pazifiks, weit entfernt von den Farben der Lagunen, weit hinter dem Horizont.

Lord Cigogne drückte Emilys linke Hand; hier hatte das Leben einen Sinn.

»Sieh nur«, murmelte sie.

Vor ihnen auf dem offenen Meer zeichnete sich der rauchende Vulkan von Muraki ab. Cigogne erschauderte. Der Kapitän hatte ihnen gesagt, daß die vulkanische Insel in blauen Dunst gehüllt sei, der aus dem Krater aufstieg und eine besondere Eigenschaft habe. Diese ungiftigen Substanzen einzuatmen helfe nämlich den Menschen, vor allem den

Männern, sich zu öffnen und die Grenzen ihrer Scham zu überwinden. Das jodhaltige Gas verdünne die Lügen und wirke wie ein leichtes Rauschmittel, eine Droge, die dazu verhalf, den Worten freien Lauf zu lassen und sich anzuvertrauen, ohne dabei das Bewußtsein im mindesten zu beeinträchtigen. Seine Wirkung sei wesentlich stärker als die des Pikoe-Fliegen-Virus, die das Lügen nur verhinderte, da man Gefahr lief, an Wechselfieber zu erkranken.
Einige Linkshänder genossen das Gas von Muraki so sehr, daß sie die Insel nicht mehr verlassen wollten. Sie zogen es vor, bis zu ihrem Tod in dem gastlichen Dschungel oder an den schwarzen Sandstränden in Aufrichtigkeit zu leben. Die meisten aber kehrten nach einem mehr oder minder ausgedehnten Aufenthalt zurück, glaubten sie doch, ein Leben zu zweit könne nicht dauerhaft in einem Zustand der Transparenz geführt werden; diese außergewöhnliche Ehrlichkeit müsse begrenzt bleiben, um nicht allzu giftig zu werden. Einige Paare kehrten für immer zerstört und zerrüttet von dort zurück; andere waren wie verzaubert, nachdem sie die große oder kleine Seele des anderen erblickt hatten und so geliebt wurden, wie sie waren, in ihrer ganzen Wahrheit. Bei letzteren war die Bindung nach dieser Erfahrung um so tiefer, sie waren bereit für die Hochzeit nach dem Ritual der Linkshänder.
Der Bug des Schiffes teilte die klaren Wasser von Muraki; ein blaßblauer Dunst senkte sich langsam auf die Passagiere hinab, hüllte sie in seinen Geruch nach Meer und Jod. Die Stunde aller Wahrheiten war gekommen. In welchem Zustand würden Emily und Jeremy diese Insel wieder verlassen?

Sieben Tage lang redeten sich Emily und Cigogne auf Muraki ihre Verbitterung von der Seele. Die große Läuterung! Sie schliefen kaum. Sobald sie erwachten, nahmen sie das fieberhafte Gespräch wieder auf, das über ihre Zukunft entscheiden sollte; sie legten nur kurze Pausen ein, um ein karges Mahl aus Yamswurzeln und geröstetem Fisch zu sich zu nehmen. Gewöhnlich sagen Worte zuviel oder nicht genug aus, diesmal aber sagten sie schonungslos alles. Dreimal waren Emily und Cigogne versucht, ihr Gespräch und auch ihre Ehe abzubrechen, und dreimal gelang es ihnen, weiterzureden, ihre ungeschminkten Wahrheiten erneut gegenüberzustellen, ihrer unbeholfenen, bisweilen heftigen oder verzweifelten Aufrichtigkeit auf den Grund zu gehen. Sie erbrachen den jahrelang aufgestauten Unmut, den Muff aus bitteren und ätzenden Vorwürfen, die in ihrem Inneren gärten, und keiner von beiden wußte, ob er diesen Zweikampf unbeschadet überstehen würde.
Jeremy und Emily hatten sich im Schutz einer kleinen, aus Bananenblättern geflochtenen Hütte in der Nähe des Kraters eingerichtet, dort, wo die Gasdämpfe am stärksten waren. Sie wollten nichts ungesagt lassen, sich vollkommen entleeren! Sich entrußen! Je länger sie sprachen, desto mehr wunderten sie sich, wieviel Haß unter ihrer Liebe verborgen war, darüber, daß diese reine Liebe ein solch widerwärtiges Sekret hatte absondern können. Die nicht zu leugnende Andersartigkeit des Partners war so oft als Unzulänglichkeit

des eigenen Wesens gedeutet worden. Emily hatte immer geglaubt, daß ihre Gefühle ihr ein gewisses Anrecht darauf gaben, Dinge von Jeremy zu verlangen – und umgekehrt; oft aber waren diese Forderungen unausgesprochen geblieben. Und so hatte sich die liebeszerstörende Maschinerie, die man Paarbeziehung nennt, in Gang gesetzt, aus unbefriedigten Erwartungen war schmerzliches Unverständnis geworden. Ihre schöne Liebe starb an den mehr oder weniger absichtlich herbeigeführten Mißverständnissen, die unter hartnäckigem Schweigen verborgen waren.

Die Feindseligkeiten wurden durch Jeremys unumwundenes Geständnis eröffnet:

»Gestern abend habe ich dich betrogen. Ich fühle mich seither viel besser. Das hat mich gleichsam aufgeweckt, ja, genau das. Diese junge Frau hat mir meine Lebenskraft zurückgegeben, *sie* hat die Macht dazu, und das nehme ich dir übel, jawohl, furchtbar übel!«

»Du nimmst mir übel, daß du mich betrügst?« entgegnete sie nach Luft ringend.

»Ja, denn wenn wir uns lieben, ist das schön, manchmal sogar sehr, sehr schön. Doch du scheinst nicht das Männliche an mir zu lieben, du kannst nicht … wie soll ich sagen? Mir meine Männlichkeit bewußtmachen. Und ich nehme es dir übel, o ja, ich nehme es dir übel, daß du mich fast gezwungen hast, diese grundlegende Erfüllung bei einer anderen zu suchen. Verstehst du?«

»*O yes, very well!*« gab sie eisig zurück. »Genau diese *Erfüllung* habe ich auf der Insel des Schweigens in den Armen des jungen Musikers gefunden, dieses *Gefühl*, das ich nie empfinde, wenn du mich nimmst, verstehst du? Ist es etwa meine Schuld, daß du dich nicht wirklich hingeben kannst, wenn du mich liebst? Daß du Angst zu haben scheinst, mich zum Höhepunkt zu bringen? Wovor hast du eigentlich Angst? Daß es mir Spaß macht? Daß ich mich dir anschließend entziehen könnte? *For God's sake,* behandle mich wie ein Weib! Laß uns endlich aufhören, einander wie zivilisierte Menschen zu lieben! Ich bin sicher, bei deiner Geliebten hattest du keine Angst, die *Bestie* in dir herauszulassen. Irre ich mich etwa?«

»Nein«, antwortete er bleich.

Das Muraki-Gas wirkte. Innerhalb weniger Sekunden hatten Cigogne und Emily sich mehr gesagt als je zuvor, und die kalte Brutalität, mit der sie dabei vorgingen, verriet ihre Unerfahrenheit in der Kunst, über sich selbst zu sprechen. Sie waren fassungslos angesichts ihrer Kühnheit. Wie aufgewärmt durch diesen ersten Schlagabtausch fuhren sie schonungslos fort.

»Die Bestie in dir beängstigt dich also dermaßen?« fragte Emily.

»*Yes!* Hinter dem Gebaren des Lords Cigogne, meine Liebe, hinter meiner Zurückhaltung als Gentleman, verbirgt sich ein Monster, ein Monster mit unbändigen Instinkten, ein Magma ununterdrückbarer Gewalt, das trotz der Bemühungen meines Vormunds Lord Callaghan nicht auszulöschen war«, murmelte Cigogne. »Wenn es eines Tages ausbräche, das ...«

Dann flüsterte er:

»Wenn du, meine Ehefrau, dieses Monster akzeptierst, dann müßte ich ganz offen dazu stehen, wie ich wirklich bin ...«

»Ich will mit dir leben, Jeremy, will von dir Lust empfangen, nicht von irgendeinem Phantombild, das mich schlecht liebt, verstehst du? Ich möchte dich UNVERFÄLSCHT! Ich möchte, daß du zu dem stehst, was du mir sagst, statt die Dinge nur zu sagen, um dich selbst davon zu überzeugen. Als wir beschlossen haben auszuwandern, hast du mir gesagt, daß es dein Ehrgeiz sei, mein Ehemann zu werden. Nun, das war gelogen. Natürlich, die Idee gefiel dir, es war etwas anderes, das ja! Doch du hast nicht zu deinen Worten gestanden, hast sie wiederholt, weil du versuchen wolltest, daran zu glauben. Ich kenne dich, behaupte nicht das Gegenteil!«

Zutiefst verletzt, brauste Cigogne auf. Er fühlte sich mißverstanden und war empört, daß sie ihm nicht einmal dafür dankbar war, daß er seine Position, sein Sanatorium in London und seine Güter in England aufgegeben hatte, um ans Ende der Welt mit ihr zu reisen und sie zu lieben. Wie viele Ehemänner hätten das getan? Seine Verbitterung ließ eine andere, viel ältere wiederaufleben: nämlich die, nie das Gefühl gehabt zu haben, ihre Erwartungen zu erfüllen. Er sah sich in die Rolle des Ehemannes gedrängt, der nicht fähig war, sie glücklich zu machen, ihre verborgenen Wünsche zu erkennen, die sie natürlich auch nicht immer auszusprechen geruhte. Emily fand es wunderbar, wenn man ihr Verlangen erriet, und nahm sich das Recht heraus, ihm Vorwürfe zu machen, wenn er diese oder jene Erwartung, die sie ihm offenbar taktvoll angedeutet hatte, nicht wahrnahm. Man hätte glauben können, daß sie die Dinge nicht mit denselben Augen sahen! Um perfekt zu sein, hätte er Emily Sekunde um Sekunde ergründen müssen. Cigogne war es leid, für ihre Enttäuschungen verantwortlich gemacht zu werden, und das versetzte ihn in grenzenlose, kalte Wut, die sich in verletzender Ironie gegenüber Emily äußerte.

Sechs Tage und sechs Nächte lang vermochte Jeremy diese Wut nicht zu bezähmen. Ihr verbaler Zweikampf wurde mit unverminderter Heftigkeit fortgeführt, und es ist geradezu ein Wunder, daß sie nicht handgreiflich wurden. Wiederholt, vor allem nachts, verzweifelte Emily an ihrer Ehe und an der Liebe im allgemeinen. Jeremy wollte nicht nachgeben, er fuhr fort, seine Enttäuschungen aufzuzählen und mitleidlos verletzende Fragen zu stellen. Wenn er schließlich erschöpft war, fast den Boden unter den Füßen verlor und sich seinem abgrundtiefen Kummer überließ, begann Emily für ihn zu hoffen, für sie beide zu hoffen; dann sprachen sie weiter, tasteten sich durch den Tunnel ihrer Bitterkeit, ohne je das Ende zu sehen. Ihre Hartnäckigkeit war zweifellos auf die Kultur der Linkshänder zurückzuführen, unter deren Einfluß sie seit einigen Monaten standen, auf diese heleni-sche Überzeugung, allen Schwierigkeiten zum Trotz lieben zu können.

An manchen Abenden machte sich Jeremy Vorwürfe, Emily nach Muraki gebracht zu haben, diese Insel, auf der Wahrheiten so sehr verletzten, daß beide sich fragten, ob je wieder Zärtlichkeit zwischen ihnen entstehen könnte. In diesen Augenblicken bestätigte ihn Emily; sie war stets von der Notwendigkeit der Rechtschaffenheit überzeugt gewesen, und während er sie verletzte, dankte sie ihm dafür, sich dieser Prüfung nicht entzogen zu haben, die sie seit Jahren insgeheim erhofft hatte. Doch sie quälten sich auch weiterhin mit Wahrheiten, die sie bislang verschwiegen oder unterdrückt hatten.

Am siebten Tag indes geschah ein Wunder; sie entdeckten, daß es keine Lösung geben würde, solange sie den anderen zu charakterisieren versuchten. Die einzige Möglichkeit, vom anderen angehört zu werden, das einzige Mittel, den Schlagabtausch von Vorwürfen zu vermeiden, den Teufelskreis der Gewalt zu durchbrechen, schien darin zu bestehen, lediglich die eigenen Empfindungen zu beschreiben, statt der Versuchung nachzugeben, über den anderen zu richten. Nach ihrer siebentägigen Erfahrung kamen sie zu dieser rettenden Übereinkunft. So gelang es ihnen, die Kluft zwischen ihrer unterschiedlichen Wahrnehmung zu verringern oder vielmehr diese Kluft akzeptabel, das heißt greifbar zu machen. Auch ihre gegensätzlichen Erwartungen stellten zu ihrer großen Verwunderung nun keinem Anlaß zum Streit mehr dar.

Sie waren ernsthaft verwundert, wie schnell sich durch diese Art der Unterhaltung eine entspannte Atmosphäre einstellte. Je mehr sich Emily offenbarte, ohne Jeremy anzuklagen, um so gerührter war dieser angesichts all der Qualen, die sie durch sein Verschulden durchlitten hatte, und um so bereitwilliger, ihr zuzuhören und sich zu ändern. Emily wiederum verspürte den Wunsch, ihm zu verzeihen. Es waren nicht mehr zwei Herzen, die sich einander blind auslieferten, auch auf die Gefahr hin, sich zu verletzen, sondern zwei große Seelen, die in einem neuen Frieden zueinandergefunden hatten.
Der siebte Tag war himmlisch. Sie verließen die Hütte, um in einem Becken zu baden, das ein warmer, kohlensäurehaltiger Wildbach in das vulkanische Gestein gegraben hatte. Die tropische Vegetation der Umgebung war unberührt, üppig und einzigartig; hier gab es seltene Pflanzenarten, die sich in der langen Abgeschiedenheit hatten entwickeln können; riesige Baobabs, deren schuppenförmige Ausläufer einen Durchmesser von bis zu zwölf Metern erreichten; Baumfarne von dreißig Metern Höhe; Banyanbäume mit mehr als zehn Stämmen. Ein Papayabaum trug Früchte, so groß wie Kürbisse; Früchte und Blüten wuchsen gleichzeitig am selben Baum, ein Zeichen dafür, daß es in diesem Gebiet keine Jahreszeiten gab.
In dem schwefelgelben Mineralhalbrund, das sich vor dem tiefgrauen Himmel abzeichnete, setzten sie weitab von den Menschen ihr endloses Muraki-Gespräch fort, das bald in einen fließenden Dialog der Körper überging. Die geläuterte Vergangenheit beeinträchtigte die Gegenwart nicht mehr. Vielleicht waren sie nie zuvor gegenwärtiger gewesen als in diesem Augenblick der wiedergefundenen Intimität. Während dieser Vereinigung erlebte Jeremy eine so intensive Befriedigung, daß dadurch selbst die mit Charlotte in den Schatten gestellt wurde. Sein ganzes Wesen nahm daran teil

– ohne jede Zurückhaltung; er spürte, daß Liebhaber und Ehemann vereint waren, er nannte sie Schwester, Freundin, Geliebte und Weib. Emily weinte vor Glückseligkeit, und als sie ihn auf dem Höhepunkt Hadrien nannte, akzeptierte Cigogne dieses Spiel; wahnsinnig vor Liebe, gestand er ihr zu, ihren erotischen Traum vollkommen auszuleben, so als würde dadurch die Erinnerung an die Insel des Schweigens endgültig gebannt.

Als sie meinte, ihr Leib habe sowohl genug Sanftheit als auch Heftigkeit erfahren, öffnete Emily die Augen: Aus dem Liebhaber war der Ehemann geworden. Das weckte in ihr eine nie gekannte Lust, die sich jeder Kontrolle entzog. In der durchlebten Ekstase waren Ehefrau und Geliebte eins geworden.

An jenem Tag, auf jenem Fleckchen im Pazifik hatten Emily und Lord Cigogne das Gefühl, ihre frühere Leidenschaft in wahre Liebe verwandelt zu haben; sie waren aufrichtig davon überzeugt, daß die Metamorphose vollkommen abgeschlossen war – als wäre dies überhaupt möglich... Glücklich beschlossen sie, sich bis zu ihrem Tod jeden Tag zu schreiben – und das taten sie auch! –, in der Hoffnung, daß ein täglicher Briefwechsel, diese Exkursion in die Welt der mit aufrichtiger Feder niedergeschriebenen Worte, wie ein kleiner Ausflug nach Muraki wäre. Die *Neuigkeiten des Tages* würden immer zuerst Neuigkeiten des anderen sein; wozu sollte sich Cigogne über die Leiden des usbekischen Volkes informieren, wenn er nicht einmal wußte, was Emily gerade plagte?

Am Ende ihres Aufenthalts auf dieser eigentümlichen Insel glaubte Jeremy, seinem übersteigerten Ehrgeiz, ein Ehemann zu werden, gerecht geworden zu sein. Er konnte nicht wissen, daß er noch so manche Prüfung zu bestehen haben würde, ehe er Anspruch auf diesen Titel erheben konnte. Von einem wunderbaren, naiven Überschwang beseelt, stellte er sich die Zukunft als lange Hochzeitsreise vor: Es gibt eben Augenblicke, in denen man nach einem langen Kampf nicht auf den Trost einer kurzen Illusion verzichten vermag.

Doch zunächst mußte er Emily nach dem Ritual der Linkshänder ehelichen.

Auf dem Rückweg zur Insel Hélène war Cigogne ganz nachdenklich. Eine Frage vor allem beschäftigte ihn: Warum lehnte sich in Port-Espérance niemand gegen die vielen kollektiven Riten auf, denen das Liebesleben unterworfen war? Oblag es der Gesellschaft, sich um die Häufigkeit des Beischlafs, um die Intensität der Lust der Ehefrau und die Echtheit ihres Höhepunkts zu kümmern? In England wäre jeder empört gewesen, wenn sich das Parlament mit solchen Fragen beschäftigt hätte! Man stelle sich die Reaktion der *Times* auf ein Referendum gegen den Beischlaf während der Fastenzeit vor! Diese Besessenheit der Linkshänder, ihre Frauen besser zu befriedigen als sonstwo auf der Welt, hatte etwas Außergewöhnliches. Man hätte meinen können, daß dies das wichtigste politische Anliegen der Linkshänder war. Hier war ein jeder davon überzeugt, daß es besser sei zu lieben als Macht auszuüben, da letzteres eigentlich eine recht schmutzige Tätigkeit darstellte, derer man darüber hinaus schnell überdrüssig wurde. Die Linkshänder setzten ihren Wert nicht mit Hilfe der betrüblichen Spiele um soziale Anerkennung fest.

Lord Cigogne teilte den anderen Passagieren des Schiffs seine Bedenken mit und machte sich damit zum Anwalt des Teufels. Man hielt ihm entgegen, daß auf der Insel Hélène die Suche nach dem Glück keine Verpflichtung sei. Jeder habe die Freiheit, sich die besondere geographische Lage des Archipels, den Kalender der Helener und die Sitten auf der

Insel zunutze zu machen – oder nicht. Und wenn man wirklich, wie dies offensichtlich bei manchen Rechtshändern der Fall war, Geschmack am Unglück fand oder aber an der Leidenschaft, seine Lebensverachtung auch dem Nächsten aufzuerlegen, so könne man augenblicklich die Segel setzen und in die Welt der Schlecht-Geliebten zurückreisen. In Europa gebe es genügend Städte, die diese Fanatiker der Verzweiflung aufnehmen könnten. Dort gebe es ein umfangreiches Pressewesen, das bereit sei, ihnen ein getreues Abbild ihrer selbst zu geben, je nach Wunsch auch ein tristes, von Verdrossenheit geprägtes, oder schlimmer noch, jene Art der Presse, durchtränkt von Abgeschmacktheit und künstlichem Lächeln, die einem auch noch die letzte Glücksutopie rauben könne.
Der Kapitän des Schiffs griff Cigogne heftig an. Diejenigen, wetterte er, die sich darüber empörten, daß man sich auf der Insel Hélène um die Herzensangelegenheiten der Bürger kümmerte, seien ja gerade diejenigen, die über genügend Geld verfügten, um sich den Luxus, gut zu lieben, leisten zu können. Man machte Cigogne auch klar, daß das Intimleben sich in einer Welt, die ihm vollkommen gleichgültig gegenüberstand und die dem Menschen sinnentleerte Ziele eingab, kaum entfalten könnte.
Wie viele junge Europäer seien erbärmliche Liebhaber, weil sie ganz vom Wahn beseelt seien, *es zu etwas zu bringen* oder im farblosen Glanz des Erfolgs zu erstrahlen. Wie sollte man nach den Mühen eines arbeitsreichen Rechtshänder-Tages ein vorbildlicher Liebhaber sein? Ja verdammt, gab es denn im Leben Wichtigeres, als einer Frau Erfüllung zu schenken? Erfüllung ihres Körpers und ihrer selbst!
Auf die Reling gestützt, träumte Lord Cigogne vor sich hin und stellte sich vor, wie Winston Churchill vor das Parlament trat, um einen Gesetzentwurf zum Schutz der Liebe einzubringen: *Gentlemen, happyness is a new idea in the*

British Empire! Bei diesem Gedanken mußte er lächeln, doch er betrübte ihn zugleich. War es Europa vorbestimmt, von Jahrhundert zu Jahrhundert dieses Krebsgeschwulst des Weltschmerzes mit sich herumzuschleppen? Warum haderte man so sehr mit der Vorstellung vom Glück? Warum wurde dieses Wort immer von zweifelhaften Politikern ausgesprochen, die ja doch nur ihre niederträchtigen Pläne dahinter verbergen wollten?
In der Ferne zeichnete sich die Insel Hélène ab; sie schien zu klein, um einen so großen Plan zu beherbergen.
Eine Frage ging Lord Cigogne durch den Kopf: Warum hatten die linkshändigen Männer keine Angst vor den Frauen?

Manchmal sah man in Port-Espérance ein Haustier mit weichem, gestreiftem Fell, eine Mischung aus Koala und Tapir, aus Zebra und Gibbon. Das Zubial – denn so hieß dieses Tier – hatte unendliche lange Arme und eine lange, äußerst bewegliche Schnauze, die ebenso wie die großen Ohren, die es bei jedem Geräusch spitzte, die Kinder begeisterte. Die rundum gestreiften Zubiale schwangen sich voller Leichtigkeit durch das Geäst der Bäume oder hüpften mit gewandten Känguruhsprüngen über den Boden, die Nase in die Luft gestreckt, und schienen ihr Gewicht von fünfzehn oder zwanzig Kilo nicht zu spüren. Doch an schwermütigen Tagen schleppten sie sich mit gesenkter Nase erbärmlich auf ihren Plattfüßen herum und wimmerten.

Seit Linkshänder-Gedenken kannte man keinen besseren Freund für die Frauen, denn diese äußerst seltenen Beuteltiermischlinge hatten ein unglaubliches Einfühlungsvermögen. Sie teilten sofort die Empfindungen anderer, legten sich etwa mit ausgestreckten Armen auf den Boden, wenn ihre Besitzerin betrübt war, und verstümmelten sich manchmal grauenvoll, wenn sie spürten, daß sie von Schuldgefühlen verzehrt wurde. Sie war lustig und unbekümmert? Im selben Augenblick sprangen sie herum, ahmten sie nach, bestäubten sich mit ihrem Parfum, entwendeten ihre Bürsten, um sich das Fell zu kämmen, zeigten sich ausgelassen, sprangen mit beiden Beinen in ihr Bad. Kurz, die Zubiale waren für die Frauen dasselbe wie die Hunde für die Männer.

Ein weiteres Wesensmerkmal des Zubials trug sicherlich mit zu der außergewöhnlichen Stellung bei, die es in der Gesellschaft der Linkshänder innehatte: Es war das einzige Tier, das aus voller Kehle lachen konnte. Es hatte einen unfehlbaren Sinn, die Lächerlichkeiten im Leben zu zweit aufzuspüren. Sobald sich das Paar lächerlich benahm, vor allem wenn sich die beiden zankten, bog sich das Tier vor Lachen; es war dann natürlich schwierig, die Auseinandersetzung vor dem amüsierten Beuteltier fortzusetzen. Doch manchmal war sein Gelächter finster und grauenvoll, nämlich dann, wenn es nichts mehr zu lachen gab, wenn die Liebe seiner Adoptiveltern eine schlimme Wendung nahm.
Die Linkshänder hatten also dieses äußerst anhängliche Tier, das man kaum allein in den Straßen von Port-Espérance antraf, zum Haustier erkoren; es diente ihnen als eine Art Stimmungsbarometer: Siechte das Zubial dahin? Verlor es sein Fell? War seine Nase warm? Sogleich machte man sich um seine Ehe Sorgen. Von Zeit zu Zeit klangen verzweifelte Schreie und lautes Schluchzen durch die tropische Nacht von Port-Espérance; dann wußte man, daß ein verzweifeltes Zubial die Liebe seiner Herrschaft beweinte. Sein Schrei hatte dann einen herzzerreißenden Klang.
Zu jener Zeit, im Jahr 1933, war dieses ursprünglich im nördlichen Australien beheimatete Tier bereits vom Aussterben bedroht. Von den Eingeborenen gejagt, die in ihm eine böse Gottheit sahen, war es nach Little Greece, eine große, bergige Insel im Norden des Kontinents, geflohen, wo es in der Macchia unter schweren Bedingungen sein Leben fristete und auf der Suche nach Früchten umherirrte. Eine Hungersnot bedrohte die Art – in Freiheit lebende Zubiale hatten kaum Grund zum Lachen. Außer in diesen Bergen, die an das weitentfernte Griechenland erinnerten, fand man sie nur noch auf der Insel Hélène.
In Port-Espérance war es Sitte, daß sich die künftigen Ehe-

männer nach Little Greece begaben, um dort ein Zubial zu fangen, das künftig über ihren Hausstand wachen würde. Die Geisteshaltung der Linkshänder ließ den Einsatz von Knüppeln oder Netzen nicht zu. Hatte man ein Zubial gefangen, mußte man – so wollte es der Brauch – das Tier zähmen, was nicht immer leicht war.
Das Zubial entwickelte dieselbe Bindung zu dem Menschen, die dieser gegenüber sich selbst unterhielt. Hatte jemand Mühe, sich selbst zu achten? Er konnte sicher sein, daß das Zubial es spürte und sich, da es ihm dieselbe Verachtung entgegenbrachte, nicht einmal zeigen würde. Platzte jemand vor Stolz? Dann war auch das Zubial zu stolz, um ihn an sich heranzulassen. Zeigte man Angst oder Mißtrauen, wenn man es sah, zeigte es sich furchtsam; eine aggressive Haltung seines künftigen Herrn konnte es sogar wütend machen.
Diese Zubialjagd auf der ausgedörrten Insel Little Greece fand, egal wie lange sie andauerte, allein statt. Manche Linkshänder brauchten Monate, ja sogar Jahre, um das Zubial zu zähmen, das sie ihrer Zukünftigen schenken wollten, die währenddessen mehr oder minder unbeteiligt wartete. Warum sollte man den Lauf der Dinge beschleunigen? Wie hätte man einen Mann lieben können, der sich selbst nicht wirklich liebte? Es kam selten vor, daß der Bewerber sich nicht als ausdauernd erwies, denn niemand hätte ihn mehr heiraten wollen, wenn er, unfähig, sich selbst zu zähmen, unverrichteter Dinge zurückgekehrt wäre.
All dessen war sich Lord Cigogne bewußt, als er eines Morgens an Bord von Sir Lawrence' Seegelboot nach Little Greece aufbrach. Letzterer hatte ihm die Grundlagen der Seeschiffahrt beigebracht, denn mit der Montgolfière hätte Cigogne nicht gegen den Passatwind zurückfliegen können.
Jeremy war entschlossen, Emily um jeden Preis *ihr* Zubial zu bringen.

Lord Cigogne hatte das Glück, gleich bei seiner Ankunft auf der Insel Little Greece die lange, mit gestreiftem Fell bedeckte Schnauze eines Zubials auszumachen, die sich wie ein olfaktorisches Periskop aus einem Busch schob. Auf Sir Lawrence' Rat hin hatte er Bananen in seinen Proviantbeutel gepackt, und sogleich zeigten sich zwei schwarzweiße Ohren zu beiden Seiten der geblähten, nervös schnüffelnden Nüstern.

Dem hinter dem Busch verborgenen früchtefressenden Beuteltier mußte das Wasser im Mund zusammenlaufen, doch es blieb den ganzen Abend über in seinem Versteck und wartete, bis Lord Cigogne in seiner Hängematte in der Nähe des Strandes eingeschlafen war; erst dann wagte es sich hervor.

Als Jeremy am nächsten Morgen erwachte, hatte es all seine Bananen entwendet! Die Schalen lagen nicht weit entfernt wie Skalpe im Sand; das gefräßige Tier hatte sich nicht zurückhalten können und sie auf der Stelle verschlungen. Jetzt blieben Lord Cigogne nur noch einige reife Papayas, die am Boden seines fest verschlossenen Reisesacks lagen. An den folgenden Tagen zeigte sich das Zubial nicht. Doch Lord Cigogne spürte, daß es, vom Duft der Papayas angelockt, in der Gegend umherstrich. Wenn Jeremy sich an einem Baum erleichterte, hörte er, wie es hinter den Büschen lachte. Dieselbe nervtötende Lachsalve erklang, wenn er sich die Zähne putzte. Wie sollte er mit diesem lachenden

Beuteltier Kontakt aufnehmen? Er versuchte wiederholt, mit ihm zu sprechen.

»Gentleman, wenn Euer Gefieder Eurem Gezwitscher entspricht, so seid Ihr der Phönix dieser Wälder. *Good heavens*, zeigt mir Eure Schnauze!«

Dann hielt Cigogne inne, weil er es lächerlich fand, zu einem Tier zu sprechen.

Plötzlich hatte er eine Idee, wie er dem Zubial eine Falle stellen könnte. Jeremy machte sich auf die Suche nach einem ruhigen Gewässer, das er schließlich auch fand: ein Fluß, der Meerwasser führte und erst tief im Inneren der Insel in ein natürliches Becken mündete, in dem bei schlechtem Wetter ganze Kolonien von Schildkröten Zuflucht suchten. Doch heute war es schön, und nur eine kleine, schuppige Karettschildkröte tauchte aus dem klaren Wasser des Beckens auf. Cigogne kniete sich auf einen Felsen, hielt sich an den überhängenden Wurzeln eines Mangrovenbaums fest und beugte sich so weit über die Wasseroberfläche, bis er sein Spiegelbild erblickte. Sein Plan bestand darin, es zu küssen und somit das Zubial glauben zu machen, daß er sich selbst liebe. Er beugte sich hinab, beobachtete dabei jedoch aus den Augenwinkeln seine Umgebung. Das Tier blieb in seinem Versteck. Jeremy näherte sich seinem Spiegelbild noch mehr und hielt zugleich ständig Ausschau nach dem Zubial, dessen Schnauze sich jetzt in einer Gruppe von Schraubenpalmen abzeichnete. Doch als Lord Cigogne plötzlich sein eigenes Gesicht auf der Wasseroberfläche erblickte, zuckte er zurück und verriet damit seine Abscheu. Er konnte dieses Gesicht, das er haßte, nicht küssen – diese aufgesetzten Züge, die sein wahres Wesen verbergen sollten. Noch nie hatte er sein Spiegelbild ertragen können. Sogleich verschwand das Tier, das begriffen hatte, mit welcher List er es hatte täuschen wollen.

Cigogne versuchte noch einmal, sich zu betrachten; ein Windhauch bewegte das Wasser, und auf einmal glaubte er auf der gekräuselten Oberfläche das Bild seines Vaters zu erblicken, oder besser gesagt, das Gesicht, das auf den vergilbten Fotos zu sehen war, die Jeremy besaß. Wie sehr sich Vater und Sohn glichen, als das Spiegelbild wie eine Fotografie in einem Fixierbad auf der bewegten Wasseroberfläche trieb! Da hatte Jeremy einen eigenartigen Einfall; er begann in jener Stimmlage zu sich selbst zu sprechen, die er mit seinem früh verstorbenen Vater in Verbindung brachte:

»Hey boy! Nice to meet you ...«

Es war niemand da, der diesen eigenartigen Dialog hätte belauschen können, und die Tatsache, daß das Zubial nicht zu lachen begann, ermutigte ihn, mit verstellter Stimme auf englisch weiterzureden. Cigogne sprach einfache und zärtliche Worte zu sich selbst und machte sogar Scherze über die Ähnlichkeit zwischen Vater und Sohn. Der Wind ließ nach, und der Wasserspiegel glättete sich. Jetzt sah Jeremy erneut sein eigenes Gesicht, doch erschien ihm der Anblick weniger unangenehm. Er blies auf die Wasseroberfläche, um sie zu kräuseln und dadurch das Bild seines Vaters erneut heraufzubeschwören, das ihm jetzt wieder freundlich zulächelte. Der Dialog setzte sich fort, und langsam gelang es Cigogne, sich Bruchstücke jener Liebe zu holen, die sein Vater ihm aus Mangel an Zeit und Neigung früher nicht hatte schenken können. Von einer unbeschreiblichen Rührung erfaßt, zwischen Schmerz und Besänftigung hin- und hergerissen, hörte Jeremy schließlich auf, in das Wasser zu blasen, und mit einem Mal sah er auf der glatten Fläche der Lagune neben seinem eigenen Bild dasjenige eines der schönsten gestreiften Zubials, die man sich nur vorstellen kann.

Lord Cigogne hob den Kopf und sah über sich *sein Zubial*

in den Ästen des Mangrovenbaums. Das Beuteltier kletterte behende herab und strich ihm zärtlich über die Nasenspitze. Cigogne streichelte seine Schnauze und begann vor Glück zu lachen. Das Zubial kicherte. Doch die Spiegelbildbegegnung war nur von kurzer Dauer; ihre Beziehung stand erst am Anfang ihrer Entwicklung. Das Zubial nahm die reifen Papayas an und verschwand augenblicklich im Wald.

In den folgenden Tagen zauberte Cigogne noch öfter das Bild seines Vaters auf die Wasseroberfläche und brachte ihm seine Liebe zum Ausdruck. Oft weinte er dabei, doch langsam überkam ihn ein unbekannter Friede. Das Zubial war jetzt weniger scheu, begleitete ihn bei seinen Ausflügen durch die Hügel und hielt sich jeden Morgen etwas weniger weit von seinem Lager entfernt auf. Auch ganz allein auf dieser südlichen Insel blieb Jeremy Lord Cigogne der Schloßherr von Shelty Manor; jeden Nachmittag um fünf Uhr nahm er, mit einer engen Kniebundhose bekleidet, seinen Tee ein, bedauerlicherweise ohne einen Schuß Milch. Es gelang ihm sogar, das arme Tier dazu zu bewegen, einen ausgezeichneten rauchigen Earl Grey zu kosten, der ihm jedoch zu Cigognes großer Enttäuschung nicht mundete. Abends legte er auf dem Klapptisch aus altem Mahagoniholz ein Silberbesteck und einen tiefen Teller aus einer Prager Porzellanmanufaktur auf und zelebrierte, mit einem granatroten Gehrock bekleidet, den Hals in einem eierschalfarbenen Kragen, das, was er *Nahrungsaufnahme* nannte. Im Schein des Kerzenlichts und mit bloßen Füßen – denn er hatte seine Lackschuhe vergessen – trank er ein Gläschen Sherry, ehe er seine Schildkrötensuppe mit derselben Würde zu sich nahm, als wäre er in Windsor zum Souper geladen. An den Tagen, an denen er Seepferdchenragout oder gebratenen Rochen aß, hätte er sich nie gestattet zu dinieren, ohne das Fischbesteck seiner Ahnin Lady Philby zu benutzen. Nur unter dem Vorwand, daß es keine Zeugen seines Festmahls gab, einfach seine Erziehung zu vergessen, wäre ihm *vulgär* erschienen.

Eines Abends gelang es Lord Cigogne, das Zubial, dem er eine seidene Fliege umgebunden hatte, dazu zu bewegen, ihm gegenüber auf einem Klappstuhl Platz zu nehmen. Er war hoch zufrieden, als er ihm beigebracht hatte, *My Queen is in love* zu pfeifen, ein Lied der Horse Guards Ihrer Majestät, das ein wenig ungehörig war – einige Mitglieder seines Clubs bezeichneten es gar als respektlos. Je zutraulicher das Tier wurde, um so ungezwungener verhielt Jeremy sich und um so weniger wachte er über seine Worte. Es schien Lord Cigogne ganz natürlich, daß der Kummer früherer Jahre aus seiner alten Persönlichkeit, aus seinem Korsett anerzogener Haltung hervorbrach. Er blieb zwar durch und durch britisch – bis hin zu der Pünktlichkeit, mit der er täglich seinen Tee einnahm –, doch er fand zu seiner inneren Freiheit und zu dem spontanen Verhalten, das er damals bei den Poloks in Papua erlebt hatte, zurück. Wenn Lord Cigogne auch nicht auf seine Rituale verzichtete, so war er doch in der Lage, ihnen mit jener ironischen Distanz zu begegnen, die der Inbegriff britischer Lebensart ist.

Fünf Wochen nach Cigognes Ankunft auf Little Greece war das Zubial gezähmt. Jeremy war nun nicht mehr seines Vaters Sohn, sondern er trug den Keim zum Mann in sich – was, das wird man zugeben müssen, selten genug vorkommt. Er war bereit, sich erneut mit seiner Frau zu vermählen.

Doch war Emily noch immer in derselben Stimmung wie zu jener Zeit, als er sie verlassen hatte? Als Cigogne mit seinem Zubial nach Hause segelte, stellte er sich für einen Augenblick voller Entsetzen vor, daß in seiner Abwesenheit ein Galan aufgetaucht sein könnte, um sie mit seinen Komplimenten zu betören. Drei Monate … das war eine lange Zeit, vor allem auf der Insel der Linkshänder! Vielleicht hatte der helenische Kalender ja in der Zwischenzeit andere Festtage bereitgehalten, die das Verlangen der Bevölkerung entfachten? Wie unvorsichtig er gewesen war, sich dessen nicht vor seiner Abreise zu vergewissern! Alles auf der Insel Hélène schien sich gegen ihn zu richten, um ihm seine Frau zu rauben.

Doch vor allem beunruhigte Jeremy die Unmöglichkeit, Emilys augenblickliche Gefühlslage zu erforschen; denn es war Brauch, daß man nach der Rückkehr von Little Greece seine Braut erst am Tag der Hochzeit vor dem Altar in der Kathedrale der Linkshänder von Port-Espérance wiedersah.

Zurück in Port-Espérance, erfuhr Cigogne, daß während seiner Abwesenheit der *Grand Jour Blanc,* der Große Weiße Tag, stattgefunden hatte, das Wintersonnwendfest der südlichen Hemisphäre, an dem fast alle Linkshänder sich weiß kleideten. Man erzählte ihm, daß dies ein Tag der Freiheit sei, an dem jeder Helener sein Alltags-Ich und seine sonstigen Gewohnheiten ablegte und diese Freiheit um so intensiver auslebte, als er wußte, daß sich alle anderen in derselben Stimmung befanden.

»Es ergeben sich durchaus Liebschaften«, gab Sir Lawrence zu, bei dem Jeremy sich einquartiert hatte.

»Und ... meine Frau?« wagte Jeremy zu flüstern.

»*My dear,* an den Weißen Tagen haben wir nicht das Recht, unsere Mitmenschen zu richten, und es ist sogar angeraten, alles, was wir gesehen haben, aus unserem Gedächtnis zu streichen. Bleiben wir beim *fair play* ...«

Lord Splitternackts Antwort stürzte Jeremy in eine grenzenlose Eifersucht; er stellte sich, wie immer, das Schlimmste vor. Hätte Sir Lawrence ihm geantwortet, daß Emily diesen Tag genutzt habe, um sich in die Freuden des tropischen Froschfangs einweihen zu lassen, so wäre Cigogne zufrieden gewesen, doch diese heuchlerischen Ausflüchte führten dazu, daß er sich alle Abwege ausmalte, alle Triebe, die in einer genießerischen Frau steckten. Jeremys Besorgnis verstärkte sich noch mehr, als er auf der Straße zufällig den Tastenvirtuosen traf, dessen Namen sie bei ihrer letzten

Umarmung ausgerufen hatte, nämlich Hadrien Debussy, der ihm noch dazu spöttisch und voll verdächtiger Selbstzufriedenheit zulächelte.

Angsterfüllt teilte Jeremy Emily schriftlich das Datum und die Uhrzeit ihrer Hochzeit mit, wobei er jedes Wort genaustens abwägte. Der Brief war ein Meisterwerk; Cigogne setzte all sein Kunst daran, in ihr das Verlangen zu erwekken, ihm zu gefallen. Vorsichtig gab er sich preis, ohne sich ihr jedoch auszuliefern; er schmeichelte ihr mit einer Feinfühligkeit, die in Emily den Wunsch wachrufen sollte, zu ihm zurückzukehren.

Doch am Tag der Hochzeit wußte Lord Cigogne noch immer nicht, ob sie kommen würde. Dieser Brauch, der ein wenig sadistisch anmutet, hatte den Sinn, dem zukünftigen Ehemann klarzumachen, daß er die Liebe seiner Frau niemals für immer errungen hatte. Selbst am Tag ihrer Hochzeit stand es den Linkshänderinnen frei, ihre Zustimmung zurückzuziehen, ganz so, als wolle man damit noch einmal unterstreichen, daß ihnen diese Freiheit nie genommen werden konnte.

Als Lord Cigogne allein in seinem Frack vor dem Traualtar stand, begann er sich einzureden, daß es unvorsichtig gewesen war, sich in ein solches Abenteuer zu stürzen. Warum hatte er sich nicht mit ihrer ersten Vermählung nach dem Ritual der Rechtshänder und der anglikanischen Kirche zufriedengegeben? Wenn nun Emily nicht erscheinen würde – und ein solcher Affront kam einer Scheidung gleich –, stünde er fein da, mit seinem Zubial im Arm. Wie hatte er sich nur so etwas einlassen können ... Die Gäste, die sich im Kirchenschiff eingefunden hatten, wurden allmählich ungeduldig. Man hüstelte und schwatzte. Die Gäste waren Nachbarn und Patienten von Lord Cigogne, die zu Freunden geworden waren, und natürlich Lord Splitternackt, der sich ausnahmsweise bereit erklärt hatte, sein Geschlecht zu

bedecken, um als Trauzeuge zu fungieren. Nachdem sich das Zubial an Macadamianüssen gütlich getan hatte, schlief es nun vollgefressen in einem Beichtstuhl, und sein Schnarchen hallte in der hölzernen Kathedrale wider. Gerade als Lord Cigogne entnervt aufbrechen wollte, öffnete sich endlich das große Portal.
Emily trat ein. Unter ihrem Kleid aus frischen Blumen war sie nackt, nur in einen Schleier aus Pflanzen gehüllt. Peter, Laura und Ernest trugen die Schleppe, während Algernon im Festtagsstaat – einem Kilt mit untadeligen Falten – mehr schlecht als recht ein dudelsackähnliches Instrument spielte, das aus dem Magen einer Riesenschildkröte gefertigt war. Cigogne wurde von einer heftigen Rührung ergriffen, die stärker war, als er es sich angesichts der Gästeschar gewünscht hätte. Diese Frau, die ihn nun ein zweites Mal zum Mann gewählt hatte, war ergreifender als jene Emily, die ihm acht Jahre zuvor in den Gefühlswirren einer aufkeimenden Leidenschaft ihr Jawort gegeben hatte, ohne sich darüber im klaren zu sein, was dies bedeutete. Jetzt, da sie um die Doppelbödigkeit seines Wesens wußte, bedeutete ihr Kommen, daß sie ihn wahrhaftig liebte, über alle Illusionen in bezug auf seine Persönlichkeit hinaus und trotz aller Enttäuschungen, die er ihr bereitet hatte. Wie viele der Mitglieder seines früheren Clubs wären noch einmal von ihren Frauen geehelicht worden, nachdem sie acht Jahre lang mit ihnen das Bett geteilt hatten? Für einen Augenblick vergaß Jeremy seine englisch-aristokratische Herkunft und ließ sich so sehr gehen, daß er weinte. Auch er war nicht mehr von einer glühenden Leidenschaft, sondern von glühender Liebe erfüllt; von einem flammenden, kriegerischen, vulkanischen Gefühl, gepaart mit einem unbändigen sexuellen Verlangen. Wäre er mit seiner Emily allein gewesen, so hätte er sie auf dem Altar genommen und kurzerhand in den siebten Himmel entführt.

Emily trat neben ihn; nun konnte die religiöse Zeremonie der Linkshänder beginnen. In Europa versprechen sich die Eheleute nicht viel, ausgenommen sich zu ertragen, bis daß der Tod sie scheide, einander nicht zu sehr mit dem Nachbarn zu betrügen und gewillt zu sein, innerhalb einer nicht festgelegten Zeitspanne für Nachwuchs zu sorgen. Diese drei Punkte spielten bei der Ehe unter Linkshändern keine Rolle. Man konnte sich also in Port-Espérance neu vermählen, ohne zweimal denselben Eid leisten zu müssen. Bei den Linkshändern standen andere Aspekte im Vordergrund. Ihr Ehegelöbnis enthüllte Einzelheiten, die bei den rechtshändigen Priestern keine Beachtung fanden – ganz so, als wäre die Mitgift des Evangeliums eindeutig genug, damit sich die Leidenschaft der Eheleute in Liebe verwandeln könnte!
Der linkshändige Bischof, ein sehr alter, gichtleidender Mann, begann die normale Messe in lateinischer Sprache zu lesen – mit all dem Brimborium, das dazugehört: dem verzierten Umhang, dem Weihrauchgefäß, der imposanten Mitra, den gefältelten Gewändern der Meßdiener, den spitzenbesetzten Untergewändern und so weiter und so weiter. Die Eucharistiefeier wurde, von Chorälen untermalt, von diesem Dinosaurier in Soutane abgehalten, einem wahren Helener, der an der mythischen Reise auf der *Espérance* im Jahr 1885 teilgenommen hatte. Zwei Chorknaben stützten ihn, und ein dritter folgte ihm – für den Fall, daß er das Wasser nicht halten konnte – mit einem Porzellanbecken, das mit dem Wappen der Diözese geziert war. Man betete lange für das Heil der Rechtshänder, dann trat der an Inkontinenz leidende Prälat auf das Paar zu und segnete es mit der linken Hand. Mit jener sanften Stimme, die den Kirchenmännern vergangener Zeit eigen ist, wandte er sich zunächst an Cigogne, denn das Gelöbnis der Männer war wesentlich länger als das der Frauen. In seiner Weisheit hatte es der Priesterstand von Port-Espérance für angebracht gehalten,

bei den Männern, die immer länger brauchen, um bestimmte Dinge zu begreifen, größeren Wert auf die Details zu legen.

»Jeremy Cigogne, Sohn des William Philby«, begann der Greis, »gelobst du, eigenhändig ein Haus für Emily Pendleton zu bauen und seine Architektur dem Verlauf eures Lebens anzupassen?«

»*I swear.*«

»Wie bitte, junger Mann?«

»Ich gelobe es.«

»Gelobst du, für sie einen immer neuen Alltag zu ersinnen, statt die Tage verstreichen zu lassen? Und gelobst du – dies ist der Kirche wichtig –, nach immer neuen Riten, die eurem Leben zu zweit entsprechen, zu suchen?«

»*I do.*«

»Schwörst du, die Träume des kleinen Mädchens und der erwachsenen Frau zu erfüllen, sowohl die erotischen als auch alle anderen?«

»*I solemnly swear that I will.*«

»Wirst du sie an jedem Sonntag, dem Tag des Herrn, zum Lachen bringen?«

»Ich werde mich nach besten Kräften bemühen.«

»Gelobst du, ihr ein Zubial zu schenken und zu ihr zu kommen, nachdem du es gezähmt hast?«

»Das ist bereits geschehen, *my lord bishop.*«

»Wirst du immer das beherzigen, was Emily dir sagt, und auch das, was sie nicht auszusprechen vermag?«

»Ich gelobe es.«

»Versprichst du, ihr immer zu verzeihen?«

»*Well* ... ich verspreche es.«

»Jeremy, gelobst du, die widersprüchlichen Sehnsüchte deiner künftigen Angetrauten stets zu achten?«

»Ja.«

»Versprichst du, dich darum zu bemühen, in den Augen-

blicken der Gemeinsamkeit auch wirklich *anwesend* zu sein?«
»*Yes, I swear.*«
»Wirst du dich nach besten Kräften bemühen, in Symbolen von der Liebe zu sprechen und diese Sprache zu bevorzugen?«
»Ich gelobe es!«
»Gelobst du, über ihre Vorstellungskraft zu herrschen?«
»Ehm ... ja, ich gelobe es.«
»Glaubst du wirklich, daß du all das halten kannst, was du soeben gelobt hast?« fragte der Prälat plötzlich.
»Hm ...«, zögerte Cigogne, »*yes.*«
»Also bist du ein Tor, mein Sohn, doch hast du soeben die schönste Torheit deines Lebens begangen! Ich segne dich im Namen des Vaters, des Sohnes und des Heiligen Geistes. Liebe diese Frau wie dich selbst, und wenn möglich noch mehr. *Amen.*«
Dann wandte sich der Bischof von Port-Espérance an Emily und stellte ihr eine einzige Frage, denn der Rest verstand sich von selbst:
»Emily Pendleton, Tochter des Pastors Malcolm Pendleton, erkennst du an, daß du nie ein Recht auf Jeremy haben wirst außer dem, ihn in Frieden leben zu lassen?«
»Ich erkenne es an.«
»Hiermit erkläre ich euch also im Namen des Herrn nach der linkshändigen Tradition zu Mann und Frau – in guten Zeiten, die schlechten überlassen wir den Rechtshändern! Nun wollen wir zum Austausch der Ringe schreiten ...«
»Monseigneur«, flüsterte ihm ein junger Priester zu, »es handelt sich um eine Übertragung ...«
»Ah ja ... sicher. Also bitte!«
Jeremy zog den Ehering von Emilys rechtem Ringfinger und steckte ihn an ihren linken, um so ihren Übertritt in den linkshändigen Ehestand kundzutun; dann tat sie dasselbe

mit Cigognes Ring. Sobald die Übertragung vollzogen war, war es, als stünde jeder der beiden seinem Spiegelbild gegenüber, denn jetzt war ihre linke Hand beringt.
»Meine Kinder«, fuhr der alte Kirchenmann fort, »ihr dürft euch küssen.«
»Juuhu!« rief Emily plötzlich aus.
Sie hob Jeremy hoch, und beide weinten. Peter, Ernest und Laura kamen herbeigelaufen. Die Menge applaudierte, während ein Regen weißer Blütenblätter niederfiel, die die Chorknaben säckeweise von der Empore der riesigen Orgel schütteten. Von plötzlicher Rührung erfaßt, vergoß Algernon eine verstohlene Träne, die er hastig wegwischte. Doch hinter seiner zur Schau gestellten Leichenbittermiene verbarg sich ein Schauder des Glücks, den allein Sir Lawrence zu erahnen vermochte. Unter Engländern sozusagen ...
Unter dem Blütenregen fühlten sich Lord Cigogne und Emily in den Hyde Park, an jenen Abend im Jahr 1925, zurückversetzt, an dem sie sich dort geliebt hatten. Ihr Verlangen war unverändert, doch ihre Liebe war um das bereichert worden, was allein die Zeit zu bringen vermag. Es waren nicht mehr nur zwei Herzen, die sich einander voller Leidenschaft hingaben, nein, auch ihr Geist hatte zueinandergefunden, sie hatten gelernt, sensibler aufeinander einzugehen. Nachdem ihre Verschiedenartigkeit sie so lange gegeneinander aufgebracht hatte, verband sie sie jetzt. Einen Augenblick lang dachte Cigogne an seine frühere Überzeugung zurück, daß die Jahre, die Macht der Gewohnheit seine Gefühle verschleißen würden, und er mußte angesichts dieser Vorstellung lächeln. Nein, die Zeit war nicht der größte Feind der noch andauernden Liebe; wie hatte er sich nur so täuschen können? Es gab kein größeres Glücksgefühl, als sich erneut mit seiner eigenen Frau zu vermählen; diese Liebe hatte hundertmal mehr Bukett und Körper als die einfache Leidenschaft zu Beginn ihrer Beziehung.

Verliebt reichte Jeremy seiner Frau den Arm, und sie führten den Hochzeitszug an, der sich durch Port-Espérance bewegte, ehe er das Berghalbrund verließ, in dessen Schutz die Siedlerstadt lag, und sich zum Friedhof der Linkshänder wandte. Es handelte sich um eine Parkanlage mit wenigen Grabstätten, die sanft zur Lagune hin abfiel. Der Brauch wollte es, daß die Frischvermählten an jenem Tag die Stelle festlegten, an der später ihre gemeinsame letzte Ruhestätte liegen sollte.
Emily zog Jeremy zu einer grünen Anhöhe, auf der ein Halbkreis von Säulenpinien gepflanzt war. Von diesem außergewöhnlichen Aussichtspunkt überblickte man die Bucht von Chateaubriand, in die jährlich, sobald die Zeit des Zyklons vorüber war, die Wale zur Paarung kamen. Doch am meisten gefiel Emily, daß sich hier in den Zweigen der Pinien alle Vögel der Insel ein Stelldichein zu geben schienen. Emily und Cigogne streckten sich lachend Seite an Seite im Gras aus, um hier *probezuliegen.* Zufrieden küßten sie sich und genossen die Berührung ihrer Haut. Das Zubial frohlockte. Doch den Kindern behagte diese festliche Beerdigungsprobe nicht sonderlich. Der kleine Ernest bestand darauf, daß seine Eltern schnellstmöglich wieder aufstanden. Dann machten sich Emily und Jeremy daran, dem Brauch der Linkshänder gemäß ihr Grab auszuheben.
Um sie herum begann das große Hochzeitspicknick. Die Musiker packten ihre Instrumente aus, ihre Posaunen und Trompeten, und auf den Tischtüchern stapelten sich die Lebensmittel. Die tropische Nacht brach herein, und man entzündete ein Lagerfeuer. Jazzklänge schallten durch die Luft, und die Hinterteile begannen sich sanft inmitten dieses Gartens der verstorbenen Liebenden zu wiegen. Vor dem flackernden Schein des Feuers zeichneten sich Frauengestalten ab, die im Charlestonrhythmus die Schatten der Männer umschlangen. Man tanzte voller Leidenschaft, um den

Mächten der Finsternis ein Schnippchen zu schlagen, ganz so, als wolle man sich von der Notwendigkeit überzeugen, daß keine Zeit zu verlieren war und man sich lieben mußte, ehe der Tod das Verlangen auslöschte.

Während das Grab tiefer und tiefer wurde, betrachtete Jeremy, der den Boden mit einer Spitzhacke lockerte, Emily, die verbissen schaufelte. Einen Augenblick lang sah er sie als Tote, kalt, bleich und schon von Würmern zerfressen, für die ihr Fleisch ein Festmahl sein würde, ehe die Erde es ganz verschlänge. Er stellte seine Spitzhacke ab, um sie in die Arme zu nehmen, solange sie noch da war, warm, unversehrt, straff und lebendig. Sie umfaßte sein Gesicht mit den Händen, spürte unter der Haut seinen Schädel. Das Glücksgefühl an diesem Abend schien weit entfernt von dem Kummer, den sie im Falle seines Todes ... Sie verscheuchte diese Vorstellung und umarmte Jeremy stürmisch. Beide glitten auf den Boden des Grabes, mitten zwischen die verschlungenen Baumwurzeln, die später ihre verwesenden Körper aufsaugen würden, jene übelriechende Mazeration ihres Fleisches. Er lag unter ihr, als Emily plötzlich etwas Hartes zwischen ihren Schenkeln spürte, ein Aufbegehren des Lebens, eine Revolte des Leibes, ein Verlangen nach Sinneslust, wie ein *Nein* zum Tod. In ihrer Nähe tanzte die Menge, doch am Boden der Grube konnte man sie nicht sehen. Instinktiv ergriff Emily wortlos Cigognes Geschlecht, schob hastig ihr Kleid nach oben und führte es ein. Die Umarmung in der Dunkelheit war kurz und heftig. Ihre Körper wurden von einer beängstigenden Lust übermannt und bäumten sich auf, wie zwei Leichen, die sich in einem morbiden Beischlaf umschlangen. Der Rausch, in den er sie versetzte, war so heftig, daß sie auf eine Wurzel beißen mußte, um nicht laut zu schreien. So verharrten sie einige Augenblicke in der Tiefe ihres Grabes, mit jener Erde verbunden, die sie eines Tages verschlingen würde, und fragten sich, was in sie

gefahren war, welcher Teufelssame ihnen da eingepflanzt worden war.
Spät in der Nacht verschlossen Emily und Cigogne ihr Grab mit einer rosafarbenen Granitplatte ohne Inschrift. Dann tanzten sie, von ihren Gästen umringt, wie es Brauch war, mit einem für sie seltenen Enthusiasmus auf dieser Platte. Die Hochzeit der Linkshänder ging ihrem Ende zu. Beim Abschlußtanz dachte Jeremy an das letzte Gelöbnis, das er vor dem Prälaten abgelegt hatte: *über Emilys Vorstellungskraft zu herrschen*... Was genau war damit gemeint? Durch welche außerordentliche Taktik sollte es ihm gelingen, über die Wünsche seiner Frau zu herrschen? Er hatte noch eine entscheidende Etappe auf jenem Weg zurückzulegen, der ihn schließlich zum Ehemann machen würde.

Lady Cigogne und ihr Gemahl unternahmen keine Hochzeitsreise; dieser Brauch der Rechtshänder ergab auf der Insel Hélène keinen Sinn. Nach Auffassung der Linkshänder war das Leben in Port-Espérance ohnehin wie Flitterwochen, die etwa ein halbes Jahrhundert andauerten. Dies beabsichtigten die Gründer der Kolonie. Doch der helenische Kalender hielt für das junge Paar ein anderes Abenteuer bereit.

Im Oktober begann der Frühling auf der südlichen Halbkugel, und die Linkshänder gaben sich in dieser Zeit alljährlich wahrer Freizügigkeit hin, jenem grausamen Spiel des Geistes, an dem ein gewisser Teil der französischen und venezianischen Aristokratie des 18. Jahrhunderts Gefallen gefunden hatte. In diesen Wochen ging es nicht darum, sich zügellos zu verhalten, indem man die spontane Lust auslebte, sondern eher um eine geistige Freizügigkeit, die im Widerspruch zu gängiger Moral, jeglicher Art von Konformismus und gesellschaftlichen Regeln stand.

Manchmal führte diese subversive Stimmung dazu, sich tatsächlich hinzugeben, doch man trachtete weniger nach Ausschweifungen als danach, die verborgenen Charakterzüge seines Opfers und des eigenen Wesens ans Licht zu bringen.

Diese Taktik hatte zum Ziel, das jeweilige Opfer davon zu überzeugen, daß es ein unbeständiges Wesen, ein Freund leichtfertiger Sinnesgenüsse war; und sofern man über das nötige Geschick verfügte, galt es, dem anderen einzureden, daß er sich von den Fesseln der gängigen Gefühlsseligkeit befreien müsse, um durch ständige Erneuerung des Verlangens das Gefühl zu haben, tatsächlich zu leben. Die höchste Erfüllung lag also nicht sosehr im körperlichen Besitz als in der Verführungskunst, darin, den anderen systematisch ins Verderben zu ziehen, indem man langsam seine Überzeugungen und seine Handlungsfreiheit untermauerte.

Nachdem das Opfer selbst zum Libertin geworden war, konnte es die Macht genießen, die es über sich selbst hatte, die erschreckende Freiheit, die es aus der Masse der Normalsterblichen hervorhob, da es von allen gefühlsmäßigen Bindungen und somit auch von jeglicher Form des Leidens befreit war. Natürlich war diese kalte Freizügigkeit nach außen freundlich verbrämt und spielte sich in einer Atmosphäre von vergnügter Leichtigkeit, Gelächter und scherzhafter Ausschweifung.

Für vier Wochen verwandelte sich der gesamte Archipel der Linkshänder. Die Bürger von Port-Espérance mimten nicht mehr die stolzen Pioniere, legten ihre Winchester beiseite und gaben sich plötzlich wie französische Müßiggänger des 18. Jahrhunderts. Sie brachen mit ihren Gewohnheiten, schliefen tagsüber und gingen bei Einbruch der Nacht maskiert aus, um an galanten Festlichkeiten teilzunehmen, an Bällen und Whist-Partien, an Diners, die in versteckten Boudoirs gegeben wurden, an Landpartien, Feuerwerken, Konzerten, kinematographischen Vorführungen und allen anderen Zerstreuungen, die geeignet sind, sich zu berauschen. Um diese kleine Welt, die sich auf einmal im Taumel der Freizügigkeit befand, besser erforschen zu können, trennten sich die Paare; die Ehemänner lebten, ebenso wie die Frauen, jeweils zu zweit zusammen.

Die Kinder wurden auf die Ile des Pins im Süden Neukaledoniens zu melanesischen Stämmen in die großen Ferien geschickt. Auf der Insel Hélène gab es keine Eltern und Eheleute mehr, sondern nur noch Liebhaber und Geliebte, verdienstvolle Jäger, wahre und falsche Opfer und skrupellose Lügner. Ein jeder war darauf bedacht, das Herz seines oder seiner Opfer zu unterwerfen, indem er alle Schliche und Kunstgriffe der Verführung einsetzte.

Man mag sich vielleicht darüber wundern, daß die Linkshänder – sonst so sehr der aufrichtigen Liebe zugetan – sich solch offensichtlichen Frivolitäten und zur Schau getragenen Perversionen hingaben, doch niemand in Port-Espérance hätte auf die Ekstase dieses unerbittlichen Spiels verzichten wollen, auf das Vergnügen, durch den Charme einer Frau oder eines Mannes des eigenen Willens beraubt zu werden.

Die Helener glaubten, daß man im Laufe seiner Existenz *alles ausleben* konnte, ohne sich dadurch allzusehr zu schaden, vorausgesetzt, man verstand es, die gewagtesten Abstecher zu den unbestimmtesten Wünschen durch entsprechende Vorsichtsmaßnahmen und einen strikten Rahmen abzusichern. In Port-Espérance galt die Freizügigkeit nicht als Gefahr für die Seele oder als Odyssee ohne Rückkehr, da man sie nur vier Wochen lang und keinen Tag länger ausleben konnte. Außerdem war sich niemand wirklich sicher, daß es eine *richtige* Art des Fühlens gab, wo man sich doch rühmte, seit 1885 Liebesangelegenheiten auf die unterschiedlichsten Arten anzugehen.

Kapitän Renard und seine Gefährten waren davon überzeugt gewesen, daß man den verschiedenen Facettten des eigenen Wesens freien Lauf lassen und der Logik der Rechtshänder entkommen mußte, die große Teile ihrer Sehnsüchte unterdrückten, nur um *ein harmonisches Ganzes zu bilden.* Wer könnte sich in der Liebe dessen rühmen, vor allem wenn man bereit ist, sich die Komplexität seiner Wünsche einzugestehen? Phantasie und Sinne können nicht ewig in

die engen Grenzen der Vernunft eingezwängt werden! Welche Ehefrau träumt nicht davon, auch anderen Männern zu gefallen, und ist glücklich darüber, bei ihrer Rückkehr vom eigenen Mann geliebt und vergöttert zu werden, oder – manchmal unbewußt – Verwirrung zu stiften und jenem Typus des Liebhabers zu begegnen, der sie ganz überraschend betört und zu der Kühnheit einer Liaison ermutigt? Natürlich unter der Voraussetzung, daß ihr Galan diese Situation herbeiführte, ohne daß sie eine Entscheidung zu treffen hatte, sondern sich in wundervoller, unkontrollierter Weise gehenlassen konnte... Ah, wie wunderbar ist es doch, auf diese Weise das unangenehme Schuldgefühl zu umgehen. Welch göttliche Illusion! Es gab nur wenige Linkshänderinnen, die sich nicht nach einem Mann gesehnt hätten, der bereit gewesen wäre, ihre Phantasien zu ergründen, ehe er sich auf unwiderstehliche Weise ihrer Willensfreiheit bemächtigte, um sie in eine beängstigende und zugleich anziehende Sphäre des Verlangens zu ziehen, in jenen unbewußten Bereich, den man nur zu gern erforschen möchte, in den man aber nur in der Ekstase einer verbotenen Leidenschaft vorzudringen wagt.
Dieser Teil der – männlichen wie der weiblichen – Persönlichkeit kam im Laufe des Monats Oktober zu seinem Recht, doch zu diesem Spiel gehörte auch eine ungeheure und köstliche Verschlagenheit. Sosehr man auf der Insel aller Wahrheiten sonst versuchte, sich rückhaltlos offen zu zeigen, mußte man sich jetzt selbst beobachten, seine Empfindsamkeit verbergen, falsche Neigungen vortäuschen und dabei immer darauf bedacht sein, nicht selbst jener Leidenschaft zum Opfer zu fallen, die man im anderen zu wecken suchte. Was man zu sein vorgab, durfte keinesfalls mit den wahren Gefühlen übereinstimmen, und unter keinen Umständen durfte echte Liebe in dieser Art von Beziehungen entstehen – so intim diese auch werden mochten.

Das Spiel bestand darin, sich gegenseitig auf der Suche nach reinem Vergnügen zu verführen, dabei jedoch aufrichtige Gefühle abzuwehren, da sie in echte Qualen hätten umschlagen können. Man ging Verbindungen nur ein, um sie wieder zu lösen. Natürlich galt es, den anderen zu besiegen, das heißt, ihn zu beherrschen und bei ihm oder ihr jene Aufrichtigkeit zu erwecken, die man sich selbst verwehrte.

Am 30. September 1933 war Lord Cigogne äußerst beunruhigt, und seine Angst wuchs, als er beobachtete, wie seine Gemahlin gegen Ende des Tages fröhlich im Damensattel von Emily Hall wegritt. Vom Fenster seiner Wohnung aus sah er ihr nach, wie sie sich entfernte, ohne ihm gegenüber auch nur das geringste Mitgefühl bekundet zu haben. Emily sollte sich zum Stadthaus einer gewissen Julie Fontenay begeben, einer jungen Bildhauerin, um mit ihr den freizügigen Monat dort zu verbringen. Schon zwei Tage zuvor, als Peter, Ernest und Laura mit den anderen Kindern nach Neukaledonien aufgebrochen waren, hatte Emily ihre Reisetruhen von Algernon dorthin befördern lassen. Es war Cigogne nicht entgangen, daß sie ihre vorteilhaftesten Kleider und ihre gesamte Parfumsammlung eingepackt hatte. Sechs Monate zuvor hatte sie noch alle Kunstgriffe der normalen Weiblichkeit verschmäht, und jetzt wurde kein Accessoire vergessen, das ihre Anziehungskraft hätte steigern können.

»*Damn*...«, murmelte er, »was hältst du davon, Algernon?«

»*My lord*, ich bin der Meinung, daß wir nach England zurückkehren sollten, solange Lady Cigogne sich noch als Ihre Gemahlin ansieht! Sie haben schon viel in dieser französischen Kolonie mit ihren beklagenswerten Sitten zu leiden gehabt. Ich bin der Sache überdrüssig und denke, daß man die Frauen in London besser im Griff hat als auf diesem

ozeanischen Eiland, *n'est il pas?* Außerdem ist das Bohnerwachs, das man in den Geschäften von Port-Espérance zu kaufen bekommt, abscheulich.«
Lord Cigogne schwieg und zog an einer widerwärtigen, aus einem Yamswurzelblatt gerollten Zigarre. Diese neue Prüfung – hinzu kam noch die Zigarre – deprimierte ihn, und für einen Augenblick beneidete er die Rechtshänder, all jene vorsichtigen Menschen in Europa, Amerika und Asien, die so klug waren, ihre Ehefrauen in ein geregeltes Leben einzubinden und ihnen somit keine Gelegenheit boten, sie zu betrügen. Cigogne hatte genug von den Weißen Tagen, von der Insel des Schweigens und all den Bräuchen, die seine Ausdauer auf die Probe stellten. Zum ersten Mal war er überdrüssig, Ehemann zu sein, sein Ehrgeiz zehrte an seiner Fähigkeit zu lieben. Wie sollte er jahrelang auf dieser Insel der Linkshänder ein Ehemann bleiben? Der helenische Kalender verlangte zuviel von den Männern, er würde niemals durchhalten. Armer Cigogne! In seinem derzeitigen Zustand war ihm noch nicht klar, daß er noch weit davon entfernt war, ein perfekter Ehemann zu werden. Doch wo endete dieser beschwerliche, mit alljährlichen Anfeindungen gepflasterte Weg?
In Gedanken versunken, sehnte sich Jeremy erstmals nach seinem früheren berechenbaren Leben zurück, nach dem versteckten Reiz seiner alten Pantoffeln mit Schottenkaro, nach der Ruhe, mit der er früher auf seinem Herrensitz in Gloucestershire seinen Tee getrunken hatte. Er trauerte plötzlich dieser *Pax Britannica* nach, die er genossen hatte, solange er Herr über sein Sanatorium in Kensington gewesen war. Er hätte gerne das Rad der Zeit zurückgedreht, so daß es diesen Monat Oktober nie gegeben hätte. Er sehnte sich danach, weit, weit von dieser Insel entfernt, auf einem untadligen englischen Rasen eine Partie Krocket zu spielen.

Plötzlich riß ihn ein Stöhnen aus diesem träumerischen Überdruß. Das Zubial saß mit hängendem Kopf in seinem Schaukelstuhl, es sah betrübt aus, das Fell war glanzlos, ein Magenleiden schien es zu quälen. Der Himmel bewölkte sich. Eine entscheidende Prüfung würde aus Lord Cigogne entweder einen *vollendeten* Ehemann machen – sofern das möglich ist – oder ihn für immer von Emily trennen.

Rasch verlor Jeremy Emilys Spur; er wußte nicht, welche Halbmaske sie trug, wenn sie bei Anbruch der Nacht ausging. Es wäre ihm schwergefallen, sie inmitten der maskierten Menge wiederzufinden, die abends abenteuerlustig durch Port-Espérance streifte. Von jeglicher Zensur – mit Ausnahme der eigenen Moral – befreit, schlüpfte Emily genüßlich in ihre neue Rolle als Novizin der Freizügigkeit, kokettierte auf Bällen, stürzte die Trictrac-Spieler in Unkosten, ließ ihre Sinne von flotten Tangotänzern betören, ohne recht zu bemerken, daß ihre Partner etwas anderes als die einfachen Freuden eines frivolen Spiels suchten. Dieser galante Reigen dauerte bis zu jenem Abend an, da Emily zu einem Diner in einem privaten Salon in der Nähe eines verrufenen Hotels in der Rue Julien-Sorel kam, der nur im Oktober geöffnet war.

Nach dem Besuch einer Ballettvorstellung hatte Julie Fontenay ihre Aufmerksamkeit auf diesen Salon gelenkt. So schloß sie sich einer Runde von Freigeistern an, die sich gern eigenwillig gaben, maskierten Nachtschwärmern, die geistvolle Unterhaltungen liebten, phantasievolle Erzählungen, unvorhersehbare und verrückte Leichtfertigkeiten. Das Abendessen ließ sich sehr fröhlich an, als sich einer der Gäste, im Schutz einer Katzenmaske, seiner leichten Eroberungen rühmte und behauptete, selbst nie den Gefühlen erlegen zu sein, die er bei anderen zu erwecken vorgab. Die altmodische Maske und ein besticktes Wams verliehen ihm eine gewisse Förmlichkeit. Seine einzige Leidenschaft schien es zu sein, selbst keine zu empfinden, sie jedoch bei anderen zu entfachen. Seine sarkastische Selbstsicherheit war von grenzenloser Selbstgefälligkeit. Er behauptete, um sich eine dauerhafte Herrschaft über seine künftigen Opfer zu sichern, brauche er nur Einfluß auf irgendeinen ihrer Charakterzüge zu nehmen – und schon waren sie voll und ganz seinem leeren Geschwätz verfallen. Auf diesem letzten Punkt beharrte er mit einer Sicherheit, die sich in seiner Stimme, seinem gewählten Gebaren und seinen ausgefeilten Manieren ausdrückte. Dieser Mann hatte jede seiner Gesten unter Kontrolle, jeden seiner flüchtigen oder tiefgründigen Blicke, ja sogar die Intensität seines Gelächters.

Verärgert über die Beleidigung ihres Geschlechts, begegnete Emily diesem Phrasendrescher mit humorvoller Ironie und einem irritierenden Scharfsinn. Verunsichert brachte der Katzenmann die höhnischen Lacher zum Schweigen, faßte sich wieder und antwortete ihr mit solchem Geschick, daß sich die Spötter auf die Seite des Unverschämten schlugen. Dann bat er Emily um Verzeihung, daß er ihre ihm bisher verborgen gebliebenen Reize vernachlässigt habe. Bald wurden die beiden maskierten Gegner zu den beherrschenden Polen in der Runde. Emily übernahm die Verteidigung der Frauen, ihrer Bedürfnisse und ihrer Würde, und unterstrich das Recht auf Andersartigkeit. Im Eifer des Gefechts ließ sie sich gar zu der Behauptung hinreißen, all ihre Herzensregungen zu beherrschen und gegen jede unaufrichtige Verführung und Liebesdienerei gefeit zu sein, ohne zu bemerken, in welche Falle der freigeistige Kater sie in ihrer Arglosigkeit trieb.

»Nein, Madame«, entgegnete er. »Ich spreche Sie mit Madame an, denn ich sehe, Sie tragen einen Ring ... Übrigens, lieben Sie Ihren Mann?«

»Ja, sehr.«

»Nun, das war ein ›sehr‹ zuviel. Dennoch sage ich Ihnen voraus, Madame, daß Sie vor Ablauf des Monats Oktober mein sein werden. Dieser Sieg wird der Beweis meiner Begabung sein, meiner bewundernswerten Begabung, die Sie ungerechterweise als *Selbstgefälligkeit* bezeichnen. Wir werden sehen, wer von uns beiden recht hat.«

»Ich? Ihnen gehören?« stieß Emily verächtlich hervor.

»Ja, Sie, Madame. Und da ich mich nicht damit begnügen will, Ihren reizvollen Körper zu besitzen, werde ich mich auch zum Herrn über Ihr gedankenloses Köpfchen, ja über Ihr ganzes Denken machen, das bald nur noch um mich kreisen wird. Oh, nicht zu schnell, keine Sorge! Ich werde genüßlich dabei zusehen, wie Sie langsam in Liebe zu mir entflammen, während Sie mich zugleich noch hassen. Dann werde ich mich an dem Kampf ergötzen, der in Ihnen tobt...«

»Monsieur, niemals werde ich die Ihre!« warf sie kalt ein.

»Sehen Sie, ich habe es noch nicht einmal ausgesprochen, und schon erfüllt sich meine Vorhersage! Aber wo war ich stehengeblieben? Ach ja, beim letzten Überlebenskampf Ihres Willens... denn ich will nicht nur, daß Sie mich lieben, sondern auch, daß Sie es sich selbst und der Öffentlichkeit eingestehen. Wenn Ihr Verlangen nach mir größer sein wird als die Demütigung, wenn Sie Ihre heftige Leidenschaft nicht mehr unterdrücken können, dann ist das letzte Band zerrissen, das Sie einstweilen noch dürftig mit Ihrem Mann vereint. Ah, mein Gott, wie sehr Sie leiden werden... Wie Sie es bereuen werden, so unvorsichtig derartige Dinge behauptet zu haben... Ihre Ehe steht auf dem Spiel, mein schönes Kind!«

»Monsieur, Sie haben nicht das Recht, die Beständigkeit meiner Ehe zu unterschätzen oder mich *schönes Kind* zu nennen! Tun Sie, was Sie wollen, ich werde Ihnen nie gehören!«

»Ihr seid meine Zeugen«, wandte er sich an seine Gefährten, »Madame ›Schönes Kind‹ will eine Wette mit mir eingehen! Die Ärmste hat es wirklich nicht anders gewollt!«
»Ja, genau, ich gehe eine Wette mit Ihnen ein, und um Ihnen zu beweisen, daß die Frauen manchmal in Gefühlsdingen kunstfertiger sind, als Sie annehmen, fordere auch ich Sie heraus. Ich sage Ihnen vorher, daß vor Ablauf dieses Monats nicht ich, sondern SIE vor Liebe vergehen werden und daß Sie mich anflehen werden, Ihnen die Gunst eines Kusses zu gewähren. Ich bin es, die Ihre Erniedrigung genießen wird. Und erst dann will ich von Ihnen ablassen, wenn Sie von unüberlegter Leidenschaft verzehrt, von einem glühenden Verlangen beherrscht werden, das Sie nicht zu zügeln vermögen und das Sie zu meinem *Eigentum* machen wird!«
Verwundert über ihre eigene Kühnheit, schwieg Emily. In ihrer Wut hatte sie sich weiter vorgewagt als beabsichtigt, doch da bei diesem Liebesduell ihr Stolz auf dem Spiel stand, schien es ihr schwierig, den Rückzug anzutreten. Die Gesellschaft war verstummt; diese doppelte Herausforderung hatte die Gemüter in Aufruhr versetzt. Normalerweise griff nur eine der beiden Parteien an, während die andere sich mit der Verteidigung begnügte. Dieser Wortwechsel jedoch schien erregender und heftiger als üblich. Derjenige, der als erster liebte, hatte verloren. Man verlangte die Zusicherung, den weiteren Verlauf der Angelegenheit verfolgen zu dürfen. Also kam man überein, sich in der nächsten Woche am selben Tag und am selben Ort wieder zusammenzufinden.
Als die Stunde des Aufbruchs kam, wollte der Mann mit der Katzenmaske Emily begleiten. Alle spitzten die Ohren. Mit welchem Vorwand würde sie ihre Ablehnung begründen? Listig entgegnete sie, daß sie das Angebot annehme, und fügte hinzu – so laut, daß alle sie hören konnten –, daß eine Ablehnung zu der Vermutung führen könne, sie habe Angst

vor ihm, wo es doch eher an ihm sei, sie zu fürchten. Gegen fünf Uhr morgens, kurz vor Tagesanbruch, saß Emily also neben ihrem Herzensgegner in der Kalesche und fuhr die Rue Musset hinauf.

»Madame«, fing er wieder an, »bald werden Sie mich lieben, weil ich Sie befreit habe.«

»Wovon, *good lord?!*«

»Von sich selbst! Von Ihrer vorgetäuschten Sentimentalität und den lächerlichen Konventionen, die Ihre wahre Natur zügeln. Sie werden sich Männern hingeben, die ihnen gleichgültig sind, und dann mir, den Sie hassen. Sehen Sie, und darum werden Sie mich lieben. Denn in meiner Gesellschaft werden Sie sich frei fühlen, ja, frei, sich selbst zu erforschen, bis in die versteckten Winkel hinein, die Sie heute so sehr beunruhigen und zugleich anziehen, geben Sie es nur ruhig zu!«

»Absolut nicht!«

»Aber ja doch! Erzählen Sie mir nicht, daß Sie frei von Widersprüchen wären!«

»Das stimmt, aber ...«

»Ihre Ängste verschleiern Ihre Wünsche. Ich kann Ihnen beibringen, Herz und Sinne ganz nach Wunsch voneinander zu trennen. Befreien Sie sich von den altertümlichen Vorstellungen, derer sich die Männer seit Jahrhunderten bedienen, um die Gelüste ihrer Frauen besser zähmen zu können – ohne selbst daran zu glauben. Schöne Vorstellung! Man assoziiert Liebe und Verlangen, und da erstere nur selten vorkommt, versucht man letzteres zu zügeln. Verstehen Sie, das Geschlechtliche ist der Schlüssel zur Freiheit. Solange Sie Ihre vermeintliche Sicherheit nicht aufgegeben haben, werden Sie die verklemmte Bürgerstochter bleiben, die Sie jetzt sind; der Zugang zur wahren Lebenskraft ist Ihnen versperrt, Sie sind die Ehefrau an der Leine, Sie wollen sich Ihrer Knechtschaft nicht bewußt werden, mein armes Kind.

Ja, Sie bleiben in Ihren Vorstellungen gefangen, auf Ihre armseligen Vergnügen beschränkt, die nicht das *wirkliche Leben* darstellen, in Ihre bornierten Träume eingezwängt. Sie wissen nicht, was es bedeutet, die unsichtbaren Mauern, die Sie umschließen, zu durchbrechen und die innere Freiheit zu erreichen, die es Ihnen erlaubt, Herrin über sich selbst zu werden, ja, unanfechtbar gegen Leid, abgehärtet gegen die Unbeständigkeit der anderen!«

Atemlos hielt er für eine Weile inne. Die Kalesche fuhr jetzt am Ufer der Binnenlagune von Port-Espérance entlang, die in das Licht der in diesen Breiten so plötzlich und unerwartet aufgehenden Sonne getaucht war. Dann bedachte der Mann Emily mit einem verächtlichen Seufzer, laut genug, um gehört zu werden, doch zu betont, um natürlich zu klingen. In plötzlich verändertem Tonfall fügte er hinzu:

»Doch ich werde Ihnen nicht den Weg weisen, nein, Ihnen nicht. Ich hatte geglaubt, daß … Aber nein, Sie sind dessen nicht würdig.«

»Nicht würdig …?«

»Sie sehen voller Verachtung auf mich herab, obwohl ich bereit bin, Ihnen die Türen zu öffnen. In Ihrer Dummheit sind Sie davon überzeugt, daß ich Ihnen all das nur sage, um Nutzen daraus zu ziehen, um eine Wette zu gewinnen, die mir vollkommen gleichgültig ist. Nein, es reizt mich wirklich nicht mehr, Sie zu besitzen. Ich will keine prüde Ehefrau, die nicht in der Lage ist, das zu genießen, was ich ihr hätte erschließen können. Ich will meine Zeit nicht mit Ihnen verlieren, Madame. Kommen Sie, ich bringe Sie nach Hause … Sprechen wir nicht mehr von dieser Freiheit. Ich könnte Sie einführen in … aber nein, nein, fahren wir nach Hause.«

Er trieb die Pferde an, hüllte sich in Schweigen und schien den Rest der Fahrt auch nichts daran ändern zu wollen. Emily saß im Fond des Landauers neben diesem Mann, der sie sowohl mißtrauisch machte als auch aus der Ruhe brachte – obwohl sie wußte, daß er sich verstellte. Ihre Nervosität rührte daher, daß ihr die Ausführungen dieses Filous nicht gleichgültig waren, sie entdeckte darin sogar eine gewisse Wahrheit. Die Stimme dieses Mannes schien ihr außerordentlich weich zu sein, und hinter seiner Katzenmaske bemerkte sie einen durchdringenden Blick, der sie zu durchbohren schien. Die natürliche Macht, die er über sie besaß, weckte in ihr ein unbestimmtes Vergnügen an seiner Gesellschaft, das sie zwar verärgerte, zugleich aber wünschen ließ, seine Achtung zu erringen. Dabei hätte die Falschheit seines Wesens Emily, die so sehr an der Wahrheit hing, abstoßen müssen. Aber nein! Einen Augenblick lang stellte sie sich sogar das Glück vor, das es für sie bedeuten könnte, sich seinem Willen zu unterwerfen; erschrocken verscheuchte sie jedoch diese Vorstellung sogleich wieder. Dennoch gelang es ihr nicht, ihre Ruhe wiederzufinden, wohlwissend, daß sie diese Begegnung nicht würde vergessen können.

Schließlich nahm Emily das Gespräch wieder auf.

»Aber worin besteht diese *Einführung,* von der Sie sprachen?«

»Sehen Sie den jungen Mann, der dort drüben über das Trottoir schwankt?«

Der Katzenmann hielt die Kalesche auf der Höhe des betrunken herumtorkelnden Nachtschwärmers an; in einem Ton, der keinen Widerspruch duldete, befahl er Emily, ihre Schenkel zu öffnen, und während diese sie instinktiv wieder zusammenpreßte, rief er dem Jungen zu, er solle sie *besteigen.* Emily fühlte sich in die Enge getrieben und wußte nicht, wie sie die Panik, das körperliche Grauen, das in ihr aufstieg, zum Ausdruck bringen sollte. Sie wollte gerade wütend losschreien, als der Katzenmann sie plötzlich heftig am Arm packte und sagte:

»Wenn er Sie anwidert, lächeln Sie! Ich will, daß Ihr Gesicht das Gegenteil Ihrer Gefühle ausdrückt.«
Der erregte junge Mann hatte schon seine Hose heruntergelassen. Entsetzt fürchtete Emily, daß ihr nun Gewalt angetan werde, als der Libertin mit einem Mal den Trunkenbold zu Boden stieß und die Pferde antrieb. Dabei erklärte er:
»Ich wollte nicht, daß die Dinge ihren Lauf nehmen, da Sie noch nicht dazu bereit sind.«
»Bereit wozu?« rief sie aus.
»Nutzen daraus zu ziehen. Nicht bereit, aus dieser Überschreitung etwas zu lernen. Leider sind Sie, Madame, von meinen Ausführungen nicht so überzeugt, wie ich es mir wünschen würde. Sie sind ihren Grenzen noch zu sehr verhaftet, das ist alles.«
Emily erholte sich langsam von dem kurzen, grauenvollen Angriff, während der Katzenmann die Ruhe der Morgendämmerung zu genießen schien. Seine Haltung drückte aus, daß in seinen Augen das soeben Geschehene nichts als eine Bagatelle war. Dann wandte er sich an Emily und stieß mit unerwarteter Heftigkeit ungefähr folgende Erklärung hervor:
»Soll ich Ihnen sagen, was Sie gespürt hätten, wenn Sie bereitwillig meiner Anordnung gefolgt wären? Sie hätten ein Ihnen unbekanntes Gefühl der Freiheit genossen, einen Rausch, den man dank vollständiger Selbstbestimmung empfindet, die soweit geht, daß man sogar seinen Gesichtsausdruck selbst wählt. Sie hätten sich von Ihrer gekünstelten Sentimentalität befreit und neue Kraft aus sich selbst geschöpft.«
»Welche denn?«
»Die, ein wenig mehr sich selbst zu gehören, jawohl, *sich selbst*. Ist Ihnen aufgefallen, daß ich bei alldem nicht auf meinen Nutzen, sondern den Ihren bedacht bin? Statt meine eigenen Sinne zu befriedigen, habe ich mich an einen ande-

ren gewandt. Darüber sollten Sie nachdenken, um meine Ausführungen besser beurteilen zu können, und wenn Sie eines Tages diese ... nun, wie soll ich sagen? Ja, diese *Freiheit des Seins* erreichen, dann werden Sie mir verbunden sein, Sie werden mir dankbar dafür sein, daß ich Ihnen diese Seite Ihres Wesens offenbart habe, dieses berauschende Benehmen, das nur auf den ersten Blick anstößig zu sein scheint! Und nun, Madame, wünsche ich Ihnen eine gute Nacht!«

Er ließ sie aussteigen, ohne ihr die Hand zu reichen, ganz so, wie man einen Eindringling vertreibt, und schlug heftig die Tür der Kalesche hinter ihr zu. Der Libertin mied Emily mit seinem Blick oder sah durch sie hindurch, als wolle er ihre Existenz negieren. Dieses wenig galante Verhalten – das offenbar ihre Eitelkeit verletzen sollte – brachte sie außer Fassung, und sie ging auf das Holzhaus von Julie Fontenay zu. Sogleich fuhr die Kalesche an. Und im gleichen Augenblick, ohne zu überlegen, wandte sich Emily um und hörte zu ihrem eigenen Erstaunen, wie sie den Katzenmann zurückrief, ehe er sich allzuweit entfernt hatte. In dem Moment, als sie den Mund öffnete, wurde ihr plötzlich klar, daß sie ganz unwillentlich gehandelt hatte, und diese Vorstellung bestürzte sie mehr, als sie sich eingestehen wollte. Der Katzenmann brachte sofort sein Pferd zum Stehen; man hätte meinen können, er habe mit Emilys Reaktion gerechnet.

»Sie möchten mich vermutlich wiedersehen?« rief er ihr zu, während Emily sich zwang, ihre Verwirrung zu verbergen. »Ich war entschlossen, Ihnen in Zukunft keine Beachtung mehr zu schenken, aber wenn Sie wirklich Umgang mit mir pflegen wollen, werden Sie mich auch zu finden wissen!«

Und mit belustigter Unverschämtheit fügte er hinzu:

»Diese Suche ist die Strafe dafür, daß Sie heute abend so vorwitzig waren!«

Er knallte mit der Peitsche und verschwand um die Straßenecke. Emily haderte wegen der mäuschenhaften Treuherzigkeit, die sie diesem Katzenmann gegenüber an den Tag gelegt hatte, mit sich selbst. Sicher, sie wußte, daß dieser Libertin, der sich verstellte und die Wirkung seiner falschen Worte genoß, sie in die Irre leiten wollte, sie dazu zu bringen versuchte, sich selbst zu verleugnen – er verleugnete sich ja selbst. Doch wenn der Verstand ihr auch sagte, daß sie ihn meiden müsse, drängte etwas Verborgenes, Unkontrollierbares sie dazu, auf ihn zu hören und die von Instinkten geleitete Frau – deren Existenz sie schon so oft in der Tiefe ihres Leibes gespürt hatte – in sich selbst zu entdecken. Emily hatte sie immer als rätselhaft empfunden, doch dank dieses widerwärtigen Mannes würde sich vielleicht die Tür, *die letzte Tür* einen Spaltbreit öffnen.

Emily betrat das Haus ihrer Freundin und wunderte sich über ihr Verhalten in dieser Nacht, hatte sie doch mit leidenschaftlicher Neugier ihre erste Lektion der Freizügigkeit aufgesogen und war nicht geflohen, als er ihr befohlen hatte, die Schenkel zu öffnen. Sie, die Tochter des Pastors Pendleton, die so sehr auf Wahrhaftigkeit und Aufrichtigkeit bedacht war! Wo war ihre frühere Willensstärke? Emily stand ganz im Bann der kühlen Brutalität des Katzenmannes, im Bann der unglaublichen Macht, die seine unbestimmbare Männlichkeit auf ihre Vorstellungskraft und ihre Sinne ausübte. In seiner Gegenwart verspürte sie den Wunsch, seinen Blick, seine Aufmerksamkeit auf sich zu ziehen. Das machte ihr plötzlich angst und versetzte sie in einen Zustand ungewohnter Fiebrigkeit, die ihr den Schlaf raubte. Dieser innere Aufruhr, der einer Leidenschaft glich, beunruhigte sie zutiefst.

Cigognes Ehefrau war sich schon jetzt im klaren darüber, daß sie ihre Wette verloren hatte. In dem Zustand, in dem sie sich jetzt befand, war sie nicht mehr in der Lage, das

Herz des Katzenmannes zu erobern und sich dabei selbst vor ihren Gefühlen zu schützen. Sie konnte nur versuchen, ihm zu widerstehen – oder ihn nicht wiederzusehen.

Zwei Tage später traf Emily den Katzenmann auf einem Ball, der in dem früheren Bürogebäude der Minenverwaltung gegeben wurde, einem luxuriösen Bau im südamerikanischen Stil. Frauen in verschwenderischen Roben, mit schwarzen Halbmasken und aufreizenden Dekolletés, maskierte Männer und dazu Kerzen auf Kokosholzständern, die alles in ein warmes Licht tauchten, verliehen dem Fest einen altmodischen Glanz.

»Ach, Sie hier!« rief Emily aus, als sie sich mit einem Glas in der Hand umwandte.

»Tun Sie doch nicht so erstaunt«, entgegnete der Libertin, »Sie spionieren mir doch schon seit zwei Tagen nach.«

»Woher wissen Sie das?« fragte Emily schroff.

»Vor fünf Sekunden wußte ich es noch nicht, doch Sie haben es mir soeben verraten. Ich habe das auf gut Glück gesagt, man weiß ja nie... Aber machen Sie doch nicht so ein Gesicht! Ernsthaft zu sein ist eine noch viel schlimmere Sünde, als sich lächerlich zu machen, wußten Sie das nicht?«

Und ohne eine Antwort abzuwarten, zog er Emily zu einem Walzer auf die Tanzfläche, um ihren Ärger zu zerstreuen. Dem Katzenmann waren bedrückende Situationen zuwider. Er hielt Unbeschwertheit für das Mindestmaß an Höflichkeit, und ernsthafte Menschen begingen in seinen Augen eine unverzeihliche Geschmacklosigkeit. Jede dauerhafte Neigung schien ihm verdächtig; seine Vorlieben waren einem ständigen Wandel unterworfen, und er erhob seine

Unbeständigkeit zum guten Ton. Je flüchtiger ein Gefühl war, um so begeisterter gab er sich ihm hin. Aufrichtigen Schmerz spielte er herunter, sofern er ihn nicht ganz ignorierte.

»Sie versuchen also seit zwei Tagen herauszufinden, was in einem Menschen vorgeht, wenn er auf seine Instinkte zu hören versucht, oder irre ich mich?« fuhr er fort.

»Eigentlich nicht«, hörte sie sich selbst antworten.

»Nun, ich habe es Ihnen schon gesagt, Sie werden die Energie finden, Sie selbst zu sein und sich selbst zu gehören. Reicht Ihnen diese Antwort? Jedoch ist es vor allem wichtig, schönes Kind, daß man keine Bindungen eingeht.«

»Und wie?«

»Sie haben also schon alles vergessen? Innerhalb von zwei Tagen? Indem Sie Gefühle vorgeben, die Sie nicht empfinden, indem Sie Ihre unaufrichtigsten Gefühle mit großen Worten kundtun – jene Gefühle, die an Ihrem Herzen abperlen wie Wassertropfen, sollen Ihren Gesichtsausdruck bestimmen. Sie werden sehen, das ist wirklich sehr amüsant. Es genügt, sich leidenschaftlich zu geben, wenn man keine Gefühle empfindet, und seine wahren Empfindungen nicht zu zeigen.«

Als ein neuer Tanz begann, nutzte er die Gelegenheit, um sie auf eine Veranda, die etwas abseits des Festtrubels lag, zu ziehen, und schlug ihr vor, sich sogleich in der neuen Kunst zu üben:

»Gestehen Sie mir zum Beispiel Ihre Liebe, obwohl Sie doch alles entsetzt, was ich erzähle. Meine Art ist Ihnen unerträglich, nicht wahr? Nur zu, erklären Sie mir jenes feurige Gefühl, das Sie nicht für mich empfinden, aber bitte einfühlsam und überzeugend, ein wenig verwirrt und schüchtern. Nur zu! Die *Perversion* beginnt mit Worten, wie die Gutbürgerlichen behaupten.«

»Verzeihen Sie mir, aber ... *ich stehe zu dem, was ich gesagt habe.* Es liegt mir nicht, jemanden anzulügen, und ich glaube, ich bin für Falschheiten nicht geschaffen. Meine Mutter wohl, ich jedoch ...«

»Sie war sicherlich recht ungeschickt. Sie hatten keinen guten Lehrer. Machen Sie es einfach wie ich. Man braucht seine Gedanken und Gefühle nur ins Gegenteil zu verkehren.«

Nun setzte der Katzenmann zu einem beredten Schwall von Schmeicheleien, Komplimenten für Körper und Geist an, die ins Gegenteil verkehrt Beleidigungen für Emilys Körperbau, ihren Charakter und ihre Weiblichkeit darstellten. Und während dieser Ausführungen wirkte sein Gesichtsausdruck aufrichtig, ja beinahe rührend, und er legte eine falsche Schüchternheit an den Tag, die sie bewegt hätte, wenn sie nicht die Gefühle, die er zur Schau stellte, im umgekehrten Sinn hätte deuten müssen. Plötzlich bemerkte sie den Anflug eines Lächelns auf den Lippen dieses Mannes, mit dem er all seine Falschheit verriet. Nichts als Speichelleckerei, Niedertracht und widerwärtige Lügen!

Gekränkt ließ sich Emily auf sein Spiel ein:

»Ich habe verstanden, ich lerne sehr schnell«, meinte sie bissig.

Und nun begann auch sie, das Gegenteil dessen zu sagen, was sie empfand, um ihn auf diese Weise ihre Verachtung und ihren Groll deutlicher spüren zu lassen. Und sie sparte dabei nicht mit Kritik und giftigen Seitenhieben. Er hatte sie angestachelt, die ihrem Wesen eigene Zurückhaltung aufzugeben und sich zu heftigen Gefühlsregungen hinreißen zu lassen. In ihrer Wut durchschaute Emily, die sich zutiefst gedemütigt fühlte, dieses geschickte Manöver nicht. Sie glaubte sich mehr denn je vor einem Nachgeben gefeit, dabei war sie ihm in Wahrheit näher denn je. Der Libertin beobachtete sie, erkannte in ihren fahrigen Gesten und ihrem lebhaften Gesichtsausdruck die aufkommende, ihr selbst nicht bewußte Leidenschaft.

»Bravo!« rief er aus. »Sie lernen tatsächlich sehr schnell... Ich hätte nicht vermutet, daß Sie mir so schnell folgen würden. Sie schienen mich und mein... *widerwärtiges Vorgehen* so sehr abzulehnen.«

»Sie ekeln mich an!«

»Mein Gott, Sie lieben mich also schon?«

»Sie haben einen tückischen Einfluß, etwas Verderbtes an sich, das alles in den Schmutz zieht!«

»Sie sehen, es gelingt Ihnen hervorragend, genau das Gegenteil von dem zu sagen, was Sie empfinden. Der Ton stimmt, der Anschein, die Aufrichtigkeit, das...«

»Hören Sie auf, alles ins Widernatürliche zu verdrehen!«

»Sie bitten mich also fortzufahren?«

»Ihre Art EKELT MICH AN, ist das deutlich genug?«

»O ja. Und dennoch werden Sie sich um Mitternacht mit mir im Untergeschoß des Café Colette treffen.«

»Ich?!«

»Ja, Sie. Zunächst, weil ich es will! Außerdem würden Sie sich, wenn Sie wüßten, WER sich hinter der Katzenmaske verbirgt, aufgeschlossener zeigen. Sie hätten womöglich gar den Wunsch, zärtlich zu sein... oder mich ein wenig zu lieben.«

»Sie lieben...«, entgegnete sie ironisch.

»Ja, denn dann wüßten Sie, daß die Persönlichkeit, die ich Ihnen seit unserem ersten Treffen vorspiele, nicht existiert, ja, daß sie das genaue Gegenteil meiner wahren Natur ist und daß ich sie nur angenommen habe, weil wir jetzt Oktober haben und endlich der Moment gekommen ist, diese Art des Seins zu erforschen, diesen außergewöhnlichen Sinnestaumel zu erleben – einen Weg, den uns das 18. Jahrhundert mit seinen freien Menschen, seinen Sitten, Glaubensformen und Geisteshaltungen gewiesen hat.«

»Wenn das eine neue List sein soll, dann ist sie zugegebenermaßen raffiniert«, sagte Emily, verunsichert durch den plötzlich veränderten Tonfall.
»Oh, ich weiß, ich kann sie nicht daran hindern, so etwas zu glauben; doch das, was ich Ihnen soeben gesagt habe, ist *wahr,* und sollten Sie noch immer zögern, um Mitternacht zu kommen, so erinnere ich Sie daran, daß der Oktober bald vorüber ist. Sollte es mir also gelingen, Sie mir gefügig zu machen, haben Sie trotzdem keine Konsequenzen zu fürchten. Ihre Erkundung der Freizügigkeit ist völlig gefahrlos, da es sich nicht um einen unwiderruflichen Schritt handelt. Und nun will ich Sie mit Ihren Überlegungen alleine lassen. Doch vergessen Sie nicht, *Sie kennen mich!*«
Und er ging, ein Glas in der Hand, von dannen, ohne zu bemerken, daß ihm ein Mann mit einer langschnabeligen Vogelmaske folgte. Dieser Vogelmann, der heimlich ihre heftige Unterhaltung verfolgt, sie seit den ersten Worten mit der unterdrückten Wut eines eifersüchtigen Ehemannes belauscht hatte, war natürlich kein anderer als Cigogne! Er hatte Mühe gehabt, seine Emily in dem Meer von Masken aufzuspüren, das die Straßen von Port-Espérance überflutete. Doch seine Hartnäckigkeit hatte zu jenem freizügigen Kater geführt, den er jetzt beschattete.
Als sich der Katzenmann einem hübschen Holzhäuschen näherte und sich allein glaubte, nahm er die Maske ab. Im Schein des Mondlichts erkannte Jeremy ihn. Er war es also! Von Panik ergriffen, blieb er regungslos hinter einem Flamboyant stehen. Was vermochte er gegen einen solchen Nebenbuhler auszurichten?

Von ängstlicher Neugier erfüllt, fand sich Emily um Mitternacht im Café Colette ein. Die Identität des Katzenmannes beschäftigte sie ebenso wie die vermeintliche Freiheit, die er ihr zu erschließen versprochen hatte. Auch trug die Tatsache, daß der Monat Oktober seinem Ende entgegenging, zu der Entscheidung bei, sich mit ihm zu treffen; ja, vielleicht würde sie sogar seinem Drängen nachgeben, selbst wenn sie sich im Augenblick diese Möglichkeit, die einerseits ihre Gelüste anregte und sie zugleich einschüchterte, nicht vorzustellen wagte. Die Qualen des Verlangens ließen sie nicht los.

Das Geschick des Katzenmannes lag darin, abstoßend zu wirken oder sie in einem Maße zu verärgern, daß sie sich in seiner Anwesenheit in Sicherheit wiegte, während sie ihm doch mehr und mehr verfiel. Er hatte begriffen, daß für eine Frau wie Emily Hingabe einer Selbstaufopferung gleichkam, welche der Gunst der Umstände bedurfte, um sie so von der Last ihrer Schuldgefühle zu befreien. Er beabsichtigte, eine derartige Gelegenheit möglichst schnell herbeizuführen, am besten schon in der kommenden Nacht.

Als Emily das Café betrat, war sie nervöser als gewöhnlich und von dem Vorgefühl erfüllt, bald keine Macht mehr über sich zu haben; doch noch immer wollte sie gehen, sobald sie herausgefunden hatte, *wer* sich hinter der Katzenmaske verbarg. Ihrer Meinung nach gab es unter ihren Bekannten niemanden, der fähig gewesen wäre, eine solche Persönlichkeit zu verkörpern – selbst wenn sie nur gespielt war. Im Erdgeschoß und auf der Terrasse konnte sie keine Katzenmaske entdecken. Sie ging ins Untergeschoß, und dort fand sie den Mann, den sie suchte. Er klimperte einige Noten auf dem alten Klavier, das sonst die Jazzmusiker der Insel benutzten. Einige wenige Gäste lauschten der abgehackten Melodie, die der Kater ungeschickt mit der linken Hand anschlug. Emily setzte eine unbefangene Miene auf und nahm neben ihm Platz; doch da er weiterhin zerstreut schien und das Klavier malträtierte, schlug sie mehrmals verärgert die höchste Note an. Beim siebten Mal unterbrach der Kater sein Spiel und begann zu sprechen; seine Stimme war von unbekannter Sanftheit und einer Aufrichtigkeit, die keine Berechnung sein konnte:

»Auf der Insel des Schweigens bin ich einer Frau begegnet, die ich sehr geliebt und dann, nachdem sie mich enttäuscht hat, ebensosehr gehaßt habe. Sie vermochte meinen Glauben an die Ziele der Gesellschaft der Linkshänder, an die Möglichkeit der wahren Liebe zu erwecken, während ich mir zuvor kaum etwas anderes als den Rausch der Leidenschaften vorstellen konnte. Wie soll ich sagen? In ihrer Weiblichkeit lag ein Glücksversprechen. Wenn ich sie ansah, empfand ich zum ersten Mal das beseelende Gefühl bedingungsloser Liebe, die nicht die eigene Persönlichkeit auslöscht. Diese wenigen Tage haben mich ... Dabei haben wir kein Wort miteinander gewechselt! Als ich dann Sie traf, habe ich mich zu der törichten Träumerei hinreißen lassen, Ihre Stimme sei diejenige dieser Frau, und hinter Ihrer Maske würde sich ihr Gesicht verbergen. Sie hat mich so grausam ... Kurz, ich habe Sie für diese Frau gehalten, für ihr Trugbild. Verzeihen Sie mir, daß ich mich in Worten und manchmal auch in Taten so sehr habe gehenlassen. Es ist aus Rache an jener Frau und nicht an Ihnen geschehen.«

»Was ist am Ende zwischen Ihnen vorgefallen?«
»Ich weiß es nicht, ich habe es nie verstanden.«
Mechanisch, mit erstaunlicher Geschicklichkeit, glitten seine Hände über die Tasten und begannen eine Melodie zu spielen, die Emily schon einmal gehört hatte. Schwindel erfaßte sie plötzlich. Für einen Augenblick hielt sie den Atem an und forschte in ihrem Gedächtnis. Zutiefst erschüttert erkannte sie plötzlich, daß dies die Musik war, die Hadrien Debussy für sie komponiert hatte!
Emily saß neben demjenigen, der die beiden Männer in sich vereinigte, die ein unerlaubtes Verlangen in ihr geweckt hatten: der Katzenmann und der junge Musiker! Mit einem Mal fühlte sie sich der Verwirrung und den Regungen ihres Herzens schutzlos ausgeliefert. Ihre Lippen wurden trokken, ihr Atem ging stoßweise. Ihr Blick trübte sich. Sie hörte nur noch das Blut, das in ihren Schläfen pulsierte. Wie war ein solcher Zufall möglich? Dieser Mann mit der ihr fremden Stimme hatte an sie gedacht, als er ihre Stimme hörte. Das war mehr als Zufall, ein fast übersinnliches Phänomen, das Emily als ein *Zeichen des Schicksals* deuten wollte.
Die Wahrheit hingegen war leider weniger poetisch.
Hadrien Debussy gab zwar vor, in Melancholie versunken zu sein, während er Klavier spielte, doch in Wirklichkeit wußte er genau, daß Emily neben ihm saß. Er hatte es von Anfang an gewußt, und hinter seinem Interesse an ihr verbarg sich lediglich der Versuch, sie im Schutz des Monats Oktober zurückzuerobern. Er wollte sich durch sein unwürdiges, hinterhältiges Verhalten, durch seine von Rachsucht getriebene Berechnung für seine früheren Tränen schadlos halten; denn es stimmte, daß die kalte Verachtung, die ihm Emily nach ihrer Trennung unvermittelt entgegengebracht hatte, ihn zutiefst bekümmert hatte. Das war das einzig Aufrichtige an seinen halbherzigen Geständnissen. Er beobachtete Emily aus den Augenwinkeln, um sich zu versichern,

daß sie die Melodie erkannt hatte. Das leichte Beben ihrer Lippen und ihr stockender Atem sagten ihm, daß er sein Ziel erreicht hatte.

Zufrieden tauchte Hadrien Debussy aus seiner vermeintlichen Versunkenheit auf und fügte mit gespielter Traurigkeit hinzu, daß es sein größter Traum sei, wenn die Schöne von der Insel des Schweigens eines Nachts, von heftigen Gewissensbissen getrieben, das Haus Nummer 2 in der rue de Marivaux aufsuchte, um ihn noch einmal zu lieben, und sei es auch nur für eine Nacht. Nur so, erklärte er mit dem fiebrigen Blick eines Besessenen, könne er seine Fähigkeit zu komponieren wiedererlangen, die er in seiner alles Verlangen zerstörenden Verzweiflung verloren habe.

»Doch jetzt verlasse ich Sie, Madame, und bitte Sie um Verzeihung dafür, daß ich Sie mit meiner Geschichte, die Sie nicht weiter betrifft, belästigt habe. Adieu!«

Der Katzenmann erhob sich; die Erinnerungen, die er angeblich erneut durchlitten hatte, schienen ihn aufgewühlt zu haben, und er entfernte sich mit schwankenden Schritten, Schritten, die davon zeugten, daß seine frühere Liebe noch in ihm loderte.

Lord Cigogne erstickte unter seiner Vogelmaske fast vor Traurigkeit. Er saß hinter den beiden, und so war ihm kein Wort ihrer Unterredung entgangen, die ihm zu glatt erschien, als daß sie sich zufällig hätte ergeben können. Jeremy glaubte nicht an die Zeichen des Schicksals, vor allem nicht auf einer Insel, auf der die Männer versuchten, dem Alltag eine romantische Note zu verleihen. Daß ihm solche Zweifel kamen, während Emily sie offenbar gar nicht wahrnehmen wollte, trieb ihn zur Verzweiflung. Im Grunde genommen wünschte sie wohl, daß ihre erneute Begegnung dem Schicksal zuzuschreiben wäre, daß es sich um eine Art Verhängnis handelte, gegen das man machtlos war.

Dies entsprach tatsächlich Emilys Stimmung. Wozu gegen

das Schicksal kämpfen, wenn es sich so unnachgiebig zeigte? Stand es nicht in den Sternen geschrieben, daß sie ihre Liebschaft wiederaufnehmen sollten? Hatte sie das Recht, diesen Mann seiner Verzweiflung zu überlassen, die ein so wundervolles Genie lähmte, das jeder auf der Insel Hélène bewundert hatte? Es war ein Verbrechen an der Kunst, eine Haltung, die der Menschheit Schaden zufügte, eine Engherzigkeit, die sie schon allein aus Vernunftgründen aufgeben mußte. Hatte er nicht gesagt, daß eine einzige Nacht ausreichen würde, um ihm seine schöpferische Kraft zurückzugeben?
Diese Gedanken spukten im Kopf von Emily, die noch ganz benommen war von jenem Zufall, den sie noch immer zu deuten versuchte. Lord Cigognes Bestürzung war so groß, daß sie den letzten Rest britischer Zurückhaltung und seines Phlegmas hinwegfegte. Sollte er gewaltsam verhindern, daß sie sich in dieser Nacht zu Hadrien begab? Aber wozu? Sie würde doch irgendwann zum Haus Nummer 2 in der rue de Marivaux gehen, wenn ihr Verlangen sie dorthin trieb. Mußte nicht früher oder später jede Frau einen Liebhaber haben, da ihr die Heimlichkeit einer solchen Liebschaft Zugang zu den geheimsten Sphären ihrer selbst gewährte, zu jenem verborgenen Ich, das unweigerlich eines Tages sein Recht auf Leben, Sinnestaumel und Lust einfordern würde? Diese Vorstellung trieb Jeremy zur Verzweiflung, aber sie schien ihm zugleich unabwendbar. Doch plötzlich wurde er von einer heftigen Woge der Eifersucht erfaßt, von einer ebenfalls unabwendbaren Wut auf die Ansprüche der Frauen, vor allem gegen jene, die ihm – leider – berechtigt zu sein schienen. Wütend verließ er das Café Colette und bezog in der rue de Marivaux vor dem Haus Nummer 2 Posten; er hatte den festen Vorsatz, jeglichen Beischlaf zu verhindern.
Hinter einem Baum verborgen, betete Jeremy, daß Emily

nicht kommen möge, doch schon bald erkannte er ihre Silhouette. Sie ging an ihm vorbei, und auf ihrem Gesicht war ein Ausdruck von Panik und Überstürztheit zu erkennen, der auf ihr Verlangen, sich hinzugeben, schließen ließ. Dadurch – so hoffte sie – würde sie sich um so schneller wieder in die Gewalt bekommen. Ständig diese Illusion, daß man durch ein Nachgeben Ruhe vor seinen Instinkten finden, ja, daß man ihre Kraft gar vermindern könne. Welch ein Irrtum! Statt dessen kann man sie immer weniger zügeln; die Begierde und das Verlangen, sie auszuleben, werden nur schlimmer. Doch Emilys Körper sehnte sich so sehr nach einer Vereinigung, daß sie von all dem nichts wissen wollte. Ihre Wunschträume trübten ihr Urteilsvermögen.

Jeremy verharrte regungslos in seinem Versteck und überlegte, ob er sich zeigen solle. Aber wozu denn? fragte er sich erneut. Hatte er Debussy nicht schon auf der Insel des Schweigens vergeblich ausgestochen? War es nicht illusorisch, sich den Banden, die zwischen diesen beiden Wesen bestanden, zu widersetzen? Welches Recht hatte er außerdem, Emily das zu verbieten, was er sich seinerseits mit Charlotte erlaubt hatte? War sie verwerflicher als er, weil sie ihrem Verlangen nachgab? Mußte er seine Frau nicht so lieben, wie sie eben war? Eher traurig als verbittert, verzichtete Jeremy darauf hervorzutreten, und in einem plötzlichen Geistesblitz, der ihn selbst erstaunte, wurde ihm bewußt, daß seine Resignation keine Niederlage darstellte. Im Gegenteil! In einer unvermittelten und unerklärlichen Liebesaufwallung empfand Jeremy das eigenartige und bislang uneingestandene Vergnügen, Emily, ungeachtet des eigenen Leidens, sie selbst sein zu lassen. Plötzlich begriff er, daß er sie geheiratet hatte, um ihr Freiheit zu schenken – sowohl in intellektueller und gefühlsmäßiger als auch in moralischer Hinsicht – und ihr auf diese Weise zu helfen, sich aus den sie einengenden Konventionen zu lösen. Ach, welch wundervoller Luxus, den anderen zu lieben, ohne ihn einzuschränken! Die Liebe, die er in diesem Augenblick für sie empfand, war von größter Reinheit. Für einen kurzen Moment erfuhr er das Glück, seine Frau ohne jegliche Selbstgefälligkeit, ohne den geringsten Anflug von Bosheit zu vergöttern. Der Preis, den er dafür zahlen mußte, steigerte seine Gefühle nur noch mehr, ließ sie größer werden und über die Grenzen des Alltäglichen hinauswachsen. Eine für durchschnittlich Eifersüchtige unverständliche Regung; allein von der Liebe Besessene sind in der Lage, diese Art von Glücksgefühl nachzuempfinden, seine Intensität und Großherzigkeit, die an Wahnsinn grenzt.

Emily betrat das Haus Nummer 2 in der rue de Marivaux ohne Maske.

In seinem leidenschaftlichen Überschwang hatte Jeremy plötzlich einen Einfall, der in ihm Zweifel an seiner Veranlagung aufkommen ließ. Gehörte er zu jenen Männern, die eine unbestimmte Befriedigung darin finden, ihre Frauen den Gelüsten anderer auszuliefern? Nein, er mußte zugeben, daß kein Vergnügen dieser Art seinen Wunsch bestimmte, die beiden Liebenden zu beobachten. Cigogne wurde lediglich von der leidenschaftlichen Neugier getrieben, Emilys andere Seite kennenzulernen, jene Seite, die er nie zu erkunden vermocht hatte und die sich ihm vielleicht in Debussys Armen enthüllen würde. Nichts konnte seinen Drang stillen, die Geheimnisse seiner Frau zu erkunden. Doch plötzlich kam ihm ein Gedanke, der ihn beinahe zur Umkehr bewogen hätte. Hatte er das Recht, Emilys Intimleben in solcher Form zu verletzen? Stand das nicht im Widerspruch zu der Achtung, die er ihr gegenüber zu empfinden vorgab? Warum fesselte ihn dieser Widerspruch so sehr? Während er sein Herz bis in den letzten Winkel erforschte,

kam es ihm plötzlich vor, als würde er dabei auch Emilys Gefühlsleben erkunden.
Die Antwort, die er sich selbst gab, war vollkommen aufrichtig: Ja, es war nicht sehr fein, seiner Frau diese Augenblicke der Wahrheit zu stehlen. Doch wenn die Liebe einen gewissen Grad erreicht hat, setzt sie sich über die landläufige Moral hinweg! Sein Vorgehen hatte etwas Extremes, das sich nicht mit engstirnigen Überlegungen vertrug. Diese Vorstellung reizte ihn um so mehr.
Vorsichtig verschaffte nun auch er sich Zutritt in das dunkle Haus Debussys, indem er durch ein Fenster stieg, dessen Moskitonetz er einfach beiseite schob. Auf der Insel der Linkshänder verzichteten viele Menschen auf Fensterscheiben in ihren Häusern, denn in diesen Breiten war der Wind nie wirklich kalt, und man war schließlich nicht in die neue Welt gekommen, um Fenster zu putzen. Geleitet von Klavierklängen, tastete sich Cigogne einen Gang entlang. Hadrien Debussy spielte das Stück, das er für Emily komponiert hatte. Eine angelehnte Tür führte in ein von Kerzenlicht erhelltes Zimmer. Jeremy blickte suchend umher und entdeckte hinter einem Paravent Debussy, der an seinem Flügel saß – einem außergewöhnlichen Instrument, das speziell für linkshändige Musiker angefertigt war. Die Tasten waren in umgekehrter Reihenfolge angeordnet und der Flügel spiegelverkehrt gebaut.
Emily betrat das Zimmer. Die Musik verstummte, und lautlos begann sie sich mit einer für Debussys Sinne aufreizenden Langsamkeit zu entkleiden. Wut und Erstaunen nahmen Lord Cigogne fast den Atem. Lady Cigogne, die sich während ihrer Umarmungen – die Fastenzeit der Linkshänder ausgenommen – äußerst zurückhaltend zeigte, bereitete es offensichtlich größtes Vergnügen, diese Zufallsbekanntschaft Hadrien zu verführen und unumwunden seine Lust zu entfachen! Der Musiker rührte sich nicht. Beide schienen das

Schweigen zu genießen, ganz so, als hätten sie unbewußt den Wunsch, wieder an den Zauber der Insel anzuknüpfen, auf der sie sich kennengelernt hatten. Erfüllt von dem Verlangen, Debussy zu verprügeln, aber auch, um sich zu vergewissern, daß das unglaubliche Schauspiel Wirklichkeit war, näherte sich Cigogne auf Zehenspitzen dem Paravent. Würde er die beiden Liebenden erwürgen?

Emily ging nackt auf Debussy zu, und ihre Lippen glitten mit einem Appetit, der Jeremy fremd war, am Körper des jungen Mannes hinab, um sich schließlich zu Vertraulichkeiten hinreißen zu lassen, die sie ihm nur selten und so widerwillig gewährte, daß dadurch sein Vergnügen erheblich gemindert wurde. Cigogne fand es unerträglich und erschütternd zugleich zu beobachten, wie sie sich von ihren Kindheitsängsten befreite. Hätte sie Hadrien diese Gunst nur widerwillig gewährt, um sich gefällig zu erweisen, so hätte Jeremy der Szene sicherlich ein Ende bereitet; doch in seiner wahnsinnigen Liebe respektierte er die Befreiung, die sie erlebte; diese Gelegenheit, sich bei halbem Bewußtsein – das allein der Ehebruch ermöglichte – mit ihren Instinkten vertraut zu machen. Jeremy war nicht im mindesten erregt; er weinte vielmehr und biß in einen Schal, um seine Anwesenheit nicht zu verraten. Er hätte sich gerne zurückgezogen und wäre dieser Hölle entflohen, doch es war zu spät.

Emilys Körper war so ungeduldig, daß sie das Ganze vorantrieb. Sie zog Debussy plötzlich zur Bettnische. Jeremy hatte gerade noch Zeit, unter dem Bett zu verschwinden, auf das sich im nächsten Augenblick die beiden Liebenden sinken ließen. Die ganze Nacht über mußte er mit anhören, wie seine Frau mit lustvollem Stöhnen einem anderen willig all das gewährte, was sie ihm verweigerte. Der Unglückselige erstickte fast vor Verzweiflung und Hitze, und je mehr ihn die Niedergeschlagenheit lähmte, um so unmöglicher wurde es ihm, sein Gefängnis zu verlassen. Wie hätte er die Stun-

den rechtfertigen sollen, die er bereits dort verbracht hatte?
Um sich in seiner Bestürzung zu trösten, redete Cicogne sich ein, alles verlaufe so, wie er es in gewisser Weise erhofft habe. Emily schien in einer Sphäre der Hingabe, jenseits aller Ängste zu schweben. Doch jedesmal, wenn es Jeremy gelang, sein seelisches Leiden zu mildern, schwoll das Stöhnen über seinem Kopf um so heftiger an. Die beiden Liebenden genossen jeden erdenklichen Rausch. Zwar sah Cigogne nichts, doch leider konnte er die Schatten ihrer Vereinigung erkennen, die der Schein der Nachttischlampe an die gegenüberliegende Wand zeichnete. Und wenn er auch versuchte, den Blick abzuwenden, so beherrschten doch die Darbietungen der tönenden Schatten seine gereizten Nerven. Wären dabei doch zumindest seine Sinne und seine Phantasie auf ihre Kosten gekommen! Aber nein, sein Geschlecht blieb regungslos, wie in einem Koma, einer Lethargie, die ihn davon abhielt, Hand anzulegen und sich selbst zu befriedigen. Der komplizierte Lord Cigogne hegte eine einfache Liebe für seine Frau.
Bei Tagesanbruch hatte Emily – ohne daß die Liebenden auch nur ein einziges Wort miteinander gewechselt hätten – ihre Ängste besiegt, hatte sie in neue Gelüste verwandelt, und das dank der Größe ihres Ehemannes und nicht etwa, wie sie glaubte, ihres Liebhabers. Dazu waren keine Worte nötig gewesen, die Harmonie ihrer Körper, die Übereinstimmung ihres Verlangens, die Zärtlichkeit ihrer Blicke hatten ausgereicht. Nachdem sie so geliebt worden war, fühlte sich Emily schön, rundherum befriedigt; auf ihrer Haut spürte sie noch die Zärtlichkeiten, die himmlische Brutalität und die Düfte der Nacht, so als hätte die Lust sie ganz durchdrungen. Als sie erwachten, begannen die Liebenden sich zu unterhalten; sie lachten zusammen darüber, daß jeder der beiden Libertins seine Wette verloren hatte.

Doch allmählich begannen die Worte sie zu trennen, zunächst kaum spürbar, dann immer deutlicher. Keiner von beiden vermochte die Gefühle zu beschreiben, die der andere nach dieser Wollust empfand; je länger sie sprachen, desto mehr stellte sich wieder das natürliche Unverständnis ein, das zwischen Mann und Frau herrscht. Aus kleinen Verwechslungen wurden winzige Angriffe, ihre Worte vertrieben unbeabsichtigt die vollkommene Übereinstimmung während der Nacht. Debussy beging den Fehler, in allen Einzelheiten die Freizügigkeiten, die sie ihm gewährt hatte, heraufzubeschwören, und die nun, mit kalten Worten beschrieben, das Märchenhafte verloren, das gewisse Ungezwungenheiten in dem Augenblick umgibt, in dem man sie erlebt. Das verletzte Emilys Schamgefühl, und zu ihrem Mißfallen fand sie ihn plötzlich ein wenig vulgär. Da sie befürchtete, ihr Abenteuer noch mehr zu entzaubern, wollte sie sich zurückziehen, jedoch nicht, ohne sich mit ihm für denselben Abend verabredet zu haben.
Doch ehe sie ging, legte sie ihm ihre Wünsche dar:
»Hadrien, laß uns nie mehr miteinander sprechen. Ich liebe das, was dein Körper, deine Augen und deine Hände mir sagen.«
»Und meine Musik?«
»Ja, auch deine Musik«, gab sie lächelnd zurück.
Dann ging sie, glücklich darüber, daß es ihr gelungen war, ihr Verständnis füreinander ohne Worte aufzubauen.
Doch Jeremy, der noch immer unter dem Bett lag, war keines ihrer Worte entgangen.

Als Emily am selben Abend wieder im Zimmer erschien, hatte Hadrien Debussy die Nachttischlampe gelöscht. Seine Katzenmaske leuchtete im Schein wohlriechender Kerzen. Er stand am Klavier und kostete einen australischen Rotwein. Dem Ritus folgend, den sie in der vergangenen Nacht eingeführt hatten, entkleidete sich Emily erneut mit aufreizender Langsamkeit, um so den Wert dessen, was sie seinen Blicken darbot, noch zu unterstreichen. Mit einer Freizügigkeit, die Lady Cigogne als verwegen empfand, stützte sie sich dann auf das Piano und reckte ihm ihr Hinterteil entgegen; ihr Rücken war auf eine Art gewölbt, die keinen Zweifel daran ließ, was sie von ihrem Liebhaber erwartete.

Diese Stellung war für Emily eine Art Triumph über sich selbst, eine Entgleisung, die ihr ein Jahr zuvor, im ängstlichen Puritanismus von Kensington, absolut undenkbar erschienen wäre. Noch nie hatte sich die Pastorentochter in solchem Maße als Herrin über ihr Schicksal, ihr Benehmen und ihr Denken gefühlt wie in diesem Augenblick. Ende des 20. Jahrhunderts mag so etwas nicht ungewöhnlich erscheinen, im Jahre 1933 hingegen war dies erotischer Traum, die Überschreitung einer Grenze, die sich keine Frau der britischen Aristokratie hätte erlauben können, ohne dadurch ihre Selbstachtung oder die Wertschätzung ihres Mannes einzubüßen. Berauscht von dem Gefühl, alle Macht über sich selbst zu haben und gleichzeitig mit allen herrschenden

Konventionen zu brechen, ging Emily so weit, sich Debussy, als er in sie eindringen wollte, auf diese recht unorthodoxe Art darzubieten. Zu jener Zeit praktizierten in London lediglich die Prostituierten eine solche Stellung, Diese äußerst gewagte Pose entsprang ihrem Wunsch, mit ihrer Erziehung zu brechen, sich für immer aus dem Käfig ihrer Ängste zu befreien. Die Initiative ging jetzt von Emily aus; sie war fest entschlossen, von nun an nur sich selbst zu gehören.

Als ihr Liebhaber fast den Höhepunkt erreicht hatte, vernahm sie plötzlich Jeremys Stimme, der seine Lust mit hitziger Inbrunst herausschrie. Verwirrt wandte Emily den Kopf und erblickte zu ihrer Bestürzung Cigogne, der sich soeben die Katzenmaske herunterriß! Panik durchströmte sie und mischte sich mit dem Gefühl von Scham und dem schwindelerregenden Vergnügen, endlich ihre wahre Persönlichkeit zu zeigen. Zum ersten Mal in ihrem Leben hatte Emily das flüchtige Gefühl, wieder eins zu sein, in ihrer Ganzheit zu existieren. Ihr körperliches Verlangen und ihre offizielle Rolle verschmolzen plötzlich miteinander; dieser Gefühlssturm machte ihren Orgasmus um so intensiver und wühlte sie derart auf, daß sie beinahe die Besinnung verlor.

Im gleichen Augenblick konnte auch Cigogne seine Lust nicht mehr zurückhalten. Ohne sich aus Emily zurückzuziehen, flüsterte er ihr zu, daß er Debussy eingesperrt habe, um seinen Platz einzunehmen, daß er von Anfang an alles von ihrer Liaison gewußt habe. Er habe ihr alles zugestanden, weil er sie liebe und ihr Freiheit gewähren wolle, anstatt ihre widersprüchlichen Sehnsüchte zu ersticken. Nun aber, so fügte er hinzu, sei er am Ende. Die Leiden der Eifersucht laugten ihn aus und schwächten nicht nur sein Urteilsvermögen, sondern auch seine Gesundheit. Er könne in seiner Liebe nicht weiter gehen.

Noch immer unter dem Einfluß des Schocks, den sie gerade

erlebt hatte, wich Emily zurück, versetzte Jeremy eine Ohrfeige und fing zu weinen an, weil er sie selbst in dieser Situation hatte lieben können. Fasziniert, dankbar, irritiert, wütend, verwirrt, zitternd – mit einem Wort: verliebt – zog Emily ihn an sich, und ergriffen von einer gewaltigen und zugleich tragischen Lust, gab sie sich ihm ganz hin. Sie erlebten ihre Gefühle in einer tiefen Verbundenheit, und Emily fühlte sich endlich von jener Distanz befreit, die sie früher nie ganz hatte abschütteln können. Wie viele Ehemänner können schon von sich behaupten, ein solches Gefühl der Freiheit entstehen zu lassen, anstatt es mit ihrer Zuneigung zu ersticken? Ihre Vereinigung zeugte von einer durch harte Kämpfe mit sich selbst und dem anderen errungenen Hingabe, die nur ein Ehepaar zu erleben vermag – leidenschaftlich Liebenden offenbart sich solch innige Vertrautheit nur flüchtig.

Als ihre Körper schließlich ihr Verlangen gestillt hatten, sagte Cigogne mit leiser Stimme:

»Dieser Oktober hat mich etwas Entscheidendes gelehrt.«

»Was denn?«

»Eine neue Einstellung.«

»In bezug worauf?«

»Auf die Kunst, eine Frau zu lieben, die Erwartungen zu erfüllen, die sie selbst nie einzufordern wagen würde ...«

»Und? Ist es angenehm?« fragte sie lächelnd.

»Nein, ganz und gar nicht! Aber berauschend, nun, das hoffe ich zumindest. Von nun an wird alles anders werden. Ich werde mein früheres Verhalten ablegen ...«

In jenen Oktoberwochen hatte Lord Cigogne erkannt, welchem Irrtum er verfallen war, als er sich Tag für Tag bemüht hatte, Emilys Wünschen zu entsprechen und ihre Empfindungen zu ergründen. Seine eigenen Erfahrungen im Monat der Freizügigkeit – über die er im übrigen Stillschweigen bewahrte – hatten Jeremy gelehrt, daß es nicht nur darauf ankam, seine Frau zu verstehen, sondern daß er ebenso lernen mußte, sie derart geschickt zu enttäuschen, daß ihr Zweifel in bezug auf ihre Weiblichkeit kamen und sie gelegentlich wieder den Wunsch verspürte, ihm zu gefallen. Oh, natürlich nicht allzusehr, gerade genug, damit sie seine Gesellschaft mit einer gewissen Intensität erlebte und sich Mühe gab, seine Blicke auf sich zu ziehen. Ein Quentchen Manipulation würde ihrer Ehe nicht schaden, ganz im Gegenteil.

Cigogne hatte sich stets über die Gunst gewundert, die jene distanzierten, leicht hochmütigen Männer bei manchen Frauen genossen, die ihnen mehr Leid als Glück bescherten, da sie sie manchmal ziemlich schlecht behandelten und sie häufig vernachlässigten, ohne sich dabei je um ihre Unzufriedenheit zu scheren, und die ihre Hartnäckigkeit bestenfalls mit kurzen Anwandlungen von Zärtlichkeit belohnten. Weit davon entfernt, dieser zynischen Gattung ernsthaft angehören zu wollen, verstand es Jeremy jedoch, aus jener beklagenswerten Einstellung, die zwar nicht zu wahrer Liebe führt, aber sich als sehr wirksam erwiesen hat, Nutzen zu ziehen.

Doch auch wenn er beabsichtigte, Emily absichtlich zu enttäuschen, so wollte er damit auf keinen Fall jene gewöhnliche Verbitterung erzeugen, welche die meisten Rechtshänderinnen verspüren, wenn sie von ihrem Ehemann oder Liebhaber nicht beachtet werden. Was Cigogne vorschwebte, war eine sorgfältig durchdachte, taktische Zurücksetzung, die wissentlich und nach einem festen Plan zum Einsatz kam.

Sein Bemühen, Emily zu verstehen, erschien ihm zum gegenwärtigen Zeitpunkt unzureichend, ja in gewisser Weise sogar gefährlich für die Zukunft ihrer Ehe. Wenn er diesen Weg weiterhin verfolgte, würde er – ohne es zu wollen – Emily dazu treiben, sich eine gewisse Erregung anderswo zu suchen. Er mußte Emily unbedingt wieder in die Situation bringen, um seine Zärtlichkeit, seine Aufmerksamkeit zu werben, ja gar zu kämpfen; sie mußte ein Gefühl von Stolz und Vergnügen empfinden, wenn er ihr die Gunst einer Umarmung gewährte. Nichts im Leben sollte man ohne Anstrengung erreichen, denn schließlich hat alles seinen Preis. Aus diesem Grund mußte Cigogne seine gewohnte Ausdrucksweise aufgeben, sich ebenso seiner bedingungslosen Liebe entledigen – oder zumindest den Anschein erwekken; noch wirkungsvoller würde es allerdings sein, wenn er im Alltag höhere Ansprüche an sie stellte.

»Ich werde dich heute abend um neun Uhr in deinem Salon abholen«, meinte er zu ihr am Nachmittag vor dem Ball, mit dem der Monat der Freizügigkeit endete.

Und er fügte, ohne die Miene zu verziehen, hinzu:

»Du mußt unwiderstehlich und strahlend schön sein! Sonst werde ich nicht mit dir, sondern mit einer anderen zum Ball gehen. Das wär's, *darling.*«

Emily glaubte zunächst an einen Scherz; doch dann ließ sie sich, ungewollt, von ihrer Verärgerung darüber hinreißen, daß er vielleicht wirklich seelenruhig mit einer anderen, die er für attraktiver hielt, zum Ball gehen würde. Obwohl sie nicht glauben mochte, daß Jeremy dazu imstande wäre, und genau wußte, daß er nur versuchte, sie zu manipulieren, wurde Emily allmählich nervös und begann sich Gedanken über Kleider, Stoffe und andere Raffinessen zu machen, in denen sie *unwiderstehlich* und *strahlend schön* aussehen würde. Aufgeregt wie ein junges Mädchen, das beachtet werden will, stöberte sie in ihren Schränken, probierte verschiedene Puder aus und durchdachte mögliche Schmuckzusammenstellungen. Glücklich und ausgelassen pfiff das Zubial vor sich hin.

Während sie unter dem seligen Blick des Beuteltiers ein Kleid anprobierte, dachte Emily darüber nach, daß sie sich seit Jahren damit begnügte, anständig auszusehen, und sich kaum mehr darum bemühte, ihre äußere Erscheinung in ein vorteilhaftes Licht zu rücken. Sie hatte gewissermaßen ihre Schönheit vergessen; früher hatte sie sich mit Kleinigkeiten geschmückt, mit ein paar Blumen, einem bunten Band, einem Hauch Schminke, um diesen oder jenen Makel zu vertuschen. Ihre Hände versuchten, auf ihrem Gesicht die Wirkung fast vergessener Geheimnisse wiederaufleben zu lassen, wieder wie früher reizvolle Frisuren zu finden.

Als Lord Cigogne um neun Uhr erschien, war Emily zutiefst beeindruckt. Jeremy war wie ein Gentleman gekleidet – woher hatte er nur dieses phantastisch geschnittene Jackett, diese ausgesucht schöne Krawatte und diese Lackschuhe? –, seine Aufmachung war einfach tadellos. Glatt rasiert war er der Inbegriff starker und gepflegter Männlichkeit, der in seiner ganzen Erscheinung bis hin zu den eleganten Manschettenknöpfen zum Ausdruck kam, ohne daß diese Sorgfalt aufdringlich gewirkt hätte, und man spürte, daß er Vergnügen daran fand zu gefallen. Sein Blick glitt prüfend über Emily, ihre Abendrobe, ihr Gesicht; dann lächelte Jeremy und sagte mit vornehmer Zurückhaltung:

»*I'm sorry, darling,* aber das genügt nicht!«
Und ohne ein weiteres Wort ging er. Es stimmte tatsächlich, Emily war an jenem Abend nicht so strahlend schön, wie sie hätte sein können. Gequält rang sie sich ein Lächeln ab, warf ihm vor, daß sein Verhalten ungehobelt sei und es seinem Versuch, sie zu manipulieren, doch an Raffinesse und Geschick mangele; doch keine ihrer Bemerkungen vermochte ihn umzustimmen. Ohne sich noch einmal umzuwenden, stieg er in seinen Tilbury und fuhr allein davon.
Er hatte es tatsächlich gewagt!
Emily fühlte sich derart gedemütigt, daß mit einem Schlag das bißchen Vertrauen, das sie seit ihrer Ankunft auf der Insel Hélène in bezug auf ihr Aussehen gewonnen hatte, erschüttert wurde. War sie etwa wirklich häßlich? Emily war gekränkt, sie nahm Cigogne dieses kleine Spiel übel, da es ihre alten Ängste wiederaufleben ließ. Wie gemein er doch war! Ja, gemein! Wütend beschloß sie, dennoch auszugehen, sich nicht diesem Urteil zu unterwerfen, das einen unzumutbaren Anspruch enthielt: *Das genügt nicht*, hatte dieser Schuft mit zusammengekniffenem Mund gesäuselt! Emilys Verwirrung war um so größer, als sie glaubte, Jeremys Bemerkung sei nicht ehrlicher Überzeugung, sondern taktischen Erwägungen entsprungen. Und sie warf sich nun vor, in diese offensichtliche Falle getappt zu sein.
Hinter ihr frohlockte das Zubial, seine Herrin in einer solchen Stimmung zu sehen. Je mehr sich Emily quälte, desto auffälliger bestätigte das Tier durch Seufzer des Wohlbehagens, daß sie zu Recht über die Ränke ihres Gatten besorgt war. Doch sobald Emily ihre Aufmerksamkeit dem Beuteltier zuwandte, brachte das verständnisvolle Tier sein Mitgefühl zum Ausdruck, indem es sie bekümmert ansah, sich die Nase kratzte und auf den Boden spuckte. Sein Fell sträubte sich sogleich vor Wut; mit einem genauso griesgrämigen

Gesichtsausdruck wie Emily lief es mit großen Schritten mürrisch im Erdgeschoß auf und ab. Merkwürdigerweise hatte dieses spiegelbildliche Verhalten auf Emily größere Wirkung als eine vernünftige Belehrung. Daß dieses Tier sie verstand und es ihr auch zeigte, besänftigte sie vorübergehend.

Aber als Emily schließlich Lord Cigogne auf dem Ball, mit dem der Monat der Freizügigkeit endete, begegnete, war sie zutiefst verärgert. Jeremy war vorsorglich unmaskiert erschienen, damit sie ihn leichter ausfindig machen konnte. Er wiegte sich in den Armen einer hinreißend schönen Frau, obwohl er doch sonst wenig Interesse daran zeigte, mit Emily zu tanzen. Im allgemeinen fand er keinen Geschmack an dieser rhythmischen Ausdrucksform. Diese Tatsache brachte Emily völlig aus der Fassung; in ihr keimte jene Eifersucht auf, die – ganz gleich, wie man sie bezeichnen mag – das Salz in der ehelichen Liebe war. Handelte es sich etwa um eine der Frauen, an denen er im Monat Oktober seine libertinären Strategien erprobt hatte? Diese Frage beschäftigte Emily den ganzen Abend über, und sie setzte das Wort *Frau* für sich dabei nur deshalb in den Plural, weil sie die Vorstellung, daß er nur mit einer einzigen zusammengewesen sein könnte, noch mehr erschreckte.

Da sie nicht in der Lage war, ihre Wut zu verhehlen, beschloß sie, den Rückzug anzutreten, anstatt Cigogne die Genugtuung zu gewähren, sie in diesem Zustand zu sehen. Sie befand sich in einem inneren Aufruhr, und ihre Gesten wirkten fahrig. Daß er sie so sehr und vor allem so leicht hatte manipulieren können, ließ ihren Unmut, dessen Höhepunkt sie schon erreicht geglaubt hatte, nur noch größer werden.

Doch das war erst der Anfang!

In der darauffolgenden Woche kamen die Kinder von der Ile des Pins zurück; sie hatten den Kopf voll von den Legenden,

die ihnen die Kanaken erzählt hatte, und standen noch ganz im Bann der Schönheit dieses winzigen Eilands. Peter, Laura und Ernest waren weniger britisch als je zuvor, als hätten sie ihre Erziehung während des Aufenthaltes bei den melanesischen Stämmen vollkommen vergessen. Konsterniert nahm sich Algernon die jungen Cigognes vor, bestand unnachgiebig darauf, daß sie auf dem gewachsten Parkett von Emily Hall Filzpantoffeln trugen und allmorgendlich, wenn er den Union Jack an der Kokospalme hißte, gemeinsam *God save the king* sangen; selbstverständlich verging kein Tag, ohne daß er ihnen nicht mindestens einen halben Liter glühendheißen Tee, und zwar Schlag fünf Uhr, einflößte. Nahm sich etwa eines der Kinder die Freiheit, seine Gefühle in ungebührlicher Form auszudrücken? Sofort wurde der Übeltäter – trotz Emilys Bitte um Nachsicht – von Algernon getadelt und zur Strafe aufgefordert, Redewendungen zu gebrauchen, die in der Erinnerung des *butlers* das gute alte England, seine traditionsreichen *clubs* und Kricketspieler heraufbeschworen. Kurz und gut, das britische Leben hatte wieder Einzug in Emily Hall gehalten.
Um ungestört mit seiner Frau reden zu können, lud Lord Cigogne Emily, wie schon so häufig, zu einem Abendessen in die Stadt ein – brieflich, denn auch jetzt noch schrieben sie sich täglich. Doch Cigogne stellte die gleiche Bedingung; er war nur dann bereit, seine Frau auszuführen, wenn sie sich ihm am Abend um acht Uhr strahlend schön und betörend wie am ersten Tag präsentierte. Emily, die angesichts einer solchen Behandlung verärgert war, hatte nicht übel Lust, mit fettigem Haar und in alten Fetzen zu erscheinen – allein schon aus Freude an der Provokation –, denn wie oft hatte sie selbst ihm schon den Vorwurf gemacht, nicht genügend Wert auf sein Äußeres zu legen, es an jenem letzten Schliff mangeln zu lassen, der dazu beitragen kann, einen Mann wirklich attraktiv aussehen zu lassen. Doch zur Zeit über-

traf Jeremy ihre Anforderungen, er kleidete sich stets geschmackvoll, ohne dabei affektiert zu wirken, egal ob es sich um einfache, schlichte, oder eher mondäne Anlässe handelte; und weder tags noch nachts fehlte es ihm an Eleganz.

Um Emily keinen Anlaß zur Kritik zu geben, überwachte Cigogne fortan sorgfältig jede seiner Gesten und beobachtete sich genau, denn er wollte sich ein neues Wesen zulegen, das frei von jenen Unzulänglichkeiten sein sollte, die im Alltag die Lust auf einen Mann schmälern, wenn nicht sogar abtöten können. Welche Frau kann noch in Gegenwart ihres Geliebten vor Liebe vergehen, wenn er zur Schlafenszeit, ohne Umsicht walten zu lassen, die Kleider ablegt und sich dabei als letztes seiner Sockenhalter entledigt? Ebenso tragen heftiges Gähnen und Glucksen nicht gerade dazu bei, Leidenschaft zu entfachen. Jeremy nahm sich also in acht, duftete stets nach Kamille, schnitt sich nur noch in unbeobachteten Momenten die Nägel, schneuzte sich äußerst diskret, schluckte unauffällig und atmete, ohne dabei das leiseste Pfeifen zu verursachen. In seinem Überschwang verzichtete er inzwischen sogar auf seine mit Zobel gefütterten Unterhosen, die Fledermausblase, die er sich nachts – zum Schutz vor Lärm – über die Ohren zog, und sogar auf sein Angorakatzenfell, das er früher trug, um gegen die nächtliche Kühle gewappnet zu sein. Es war ein Vergnügen, ihm beim Auskleiden zuzusehen und zu beobachten, wie er mit äußerst männlichem Gebaren (und ohne zuvor unter den Achseln zu schnuppern) in das gemeinsame Bett stieg. Clark Gable in seinen besten Zeiten hätte sich nicht viriler präsentieren können. Kurz, Jeremys Erscheinungsbild hatte sich gewandelt; er bot Emily keinen Anlaß mehr zu ihren gewohnten Vorhaltungen. Doch er beging den Fehler, an Praktiken anzuknüpfen, die an ihre früheren Kriegslisten erinnerten.

Um acht Uhr öffnete sie also Lord Cigogne. Langsam wanderte sein Blick über Emily, in der Hoffnung, ihr Anblick möge ihn beeindrucken, doch das traf leider nicht zu. Seine Frau war lediglich sehr hübsch, ohne daß ihre Schönheit diese unverschämte, spektakuläre Note gehabt hätte, die ihn mitunter erstaunte, ja ihm beinahe den Atem nahm. In seiner Enttäuschung fand er die Kraft, ihr das ohne Umschweife und mit einer Fürsorglichkeit, die Emily zutiefst demütigte, zu verstehen zu geben und ihr so für einen Augenblick jegliches Vertrauen auf ihre Anziehungskraft und ihren Wert zu nehmen; ein anderer, weniger anspruchsvoller Mann hätte sich mit ihren eindrucksvollen Reizen zufriedengegeben.

Cigogne gefiel es nicht, sich wie ein Scheusal zu gebärden; aber er wußte auch, daß Liebe an solcher Nachlässigkeit zugrunde gehen kann. Sie mußten beide dieses brutale, aber heilsame Vorgehen akzeptieren, um sich später tatsächlich besser fühlen zu können! Seine Unnachgiebigkeit – die er auch sich selbst auferlegte – sollte sie vor einem für beide leidvollen Abgleiten schützen und vor der Versuchung bewahren, sich in jemand anderen zu verlieben. Jeremy musterte sie ganz von der Hoffnung erfüllt, von ihrem Anblick geblendet zu werden. Er befand sich in jenem Zustand übersteigerter Spannung, der manchmal in Romanen beschrieben wird. Emily genoß eigentümlicherweise die quälende Ungewißheit, ob sie Gnade in den Augen des Mannes finden würde, der ihr diese Prüfung auferlegte; und sie genoß die Vorfreude auf die Euphorie an jenem Tag, da es ihr gelingen würde, ihn zu beeindrucken. Seit er sie so behandelte, anstatt sie – wie früher so häufig – lediglich oberflächlich und zerstreut zu betrachten, erkannte Emily sehr wohl, daß Cigogne sie nur deshalb herabwürdigte, um ihre Vorzüge deutlicher hervorzuheben. Sicher, manchmal benahm er sich gräßlich und verletzte sie mit seinem Verhalten; doch selbst jetzt entdeckte sie in seiner Wachsamkeit eine Qualität und Intensität, durch die ihre Weiblichkeit unglaublich aufgewertet wurde.

An dem Abend, an dem es ihr schließlich gelang, seine Erwartungen zu erfüllen, brachte Lord Cigogne seine Bewunderung auf äußerst englische Art zum Ausdruck, indem er nämlich nur bemerkte:

»*Darling,* ich glaube, wir können essen gehen ...«

Fasziniert von ihrem Anblick, lächelte er sie an und reichte ihr den Arm. Um die Wahrheit zu sagen, Emily war an jenem Abend nicht auffallend hübscher oder besser zurechtgemacht als an den anderen zuvor; doch heute strahlte ihr Gesicht etwas Lebendiges aus, das mehr Charme hatte als alles andere und die auffälligsten Schönheiten in den Schatten stellte. Ihr ausdrucksvolles Gesicht, ihre lebhaften, unruhigen und amüsierten Blicke spiegelten ihre Vitalität und Lebensfreude wider, einen Lebenshunger, der ihn anregte. Selbst ihr Haar unterstrich diesen Eindruck.

Niemals hatte sich Emily in den Augen eines Mannes so begehrenswert gefühlt; jede Kleinigkeit war mit einem Mal Bestandteil eines Meisterwerks, das nun endlich die ihm zustehende Bewunderung fand. Das ungeheure Begehren, das ihr entgegengebracht wurde, machte sie benommen, ja ließ sie beinahe wieder wie einen Teenager erröten. Wie viele Ehefrauen wurden von ihren Männern nach so langem Zusammenleben noch mit solch feurigen Blicken bedacht? Lord Cigogne machte seiner Frau im Verlauf dieses Abends nur wenige Komplimente, doch diese genügten vollauf, sie zu entzücken. Früher hingegen, als er damit nicht sparte, hatte ihr das natürlich Freude bereitet, sie jedoch wesentlich weniger berührt; ihre Wirkung hatte sich rasch verflüchtigt. Ein Quentchen Grausamkeit und eine gewisse Erwartungshaltung hatten ausgereicht, wieder jene Intensität und Süße in diese durch allzu leichtfertige Anwendung abgedroschenen Worte zu legen.

Emily war nicht die einzige, die sich an diesen Worten erfreute; denn kaum hatte er sie ausgesprochen, wunderte sich auch Jeremy, daß seine seltenen – aber gut gewählten – Komplimente Emilys Herz mit einer Heftigkeit berührten, die er auf ihrem Gesicht ablesen konnte. Wie lange war es her, daß er seine Frau zum Erröten gebracht hatte? Nun, da sie sich bewußt waren, daß eine Liebe ohne lebendige Worte vergeht, legten Cigogne und Emily besonderes Augenmerk darauf, die Wirkung des Vokabulars, das ihrem Intimleben vorbehalten war, nicht abklingen zu lassen; der Gebrauch von Andeutungen, Anspielungen und eines beredten Schweigens stand bei den Cigognes wieder hoch im Kurs. Die Worte hatten nun eine größere Aussagekraft, einen bewegenderen Klang angenommen als in den Anfängen; sie liebten sich nicht mehr aufgrund der Illusion von aufkeimender Zuneigung, sondern quasi in Kenntnis der Sachlage. Ihre Gefühle waren stärker geworden, obwohl im Laufe der Zeit jeder trügerische Irrtum über das Wesen des anderen, jener Schleier irriger Verlockungen, der anfänglich die erste Liebesglut umhüllt und sie darum so gefährlich macht, gewichen war.

Auf diesem abgelegenen südlichen Eiland, das den Geographen der Rechtshänder unbekannt war, verhielt sich Lord Cigogne folglich wie ein waschechter Linkshänder. Er widmete sich voll und ganz der Aufgabe, auf Momente der besonderen Wertschätzung subtile Kritik folgen zu lassen, um Emily anzuspornen, ihm erneut gefallen zu wollen; und diese Schwankungen, diese fiebrige und schmerzliche Unruhe verliehen ihrer Beziehung einen neuen Reiz. Doch Jeremys Verhalten war nicht klug zu nennen; es entsprang lediglich dem Wunsch, ehrlicher zu sein, dem festen Vorsatz, ein für allemal das, was ihm an Emily mißfiel, auszumerzen. Wählte sie eine Frisur, die ihm nicht gefiel? Er sagte es ihr rundheraus, ohne auf vorsichtige Formulierungen oder jenes Taktieren zurückzugreifen, das auf die Dauer jede Leidenschaft abtötet. Manchmal weinte sie aus Wut, wie eine Verliebte, der man einen Korb gegeben oder über die man sich lustig gemacht hat. Es kostete sie Kraft, diesen schlauen Fuchs zu lieben. Gelang es ihr, ihn durch ihre Äußerungen zu bezaubern? Sogleich feierte er ihren Esprit, ihr Urteilsvermögen oder ihre Schlagfertigkeit mit flammenden Worten, die ihre Wirkung nicht verfehlten. Cigognes unermüdlicher Wachsamkeit entging rein gar nichts. In seiner Gegenwart hatte Emily nicht mehr die Muße zur Mittelmäßigkeit. Sie mußte geistreich, empfindsam, bildhübsch sein, kurz, virtuos all ihre Fähigkeiten einsetzen; und sie genoß diese Spannung, die gelegentlich über ihre Kräfte ging, sie stets zu nicht enden wollenden Überlegungen anregte und sie nötigte, ihre einzigartige Schönheit lebendig zu erhalten. Das Zubial frohlockte.

Doch das Kräfteverhältnis innerhalb ihrer Ehe war erst an jenem Tag endgültig ausgeglichen, als auch Emily Jeremy gegenüber diese absolute Offenheit, diese unentwegte brutale Überwachung einsetzte. Es war Lord Splitternackt, der sie – wie sie glaubte: beiläufig – auf die Idee brachte. Sir Lawrence war bereits seit geraumer Zeit das veränderte Benehmen Cigognes seiner Frau gegenüber aufgefallen – und Emilys Art, die neuen Gegebenheiten hinzunehmen; darunter litt seine Achtung für sie. Außerdem beunruhigte es ihn zu sehen, daß die Cigognes von dieser einseitigen Methode nicht abließen; denn er fürchtete, daß Emily eines Tages gegen die erschöpfenden und mitunter demütigenden Praktiken ihres Ehemannes aufbegehren könnte. Und es hätte Sir Lawrence zutiefst betrübt, die Liebe seiner besten Freunde scheitern zu sehen.

Eines Tages, als er zu Besuch auf Emily Hall weilte, um die Kinder in die Feinheiten des Kricketspiels einzuweihen, erzählte Lord Splitternackt Emily, daß ein Paar aus seinem

Bekanntenkreis sich seit kurzem auf ein unausweichliches Fiasko zubewege, weil es ihnen nicht gelänge, sich in ihrer Beziehung gleichermaßen unnachgiebig zu erweisen. Damit Emily nicht merkte, daß von ihr die Rede war, hatte Sir Lawrence geschickterweise die Rollen vertauscht. In seiner Erzählung kam dem Ehemann der Part des Opfers zu; er berichtete ihr, daß letzterer sich nun genauso benehme wie seine Frau und daß ihre Liebe dadurch stärker und etwas friedvoller geworden sei, denn die Ehefrau hätte nun selbst erfahren, wie verletzend ihre Härte sein könne. Dies stimmte Emily nachdenklich.

Von jenem Tag an begann auch sie, mehr Aufrichtigkeit in ihre Bemerkungen zu legen, ohne sich davor zu fürchten, Jeremy zu verletzen, und dem Umgang mit dem anderen etwas von jener Brutalität beizumischen, die sie stets erschreckt hatte. Erlaubte er sich zweifelhafte Bemerkungen über das Leben? In diesem Fall zeigte sie sich härter als gewöhnlich, führte ihm die Schwachstellen seiner Argumentation vor Augen, unterstrich die Lächerlichkeit seiner Einstellung und betonte, daß solche Äußerungen seiner unwürdig seien. Wagte er es am Abend, sich vor ihr mit ungeschickten Bewegungen auszuziehen, die nicht angetan waren, sie zu verführen? Sogleich machte sie sich darüber mit ein paar ironischen Bemerkungen lustig. Doch sobald Jeremy sie in Verzückung versetzte, sparte Emily nicht mehr mit Bewunderung. Sie entwarf ein sehr ansehnliches Bild von ihm, was seiner beunruhigten Männlichkeit schmeichelte. Indem sie ihre Scham ablegte, konnte sie sich so weit gehenlassen, über seinen gut trainierten Körper, seine Schultern, sein Gesäß zu sprechen. Jede allzu große Nachsicht war zwischen ihnen aufgehoben; ihre Zärtlichkeit kam nun von Herzen.

Nachdem er die erste Überraschung, die erste Verunsicherung überwunden hatte, entdeckte Lord Cigogne, daß er

Emily nur noch mehr begehrte, seit sie ihn ebenfalls herausforderte und er sich ständig in acht nehmen, seine Taktlosigkeiten im Zaun halten mußte, wollte er ihre Blicke auf sich ziehen; und was für Blicke! Die Tatsache, seine Frau zu lieben, hatte in ihm noch mehr Gefühle erweckt, wundervolle Gefühle, und nicht jene leeren, vorgeblichen Herzensregungen, die bei den Rechtshändern an der Tagesordnung waren. Seitdem gab es kein Zubial, das zufriedener war als das ihre.

Eines Abends fiel Cigogne beim Stöbern in der Bibliothek von Port-Espérance ein französisches Buch in die Hände; oben auf einer Seite hatte ein rechtshändiger Leser notiert: *Glückliche Menschen haben keine Geschichte,* um die Menschheit davon in Kenntnis zu setzen, daß sein Pech fesselnd, ja sogar beneidenswert sei. Diese armselige Überlegung wirkte auf Jeremy wie eine ausgemachte Dummheit. Wie viele Auseinandersetzungen hatte er seit seiner Ankunft auf dem Archipel der Linkshänder nicht führen müssen, um ein wenig von diesem Glück zu erhaschen, nach dem sich die Bewohner von Port-Espérance verzehrten? Die Insel Hélène war der überzeugendste Gegenbeweis, den man für diese unglaubwürdige Behauptung des Rechtshänders finden konnte. Welch ein Betrug! Die Suche nach einem gewissen Glück beherrschte ohne Unterlaß die Vorstellungen der Helener, ließ sie sich in wilde Abenteuer stürzen, machte aus ihnen Schriftsteller, die unermüdlich ihr Leben und ihre eigene Gestalt neu entwarfen.

Waren Emily und Jeremy zu Beginn dieses etwas zu heißen und schwülen Jahres 1934 jedoch vollkommen glücklich? Cigogne mußte sich eingestehen, daß der nicht zu überbrückende Unterschied zwischen ihnen der große Stachel blieb, ein ewiger Quell gefühlsmäßiger Verwirrung, haßerfüllter Verärgerung und quälender Verzweiflung. Das konnte einem jeglichen Spaß an der Liebe verderben! Warum war der andere so hartnäckig darauf versessen, alles auf seine nervenaufreibende Art zu fühlen? Als hätte der Schöpfer uns absichtlich so gemacht, damit wir uns bis in alle Ewigkeit auf die Nerven gingen! Wie konnte sich Cigogne von dieser unglaublichen Last befreien, die gleichzeitig auch die Quelle so vieler schöner Erfahrungen war?

»Durch Lachen!« erwiderte ihm eines Abends Sir Lawrence.

»I beg your pardon?« fragte Lord Cicogne verwundert.

»Ja, durch Lachen, *my old friend.* Sie werden es schon bald erleben!«

»Was?«

»Den Karneval der Linkshänder!«

Als der Februar näher rückte und die südliche Sommerhitze über der Insel brütete, versetzte der bevorstehende eigentümliche Karneval der Linkshänder die Stadt in Aufruhr. Für zehn Tage schlüpften die Frauen der Insel in die Kleider ihrer Ehemänner, und diese übernahmen den Part ihrer Frauen. Doch die Kostümierung beschränkte sich nicht allein auf Kleidung und Haartracht. Die Bürger von Port-Espérance bemühten sich, die Fehler des anderen zu parodieren, ihre jeweils bessere Hälfte bis in die verborgensten Lächerlichkeiten nachzuäffen. Die einzige Regel, die es während dieses Karnevals einzuhalten galt, bestand darin, mehr Humor als Grausamkeit an den Tag zu legen, denn ein jeder war sich darüber im klaren, daß man nach dem ersten halben Jahr der Turtelei weniger großzügig über die Fehler des Menschen hinwegsieht, mit dem man das Bett teilt.
Dreihundertfünfundfünfzig Tage ehelicher Reibereien, die aufgestaute Gereiztheit eines ganzen Jahres verflogen in unbändigem Gelächter und – teils von Zähneknirschen begleiteten – Burlesken. Der große Frühjahrsputz, der allen Groll hinwegfegte! Die Befreiung der Paare von aller Verbitterung! Reinigung durch Lachen! Es lebe der Karneval! Zehn Tage lang entdeckte man verblüfft und auch ein wenig entsetzt, was es für den anderen bedeutete, mit jemandem wie sich selbst zu leben. Abgründe taten sich auf! Am zehnten Tag beeilte sich ein jeder ein-

zugestehen, daß dem anderen ein echtes Verdienst zukam, weil er sich noch immer vom Verhalten des Partners rühren ließ, trotz des Sumpfs an charakterlichen Unzulänglichkeiten, der sich plötzlich vor einem ausbreitete, trotz der kleinen Scheußlichkeiten, der hartnäckigen, jahrelang kultivierten Manien. Die meisten waren nach dieser Erfahrung fast tolerant und faßten den Vorsatz, großmütig ein weiteres Jahr über die Schwächen des anderen hinwegzusehen!

Als Emily am Morgen des 2. Februar 1934, einem Freitag, die Augen öffnete, erblickte sie Lord Cigogne in ihrer Kleidung vom Vorabend. Eigentlich war es ein hübsches Kleid, doch Cigogne mangelte es in dieser Aufmachung an Anmut, er glich eher einer alten Schachtel!

»Wenn du zur Hochzeit der Clamens willst, gehst du am besten gleich zur Schneiderin«, rief sie ihm zu. »Sie macht mittags zu!«

Doch Cigogne, der Emily nachahmte, wie sie an manchen Tagen von Unschlüssigkeit geplagt wurde, gab zurück, er wisse noch nicht recht, ob er hingehen werde. Genüßlich und mit endlosen Abschweifungen legte er ihr detailliert alle Verlockungen dar, die dieser Tag bergen könne, wägte die Freuden eines Besuchs im Museum von Port-Espérance ab, überlegte, ob es nicht vielleicht vorzuziehen sei, mit den Kindern und dem Zubial auf den Hügeln Kräuter zu sammeln, ehe ein neuer Zyklon sie in Emily Hall festhalten würde. Dann versicherte er, es sei allerdings auch bedauerlich, sich an so einem schönen Tag keine Partie Tennis zu gönnen. Oder sollte man doch besser im Schutz der Sonnenschirmchen einen Familienausflug auf eine benachbarte Vulkaninsel wagen, auf der es viele Schmetterlinge gab, die Lauras Sammlung vervollständigen könnten? Es sei denn, er würde sich letztlich doch dazu entschließen, an der Hochzeit der Clamens teilzunehmen, sofern Sir Lawrence ihn nicht einlud, mit ... Andererseits, wenn es der Wind zuließe, würde er auch gerne segeln gehen ...

Das war Emilys Art, durch beständige fieberhafte Ausflüchte eine Entscheidung hinauszuzögern, als könne sie durch ihre unentschlossene Haltung in Gedanken alle Möglichkeiten auskosten, die sie durch eine letzte, definitive Wahl ausschließen müßte; der Genuß, auf nichts zu verzichten, jenes Vergnügen unendlich in die Länge zu ziehen, das all jenen, die zu schnellen Entscheidungen neigen, ewig versagt bleiben wird ...

Doch während Emily die Szene beobachtete, die Cigogne ihr in ihrem Kleid so amüsant vorspielte, wunderte sie sich, daß sie zu solchen Exzessen fähig war und daß ihre Lust, Dinge hinauszuzögern, scheinbar unersättlich war. Denn er wand sich gut zwei Stunden lang auf diese Weise, bis sie schließlich darauf einging und sich nun über Jeremy lustig machte, der im allgemeinen in solchen Momenten in Panik geriet und eine Entscheidung zu erzwingen suchte, indem er ihr heftige Vorhaltungen machte. Vor Ärger – der im übrigen völlig sinnlos war – schien er seine englische Herkunft ganz und gar zu vergessen. Mit einem Schlag war jegliche vornehme Zurückhaltung verflogen! Wutentbrannt und mit zornigem Blick verkündete Cigogne, daß seine Frau ihn in ihrer Gewalt habe, ihn wie einen Dienstboten behandle, sich seines Schicksals bemächtige! Und ebenso verhielt sich Emily jetzt, indem sie in Jeremys Kleider schlüpfte und ihrer *show* jene lächerliche Note gab, die ihr die nötige Würze verlieh.

Sie mußten sich beide beherrschen, um nicht laut loszulachen, doch plötzlich erkannte Emily die panische Angst, in die sie Jeremy versetzte. Die Parodie gab ihr die Möglichkeit, die Ängste ihres Gatten nachzuvollziehen, seine unermeßliche Furcht, vom Universum seiner Frau aufgesogen zu werden und so alles, selbst seinen Charakter, zu verlieren, wenn er sich dem Willen eines anderen, einem ihm völlig fremden Rhythmus unterwarf. Oh, sicherlich, seine aufbrausende Reaktion war völlig übertrieben, doch zwischen zwei Lachanfällen wurde Emily plötzlich klar, daß Cigognes Besorgnis einem Gefühl der Ohnmacht, einer fundamentalen Angst entsprang! Er sah sich bereits seiner Männlichkeit beraubt. Seine Integrität war in Gefahr! Und zwar durch sie! Durch sie, die ihn doch liebte... Mein Gott, die Liebe war letztlich nichts als eine ungeheure Betrügerei und noch dazu eine verderbte Vorspiegelung falscher Tatsachen. Das Herz ist Feuer und Flamme, und doch tappt man ungewollt in die Fallstricke des Lebens in der Zweisamkeit. Die Maschinerie, die die Liebenden zermalmt! Und wer ist daran schuld? Wir armen Irren, die wir an die Verheißung eines wolkenlosen Horizonts glauben, an den trügerischen Schein unserer Gefühle, die doch längst nicht so eindeutig sind, wie wir angenommen haben. Aber wie sollte man denn aufhören, daran zu glauben? Emily lachte, doch innerlich war ihr zum Weinen zumute, weil ihr einziger Fehler in der ganzen Sache darin bestand, sie selbst zu sein, weil ihre wahre Natur Lord Cigogne, den sie doch über alles liebte, so sehr erschrecken und verletzen konnte.

Während sie sich noch diesen traurigen Überlegungen hingab, hob Cigogne sie plötzlich in die Luft, küßte sie und murmelte:

»Ich habe dich verstanden...«

Cigogne war also den gleichen Weg gegangen wie Emily, hatte durch das gemeinsame unbändige Gelächter Emilys Gefühle verstanden. Er hatte begriffen, welches Vergnügen es für sie bedeutete zu zögern, hin und her zu überlegen, ohne daß diese Freude auch nur im mindesten von der Absicht geprägt gewesen wäre, ihn in Wut zu versetzen. Plötzlich vergaß Emily ihre bitteren Ansichten über die

Wege des Herzens und schüttelte ihren Trübsinn ab. Ihre Hoffnungen erwachten zu neuem Leben, überschwenglich küßte sie Jeremy und glaubte erneut an die verflixten Wunder, die das Leben zu zweit bereithielt. Zum Teufel mit der Verbitterung! Dem gehässigen Groll! Die Liebe funktionierte dennoch. Nach den Spielregeln der Linkshänder standen die Gewinnchancen gut!

Beide waren so von Zärtlichkeit erfüllt, daß sie es nicht übers Herz brachten, mit ihren Sticheleien fortzufahren; statt dessen imitierten sie für einen Augenblick die angenehmen Seiten des anderen. Cigogne legte sein Kleid eilig ab und zog sich sorgfältig an, ganz so wie Emily es tat. Und zwar weniger, um sich gegen die morgendliche Kühle zu schützen, sondern vielmehr, um diese oder jene Unzulänglichkeit zu kaschieren oder die positiven Seiten ins rechte Licht zu rücken. Morgens nach dem Aufstehen musterte Emily kritisch ihr Äußeres und verbesserte es durch endloses Anprobieren verschiedener Toiletten, während Lord Cigogne sich – selbst wenn er inzwischen mehr Sorgfalt auf seine Kleidung verwandte – nur ankleidete, um nicht nackt herumzulaufen. Emily schlüpfte hastig in ihre Kleider wie Jeremy, der immer darauf bedacht schien, diese morgendlichen Aufgaben möglichst schnell hinter sich zu bringen, als fürchte er, die reale Welt könne ihn ersticken, ihn daran hindern, sich vollständig auf seine Gedanken und Gefühle zu konzentrieren.

Dann verfielen sie allmählich wieder in die Parodie; und als sie sich endlich entschlossen hatten auszugehen – Jeremy war einverstanden, zur Hochzeit ihrer Bekannten, der Clamens, zu gehen –, mußte sich Emily noch sieben Minuten gedulden, eben jene sieben Minuten, die Lord Cigogne mit schöner Regelmäßigkeit in Rage brachten. Nach Emilys Vorbild überprüfte er jetzt, ob die Wasserhähne im Haus nicht tropften und die Türen, die er bereits abgesperrt hatte, wirklich zu waren. Hatte er vielleicht nur in Gedanken abgeschlossen? Dann ging er in die Küche, um sich zu vergewissern, daß der Gashahn tatsächlich abgestellt war. Und als alles zum fünften Mal überprüft war, bestand er darauf – *es dauert ja nur eine Minute!* –, noch einmal sein Äußeres einer kurzen Prüfung zu unterziehen, für den Fall, daß ein Luftzug seine Haare in Unordnung gebracht haben sollte oder seine Nasenspitze glänzte.

»Los!« schimpfte Emily, wobei ein Lächeln ihre Lippen umspielte. »*Let's go!* Sonst macht die Schneiderin zu. Denk an die Änderungen!«

Dieser Rollentausch ließ sie in schallendes Gelächter ausbrechen, denn im Laufe der Jahre hatte sich wirklich jeder von beiden auf seine Rolle spezialisiert, und die eine war so nervtötend wie die andere: Emily spielte im allgemeinen den Nachzügler; Jeremys Aufgabe bestand darin, zu schimpfen und einige kalte, ironische und bissige Bemerkungen zu machen; die Vorstellung, zu spät zu kommen, entsetzte ihn, und zugleich befand er sich dadurch wieder in der undankbaren Lage, ihr Vorwürfe zu machen.

Natürlich war das Geschäft der Schneiderin bereits geschlossen, als sie endlich die Kais von Port-Espérance erreichten. Emily schimpfte an Jeremys Stelle, und dieser läutete, wie sonst seine Frau, an der Wohnungstür der Schneiderin und ließ sie das Geschäft wieder öffnen. In der Regel geschah es, daß Emily fünf Minuten nach Ladenschluß in ein Geschäft kam, denn sie war davon überzeugt, daß Menschen *anderen gerne eine Gefälligkeit erweisen und daß man ihnen Gelegenheit dazu geben muß!* Wenn Cigogne Emily begleitete, litt er – der es kaum wagte, auf der Straße jemanden nach dem Weg zu fragen, aus Angst, ihm lästig zu sein – für gewöhnlich darunter, die armen Leute stören zu müssen. So hat jeder seine lächerlichen Eigenarten! Jedoch hatte es im allgemeinen den Anschein, als schätzten die Kaufleute Emilys Verhalten, denn sie entschädigte sie mit einem Loblied auf ihre Liebenswürdigkeit und darauf, welche Freude es für sie sei, in den Genuß ihrer Freundlichkeit zu kommen, ohne daß ihren Ausführungen auch nur die leiseste Speichelleckerei anhaftete. Man hätte sogar sagen können, daß in diesen Fällen eine gewisse gegenseitige Sympathie aufkam, während bei einem Einkauf zu den normalen Geschäftszeiten nur eine kalte, geschäftliche Beziehung entstanden wäre, bei der man sich höchstenfalls zu oberflächlichem Geschwätz hätte hinreißen lassen. Cigogne mußte ihr also doch recht geben: *Die Leute erwiesen anderen gerne eine Gefälligkeit.*

Und so war es auch diesmal! Die Schneiderin – während des Karnevals übernahm ihr Ehemann diese Rolle – schien entzückt, Schere und Nadeln wieder hervorholen zu dürfen. Man schwatzte ausgiebig, trank sogar ein Täßchen Tee auf die Gesundheit der alten Albion miteinander, und völlig unerwartet entdeckte man eine gemeinsame Leidenschaft für die jugoslawische Literatur, deren Vorzüge Lord Cigogne ausführlich darlegte. Zwischen den beiden Paaren entstand gegenseitige Sympathie. Die falsche, bärtige Schneiderin war begeistert von der slowenischen Zivilisation und der Schönheit der dalmatischen Legenden.

Während dieses Gesprächs verliebte sich Jeremy aufs neue in seine Frau, denn sie besaß die Fähigkeit, solch unerwartete Augenblicke und eine Verbindung zwischen den Menschen heraufzubeschwören. Sie hatte die Gabe, dem Leben Substanz zu verleihen und es mit gemeinsam geteilten Empfindungen zu erfüllen, die nach und nach eine Art Vertrautheit zwischen den Menschen schufen.

Cigogne hatte in Emilys Haut schlüpfen, ihre Worte und Gewohnheiten annehmen müssen, damit seine Bewunderung ihren Höhepunkt erreichte und der Unterschied zwischen ihnen ihm endgültig kein Dorn mehr im Auge war. Jetzt entzückte ihn alles an ihr und ließ einen sicherlich etwas kindlichen und doch köstlichen Enthusiasmus in ihm auflodern. Was für eine Belohnung, in seine eigene Frau verliebt zu sein! Zum Teufel mit den Sauertöpfen! Den krankhaften Überzeugungen der Rechtshänder! Die Paarbeziehung war nicht etwa ein Kerzenlöscher, der Gefühle erstickte, oder eine Maschinerie, die Gift destillierte. Auf der Insel der Linkshänder konnte eine lang andauernde Bindung reine Liebe und auch Lachen destillieren! Und für all das war nur ein bescheidener Preis zu zahlen, nämlich der Bruch mit der Welt der Schlecht-Geliebten!

Doch nach der Zeremonie, während des Hochzeitsessens der Clamens, sahen sich Cigogne und Emily noch einmal mit ihrer früheren Einstellung konfrontiert. Emily fand, wie sonst Lord Cigogne, auf einmal Geschmack daran, die Aufmerksamkeit der Tischgesellschaft auf sich zu ziehen, indem sie Erinnerungen leicht verändert zum besten gab, um sie so interessanter, ja aufsehenerregender zu machen. Jeremy reagierte sogleich, wie es Emily in solchen Fällen zu tun pflegte. Normalerweise bemühte sie sich nämlich, die Fakten richtigzustellen – und zwar genau in dem Augenblick, wenn Lord Cigogne, am Ende seiner Ausführungen angelangt, begierig auf ihre Wirkung wartete. Und genau das tat *er* jetzt, um Emily – in dem Moment, da sie die Bewunderung der Gesellschaft einzuheimsen hoffte – Sand ins Getriebe zu streuen. Sie sollte endlich am eigenen Leib den Ärger spüren, den sie ihm so oft bereitet hatte. Eine vortreffliche Gelegenheit! Doch Emily machte sich sogleich eines seiner früheren Argumente zunutze und behauptete, daß Genauigkeit und Wahrheit nicht unbedingt identisch seien. Bedurfte es nicht auch in der Malerei eines Kunstgriffs wie etwa der Perspektive oder einiger kleiner Verschönerungen, um die wahren Gefühle einer Szene wiederzugeben? Indem er Emily parodierte, erwiderte er sogleich,

daß er es nicht gerade gutheiße, wenn sie die ganze Gesellschaft mit Fabeln unterhalte.
»Ich stehe wie ein Idiot da! Alle merken, daß die Sache so nicht stimmt, mein Liebling!« erklärte er in einem Ton, der ihr den Mund stopfen sollte.
»Sollte es dir unerträglich sein, daß ich in der Öffentlichkeit glänze, mein Liebling?« fragte sie mit einem kalten Lächeln.
Die Auseinandersetzung setzte sich bis spät in die Nacht fort, auf Betreiben Cigognes, der doch früher in jenen Augenblicken, da Emily *über sie beide* sprechen wollte, stets ein dringendes Schlafbedürfnis bekundet hatte. An diesem Abend aber war sie es, die Müdigkeit vorschützte, während er die Aussprache forcierte, indem er bemerkte, daß er diese Abendeinladungen in der Stadt nicht mehr ertrage, bei denen sie die ganze Aufmerksamkeit auf sich ziehe oder die Anwesenden mit ihrem ungewöhnlichen Beruf zu faszinieren suche, ohne daß er dabei auch nur das geringste Interesse oder die leiseste Beachtung fände.
»In dieser Situation fühle ich mich wertlos«, fuhr er fort, »jawohl, wertlos!«
Und er begann zu klagen, so wie Emily es früher getan hatte, und fügte hinzu, daß die Sache äußerst ernst sei. Für ihn. Für ihre Liebe, die ohnehin sehr zerbrechlich sei. Daß er sie schließlich hassen, jawohl, abgrundtief hassen werde!
»Denn selbstverständlich hast du während des Abendessens nichts bemerkt. Aber du bemerkst ja nie etwas. Du bist immer in Gedanken!«
»Doch, natürlich!« ahmte sie Cigogne nach. »Aber ich kann mich schließlich nicht ständig dafür entschuldigen, daß ich so bin, wie ich bin. Daß ich das tue, was ich tue!«
»Du hättest ... mir mit einem Blick dein geheimes Einverständnis signalisieren können, jawohl, einfach nur das. Statt mich in aller Öffentlichkeit bloßzustellen! In solchen Au-

genblicken habe ich das Gefühl, daß du mich nicht mehr als deinen Ehemann ansiehst. Ich bin nichts mehr für dich! Höchstens ein Feind! Aber ... was mich dabei vielleicht am meisten verletzt, ist die Tatsache, daß du nicht einmal versuchst, meine Gefühle zu verstehen!«

»Jeremy, hör auf! Alles ist in Ordnung, wir haben keinen Krieg, die Kinder sind nicht krank, und wir haben genug zu essen. Aber du mußt aus allem ein Drama machen. Ständig zerbrichst du dir den Kopf über Nichtigkeiten! *Stop all this, right away! Please.*«

Beide lächelten unwillkürlich; das Verlangen, sich durch Humor Erleichterung zu verschaffen, stieg in ihnen auf, doch es gelang ihnen, sich zu beherrschen. Cigogne nahm mit einer leicht übertriebenen Aufrichtigkeit, die Emilys frühere Verwirrung trefflich karikierte, die Auseinandersetzung wieder auf:

»Und du, hör auf, meine Gefühle in Abrede stellen zu wollen! Hör auf, die Dinge zu vereinfachen. Zu behaupten, daß wir glücklich sind, nur um dich selbst davon zu überzeugen. Du willst mein Leid nicht sehen, um dir Enttäuschungen zu ersparen, jawohl, Enttäuschungen, die du nicht erleben willst. Ich bin es leid, daß du dich allem widersetzt! Daß alles an dir abgleitet. Daß du unfähig bist, die Schwierigkeiten zu sehen, die andere im Leben haben. Darum vertraut sich dir auch niemand an. Alle haben Angst, von dir beurteilt und selbstgefällig eingeschätzt zu werden, genau das! Du entfernst dich von den Leuten! Und von mir ...«

Emily bediente sich der in solchen Fällen von Jeremy abgedroschenen Worte und explodierte:

»Nun, und ich habe es satt, ständig abgewertet zu werden. Ich bin ein anständiger Mensch, stell dir nur vor! Und kein verstocktes Rhinozeros, das nichts fühlt. Verstehst du?«

»Ja, jetzt ja!« sagte Cigogne plötzlich sanft.

Er umarmte sie zärtlich und steckte sie mit seinem schallenden Gelächter an. Die Karikatur ihrer selbst, die sie einander gerade vorgespielt hatten, gehörte Gott sei Dank in ihr altes Rechtshänder-Leben. Doch es hatte beiden Spaß gemacht, sich diese Szene aus der Vergangenheit vorzuspielen; als könnten sie sie auf diese Weise besser vertreiben und den Weg ermessen, den sie innerhalb weniger Jahre zurückgelegt hatten. Inzwischen hatten sie sich nämlich verändert, ihr Temperament entsprach eher dem der Linkshänder, und sie konnten über all das lachen. Die Bräuche, die auf der Insel des Kapitäns Renard herrschten, hatten sie einander – und auch einen jeden sich selbst – nähergebracht. Sie waren nun wirklich Mann und Frau, nicht mehr zu ungeschickt, einander zu lieben, und in wesentlich höherem Maße dazu fähig, dieses komplizierte Verb auch in die Tat umzusetzen. Jeremy und Emily konnten jetzt mit Worten, die wieder Sinn hatten, von der Liebe sprechen, verstanden es, sich einen kleinen egoistischen Freiraum zu verschaffen und sich um so intensiver hingeben zu können, damit das Verlangen wieder aufkeimte, ihre Körper sprechen zu lassen.

Lord Cigogne hatte die wahnsinnige und ehrgeizigste Aufgabe schlechthin fast erfüllt: nämlich die, ein Ehemann zu werden! Nicht nur ein Amateur! Nicht jemand mit begrenzter Vorstellungskraft und Leidensfähigkeit! Nein, jemand, der es versteht zu enttäuschen, wenn es sein muß, aber auch rückhaltlos größtes Glück zu schenken. Doch konnte sein Linkshänder-Glück, weit entfernt von den Turbulenzen der Welt der Schlecht-Geliebten, andauern?

Im Laufe des Sommers 1940 wurde die administrative Verbindung zwischen Port-Espérance und dem Mutterland Frankreich unterbrochen. Während der Wirren, die auf den Zusammenbruch folgten, schien man in Paris – später dann in Vichy – diese auf den Karten nicht verzeichnete Insel vollkommen vergessen zu haben; offenbar hatte man schon genug mit den französischen Kolonien zu tun, die auf der Weltkarte zu sehen waren.

Diejenigen Helener, die sich im Laufe des Jahres 1941 außerhalb des Archipels der Linkshänder aufgehalten hatten, wußten von einem General mit schlechtem Charakter zu berichten, einem großen Kerl, der sich nach London zurückgezogen hatte und von dem man jetzt in ganz Französisch-Polynesien und Neukaledonien zu sprechen begann. Wie man sagte, sollte der Rebell über ein schönes, radiogerechtes Timbre verfügen, das die Frauen ganz verrückt machte. Von Zeit zu Zeit konnte man ihn auf der Frequenz der BBC hören, wenn er freundlich die Familien im Mutterland ein wenig aufheiterte. Alle waren sich darüber einig, daß er mit Vornamen Charles hieß. Doch was den Familiennamen anging, so behaupteten die einen, er sei d'Arc; andere, die poetischer veranlagt waren, bekräftigten, er hieße France. Nur wenige hätten gewettet, daß sein wahrer Name de Gaulle war, aber auch diese waren davon überzeugt, daß es sich dabei um einen Künstlernamen handelte, wie man ihn etwa im Theater annimmt... und der im übrigen nicht

schlecht gewählt war. Vielleicht ein wenig hochtrabend ... In Port-Espérance ging das Gerücht um, daß es sich um einen Linkshänder handle, der durch die republikanische Schule und die Prioritäten des Rechtshänder-Gedankenguts brutal umerzogen worden war, was ihm sofort die Sympathie der Helener einbrachte. Die Informationen erreichten die abgelegene Insel auf der südlichen Halbkugel, zwanzigtausend Kilometer von den europäischen Streitigkeiten entfernt, bruchstückhaft und oft in ausgeschmückter Form.
Doch die Nachrichten, die man am Abend des 7. Dezember 1941 auf Radio Sydney hörte, das man in Port-Espérance recht gut empfangen konnte, waren eindeutig. Die unerträgliche Realität: Die Japaner hatten die amerikanische Flotte in Pearl Harbor hinterhältig angegriffen. Nun würden sich auch die Vereinigten Staaten an der Feuerschlacht im Pazifik beteiligen. Bums! Das große, weltweite Feuer flammte erneut auf, und jetzt wurde es ernst. Nummer zwei! Plötzlich schützten die weiten Gewässer um die Insel Hélène die Linkshänder nicht mehr vor der Kriegslust der Rechtshänder. Die ruhigen Friedenszeiten waren vorbei! Die Zeiten, als man noch lernen konnte, die Frauen zu lieben und dabei verschiedene Vorgehensweisen auszuprobieren, die Koketterie zu verfeinern ... Die rohe Gewalt der Schlecht-Geliebten würde nun diese Gefilde nicht länger verschonen und schon bald Einzug halten! Und mit ihnen alle Schändlichkeiten des Krieges! Ein zweideutiger Heroismus! Das unschuldige Grauen, das die Militärs um sich verbreiten ... Doch keine Schuldigen! Alles geschieht nur auf Befehl; die ganze Flut uniformierter Unverantwortlicher, von der mancher behauptet, sie sei notwendig.
Und die Japaner hatten die Insel Hélène nie von ihrer Karte gestrichen. In ihrer Eroberungssucht könnte es ihnen durchaus plötzlich einfallen, die Linkshänder auf ihrer kleinen nickelhaltigen Insel aufzuspüren, denn dieses hübsche

Metall war überaus nützlich für die große Todesindustrie. Die Bürger von Port-Espérance waren tief bestürzt. Hatten sie sich nicht in die entlegensten Gefilde des Pazifiks zurückgezogen, um den Ungereimtheiten der Rechtshänder-Logik zu entkommen? Jetzt war ihre winzige Zivilisation in Gefahr, dem großen Gewitter zum Opfer zu fallen, das sich über dem lauen Ozean und seinen noch unberührten Lagunen zusammenbraute.
In diesem Fall hätte die Liebe die Partie tatsächlich verloren; und der Traum des Kapitäns Renard wäre für immer zerstört gewesen.

In Sydney wartete Lord Cigogne in der glühenden Sonne an der Landebahn auf eine Maschine der Royal Air Force, die ihn mit etlichen Zwischenlandungen nach London bringen sollte, ans andere Ende der Welt, wo dieser verflixte Krieg, der sich jetzt über den ganzen Erdball erstreckte, schon lange tobte. Jeremy hatte auf Drängen des Rats von Port-Espérance eingewilligt, sich nach London zu begeben, um die Helener den Streitkräften der freien Zone Frankreichs anzugliedern. Jetzt ging es darum, das Lager zu wählen. Natürlich das der Unbeugsamen! Ebenso wie Neukaledonien, die zweite große französische Kolonie im Pazifik. Der Plan bestand darin, dem General d'Arc – oder de Gaulle, da war man sich nicht so sicher – die Existenz dieses winzigen, in Anbetracht des Nickels aber doch wertvollen Territoriums zu enthüllen, das auf den Karten der Alliierten nicht verzeichnet war. Und im Grunde genommen war diese Mission auch ein Hilferuf. Der Fortbestand der Insel Hélène hing unter Umständen davon ab; denn da die Japaner – zu jener Zeit ein recht unzivilisiertes Volk – Jagd auf das winzigste Fleckchen Erde im Pazifik machten, drohte, wie man in Port-Espérance befürchtete, eine unmittelbar bevorstehende Besetzung des Archipels der Linkshänder.
Sir Lawrence hatte sich bereit erklärt, seinen Freund Jeremy bis nach Sydney zu bringen, denn die Behörden von Port-Espérance hatten es vorgezogen, einen bekleideten Engländer nach Europa zu schicken. Sir Lawrence hatte schon zu

viele Streitigkeiten mit seinen Mitbürgern ausgefochten, die ihn unbedingt angezogen sehen wollten. Und die Tatsache, daß Cigogne ein echter Lord war und ein hübsches Wappen hatte, machte ihn zum idealen Gesprächspartner der britischen Behörden, die sicherlich einen gewissen Einfluß auf diesen General Dingsbums hatten. London war doch wohl noch immer eine Hauptstadt, in der die englische Wesensart zählte!

Am Kai von Port-Espérance hatte Cigogne Emily Rosensamen geschenkt, um dann all seine Gefühle in eine Umarmung zu legen, die zugleich auch Peter, Laura und Ernest einschloß. Sein ganzes Glück lag in seinen Armen. Wie erschreckend zerbrechlich es schien! Auf keinen Fall durften das Schicksal oder die japanischen Soldaten sie während seiner mühseligen Mission auf der anderen Seite des Erdballs für immer voneinander trennen, sonst... Aber nein, die offenkundige Freude, die sie daran fanden, einander zu lieben, würde sie vor jedem Unglück beschützen. Sie würden noch viele wundervolle Augenblicke gemeinsamer Abenteuerlust erleben. Zum Teufel mit den Tücken des Schicksals!

Algernon, mit Gehrock und Melone bekleidet, wachte darüber, daß der Abschied seiner Herrschaft stilvoll verlief, vorbildlich und ohne Tränen; das kleine Völkchen der Linkshänder war schließlich zugegen, alle hatten sich eilig am Kai der befestigten Stadt versammelt, um dem Abschied beizuwohnen. Fast alle Pioniere hatten sich eingefunden, um ihrem Abgesandten zuzuwinken. Die meisten Männer trugen eine Winchester oder einen Colt und schienen bereit, für die Schönheit ihrer einzigartigen Zivilisation zu kämpfen, ohne sich über die erschreckende Modernität des Kriegs der Rechtshänder im klaren zu sein. Die Frauen beobachteten die kleine englische Familie unter ihren Strohhüten. Der Passatwind blähte ihre Kleider und ließ die eleganten Sil-

houetten, die in ein anderes Jahrhundert zu gehören schienen, erschaudern.
»*Daddy*«, sagte Ernest mit erstickter Stimme, »umarme unsere Königin für mich, und bring uns *dinky toys* mit...«
»*God bless you*«, murmelte Emily. »*I love you. Jeremy.*«
Diese zutiefst einfachen und doch inbrünstigen Worte rührten Jeremy im Innersten seiner Seele, denn sie waren von ungekünstelter Ehrlichkeit. Sie war sicher, daß Cigogne ihre ernsthafte Aufrichtigkeit und Heiterkeit verstehen würde. Nie zuvor hatte sie ihn so sehr geliebt, ja, es war wahre Liebe und nicht jenes Falschgeld, das man als Leidenschaft bezeichnet. Ihr Herz war von einer unsäglichen Zärtlichkeit erfüllt, einer Mischung aus sexuellem Verlangen und ungeheurer Sanftheit. Sie liebte seine Andersartigkeit und selbst jene anderen, nicht unbedingt ehrenvollen Seiten seines Wesens. Sie liebte ihn mit jeder Faser ihres Herzens. Das sah sie in diesem Augenblick ganz klar! Es war eine erhabene, unwiderrufliche Zuneigung. Emilys Gefühle waren jetzt von einer Unvergänglichkeit, die über alle äußeren Umstände erhaben war.
Dann fügte sie lächelnd mit leiser Stimme hinzu:
»*Don't forget the dinky toys...*«
Während sich Sir Lawrence' Segelboot im gleißenden Licht der Lagune vom Ufer entfernte, ließ Jeremy diese einzigartige Frau, die so wahrhaftig war, nicht aus den Augen, diese Frau, die nicht *die seine* war, doch der er sich mit Leib und Seele verschrieben hatte, unabhängig von allen Wechselfällen des Lebens und den eventuell damit verbundenen Schwierigkeiten. Nun, im Augenblick des Abschieds, hätte er ihr gerne zugerufen, daß er alles an ihr liebte, welche Rolle auch immer das Leben ihr zuweisen mochte. An der Mutter liebte er die Frau, an der Frau die Mutter. Die Malerin wertete die Ehefrau auf, die zugleich eine wundervolle Geliebte war.

Als sie einige Jahre zuvor auf dieses utopische Fleckchen Erde ausgewandert waren, hatte sich Cigogne nicht vorstellen können, welche Vervollkommnung ihre Liebe dort erfahren würde. Jetzt, da sie die Grammatik der Gefühle, die sie sich geschaffen hatten, bestens beherrschten, konnten sie es sich erlauben, die Regeln zu vergessen, so wie ein Dichter sich über das Versmaß hinwegsetzt, wenn sich die Inspiration seinem durch Alexandriner eingeengten und gebändigten Instinkt entgegenstellt. Jeremy wußte, daß sie bei seiner Rückkehr reif für jene Phase des Linkshänder-Daseins sein würden, in der sie sich mit vollendeter Kunstfertigkeit lieben könnten, mit glühender Zärtlichkeit und einer ihnen angemessenen Intimität. Die Zeit der unbewußten Freuden, jenes billigen Liebesersatzes, der in einer vom Zufall bestimmten, wildwuchernden Beziehung an der Tagesordnung ist, war vorbei. Welch himmlische Aussichten! Jetzt kamen für ihre Liebe die Jahre der Improvisationen! Endlich würden sie sich ganz dem leichten Genuß hingeben, *mit dem anderen* zu leben, sich allein an seiner Anwesenheit zu erfreuen ... Sie hatten ihre Beziehung entmilitarisiert. Auch die Zeit der Saat war abgeschlossen; nun lagen die Freuden der Ernte vor ihnen, und sie würden sich an einem in den Augen der Schlecht-Geliebten unvorstellbaren Glück erfreuen.
Sofern Lord Cigogne heil und gesund von seiner Reise zurückkehrte.

Die Ankunft in London war ernüchternd. Als Lord Cigogne aus dem Flugzeug stieg, ergriff die unendliche Traurigkeit, die von der trostlosen, trüben Welt der Rechtshänder ausging, von ihm Besitz. Auf den Straßen der winterlichen Hauptstadt, die unter deutschem Beschuß stand, sah man nichts als Grau. Diese Farbe, die eigentlich gar keine ist, war allgegenwärtig: in der kohlenstaubhaltigen Luft, auf den Backsteingebäuden, in den Vierteln, in denen nach den Bombenangriffen nur noch die Fassaden standen, jene fragilen Reste englischer Bauten, bemüht, im Nichts die Balance zu halten. Die Grautöne schienen selbst das Wasser der Themse gefärbt zu haben, und auch in den flüchtigen Blicken der Passanten waren sie auszumachen. Cigogne erinnerte sich sehr wohl, daß es in den englischen Städten nicht dasselbe kräftige Licht gab wie im südlichen Pazifik, jene leuchtenden Töne, die Trübsal verscheuchen und das Leben erhellen; doch am meisten entsetzte ihn jetzt, daß das Grau sich in das Innere der Menschen eingeschlichen hatte. Der Schmutz hatte sich offenbar ebenso in den Seelen abgelagert wie in dem eisigen Nebel, jenem widerwärtigen *fog*, der auf den ebenfalls grauen Pflastersteinen lag. Da es in der schmutzigen Stadt sozusagen nur eine Farbe gab, hatte sie schließlich den Blick der Bewohner ausgelöscht. Das fiel ihm nun überdeutlich auf.

In dieser Stadt herrschte überall der Kummer, doch er war nicht etwa auf die Greuel des Kriegs zurückzuführen, nein, dieser Kummer rührte vielmehr daher, daß man Engländer war, Europäer, Weißer, und in jener Zivilisation der Schlecht-Geliebten, jener unwirklichen Realität lebte, in der es so sehr an Zärtlichkeit und Sanftheit mangelte. Das war unerträglich! Man hatte zwar eine Untergrundbahn gebaut, damit die arbeitende Bevölkerung sich schneller unter der Erde fortbewegen konnte, und auch Telefonkabel verlegt. Man glaubte an die Geschwindigkeit! Doch die Modernität erschöpfte sich in diesen vordergründigen Dringlichkeiten, die im Grunde genommen so lächerlich waren. Bei diesem Fest zu Ehren des Fortschritts hatte die Liebe keinen Platz. Wie sollte sie auch! Churchill hatte andere Aufgaben zu bewältigen! Er war mit anderen Überspanntheiten beschäftigt, die dem braven Volk Angst einjagten und zugleich Nutzen brachten. Jetzt stand der ungeheure Kraftaufwand für den ruhmreichen Krieg im Vordergrund. Für die Liebe war später noch Zeit! Immer wieder wurde sie auf später verschoben! Männer und Frauen ... das war reine Privatsache! Sollen sich die Reichen doch unauffällig lieben, sollen sie sich doch, wenn sie genügend Geld und Zeit haben, in feinsinnigen Gefühlen ergehen! Die Armen? Weiterarbeiten! Wir haben doch schon klargestellt, daß die Liebe eine reine Privatangelegenheit ist! Nach einem anstrengenden Arbeitstag hat man sich um die Gören und den häuslichen Zirkus zu kümmern. Das Glück? Sie belieben wohl zu scherzen, *my dear?* Alle Universitäten, Cambridge und die anderen, spotteten darüber in klugen Doktorarbeiten, deren Ziel es war, die absolute Notwendigkeit des Unglücks nachzuweisen, das die Weißen quälte. Warum? Weil der weiße Rechtshänder glaubte, daß man schuften müsse, um zu leben, und daß es ihm nichts einbringen würde, seine Zeit zu vergeuden.

Cigogne war angewidert, er hatte schon fast vergessen, was es bedeutete, in einer Gesellschaft zu leben, in der sich alles nur um den Götzen Arbeit dreht. Auch auf der Insel Hélène arbeitete man ein wenig – gerade soviel, um genug zu essen zu haben; nicht mehr, denn die Natur war nicht so kümmerlich wie in Europa, und um die Gelüste der Linkshänder zu befriedigen, benötigte man nur selten Banknoten. Dort brauchte man keinen Beruf, um seinem Leben einen Inhalt zu geben oder um sich Status und Anerkennung zu verschaffen. Durch Schinderei konnte man weder das Leben noch seine Mitmenschen kennenlernen! Ganz im Gegenteil! In London hingegen trieb ebendiese Wahnvorstellung die Leute zur Eile an und machte sie unempfänglich für die Schönheit der Frauen. Auf den Parkbänken drängten sich keine Liebespaare, es gab nur einige wenige, die sich aber im verborgenen zu lieben schienen, weit entfernt vom *English way of life*. Kein Vergleich mit der Avenue Musset in Port-Espérance um fünf Uhr abends! Statt sich zu küssen, strebten die meisten Londoner Rechtshänder schlafwandlerisch geradewegs auf ihr Ziel zu und führten ein von Leere erfülltes Dasein. Die Folge war schließlich, daß viele von ihnen nicht mehr sie selbst waren, als seien ihre Körper sich fremd geworden, als führten sie ein beliebig austauschbares Leben. Wenn man so lebte, konnte man nicht erfahren, was Verlangen bedeutet, man kannte nur ständige Hetze und verspürte eine dumpfe Traurigkeit im Herzen. Nicht, daß es dafür einen konkreten Grund gegeben hätte! Nein, es war vielmehr eine unbestimmte Traurigkeit darüber, wenig und schlecht zu lieben und sich in einer Welt gefangen zu fühlen, die zu Männern und Frauen so hart war. Und die Liebe litt darunter, ohne daß diese Menschen es bemerkten. Als Jeremy durch den Hyde Park ging, hatte er das Gefühl, in diesen Rechtshändern sich selbst wiederzuerkennen, wie er neun Jahre zuvor gewesen war. Dabei richtete er nicht über sie oder fühlte sich ihnen überlegen, er empfand vielmehr aufrichtiges

Mitgefühl. Er hätte ihnen gern zugerufen, daß das bißchen Hoffnung auf eine bessere Welt, das sie sich noch bewahrt hatten, nicht vergeblich war, daß es auf der anderen Seite des Ozeans eine glückliche Insel gab, eine Welt, in der Liebesglück den Tag ausfüllte, in der die Paare LEBTEN, anstatt ihre Sorgen zu kultivieren und in vordergründigen Überlebensnotwendigkeiten zu versinken. Doch hätten sie ihm geglaubt? Wie hätten sie sich von den Überzeugungen der Rechtshänder befreien können? Man hatte es ihnen so oft vorgebetet! Es gab keine andere Möglichkeit, auf dieser Welt zu leben! Man mußte nur die großen Autoren lesen! Gott schuf den Menschen, damit dieser sich plage und für die Erbsünde büße! Und die anglikanische Kirche bestätigte dies! Die Glückseligkeit erwartete einen im Himmel, wenn man die Agonie – die des Rechtshänder-Lebens und dann die endgültige – hinter sich gebracht hatte! Und für diejenigen, die die Botschaft nicht richtig verstanden hatten, gab es ein künstliches Glück – das dazu angetan war, einen endgültig von jeglicher Glücksvorstellung zu heilen! Es wurde überall angepriesen: in den Geschäften, in der Oxford Street, in den Zeitungsromanen, in der Regenbogenpresse, in den abgeschmackten Filmen, die großartig in den Kinoschaukästen angekündigt wurden. Und die große rote Hoffnung? In den Werken ihrer bedeutenden Philosophen war zwischen den Zeilen sehr wohl von Nächstenliebe die Rede. Doch einige Schmutzfinken in Moskau und anderswo hatten sie bereits verfälscht und in eine blutige Schurkerei verwandelt.
Jeremy stellte voller Entsetzen fest, daß im Land der Rechtshänder die Arbeit alles und die Liebe ein feuchter Dreck war. Die anderen Leidenschaften hingegen – Raffgier, Herrschsucht und ihre Untergattungen – schienen eine wahre Inflation zu erleben. Die einzig positive Leidenschaft, von der man zu jener Zeit in London etwas spürte,

war das Aufbegehren gegen den Nationalsozialismus. Doch das Verlangen, sich einer Frau oder einem Mann ganz hinzugeben, schien vollständig nebensächlich. Das bemerkte man schon, wenn man die Titelseiten der Zeitungen betrachtete. Wenn es in der Presse tatsächlich einmal um die Liebe ging, dann nur um die Kunst, *sich lieben zu lassen*, und nicht um die *zu lieben*. Eine traurige Verkehrung ...

Cigogne hatte vergessen, wie anrührend die Gesichter der Rechtshänder waren. Trotz des Mangels an Zärtlichkeit, der aufgestauten Bitterkeit lag im Blick der farblosen Fußgänger am Trafalgar Square etwas Widerspenstiges; sie schienen ihrem Verlangen, eines Tages besser zu leben, besser geliebt zu werden und sich im Gegenzug dafür mehr hingeben und ein wenig großzügiger gegen sich selbst sein zu wollen, noch nicht abgeschworen zu haben. Hinter ihren zwangsläufig mißtrauischen Mienen konnte man einen großen Liebeshunger erahnen. Jeder hatte schon bei der Arbeit, in der Familie oder anderswo seine Wunden davongetragen. Was Cigogne auffiel, waren die vielen Brillenträger, denen er auf der Straße begegnete; es schien, als wollten die Augen die Londoner Realität nicht mehr klar wahrnehmen. Auf der Insel Hélène gab es nur wenige Menschen, die sich hinter Brillengläsern vor dem Leben verschanzten. Allerdings machte das Licht, das dort herrschte, den Augen auch Lust darauf, die verlockende Welt zu registrieren, die sich ihnen bot.

Das kleine Völkchen der Rechtshänder, das durch den winterlichen Nebel eilte, wäre sicherlich bereit gewesen, durch den Spiegel zu treten und sein Leben wieder umzudrehen – und somit angenehmer zu gestalten; doch die Welt folgte unerbittlich ihrem sinnlosen Lauf. Am Tresen eines Pubs hörte Cigogne, wie sich die anderen Gäste über eine amerikanische Neuheit unterhielten, einen absoluten Fortschritt:

das Fernsehen! Würde das dazu führen, daß die Frauen besser geliebt würden oder das Leben weniger absurd wäre? Doch das war nicht die entscheidende Frage, *for heaven's sake!* Schließlich handelte es sich um eine Neuheit! Eine weitere Zerstreuung! So schien das Leben hier zu sein; es war nicht möglich, diesen verflixten Fortschritt zu zähmen. Es lohnte die Mühe nicht! Mußte man sich denn von ihm überrollen lassen, ohne aufzubegehren ... Sich für eine bestimmte Art zu leben entscheiden? Sie reden dummes Zeug, *young man!* So nahm die Kneipendialektik, ertränkt in einem Strom dunklen Biers, ihren Lauf. Warum widersetzte man sich den deutschen Barbaren, und noch dazu voller Stolz? Natürlich, damit sich Europa nicht in ein großes Schlachthaus verwandelte, aber ansonsten wußte man es selbst nicht so genau. Die Demokratie *of course!* Dieses große Wort, das alles rechtfertigte, dieser Lückenbüßer, der so gut geeignet war, die wirklich wichtigen Diskussionen zu unterbinden. Wähl und halt den Mund! Welchen *Sinn* die Entscheidungen hatten, die man für die Zeit nach dem Sieg traf? Nun ... das wußte man eigentlich im *parliament* auch nicht so genau. Die Tatsache, daß die Maßnahmen notwendig waren, reichte doch als Grund, oder? Und das Ganze wurde, den Umständen entsprechend, ein wenig mit der Rhethorik der Labour-Party oder der Konservativen verbrämt. Churchill gab sich etwas poetischer, appellierte an die großen Gefühle, das bombastische vaterländische Spektakel; doch was die Pläne für die Zeit nach dem Krieg anging ... War da ein leichtes Zögern in seiner Stimme? Offenbar kam er nicht einmal mit seinem eigenen Privatleben zurecht, das eher undurchsichtig und wenig erfreulich schien. Wie sollte er also das Leben einer Nation mit *Sinn* erfüllen?! Ein wahrhaftiges Rätsel!
Betrübt beschloß Lord Cigogne, seine Mission möglichst rasch zu erledigen und sich dann sogleich wieder auf seine

südliche Insel zurückzuziehen. Er bezog in einem *bed and breakfast* in Chelsea Quartier. Es wurde mit Sorgfalt von einem sauertöpfischen Paar geführt, das – obgleich das Scheitern einer Ehe ja nichts Außergewöhnliches war – Widerwillen in Cigogne aufsteigen ließ. Nach einem Vierteljahrhundert gemeinsamer Langeweile ertrugen sich Mr. und Mrs. Fox noch immer und überwachten einander mit der Strenge von Gefängniswärtern. Wehe, wenn einer von beiden die geringste Freude hatte, die der Kontrolle des anderen entging! Kam der Ehemann abends eine Viertelstunde zu spät von der Arbeit nach Hause? Sogleich fühlte er sich verpflichtet, der auf der Lauer liegenden Mrs. Fox Bericht zu erstatten, um ihren verfänglichen Fragen zuvorzukommen, mit denen sie ihn dennoch drangsalierte, während sie ihm den Tee brachte. Ein gut dressierter Ehemann! Würde er es wagen, seine Kleidung selbst auszuwählen? Nein, natürlich nicht... Seine Ehefrau, vorbildlich in ihrer Art, herrschte über den Hemdenvorrat und im Grunde auch über den Rest der Garderobe. Nur das Schuheputzen war Mr. Fox' Aufgabe. Kam es vor, daß er eines Abends naschhaft war und gern ein zweites Stück Rosinenkuchen gegessen hätte, so schalt ihn seine Frau sogleich, erinnerte ihn an sein Sodbrennen, und auf der Stelle, ohne aufzumucken, zog er mit gesenktem Kopf die vorwitzige Hand zurück. Mrs. Fox' Aufmerksamkeit entging rein gar nichts! Ihr hingegen war es untersagt, abends allein auszugehen, es sei denn, sie begab sich zu Mrs. Simpson, ihrer alten Mutter. Über die kleinste Ausgabe mußte sie Rechenschaft ablegen und diese mit Quittungen belegen. Dabei ging es nicht sosehr darum, unnütze Ausgaben zu verhindern; ihr Mann wollte sie nur unter Kontrolle haben. Eine streng überwachte Liebe! Die Tatsache, daß sie sich vor fünfundzwanzig Jahren geliebt hatten, rechtfertigte in ihren Augen die Überwachung des Alltags, die sie sich gegenseitig auferlegten. Für einen Linkshänder wäre ein solches Leben eine echte Strafe gewesen. Mr. und Mrs. Fox hingegen hielten sich für ein perfektes britisches Ehepaar, das sich in der einzigen Welt bewegte, die für sie in Frage kam. War die anglikanische Ehe nicht eine Abfolge von Pflichten? Alles andere gehörte der Welt der Romane an. Mr. Fox hatte so gut wie nichts mehr mit dem Liebhaber gemein, der er einst gewesen war. Hatte er überhaupt eine Vorstellung von Mrs. Fox' unausgesprochenen Erwartungen? Nein, natürlich nicht! Wozu auch, *good lord!* Zur Einhaltung der täglichen Routine war es besser, seine Frau nicht so genau zu kennen. Nur keinen Aufruhr! Seit sie abends nicht mehr miteinander sprachen, ging es ihnen im übrigen viel besser. Bei Tisch hörte man nichts als das Geklapper der Gabeln und die Schluckgeräusche. Bisweilen einen Seufzer. *Home sweet home!*

Innerhalb weniger Tage gelang es Cigogne, von General de Gaulle empfangen zu werden. Das Treffen fand frühmorgens in einem improvisierten Büro statt. Dieser durch und durch steife Rechtshänder könnte durchaus einen guten Radiosprecher abgeben, dachte Cigogne bei sich, als er ihn sah. Doch während ihres Gesprächs zeigte der General, daß mehr in ihm steckte, daß er das Zeug hatte, sich eines Tages in eine Denkerpersönlichkeit zu verwandeln, ganz so, als habe er sich zunächst selbst entworfen, ehe er sein Bild an der Welt maß. Mit jener ihm eigenen Distanz hörte Charles de Gaulle, vom Rauch seiner Zigarette eingehüllt, Lord Cigogne an und nahm die Existenz der Insel der Linkshänder zur Kenntnis, die sich jetzt seiner Sache – *der Sache Frankreichs,* wie er ohne jeglichen Stolz hervorhob – anschließen wollte. Er notierte sich auch, daß es auf dieser utopischen Insel wertvolle Nickelvorkommen gab, und schwor, daß er, sobald er wieder nach Paris in sein Amt zurückgekehrt wäre, darüber wachen würde, daß die Insel

Hélène erneut von den offiziellen Karten gelöscht würde. Das Vorhaben des Kapitäns Renard verwunderte ihn zunächst, doch dann schien es ihn in gewisser Weise zu rühren. Für einen Augenblick vergaß sich dieser große Rechtshänder und legte seine Maske ab; er vertraute Cigogne an, daß er selbst seine Frau nicht sonderlich gut kenne, was ihn, wie er hinzufügte, beschäme; doch dann hielt er sich nicht länger mit diesem Geständnis auf, das ihn selbst zu überraschen schien. Der Ehrgeiz der Helener hatte jenen eigensinnigen Zug, der seinem aufrührerischen Wesen gefiel, das sich nicht dem Schicksal unterwerfen mochte. Der Schutz, den er diesen freien Franzosen im Pazifik bieten könne, werde sich jedoch darauf beschränken, beim amerikanischen Hochkommissariat, das seine Truppen in dieser Gegend zusammenzog, für sie ein gutes Wort einzulegen. Er versprach, engagiert und unnachgiebig für sie einzutreten, dann drückte er seine Zigarette aus und ging davon, um sich wieder dem Lauf der Geschichte zuzuwenden.
Lord Cigogne hatte seine Pflicht als Linkshänder erfüllt und konnte nach Port-Espérance zurückkehren, wo er weit weg von allen Mr. und Mrs. Fox dieser Welt sein würde, von jenem zusätzlichen Krieg der ohnehin geplagten Rechtshänder und dem traurigen Grau, das alles verdarb. Ah, er würde die lichterfüllte Realität wiederfinden, in der alles richtig herum lief und Emily ihn erwartete! Jetzt wußte er, daß eine Rückkehr nach Europa für sie unmöglich war. Nie wieder würden sie sich an die Absurditäten des Londoner Lebens gewöhnen können, an diese von künstlichen Bedürfnissen verdorbene Bevölkerung. Jeremy war jetzt ein echter Linkshänder, der wie auf der anderen Seite eines unsichtbaren Spiegels lebte, ja, er hatte gar die Geschicklichkeit der rechten Hand verloren.
Also verließ Cigogne leichten Herzens England, ohne die leiseste Vorahnung des Schicksalsschlages, der ihn am anderen Ende der Welt erwartete.

Sie ist tot, Sir.«
Dann fügte Algernon hinzu:
»Wir sind verloren...«
Seine großen Augen füllten sich mit Tränen; ohne Emily verlor sein Butlerdasein jeglichen Sinn. Port-Espérance war nichts als ein Trümmerhaufen aus Holz, zerbrochenen Balken, zersplittertem Parkett und Staub. Dort, wo früher die Avenue Musset verlief und sie sich getroffen hatten, stand jetzt nur noch die Fassade des Café Colette; wackelig und vom Einsturz bedroht, ragte sie als einzige hartnäckig in die Luft. Das war nicht das Werk der Japaner, die viel zu sehr damit beschäftigt waren, auf anderen Archipelen ihren sinnlosen Mut gegenüber den Kugeln der Amerikaner unter Beweis zu stellen; nein, ein Sommerzyklon war über die Stadt hinweggefegt, nachdem er in das steinerne Halbrund eingedrungen war, das Port-Espérance schützen sollte. Einmal in den Felsen gefangen, hatten die angriffslustigen Winde zu wirbeln begonnen und waren heftiger geworden, hatten durch ihren Druck Türen herausgerissen und Dächer explodieren lassen. Ein hysterischer, abartiger Sturm! Es gab keine Schraube, die nicht aus den Dachstühlen herausgerissen worden wäre! Ein Hagel von kleinen Gegenständen und Glasscherben! Der Orkan hatte sich überall Zutritt verschafft, die Spielzeugtruhen geleert und die Schränke verwüstet. In den Trümmern lag ein Plüschbär; die Arme, die ihn noch vor kurzem umschlossen hatten, waren nun wohl

für immer kalt. Die Überlebenden waren verwundet und hinkten, in Fetzen und zerlumpte Anzüge gehüllt, durch die Ruinen. Algernon hatte lediglich seine Hemdbrust verloren. Wellblechdächer hatten sich um die kleinen Kokospalmen gerollt und ihre Krone säuberlich abgetrennt, hatten sie sozusagen geköpft! Emily hatte Angst gehabt und das Haus mit Algernon und den Kindern verlassen wollen, um in Port-Espérance bei Sir Lawrence Zuflucht zu suchen. Ein grauenvoller Irrtum! Der Zyklon hatte sie erfaßt und ihr das Genick gebrochen. Klack! Die schönste Frau der Welt, Emily Cigogne, war nur noch kaltes Fleisch, eine nicht mehr zu schließende Lücke in Jeremys Leben!

»Und die Kinder?« hörte sich Cigogne tonlos fragen.

»Sie sind zu Hause, es geht ihnen gut. Nur Ernest hat sich das Schlüsselbein gebrochen.«

Eigenartigerweise hatten die Stürme Emily Hall verschont, es war eines der wenigen Häuser auf der Insel, das unbeschadet geblieben war. Cigogne begab sich unverzüglich dorthin, um ein Ziel zu haben, das ihn davor bewahrte, von jenem unerträglichen, übermächtigen Schmerz verschlungen zu werden. Eine Art Fieberattacke! Keine Möglichkeit mehr, sich in irgendwelche Ausflüchte zu retten! Das Unvorstellbare brach ganz plötzlich in seinen Alltag ein, stürzte auf ein unfaßbares, vielleicht gar zu großes Glück nieder. Er mußte sich an unbedeutenden Gedanken festhalten, sich an ein Nichts, das ihm durch den Sinn ging, klammern, um nicht in der Schlucht, in dem ungeheuerlichen, gähnenden Abgrund zu versinken, der sich in seinem Innern aufgetan hatte.

Während sie zu ihrem Haus gingen, das jetzt nur noch das seine war, stellte Jeremy fest, daß er über eine unerwartete Leidensfähigkeit verfügte. Er war von Schmerz durchdrungen und spürte, daß seine Energie nachließ, sein Körper aber blieb standhaft, lebte und atmete hartnäckig weiter. Und doch war der Schock zu groß; eine unerträgliche, drückende Verzweiflung breitete sich in Jeremys Kopf aus. Es war in etwa, als würde man ein Loch in die Schädeldecke bohren, eine Ladung Dynamit hineinschieben und dann die Lunte anzünden. Doch in diesem Fall destillierte sein Gehirn, wenngleich es durch die seelische Detonation völlig entkräftet war, doch unnachgiebig reines Leid in sein Inneres – als hätte es nur auf eine Gelegenheit gewartet, um allen nur erdenklichen Kummer auf einmal über Jeremy zu ergießen. Nun mußte Cigogne plötzlich für sein früheres Glück büßen.

Wie sollte er mit einem Schicksalsschlag allein fertig werden, den er nicht ohne Emily meistern zu können glaubte? Für wen sollte er in Zukunft weiter an sich arbeiten? Wer würde nun Zeuge der weiteren Entwicklung ihrer Liebe sein? Wer würde ihm helfen, seine Schwächen zu überwinden, seine gefühllos-stolze Haltung abzulegen, die ihn so oft von den Menschen entfernte? Wer würde ihn dazu anhalten, seine voreiligen Urteile über weniger siegessichere Zeitgenossen neu zu überdenken? Wer wäre in der Lage, ihm die einfachen Schönheiten des Lebens zu enthüllen, wenn es ihm an Empfindsamkeit mangelte, sie zu erfassen? Wer sollte ihn nun fröhlich ermutigen, sich weiter auf das Abenteuer stets größerer Aufrichtigkeit einzulassen? Wer würde ihn in die Kunst einführen, sich zu offenbaren? Kurz, wer könnte ihm noch einmal genügend Liebe entgegenbringen, um ihn zu zivilisieren?

Mit Emily war zugleich der beste Teil seiner selbst in der letzten Ruhestätte begraben, die sie gegenüber der Bucht von Chateaubriand ausgewählt hatten. Nach dem Höhenflug ihrer gemeinsamen Jahre fürchtete Jeremy, nun wieder in seinem ehemaligen Sumpf zu versinken. Die Männer waren aus Lehm erschaffen, das war unbestreitbar; doch bei den Frauen verhielt sich die Sache anders. Der Schöpfer hat sie von all jenen minderwertigen Begierden befreit, die in unserer Seele hausen, das war sicher! Selbst ihre Laster scheinen uns liebenswert. War nicht Emily der lebendige Beweis dafür gewesen? Jeremy hatte das Gefühl, daß allein der Gedanke an sie ihn zu einem weniger niederträchtigen Menschen machte und davor bewahrte, seinen ursprünglichen, unlauteren Instinkten nachzugeben; er fühlte sich in gewisser Weise geläutert.

Doch wie sollte er jetzt weiterleben, ohne sich jeden Tag daran zu erfreuen, daß es eine solche Frau überhaupt gab? Konnte er sich an einen ewigwährenden Winter gewöhnen? Daran, Emilys schallendes Gelächter nicht mehr zu hören? Daran, sich nicht mehr an der Art zu erfreuen, wie sie in bestimmten Augenblicken rückhaltlos ihr Glück genoß? Wie sollte er ohne die Wärme ihrer übersprudelnden Freude leben, ohne die Gnade, die sie ihm gewährte, indem sie sein Verlangen weckte? Ohne ihre so sehr stimulierende Lust. Ohne die Heiterkeit, die sie um sich verbreitete. Das Leben hat die Gabe, diejenigen, die von uns gegangen sind, zu verzaubern, das bewies Emilys Fall eindeutig. Wie sollte er von einem unvollendeten Wesen in der Vergangenheit sprechen? Daß Cigogne nicht nur seine Ehefrau verloren hatte, sondern auch jene reife Frau, die er erst in späteren Jahren hatte kennenlernen wollen, steigerte seine Verzweiflung ins Unermeßliche. Er hätte seine Emily so gerne altern sehen mögen, sich von ihren ersten Falten, von ihrer Angst vor dem Älterwerden rühren lassen, um sie dann zu beruhigen. Alles an ihr hatte darauf hingedeutet, daß sie mit dem Alter immer schöner geworden wäre. Er sagte sich wieder und wieder, daß ihre wundervolle Persönlichkeit mehr Zeit gebraucht hätte, um sich gänzlich zu entfalten.

Als Jeremy hinter einer Wegbiegung Emily Hall erblickte, sagte er mit gepreßter Stimme:

»Sie ist da ...«

Für den Bruchteil einer Sekunde war er versucht, sich in den Wahnsinn zu flüchten, sich dem Unausweichlichen zu verweigern. Er brauchte nur zu behaupten, daß Emily noch immer in ihrem Haus wohnte und sich lediglich in ihre Gemächer zurückgezogen habe. Wenn er seinen Verstand aufgab, würde sie weiterleben! Nur für ihn! Ihre Liebe war ein solches Opfer wert. In seinem kranken Geist würde sie weiteratmen, behaglich unter einem Dach mit ihm leben. Für sie könnte er stärker sein als der Tod! Er wäre in der Lage, ihn zu widerlegen und seine Emily aus ihrem Grab zu befreien. Wozu sollte er an dieser enttäuschenden Realität festhalten?

Algernon war bleich geworden und hielt den Tilbury an.

»Wer ist da?« fragte er Jeremy.

In diesem Augenblick traten Laura, Ernest und Peter vor die Tür. Lord Cigogne sah, wie sie auf ihn zuliefen, er erschauderte und stieß mühsam hervor:

»Unsere Kinder ...«

Er hatte den Abgründen des Wahnsinns entsagt. Diese Entscheidung war nur ihnen, ihrer Lebendigkeit und ihrem Lächeln in diesem Augenblick zu verdanken. Ganz so, als hätten Emilys gute Geister aus dem Jenseits eingegriffen, um ihn im Diesseits festzuhalten. Beruhigt trieb Algernon das Pferd an. Der Tilbury rollte auf eine Zukunft zu, die – selbst wenn Lord Cigogne es noch nicht wußte – diesen Namen verdiente. Auf der Insel der Linkshänder war auch die Trauer eine Liebesgeschichte, vielleicht sogar die schönste überhaupt.

Zu Beginn der Trauerzeit war das Zubial äußerst verdrossen. Mit übereinandergeschlagenen Vorderbeinen dämmerte es auf dem Fußboden vor sich hin, wimmerte beständig und war nur bereit, einige Früchte zu sich zu nehmen, wenn Cigogne ihm von seiner verstorbenen Herrin erzählte. Sobald er Emilys Namen aussprach, spürte Jeremy in seinem Innern eine fieberhafte, beunruhigende Freude aufkeimen. Doch die Schnauze des Beuteltiers blieb auch weiterhin lauwarm, und sein gestreiftes Fell glich einem abgenutzten Teppich.

Es gab Momente, in denen Cigogne in seinem Schmerz noch immer versucht war, sich dem Wahn hinzugeben, Emily in seinen Gedanken zu neuem Leben zu erwecken. So bat er eines Morgens Algernon, Madames Wäsche auf der Leine hinter dem Haus aufzuhängen.

»*Sir*«, entgegnete Algernon vorsichtig, »Sie sollten von dieser Idee Abstand nehmen ...«

»Und warum?«

»Nun, weil Madame ...«

»Ihre Abwesenheit ist schließlich kein Grund, ihre Wäsche zu vernachlässigen, nicht wahr?«

»Sicher, Monsieur, aber ich denke an Sie und an die Kinder ...«

»Algernon, tun Sie, worum ich Sie gebeten habe.«

Dann fügte Lord Cigogne schüchtern hinzu:

»Haben Sie Mitleid ...«

Weil Laura, Peter und Ernest nicht da waren, fügte sich Algernon. Und einen ganzen Nachmittag lang konnte Cigogne Emilys Wäsche betrachten, die wie früher auf der Leine flatterte, so als sei sie am Vortag getragen worden. Bisweilen blähte eine Windböe eines von Emilys Kleidern auf und erinnerte ihn flüchtig an ihre Formen. Diese Illusion vermittelte Jeremy eine gewisse Erleichterung und innere Ruhe. Das Unglück schien seinen eisernen Griff ein wenig zu lockern, solange die Brise anhielt. Doch Algernon machte dem Spuk ein Ende, indem er Emilys Kleider von der Leine nahm, ehe Ernest aus der Schule zurückkam, um seinen Tee zu nehmen. Er sagte in einem Ton, der keinen Widerspruch duldete:
»*Sir,* das war das letzte Mal! *For God's sake!* Haben Sie vergessen, welches Blut in Ihren Adern fließt, *my lord? You're an English man!*«
Cigogne hielt sich daran und zog sich in stumme Verzweiflung zurück. Bis zu jenem Abend im Mai, als Lord Splitternackt seinem niedergedrückten Landsmann einen Besuch abstattete. Zu dieser Zeit stand die südliche Herbstsonne tiefer am Himmel, und Jeremy schottete sich mehr und mehr ab; der Abgrund seiner Erinnerungen schien ihn völlig zu verschlingen. Es gab keine Gegenwart mehr! Er kasteite sich mit der Erinnerung an vergangene Freuden und entschwundene Tage, beschwor die Vergangenheit herauf, die sein ganzes, nunmehr zerstörtes Glück gewesen war. Es kam ihm nicht eine Sekunde lang in den Sinn, daß ihre Liebe sich jetzt voll entfalten und schließlich jene Erhabenheit erreichen könnte, die allein der Tod möglich macht! Gefangen in seinem Verhalten aus der Zeit, als er noch ein Rechtshänder war, gelang es ihm nicht, sich vorzustellen, daß eine Trennung den Beginn eines neuen Liebesabenteuers bedeuten könnte.
»Jeremy, Ihre Liebesgeschichte, denn dieses Wort trifft hier

wirklich zu, braucht eine neue Zukunft«, murmelte Sir Lawrence sanft, denn er fürchtete, womöglich seinen Freund zu verletzen.
»Eine Zukunft?« fragte Cigogne. »Jetzt, wo alles vorbei ist?«
»Ich will Ihnen gerne recht geben, *old friend,* alles scheint vorüber ...«
Die unerwartete Bemerkung verwirrte Jeremy zunächst, doch schließlich drangen Sir Lawrence' Worte in die Dunkelheit seines Geistes vor; Sir Lawrence legte ihm dar, welche Bedeutung der Tod für die Linkshänder hatte, und prophezeite ihm ein Wiedersehen mit Emily, eine Vereinigung, die ganz neu für ihn sein würde. Und zwar nicht irgendwann im Himmel, sondern hier auf Erden und in einem absehbaren Zeitraum, bekräftigte Lord Splitternackt. Das Zubial witterte einen Hoffnungsschimmer, es spitzte die Ohren, sein Blick leuchtete auf, und plötzlich ging es aufrecht durch das Wohnzimmer, um fünf Bananen zu verspeisen, dann öffnete es das Fenster und sprang hinaus in den sonnigen Tag.
Sir Lawrence, der froh war, daß Cigogne ihm zugehört hatte, fuhr fort:
»Als Trauerkleidung tragen wir hier normalerweise ein Jahr lang Weiß.«
»Weiß?« wunderte sich Jeremy. »Aber gibt es nicht schon die Weißen Tage? Jene Tage, an denen man seine normale Persönlichkeit ablegt?«
»Richtig, und man macht sich auch von allen Verpflichtungen frei! Aber glauben Sie mir, für das, was vor Ihnen liegt, ist ein Weißes Jahr nicht zu lang!«
Nachdenklich sah Cigogne Sir Lawrence nach, der nach Port-Espérance zurückkehrte, wo man ganz mit dem Wiederaufbau der Stadt beschäftigt war. Am selben Abend wagten Peter, Laura und Ernest, wieder etwas von ihrer früheren

Fröhlichkeit an den Tag zu legen, denn sie hatten bemerkt, daß das Zubial zu Scherzen aufgelegt war und wieder ebenso schalkhaft schien wie zu jener Zeit, als ihre Eltern noch verliebt und fröhlich miteinander lebten.

Am nächsten Tag überwand sich Jeremy, legte weiße Kleidung an und betrat Emilys Wohnung, die seit ihrem Tod verschlossen geblieben war. Unmittelbar nach seiner Rückkehr hatte Lord Cigogne befürchtet, die Erinnerung an seine Frau auszulöschen, wenn er die Spuren ihrer Anwesenheit in Emily Hall entfernte. Als er jetzt die Fensterläden öffnete, entdeckte er all die kleinen Gegenstände, so wie Emily sie zum letzten Mal gesehen hatte, ehe sie überstürzt vor dem Zyklon geflohen war. Er dachte daran, daß er sich über dieses Sammelsurium aus kleinen Vasen, nicht zusammenpassenden Tellern, altmodischen Lampenschirmen und unnützem Firlefanz, den sie so sehr liebte, immer geärgert hatte, und ebenso über ihre Manie, sich mit ausgedienten Gegenständen zu umgeben, die sie eines Tages reparieren wollte. Ehrlich gesagt, hatten ihn viele ihrer Wesenszüge entsetzt! Auch wenn er sie liebte, oder vielleicht gerade deshalb ... Als er jetzt an all die Auseinandersetzungen wegen irgendwelcher Belanglosigkeiten dachte, überkam ihn eine Welle der Wehmut; doch dann erinnerte er sich an das, was ihm der gute Sir Lawrence am Vorabend gesagt hatte:

»Sind die Charakterzüge, die Sie an ihr störten, nicht gerade diejenigen, die Sie selbst nie auszuleben vermochten, my old friend?«

Und noch ein anderer Satz kam ihm plötzlich in den Sinn:

»Ist nicht der Partner der getreueste Spiegel unserer eigenen

Unzulänglichkeiten? Vielleicht haben Sie gerade die Dinge an ihr geliebt, zu denen Sie nicht in der Lage sind …«
Lord Splitternackt hatte nicht unrecht; in gewisser Weise hatte Emily ihm ihren Platz überlassen, damit er nun jene Fähigkeiten entwickeln konnte, die er bislang vernachlässigt hatte. Ungeschickt griff Cigogne nach einem alten Lampenschirm, den sie schon lange vor seiner überstürzten Abreise nach England hatte reparieren wollen. Und als er sich zwang, ihn wieder instand zu setzen, begriff Jeremy plötzlich, was ihn früher an ihrer Leidenschaft für die Bastelei so sehr geärgert hatte. Daß sie nämlich, im Gegensatz zu ihm, in der Lage war, sich jenen kleinen Aufgaben zu widmen, die auch zum Leben gehören. Und zugleich hatte er Emily geliebt, weil sie intensiv zu leben verstand und mit Leib und Seele in diesen kleinen Beschäftigungen aufging. Jeremy genoß ihre Art, einen harmonischen Rahmen für ihr gemeinsames Leben zu schaffen, etwa durch ein Tischtuch, das sie auf ein altes Möbelstück legte, oder die Atmosphäre, die sie durch Kleinigkeiten herzustellen vermochte; sie verlieh den Dingen eine Anmut, die davon zeugte, daß sie sich in vollkommenem Einklang mit der Wirklichkeit befand. Cigogne war es immer äußerst schwer gefallen, mit jener Ungezwungenheit – um die er sie beneidete – in den Alltag einzutauchen. Er hatte wenig Geschick, ein angenehmes Leben zu führen, benahm sich eher wie ein Fremder auf dieser Welt, der sich in dem allzu großen Körper, mit dem die Natur ihn bedacht hatte, nicht recht wohl fühlte, so selbstsicher er auch nach außen wirken mochte.
Lord Cigogne stand allein in Emilys Wohnung und reparierte zum ersten Mal in seinem Leben einen alten Lampenschirm, um so zu werden wie sie – und vielleicht auch, um seine wahre Natur zu entdecken. Doch diesmal war es kein Spiel wie während des Karnevals der Linkshänder. Er bemühte sich vielmehr, in seiner Tätigkeit wirklich aufzugehen, so als könne

dieser zerstörte Lampenschirm ihm helfen, einen Zugang zum Alltag zu finden. Nach einigen Stunden stellte Jeremy überrascht fest, daß er dasselbe einfache Vergnügen empfand wie früher Emily bei solchen Arbeiten; eine Verbundenheit mit einem Gegenstand, die einem das Gefühl vermittelt, das eigene Leben bewußt zu gestalten.
»Was machst du da?« murmelte Ernest plötzlich, der auf Zehenspitzen eingetreten war.
»Ich ... ich lerne von deiner Mutter, wie man wirklich lebt«, gab er lächelnd zurück.
»Kannst du mich zu meiner Klavierstunde bringen? Ich bin etwas spät dran ...«
»Wir haben noch Zeit, mein Liebling ...«
»Aber nein!«
»Doch! Deine Mutter sagte immer ...«
»Du wirst doch nicht so werden wie Mama?« platzte Ernest plötzlich heraus.
»Doch, genau das!«
Von diesem Tag an begann Lord Cigogne, sich fast alle Verhaltensweisen zu eigen zu machen, die ihn früher an Emily so sehr gestört hatten, und zu seiner großen Verwunderung fühlte er sich wesentlich besser, in gewisser Weise, allen Unterschieden zum Trotz, mit ihr ausgesöhnt, auch mit dem unbekannten Teil ihrer Persönlichkeit, den sie zu Lebzeiten vor ihm verborgen hatte. Je ähnlicher er ihr wurde, desto besser gelang es ihm, die einfachen Dinge des Lebens in ihren grundlegenden Zügen zu erfassen, und er empfand jetzt eine leidenschaftliche Übereinstimmung mit ihr; mehr denn je war sie *seine Frau*. Welch berauschende Liebe! Dies Gefühl überkam ihn tagsüber von Zeit zu Zeit, und die vollkommene Harmonie mit Emily wühlte ihn manchmal mehr auf, als die körperliche Liebe es je vermocht hatte. Jeremys Liebe wurde immer stärker, und er dankte ihr dafür, daß sie ihn in ganz verkümmerte Winkel seiner Persönlichkeit führ-

te. So entdeckte er, daß er – ebenso wie sie – ein echtes Geschick hatte, Situationen herbeizuführen, in denen sich das wahre Wesen der Menschen offenbarte: etwa, wenn man jemand um einen Gefallen bat oder sich das bereits geschlossene Geschäft wieder aufsperren ließ... Er verließ sich jetzt viel mehr auf den Zufall, der sich so großzügig gegenüber denjenigen erweist, die an ihn glauben. Langsam wurde sein Leben weniger vorhersehbar und begann jenem zu gleichen, das er mit ihr hätte führen können. So beschloß Cigogne eines Tages, die Trennwand zwischen den beiden Wohnungen im Erdgeschoß zu entfernen. Er war nicht mehr derselbe wie früher, sondern er verkörperte sie beide, und in gewisser Hinsicht war er auch erst jetzt wirklich er selbst.
Nun begann eine der glücklichsten Phasen ihrer Geschichte. Verwundert stellte Lord Cigogne fest, daß eine bestimmte Form der Liebe nur durch die Trennung ihre Vollendung finden kann, ganz so, als wäre Emilys körperliche Anwesenheit ein unüberwindbares Hindernis für die vollkommene Übereinstimmung ihrer Charaktere gewesen. Wie bringt man es fertig, gegensätzliche Neigungen und einen unterschiedlichen persönlichen Rhythmus vollständig miteinander auszusöhnen?
Indem er Emily zu einem Teil seiner selbst machte, konnte Jeremy als Witwer ihr Wesen erfassen und es sich für immer vergegenwärtigen. So fand er zu dem Einssein, das – ungeachtet aller Widersprüche – Emily bestimmt hatte. Endlich konnte er miteinander vereinbaren, daß sie ihn treu geliebt und dennoch zweimal betrogen hatte – jetzt, da der Akt als solcher sowie die damit verbundene Überempfindlichkeit und verletzte Eigenliebe der Vergangenheit angehörten. Cigogne und Emily waren endlich in der Lage, sich nicht mehr durch gegenseitige Einschränkungen zu verletzen. Im Gegenteil, sie gestanden dem anderen immer mehr die Freiheit zu, er selbst zu sein. Sie konnten endlich eine

grenzenlose Liebe erhoffen und erreichen, die bedingungs- und vorbehaltlos war, gereinigt von ihrer früheren Verständnislosigkeit und Engstirnigkeit. Wenn Jeremy in seinem Schaukelstuhl im Salon von Emily Hall saß und an Emily dachte oder die Bücher las, die ihr besonders gefallen hatten – seine besondere Aufmerksamkeit galt dabei jenen Seiten, die sie gekennzeichnet hatte –, schien ihm ihre Beziehung von makelloser Reinheit. Nie war ihre Liebe heftiger und tiefer gewesen als in jenem Trauerjahr der Linkshänder.

Als Jeremy eines Abends mit Ernest unter den Flamboyantbäumen auf der Avenue Musset spazierenging, sah er, wie sich Liebespaare auf den Parkbänken küßten, und verwundert stellte er fest, daß er sie zum ersten Mal nicht mehr beneidete. Es machte ihn im Gegenteil glücklich, die unvollkommenen Freuden hinter sich gelassen zu haben, die er erlebt hatte, als Emily noch seine Haut liebkoste, auch wenn sie zu jener Zeit manchmal den Höhepunkt der Glückseligkeit erreicht zu haben glaubten. Die einsame Liebesgeschichte, die er jetzt erlebte, war wesentlich erregender als alles, was er sich damals hatte vorstellen können. Doch Jeremy war sich bewußt, das keines der Paare, die sich auf den Parkbänken eng umschlungen hielten, ihm Glauben schenken würde. Jetzt wurde ihm – und natürlich auch Emily – die wahre Inbrunst zuteil, die man kaum mit den Lebenden teilen konnte. So begnügte er sich damit, lächelnd zu ihrem gemeinsamen Sohn zu sagen:

»*My dear* Ernest, ich glaube, es ist an der Zeit, nun auch das letzte Trauerritual der Linkshänder zu erfüllen: Wir werden Emily Hall abbrennen!«

Acht Tage später zog Jeremy seinen schönsten weißen Anzug an, und als es Abend wurde, steckte er sich eine weiße Rose ins Knopfloch und legte Feuer. Sogleich begann es das Haus zu verschlingen, das er für Emily erdacht und eigenhändig gebaut hatte. Lord Splitternackt, die Familie Cigogne und Algernon wohnten der Feuersbrunst mit britischer Zurückhaltung bei. Allein das Zubial zeigte unverhohlen seine Freude.

Cigogne hoffte, von allzu heftigen Gefühlsregungen verschont zu bleiben, während Emily Hall in einem Flammenmeer aufging, und jener Macht der Vergangenheit zu trotzen, die so stark war und ihn von Zeit zu Zeit mit flüchtigen Gefühlen und berückenden Erinnerungen einholte. Er hielt sich tapfer und verbarg sein Unglück hinter Erhabenheit; er glaubte an ihre glanzvolle *Zukunft*, über die er zu wachen hatte. Würde ihn nicht die seit einem Jahr in ihm keimende Weisheit vor Trauer schützen? Vor dem Abgrund der Wehmut? Er fühlte sich gegen übermäßiges Leid und allzu heftigen Kummer gefeit.

Doch als er die versteinerten Gesichter seiner Kinder sah, erfüllte ihn plötzlich eine unglaubliche Traurigkeit. Er hatte auf einmal das Gefühl, daß der Tod ihm Emily zu früh geraubt hatte. Die Flammen verschlangen ihr Haus und löschten alle Spuren, alle Beweise ihres gemeinsamen Lebens aus. Ihre Kleider, ihre Stiefel, ihre mit Anmerkungen versehenen Romane, ihre Parfums, die für ihre Liebe entworfene Umgebung – alles, was Emily ausmachte, ging in Flammen auf. Er hatte das Gefühl, daß sie mit all ihren Gegenständen ein zweites Mal starb. Emily Pendleton entglitt ihm endgültig! Nun stiegen ihm die Tränen in die Augen, und er war einsamer denn je, nur seine armselige Liebe blieb ihm, um gegen die Macht des Vergessens anzukämpfen.

Ernest bemerkte als erster, daß sein Vater schluchzte. Der Junge schob seine Hand in die von Jeremy und reichte ihm mit einer sanften Geste ein Taschentuch. Doch bald hatten alle Anwesenden feuchte Augen. Das Weinen wirkte ansteckend und war stärker als das Schamgefühl. Man ließ seinen

Gefühlen freien Lauf und setzte sich über die Zurückhaltung hinweg, die man von einem Gentleman eigentlich erwartet hätte. Es war ein erhabener Augenblick, in dem die Aufrichtigkeit keiner Worte bedurfte. Die Tränen waren die einzige Sprache, in der sie sich verständigen konnten, die einzige Sprache, die es ihnen ermöglichte, lächelnd ihrem ungeheuren Schmerz Ausdruck zu verleihen.

Schweigend wartete die Versammlung ab, bis die letzte Flamme erloschen war; dann wischte sich Algernon als erster die Tränen ab und setzte würdevoll seine Melone wieder auf. Sir Lawrence segelte in seinem Ketch davon, den er in der Bucht festgemacht hatte. Lord Cigogne ließ alle, auch das Zubial, in seinen Tilbury einsteigen. Eine unglaubliche innere Heiterkeit durchströmte ihn nun, und spiegelte sich in seiner ganzen Haltung, seinen strahlenden Zügen und seinen noch feuchten Augen wider. Ein letztes Mal betrachtete er die Asche dessen, was einst *ihr* Haus gewesen war, und knallte mit der Peitsche. Emily würde von nun an bis in alle Ewigkeit in seinem Linkshänder-Herzen wohnen.

Am 2. Dezember 1992 wurde Lord Cigogne ein posthumer Sieg zuteil, und zwar in Form des großen Erfolgs, den die »Offene Partei« bei den helenischen Wahlen verzeichnete. Cigogne, der am 30. Juli 1980 im Alter von sechsundachtzig Jahren gestorben war, hatte kurz nach Ende des Zweiten Weltkriegs diese Oppositionspartei gegründet, die einzige, die die Gemüter der Kolonisten von Port-Espérance jemals in Aufruhr versetzte. Jeremys Absicht war es, die Linkshänder am Wiederaufbau der Welt der Rechtshänder zu beteiligen, die Insel zu öffnen, damit die Welt von den Erfahrungen dieser kleinen südlichen Gemeinschaft profitieren könne, die aus einer Utopie entstanden war. Daß sie nur so wenige seien, bedeute keinesfalls, daß ihr Einfluß deshalb unberücksichtigt bleiben sollte. »Wie viele Athener hat es zu Perikles' Zeiten gegeben?« pflegte er zu rufen.
Bei seiner Londonreise im Januar 1942 war Cigogne das Gefühl der Resignation, das damals in der Stadt – verborgen hinter patriotischen Parolen – vorherrschte, aufgefallen und hatte ihn traurig gestimmt. Als sei die britische Realität die einzig denkbare! Niemand schien im Grunde genommen daran zu glauben, daß das Leben eines Tages sinnvoller gestaltet werden könnte. Das Scheitern der Leidenschaft? Unmöglich, die Liebe am Leben zu halten? So ist es nun mal! Das ganze Leben dreht sich um den Götzen Arbeit? Es geht nun mal nicht anders, hat man euch gesagt! Der technische Fortschritt fordert von den Menschen

unnachgiebig seinen Tribut? Eine unangenehme Begleiterscheinung, sicher, aber nicht zu ändern! Man mußte sich aufreiben, seine Hoffnungen und all seine Illusionen begraben. Oder sie einer politischen Partei anvertrauen; tja, so sehr kann man zum Narren gehalten werden. Nicht eine Sekunde lang dachte man daran, zu rebellieren oder den Konformismus der offiziellen Systemveränderer und die alten Überzeugungen in die Luft zu sprengen! Sich dieser eingefahrenen Denkweise zu entledigen! Man arrangierte sich notgedrungen, allerdings nicht ohne eine gewisse Verbitterung.

Das, was Cigogne und Emily auf diesem ozeanischen Archipel der Linkshänder kennengelernt hatten, war so unglaublich schön gewesen, daß Jeremy seine Erfahrungen anderswo bekanntmachen, sie teilen wollte! Nicht um zu verkünden, daß man in Port-Espérance im Besitz der Wahrheit sei! Sondern daß es möglich war, sich vorsichtig auf die Suche nach der Wahrheit zu machen, damit man mit seinen Gefühlen pfleglicher umgehen lernte. Folglich hatte er die Partei der Öffnung gegründet, und sein Wunschtraum war es, die Helener davon zu überzeugen, ihr Archipel, die Insel des Schweigens, Muraki und all die anderen Inseln zu öffnen. Doch dreißig Jahre intensiver Überzeugungsarbeit hatten nicht ausgereicht, um die Befürchtungen vor einer Invasion der Rechtshänder und den schädlichen Einflüssen abzubauen, welche die Verlockungen der Welt der Schlecht-Geliebten bargen. Und wenn die jungen Linkshänder diesen Gefahren nun erliegen sollten? Diese Frage beschäftigte die Menschen in den Cafés von Port-Espérance. Man fürchtete vor allem, daß damit jene Lust am Unglück auf die Insel Hélène gelangte, die Europa infiziert hatte, jene Ästhetik der Hoffnungslosigkeit, die in der Literatur und im Film die Oberhand gewonnen hatte, jene elegante Ironie, der die Europäer sich so gerne befleißigten, statt sich vom frischen Wind der Linkshänder-Begeisterung anstecken zu lassen. In der Welt der Linkshänder stand alles zum besten; warum diese Ruhe also zunichte machen? wurde der politische Gegner, die Partei der Isolationisten, nicht müde zu fragen.

Es war diese Gleichgültigkeit angesichts des großen Kummers der Schlecht-Geliebten, diese Art, sich hinter ihrem sehr egoistischen Glück zu verschanzen, die Lord Cigogne verärgerte. Außerdem ahnte er, daß die Rechtshänder womöglich ihres Alltags, der ihnen keine Liebesdelirien bot, überdrüssig waren, daß sie es satt hatten, nur gelegentlich mit jemandem befriedigenden Verkehr zu haben und noch dazu so selten; ja, sie waren nicht glücklich darüber, daß die Liebe in ihrem Leben praktisch nicht zählte. Also hatte er trotz aller Bedenken der Linkshänder die Öffnung der Insel vorangetrieben, im Namen Emilys; und zwölf Jahre nach seinem Tod erhielt seine Partei 72,3 Prozent der Stimmen. Laura, Peter und Ernest hatten zu ihrer Freude miterleben dürfen, wie die Linkshänder ihre Insel wieder in die offiziellen Karten aufnehmen ließen. Am 2. April 1993 eröffnete die Fluggesellschaft Air Nouméa die erste reguläre Flugverbindung, so daß es heute möglich ist, mittwochs via Neukaledonien nach Port-Espérance zu kommen. Damit begann das Abenteuer der Öffnung für das kleine Volk der Linkshänder.

So geschah es, daß es mir eines Mittwochabends, am 14. April 1993, vergönnt war, auf dem Flugfeld der Insel Hélène zu landen – in jenem zivilisierten Land, in dem es noch immer kein Telefon gibt, damit die Liebesbriefe nicht aussterben. Ein elegant und geschmackvoll gekleideter Herr reiferen Alters holte mich mit seinem Wagen ab, der von einem Pferd gezogen wurde; er stellte sich mir mit sehr englisch wirkender Korrektheit vor:

»*How do you do?* Ich heiße Ernest Cigogne, aber Sie können Erny zu mir sagen ...«

Verblüfft entdeckte ich eine vom Rest der Welt isoliert

lebende Gesellschaft, die den Grad ihrer Modernität noch selbst bestimmte und nichts akzeptierte, was den Grundsätzen der Pioniere widersprach, die 1885 hier an Land gegangen waren. Port-Espérance hatte das Aussehen einer Kolonialstadt bewahrt, die mit ihren aus seltenen exotischen Hölzern kunstvoll gearbeiteten Gebäuden direkt einem Märchen des 19. Jahrhunderts entsprungen zu sein schien. Jedes Haus sah anders aus und entsprach jeweils den Vorstellungen des Linkshänders, der es sich erdacht hatte. Einige Zubiale liefen auf den Straßen aus gestampfter roter, nikkelhaltiger Erde. Die Lagune glich jener, die Kapitän Renard bei seinem Schiffbruch mit dem Schoner vorgefunden haben mußte; doch die Lebensweise der Linkshänder hatte die Sitten und auch den helenischen Kalender weiterentwickelt. Das waren, seit Emily dieses ozeanische Eiland verlassen hatte, die denkwürdigsten Veränderungen.
Das Französisch, das Erny sprach, klang in meinen durch die Fernsehsprache der Metropole verdorbenen Ohren ein wenig affektiert; doch es war so gut, daß er alle Feinheiten seiner Herzensregungen damit auszudrücken vermochte. Unterwegs erzählte mir Emilys und Lord Cigognes Sohn ausführlich von der Liebe, die seine Eltern verband, und von dem hochherzigen Vorhaben seines Vaters, und zwar mit jener Begeisterung, in der Algernons distanzierter Humor mitschwang. Erny setzte mich an einem Hotel ab, das von untreuen Paaren, die in Weiß gekleidet waren, frequentiert wurde. Ein auf dem Dach angebrachtes Windrad versorgte das Haus mit Strom; die Passatwinde schienen in diesen Breitengraden niemals abzuflauen. Ich nahm ein heißes Bad. Von den Strapazen der Reise erholt, öffnete ich das Fenster meines Zimmers, das auf die Avenue Musset hinausging. Die Straße wurde von Gaslaternen erleuchtet, deren warmer Schein vorteilhafter für den Teint der Frauen war als normales elektrisches Licht.

Noch nie hatte ich so viele verliebte Pärchen gesehen, die damit beschäftigt waren, zusammenzusein, sich darüber zu freuen, daß es den anderen gab, sich zu streiten oder lachend in die Springbrunnen fallen zu lassen. Es war also kein Märchen: Sich zu lieben war tatsächlich die Hauptbeschäftigung der Helener, Gegenstand all ihrer Bemühungen, egal wie alt sie waren. Auf den Terrassen der Cafés wirkten diejenigen, die weiß gekleidet waren, besonders mitreißend.
Fasziniert von dem Anblick dieser Utopie, die Wirklichkeit geworden war, stellte ich den Tisch ans Fenster, nahm meinen Füller, jede Menge Papier und machte mich daran, mein erstes Buch mit der linken Hand zu schreiben. Meine Absicht war es, aufs genaueste das Leben von Ernys Eltern zu schildern, damit das Werk Lord Cigognes durch meine schriftstellerische Arbeit nicht in Vergessenheit geriete. Diese Welt, in der alles verkehrt und doch richtig herum ist, half mir, meine Enttäuschungen als Schlecht-Geliebter zu vergessen. Nun, da ich mich geliebt wußte, lenkte sie mich auf unverhoffte Weise ab und präsentierte sich mir als das Vaterland, das ich immer gesucht hatte. Mir als gebürtigem Rechtshänder fielen die ersten Seiten dieses Werkes, das ich mit der linken Hand abfaßte, sehr schwer; doch nach vielen Kämpfen, die nötig waren, um mich von den Resten meiner Kultur als Rechtshänder zu befreien, schreibe ich nun als echter Linkshänder diese letzte Zeile.

Port-Espérance, den 20. Oktober 1994

Anhang zur Insel Hélène

Wichtige historische Ereignisse

1568: Der spanische Seefahrer Mendaña de Neira ist der erste Fremde auf der Insel; das Territorium gerät anschließend bei den Europäern in Vergessenheit.

1874: Der helenische Archipel findet erneut Eingang in die europäischen Annalen: Kapitän Renard erleidet Schiffbruch und entdeckt auf diese Weise durch Zufall die Insel ein zweites Mal.

1885: Gründung von Port-Espérance durch die Geographische Gesellschaft der Linkshänder. Die von Kapitän Renard formulierten Grundsätze gehen der Gründung dieser einzigartigen Kolonie voraus. Beginn des Zusammenlebens der Linkshänder.

1886: Der Rat von Port-Espérance nimmt den Antrag zur Einführung der *Weißen Tage* einstimmig an.

1887: Einfuhr der ersten Zubiale auf der Insel Hélène.

1888: Besiedelung der Insel des Schweigens durch Jeanne Merluchon, die absolute Stille auf diesem kleinen Eiland vorschreibt. Im gleichen Jahr wird die Fastenzeit der Linkshänder eingeführt.

1889: Auf Muraki, der Insel aller Wahrheiten, wird ein Hotel für diejenigen Helener eröffnet, die sich so geben möchten, wie sie wirklich sind.

1895: Nach einer Volksabstimmung wird der *Monat der Freizügigkeit* eingeführt.

1917: Georges Clemenceau erklärt den Archipel zu französischem Treuhandgebiet und unterzeichnet am 2. Juli 1917 das Dekret, in dem die Streichung der Insel von allen offiziellen französischen Karten garantiert wird.

1922: Verbot der Einfuhr von Verbrennungsmotoren. Diese per Volksabstimmung gefällte Entscheidung wurde niemals wieder in Frage gestellt.

1927: Todesjahr von Kapitän Renard. Er stirbt, als er im Begriff ist, aus dem Gedächtnis das Gesicht seiner Frau zu malen, die achtzehn Jahre zuvor gestorben war.

1930: Erster Karneval der Linkshänder.

1933: Per Volksabstimmung entscheiden sich die Bürger von Port-Espérance, auf den Abbau der Nickelvorkommen in den Felsen der Insel zu verzichten. Die Linkshänder ziehen den Erhalt ihres Lebensraums und ihrer Art zu lieben großem Reichtum vor.

1946: Jeremy Cigogne und einige Gefährten gründen die »Offene Partei«.

1949: Der Rat von Port-Espérance erkennt gleichgeschlechtliche Ehen an.

1952: Es wird untersagt, in den Restaurants der Insel andere Lichtquellen als Kerzen zu benutzen; elektrisches Licht wird ausdrücklich generell in der Öffentlichkeit verboten, damit der Teint der Frauen durch das sanfte Licht, das die Kerzen verbreiten, vorteilhaft zur Geltung kommt.

1957: Einfuhr der ersten Antibabypillen, die ein Jahr zuvor in den USA entwickelt wurden.

1958: Einrichtung der Insel der Falschen Blinden, welche die Linkshänder fortan hin und wieder aufsuchen. Dadurch, daß Männer und Frauen sich dort die Augen verbinden, bleiben sie für die Dauer ihres Aufenthaltes unbeeindruckt von Äußerlichkeiten.

1962: Die Frauen von Port-Espérance setzen durch, daß die Männer sich dazu verpflichten; den Liebesakt auf mindestens eine Stunde auszudehnen. Zuwiderhandlungen werden mit unangenehmen gemeinnützigen Aufgaben, wie z. B. Dienst bei der Müllabfuhr, bestraft.

1965: Am 14. April 1965 wird per Volksabstimmung der Vorschlag angenommen, daß das Fernsehen sein Programm lediglich einen Abend pro Woche ausstrahlt.

1968: Einführung der Ehe auf Zeit.

1969: Einführung der Scheidung auf Zeit.

1972: Zum ersten Mal werden steuerliche Anreize bei leidenschaftlicher Treue und außereheliche Beziehungen gewährt. Ab jetzt stärkere Besteuerung derjenigen, deren Gefühle sich mit der Zeit abgekühlt haben ...

1975: Die Zentralbank der Linkshänder legt die ersten Anleihen zu Vorzugszinsen auf, mit denen die Liebesprojekte der Helener finanziert werden sollen.

1976: Im Strafgesetzbuch der Linkshänder wird von nun an die eheliche Trägheit geahndet – ein Vergehen, das härter bestraft wird als Diebstahl.

1983: Einführung der Woche des Schweigens, die alljährlich Anfang August stattfindet. Die gesamte Bevölkerung von Port-Espérance hält sich sieben Tage lang an die Gebote, die auf der Insel des Schweigens gelten.

1988: Von nun an können Ehepaare vor Gericht auf Schadenersatz klagen, wenn der Ehepartner seinem Beruf übermäßig viel Zeit widmet (d. h. mehr als fünfundzwanzig Stunden die Woche ...).

1990: Festlegung einer Tanzquote für die Diskotheken von Port-Espérance, um den Tänzen, die man zu zweit tanzt, wieder mehr Geltung zu verschaffen: Charleston, Bebop, Tango usw. Das Alleintanzen wird auf ein Mindestmaß reduziert.

1992: Am 2. Dezember siegt die »Offene Partei« bei den allgemeinen Wahlen; die Insel Hélène möchte wieder auf den offiziellen Karten des Französischen Geographischen Instituts erscheinen.

1993: Am 2. April wird die erste regelmäßige Flugverbindung eröffnet.

1994: Im Januar werden Briefmarken für Liebesbriefe abgeschafft. Im September wird das Erziehungswesen der Linkshänder reformiert: Alle Abiturienten müssen von nun an ihr Studium im Ausland absolvieren; Ende eines gewissen Provinzialismus.

Einige Zahlen

Fläche der Insel Hélène: 78 km².

Geographische Lage: 3123 km vor Sydney. Lichtjahre von westlichen Werten und sehr weit von der Gewöhnlichkeit und Effizienz der Marktwirtschaft entfernt.

Durchschnittstemperatur (1960–1980): im Januar 28 °C, im Juli 22 °C.

Niederschlagsmenge: ausreichend, um herrliche Pflanzen hervorzubringen.

Bevölkerung:

Jahr	Zahl	prozentualer Anteil der Linkshänder an Gesamtbevölkerung
1885	1 223	94 %
1910	28 902	82 %
1933	42 228	73 %
1965	52 027	85 %
1994	54 108	90 %

Demographische Bewegungen (1988–1993):

Geburten:	1 051	(davon 1050 gewollte Kinder)
Todesfälle:	803	(darunter 207 aus Liebeskummer)
Einwanderung:	702	(davon 695 aus Paris; eine Bevölkerungsgruppe, die an den Ufern der Seine sehr zu leiden scheint ...)

Zubiale (im Jahr 1993):
Gesamtzahl der Zubiale: 9 832 (diese Zahl entspricht der der verheirateten Paare), davon sind:

8 %	an schweren Depressionen erkrankt (warme Nase und glanzloses Fell)
2 %	an Verzweiflung gestorben
22 %	sehr glücklich (glänzendes Fell)
68 %	in guter Verfassung

Indikatoren für den Lebensstandard:	pro Einwohner (1994)
Autos	0
Telefone	0
Fernseher	108
gelesene Romane (pro Jahr)	67
geschriebene Gedichte (pro Jahr)	21
getanzte Stunden (pro Jahr)	525
abgebissene Fingernägel (in Kilo und pro Jahr)	0,001
Zubiale	0,18
Schweigestunden (pro Jahr) (ohne Berücksichtigung der Stunden, in denen man schläft)	253

Energie: Nachdem die Helener hauptsächlich auf die Windenergie gesetzt hatten, folgten sie dem Beispiel Islands und nutzen seit 1967 die geothermische Energie der aktiven Vulkane vor der Küste des Archipels; einige bilden Inseln mit Vertiefungen im Gestein, in denen sich kochendes Wasser sammelt. Der Druck des Wasserdampfes wird in Elektrizität umgewandelt. Um eine ausreichende Stromversorgung zu gewährleisten, greifen die Linkshänder zusätzlich noch auf die Sonnenenergie zurück. Sie würden sich niemals der Zivilisation der Verbrennungsmotoren anschließen, jener heimtückischen Erfindung, die durch ihre Abgase die kleine Welt der Helener zerspringen lassen würde.

Eheschließungen:

Jahr	Zahl	untreue Ehepaare	Ehepaare, die sich wahnsinnig lieben
1900	800	61 %	60 %
1932	922	72 %	73 %
1965	1 503	83 %	83 %
1994	1 832	90 %	91 %

(Man sieht an diesen Zahlen ganz deutlich, welche Fortschritte diese kleine Gemeinschaft gemacht hat, ebenso den vernünftigen Effekt, den der Ehebruch bei den Linkshändern hat. In Europa würde der Anteil der untreuen Ehepaare und der Paare, die sich wahnsinnig lieben – wen wundert's? –, umgekehrt proportional ausfallen ...)

Index der erotischen Zufriedenheit (1994):

	Zahl pro Person und Jahr
nach dem Mittagessen oder am späten Nachmittag gehaltene Schläfchen	257
erotische Briefe oder Gedichte, die man seinem Partner (oder jemand anderem) geschrieben hat	18
körperliche Beziehungen, die nicht zum Koitus führten	52
Anrufung des Gerichts wegen Nichteinhaltung des Gesetzes von 1962 (*mindestens eine Stunde*)	0,7
Prozentsatz des ehelichen Beischlafs, der im Ehebett stattfand	18 %
Absagen von beruflichen Terminen aufgrund einer Verlängerung des Beischlafs oder aufgrund unvorhergesehenen Verlangens (pro Jahr)	12

Ausfuhrgüter	1994	Anteil am Weltmarkt
Produkte für Linkshänder:		
Scheren für Linkshänder	28 %	87 %
Baseballhandschuhe für Linkshänder	12 %	72 %
Revolver oder Gewehre für Linkshänder	7 %	41 %
Chirurgisches Gerät für Linkshänder	23 %	59 %
Diverses	30 %	

Einfuhrgüter:	*1994*
Bücher (Romane, Essays und Lyrik)	18 %
Papier und Schreibwaren	12 %
Parfum	10 %
erlesene Kleider und hochwertige Stoffe	15 %
Holz	35 %
Diverses	10 %

Auf der Insel Hélène publizierte Literatur (Anzahl der Titel):

	1877–1882	1983–1988	1989–1994
Romane	1 224	1 132	1 342
Essays	528	725	694
Gedichtbände	327	458	929

(Wir möchten an dieser Stelle hervorheben, daß das vorliegende Werk als Erstausgabe bei Sauvage & Frères, Buchhändler in Port-Espérance, im Dezember 1994 erschienen ist.)

QUELLEN: Statistisches Amt der Linkshänder

Informationen, Adressen usw.:
Geographische Gesellschaft der Linkshänder
5, rue Sébastien-Bottin
75007 Paris

Ständige Vertretung der Linkshänder bei den Vereinten Nationen
2842 Lexington Avenue
New York, N.Y. 10017

Delegation der Linkshänder bei der NATO
1110 Brüssel